W0461801

Nicola Moriarty habite à Sydney avec son mari et leurs deux filles. Elle s'est mise à écrire pendant sa reconversion professionnelle, alors que ses filles étaient encore au berceau, et qu'elle jonglait entre les biberons et les bancs de l'université.
La famille est toujours au cœur de ses romans ; et pour cause, Nicola est la petite dernière d'une fratrie de six enfants. Elle vit dans la peur constante d'être comparée à ses aînées, romancières à succès, Jaclyn et Liane Moriarty. Nicola sait raconter des histoires comme personne, mais elle avoue son incapacité à accomplir des tâches telles que mettre une clé sur un porte-clés, faire des nœuds sur des ballons de baudruche, tresser les cheveux ou encore appliquer de l'eye-liner. Heureusement, aucune de ces aptitudes n'est indispensable à la carrière d'une romancière.

Ce livre est également disponible
au format numérique

www.editions-hauteville.fr

Nicola Moriarty

IL FAUT QUE TU SACHES

Traduit de l'anglais (Australie) par Aurélie Montaut-Pernaudet

Hauteville

Hauteville est un label des éditions Bragelonne

Titre original : *You Need to Know*
Première publication en Australie par HarperCollins Publishers 2021

ISBN : 978-2-38122-344-5

Bragelonne – Hauteville
60-62, rue d'Hauteville – 75010 Paris

E-mail : info@editions-hauteville.fr
Site Internet : www.editions-hauteville.fr

Pour Papa

Bon sang, tu me manques tellement !

Sais-tu qui a coulé la barque ?
Serait-ce la petite souris,
la dernière à monter à bord,
la plus légère d'entre tous ?
Se pourrait-il que ce soit elle ?

Pamela Allen

Si on avait demandé à Mimi si elle était capable d'ôter la vie à quelqu'un, elle aurait répondu non. En aucun cas.

Prologue

Mimi

Soir de Noël

Dès son plus jeune âge, Mimi avait compris que la vie, ce n'est jamais comme dans les films. D'abord, il n'y a pas de bande-son. Dans une superproduction, si un événement dramatique, affreux, terrifiant ou désespérément triste survient, la musique vous dicte ce que vous devez ressentir. Les notes vont crescendo, trépident ou tambourinent. Les violons vous transpercent l'âme. Il se peut qu'une grosse caisse résonne contre votre cage thoracique. Bref, le truc, c'est que cette bande-son influence complètement votre perception des choses. Vous vous mettez à imaginer qu'un terrible accident peut se révéler être un événement palpitant. Une occasion de réagir et d'éviter le pire.

Mais, dans la réalité, ce genre de situation s'avère très différente. Quand elle était petite, âgée d'environ sept ans, Mimi dînait au restaurant avec sa famille quand une adolescente à une table voisine a commencé à s'étouffer. La plupart des gens ont vu quelqu'un s'étrangler à la télévision ou dans un film, mais rares sont ceux qui ont assisté à un tel événement dans la vie réelle. À l'écran, c'est souvent comique. L'intéressé se met à gesticuler frénétiquement, les yeux exorbités. Son voisin de table ne comprend pas ce qui se passe.

Un héros intervient et exécute la manœuvre de Heimlich de main de maître. Une bouchée de poulet fuse à travers la pièce. Les témoins applaudissent.

Dans la vraie vie, ça ne se passe pas comme ça.

La première chose qui avait interpellé Mimi, c'était le silence. Elle se souvenait d'être en train de faire des bulles dans sa limonade. Le restaurant baignait dans une atmosphère animée. Il y avait peut-être eu un cri, ou le cliquetis d'une fourchette tombant sur une assiette, mais tout cela se fondait dans l'effervescence ambiante. Puis le silence s'était fait. Et de ce silence, deux ou trois voix paniquées avaient émergé.

Tout autour d'elle, les gens semblaient s'être figés sur place. Quelque chose avait attiré son regard vers la table au centre de la salle. Une mère et un père se tenant de part et d'autre de leur fille. La bouche béante de la gamine. Quelqu'un d'autre, un grand frère peut-être, se levant d'un bond, et sa chaise s'écrasant sur le sol. Le claquement du dossier avait fait sursauter Mimi.

Puis les hurlements avaient retenti. Chacun réagit à sa façon face à un drame. Il y a les gens compétents qui évaluent calmement le problème, interviennent et portent secours. Ceux qui agitent les mains en reculant. Et ceux qui s'effondrent. La mère s'effondrait. Elle ne savait pas comment aider sa fille, sa fille qui n'arrivait pas à respirer et dont le visage virait dangereusement à l'écarlate. Et peut-être sans même s'en rendre compte, cette mère s'était mise à crier. Jamais Mimi n'avait entendu un hurlement aussi déchirant de toute sa vie, certes encore courte. Impossible de décrire ce qui, dans ce beuglement, lui faisait un tel effet. Était-ce la détresse qu'elle décelait dans la voix ? La peur ? La bestialité ? C'était une suffocation, un son animal, terrifiant ; il fallait que ça cesse à tout prix.

Entre-temps, d'autres clients du restaurant avaient afflué vers la table. Mimi ne parvenait plus à voir le visage de l'adolescente qui s'étouffait. Quelqu'un l'avait soulevée de sa chaise et tentait à présent d'exécuter la manœuvre de Heimlich. Mais, à en croire les exclamations inquiètes, cela ne semblait pas fonctionner. C'est à ce moment que la mère de Mimi l'avait prise par la main pour l'entraîner dehors. Peut-être avait-elle vu l'expression sur son visage, ou peut-être craignait-elle que l'on échoue à sauver la gamine, qu'elle rende l'âme ici, en plein restaurant, et souhaitait-elle éviter que Mimi soit témoin de cette scène. Elles avaient arpenté l'allée à l'extérieur, et sa mère lui avait parlé de choses et d'autres. Impossible de se souvenir aujourd'hui de quoi elles avaient discuté, mais elle se rappelait ce sentiment de gratitude.

Elle veut m'épargner ça.

Bientôt, le hurlement d'une sirène avait retenti.

Mimi ne sut jamais si cette gamine s'en était sortie, mais elle n'avait cessé d'y songer. La scène tournait en boucle dans sa tête quand elle s'endormait le soir. Elle entendait résonner les lamentations de la mère, et sa peau se hérissait, son estomac se nouait. Parfois, les larmes lui piquaient les yeux sans qu'elle comprenne vraiment pourquoi.

Trente années s'étaient écoulées depuis ce dîner au restaurant et, ce soir, Mimi s'était surprise à repenser à cette mère. En cette veille de Noël, elle n'avait pourtant aucune raison de ressasser ce sinistre souvenir. Elle aurait dû avoir le cœur léger. Des pensées chaleureuses, qui font du bien.

Il ne faut pas que j'oublie d'accrocher les chaussettes ce soir, quand nous arriverons à destination. La dinde que j'ai achetée ne sera-t-elle pas trop volumineuse pour le four ? J'aurais dû vérifier ça avec Jill. Darren a-t-il pensé à aller récupérer les crevettes ce matin ? Et a-t-il eu la présence d'esprit de les placer dans une glacière réfrigérée pour le trajet ?

A-t-on prévu assez de cadeaux pour les jumelles ? Ce ne sont que des bébés, je sais qu'elles ne se souviendront pas de leur premier matin de Noël. Et elles n'ont pas besoin de grand-chose, avec tous les vêtements qu'elles ont récupérés de Callie et Tara. Mais tout de même, je ne voudrais pas qu'elles manquent de quoi que ce soit.

Voilà ce à quoi je devrais penser.

Mimi adorait la période qui précédait Noël. Depuis toujours. Le monde lui apparaissait alors sous un jour différent. Pas seulement festif, c'était une évidence. Mais magique. Elle avait toujours une drôle de sensation au creux de l'estomac quand le Père Noël d'un centre commercial la saluait d'un geste de la main.

Alors pourquoi se souvenait-elle soudain de cette scène, au lieu de penser au lait de poule et aux sucres d'orge ?

À cause de cet accident sur l'autoroute.

Elle ressentait exactement la même détresse que lorsque cette gamine s'était étouffée au restaurant. Il y avait ce silence étrange. Puis des gémissements de douleur.

Et au final, quelque chose d'autre… Les hurlements torturés d'une femme. On aurait dit ceux de la mère du restaurant.

Non… Ça ne va pas recommencer. Non, non, non ! pensa-t-elle.

Mais c'est alors qu'elle comprit.

Cette femme qui hurle… c'est moi.

1

Mimi

Mardi 1er décembre

Allongée à plat ventre sur le tapis, Mimi avait les yeux rivés sur son carnet de croquis et ses crayons. Une perle de sueur glissa de son front puis roula le long de sa joue. Elle ferait bien de se lever pour allumer le climatiseur. L'été était bel et bien arrivé.

Les jumelles étaient côte à côte, sur le dos, contemplant toutes les deux les mobiles colorés accrochés à leur tapis d'éveil. Elle aurait dû les placer un moment « sur le bidou », mais elles détestaient être à plat ventre ces temps-ci, et autant avoir des jumelles joviales qui gazouillaient plutôt que des bébés angoissés et braillards. Sans parler du fait qu'Elliot maîtrisait depuis peu l'art de se rouler d'avant en arrière. Désormais, dès que Mimi la mettait sur le ventre, elle se retournait aussitôt. Alors à quoi bon ? Cela n'aurait pour effet que de souligner le décalage entre Elliot et James. Au risque d'instaurer une sorte de fossé entre les deux sœurs… Et si, dans quelques années, James se retrouvait dans le cabinet d'un thérapeute, expliquant que son complexe d'infériorité trouvait son origine à l'époque où sa mère la plaçait à côté de sa jumelle capable de se retourner, alors qu'elle-même restait bloquée à plat ventre en hurlant…

En fait, elles allaient probablement toutes les deux finir dans le cabinet d'un thérapeute, à se plaindre que leurs parents auraient préféré des garçons et non des filles, comme en témoignaient leurs deux prénoms pour le moins masculins. Ce qui serait injuste, vraiment. Mimi était tout à fait ravie d'avoir des filles. C'est Pete qui avait espéré des garçons. Il avait eu beau s'efforcer de le dissimuler, c'était évident. Alors que Mimi, eh bien… Mimi ne désirait pas d'autres enfants du tout.

Elle posa le crayon avec lequel elle dessinait pour se tapoter la main.

Tu n'es pas censée avoir de telles pensées.

Certes, en vérité, c'était Pete qui avait insisté pour avoir un autre enfant, mais il n'y était pour rien s'ils s'étaient retrouvés avec deux bébés pour le prix d'un.

C'était la vie. Et la vie vous joue parfois de drôles de tours. De temps en temps, il s'agissait de petites plaisanteries. Comme le jour où Mimi avait veillé jusqu'à 1 heure du matin pour terminer le projet scolaire de sa fille – elle était consciente qu'elle n'était pas censée faire le travail à sa place, mais elle savait aussi que tous les autres parents en faisaient probablement autant pour confectionner ces sculptures en papier mâché. Elle le savait parce que, avec les autres mamans, elle en plaisantait au moment du ramassage scolaire. « Ça a été, vous, les devoirs cette semaine ? Si vous voyez ce que je veux dire… » Quoi qu'il en soit, le lendemain, alors qu'elle s'était extirpée du lit avec les yeux vitreux, sa fille s'était réveillée avec une mauvaise toux et n'avait pas pu aller à l'école. Mimi s'était dit qu'elle aurait pu s'offrir une soirée Netflix avec quelques verres de vin et se coucher de bonne heure.

Mais, d'autres fois, la vie vous réservait de ces trucs… De véritables coups de théâtre. Des jumelles ! Alors que votre mari vient tout juste de vous convaincre d'avoir un autre bébé, affirmant qu'avec ce troisième enfant votre famille sera au complet. Ce serait tellement plus facile cette fois-ci, parce que Callie ayant seize ans et Tara huit, les grandes seraient autonomes, et qu'adorables comme elles étaient, elles vous donneraient un coup de main avec le petit dernier.

Le problème, c'était que Mimi avait l'impression que leur famille était déjà au complet. Son parcours vers la maternité avait été tellement improbable… Tout juste mariés, ils avaient été pris de court en découvrant que Mimi, à peine âgée de vingt-deux ans, était enceinte de Callie. La grossesse s'était déroulée sans difficulté, l'accouchement avait été ordinaire. Et puis Callie s'était révélée un bébé de rêve. Elle prenait bien le sein, elle dormait bien. Rapidement, ils s'étaient dit qu'ils pouvaient accueillir un petit frère ou une petite sœur. Ils n'avaient pas prévu de fonder une famille si tôt, mais pourquoi pas ?

Apparemment, le « pas » de « pourquoi pas » résidait dans l'utérus de Mimi, qui avait décrété qu'il ne se montrerait pas aussi complaisant la deuxième fois. Ainsi, ils avaient traversé des années de souffrance à essayer de concevoir un autre enfant. Voilà pourquoi il existait un tel écart d'âge entre leurs deux filles aînées. Quand Tara était arrivée, Mimi avait ressenti un profond soulagement. Une immense satisfaction. Comme si, pendant des années, elle avait tenté, échoué et encore échoué à accomplir cette simple tâche : mettre au monde un deuxième enfant. Maintenant que c'était fait, elle pouvait se détendre. Respirer de nouveau.

Elle croyait qu'elle et Pete étaient sur la même longueur d'onde à ce sujet. Mais ensuite elle avait compris son erreur. Il voulait un fils. Un bon vieux cliché. Qu'est-ce qu'un fils pourrait lui apporter en plus de ses filles ? Pour ne rien arranger, il avait grandi avec deux frères. L'atmosphère dopée à la testostérone lui manquait. Donc, malgré son sentiment d'être comblée, Mimi avait cédé, et ils s'étaient remis à essayer. Et, pour une raison ou une autre, son utérus avait décidé qu'il était prêt à reprendre du service, et elle était tombée enceinte avec autant de rapidité et de facilité qu'à vingt-deux ans. Merci bien, cher utérus.

Elle passa sa langue sur sa lèvre supérieure au goût salé. Elle transpirait. Leur maison était censée être conçue de façon écologique pour que la température s'autorégule sans nuire à l'environnement, mais Mimi persistait à penser que rien n'était aussi efficace que la clim. Dommage qu'ils n'aient pas installé une piscine l'été dernier, quand ils souffraient de la canicule et avaient commencé à envisager cette idée. Ensuite, tout avait basculé. La grossesse gémellaire. Et, bien sûr, de l'arrivée de ces deux nouvelles vies avaient découlé certains renoncements. La piscine était finalement le cadet de leurs soucis. De plus, Pete lui avait fait remarquer qu'ils seraient condamnés à ramasser les feuilles dans l'eau à cause des buissons derrière leur maison. Donc, d'ici une minute, Mimi allait craquer et recourir à la technologie pour se rafraîchir.

En toute franchise, la journée n'était pas si mauvaise aujourd'hui. Bien qu'elle ait revu à la baisse les critères qui permettaient de définir une bonne journée depuis qu'elle avait des jumelles. Mais Callie et Tara s'étaient toutes deux préparées pour l'école et étaient sorties à l'heure pour une fois ce matin – sans la moindre dispute. Et Callie lui avait même donné un coup de main en changeant une couche. C'était un événement particulièrement important, car peu après la naissance des jumelles, Callie avait décrété qu'il ne fallait pas compter sur elle pour les couches. En revanche, la réaction de Tara avait été de se transformer en une nounou à domicile très compétente, quoique d'un très jeune âge.

Le plus drôle, c'était que durant sa grossesse, Mimi avait imaginé que Callie serait celle qui lui viendrait en aide tandis que Tara risquait de mal vivre le fait d'être détrônée en tant que petite dernière. Mais, au lieu de cela, Callie se renfermait ces derniers temps, passant de plus en plus de temps cloîtrée dans sa chambre, tandis que Tara semblait avoir mûri de cinq ans en l'espace d'un mois. Bien sûr, il n'y avait rien de surprenant à ce que Callie traverse sa crise d'adolescence, mais jusqu'à cette année, Mimi avait l'impression que son aînée y avait échappé. Elles étaient restées proches après son entrée au collège, et leur relation ne s'était pas détériorée quand Callie avait eu ses premières règles, ses boutons et ses poussées de croissance irrégulières. Callie avait continué à se confier à elle, à plaisanter avec elle. Mais maintenant, en plus de se retirer dans sa chambre tout le temps, elle se montrait brusque et irritable. C'était comme si elle était devenue une autre personne.

Pendant ce temps, Tara se rendait si serviable que Mimi devait faire attention à ne pas trop se reposer sur elle. Elle avait huit ans, pour l'amour du ciel ! Elle avait besoin de rester une enfant, de s'amuser sans assumer le fardeau de la maternité. Elle ne devait en aucun cas faire d'elle autre chose qu'une grande sœur. Elle ne pouvait pas décemment exiger d'elle plus qu'une chambre rangée, de l'assiduité dans les études et une aide aux tâches ménagères.

Plus d'une fois, Mimi ayant mis du temps à se lever en pleine nuit lorsque les jumelles se réveillaient pour téter, elle s'était aperçue que Tara se trouvait déjà dans leur chambre, sortant l'une des jumelles de son lit pour la réconforter, tout en tendant un bras expert pour rassurer l'autre d'une caresse affectueuse en attendant l'arrivée de sa mère.

Mimi était tentée d'accepter son aide, de permettre à Tara de tenir James pendant qu'elle berçait Elliot et commençait à réchauffer les biberons. Mais cela s'arrêtait là, et elle renvoyait Tara au lit. La seule personne qui devait l'assister, c'était Pete. Tara n'était qu'une enfant, elle avait besoin de dormir. Heureusement, en retournant se coucher, Tara se faufilait toujours dans la chambre de ses parents et réveillait son père pour le prévenir que Mimi avait besoin de lui.

Mimi récupéra son crayon et reprit le croquis sur lequel elle travaillait, malgré son manque d'inspiration. Elle était censée créer un petit singe mignon pour une scène de jungle, et le petit bougre n'était pas à sa place dans les arbres. Elle regarda l'heure. Était-il trop tôt pour se servir un verre de vin ? Souvent, il suffisait d'une gorgée pour l'aider à se détendre et laisser libre cours à sa créativité. Il n'était même pas midi. Peut-être qu'elle pourrait s'en accorder un plus tard, avec le déjeuner. C'était le bon côté du biberon : elle avait de nouveau le droit de boire de l'alcool.

Elle avait peiné à allaiter les jumelles dès le début. Callie et Tara avaient toutes deux été faciles à nourrir. Elles avaient pris le sein exactement de la manière décrite dans tous les ouvrages sur l'allaitement. Elle se souvenait d'avoir observé d'autres mères à l'hôpital qui avaient du mal à nourrir leur bébé, sans comprendre ce qu'il y avait de si difficile pour elles. Elle avait honte d'admettre qu'une petite partie d'elle-même s'était crue supérieure parce que ses bébés tétaient avec enthousiasme.

À présent, elle voulait remonter le temps et se frapper la tête avec un tire-lait. Elle voulait réconforter ces pauvres mères, leur épargner son regard suffisant alors qu'elle était assise et allaitait ses filles. Parce que, maintenant, elle comprenait. Elle avait appris la leçon à ses dépens. L'allaitement maternel n'était pas la chose la plus naturelle du monde. C'était dur, putain. Et sa réussite les deux premières fois n'avait rien à voir avec une aptitude innée à être mère. C'était un coup de chance.

Ainsi, les jumelles avaient été nourries au lait maternisé dans des proportions de plus en plus importantes jusqu'à ce qu'elle n'ait plus de lait maternel du tout. Mais elle n'avait pas pleuré. Et elle n'avait pas vécu cela comme un échec. Elle avait fêté ça. Parce que, bordel, le vin lui avait manqué !

Elle sentit son téléphone sonner dans la poche arrière de son jean et le récupéra. C'était Jill, sa belle-mère. Lorsque Mimi fit glisser son pouce sur l'écran pour répondre, Elliot ouvrit la bouche dont s'échappa un énorme hurlement, comme si elle avait attendu ce moment précis.

Jill

Cher Frank,

Trois Je vous salue Marie ce matin. Je suis assise là, sur mon lit. C'est tout ce que j'ai trouvé pour expier mes péchés. Je pense que si j'allais voir un prêtre, il jugerait ça insuffisant. Et puis, je suis censée me mettre à genoux pour les réciter. Mais j'étais trop fatiguée. Et de mauvaise humeur. Donc mon chiffre magique aujourd'hui, c'était trois. D'ailleurs, je sais ce que tu dirais : « Pourquoi tu t'embêtes avec ça ? Dieu n'est pas là, à compter tes prières. Il a mieux à faire. »
Mais je ne sais pas comment je suis censée me racheter autrement.
Je t'embrasse,

Jill

Jill plia le bout de papier puis le déposa sur sa table de chevet. Tout à l'heure, elle le glisserait dans une enveloppe, la scellerait, inscrirait l'adresse, la timbrerait puis la posterait. Ça ne servirait à rien, mais elle le ferait quand même. Au début, ses missives étaient plus longues. Elle y implorait le pardon. Elle faisait le récit détaillé de ses journées, parlait des garçons. Parfois, alors qu'elle écrivait, ses larmes venaient brouiller l'encre. Mais cela ne se reproduisait plus depuis quelque temps.

Elle passa ses mains sur le couvre-lit à fleurs reposant sur ses genoux, envisageant brièvement de se recoucher. De fermer les yeux et de prier pour le retour du sommeil. Mais elle savait qu'il ne reviendrait pas. Avant, elle s'endormait sur commande, en un claquement de doigts, mais c'était avant.

Elle avait l'habitude de débuter ses journées avec une tasse de thé au lit. C'était Frank qui la lui apportait. Il la déposait sur la table de chevet, à l'endroit où se trouvait la lettre. Désormais, si elle voulait commencer sa journée avec son thé, elle devait s'extirper du lit et se le préparer elle-même.

La plupart du temps, elle détestait Frank d'être parti. Depuis son départ, elle avait parfois l'impression que le meilleur d'elle-même s'en était allé avec lui. Son sens de l'humour, sa patience, sa compassion. En fait, ce n'était pas tout à fait vrai. Ces qualités n'avaient pas disparu, pas complètement. Elles s'étaient atténuées.

Elle regarda du coin de l'œil la feuille de papier pliée. Et envisagea de la reprendre et de la réécrire. Elle s'était montrée beaucoup trop brusque. Beaucoup trop froide. Mais que pouvait-elle dire d'autre ? Elle n'avait pas la moindre nouvelle intéressante à partager. Pas la moindre anecdote.

D'ailleurs, elle savait très bien pourquoi elle était de si mauvais poil aujourd'hui. C'était à cause de la date. Le 1er décembre. Noël approchait, on n'y pouvait rien. Son amie Marjory lui avait suggéré de faire quelque chose de différent cette année pour les fêtes. Mais Marjory ignorait pourquoi il était si important que Jill s'en tienne à la tradition.

Repoussant les couvertures, elle posa les pieds au sol. Son corps tout entier semblait grincer et gémir. Elle détestait ce moment de la journée, quand ses articulations ne s'étaient pas encore réveillées et qu'elles protestaient contre chaque mouvement. Elle récupéra son épaisse robe de chambre bleue sur le fauteuil dans le recoin puis l'enfila. On avait beau être au début de l'été, elle devait encore se couvrir aux petites heures du jour. Cette maison était toujours fraîche le matin, et ses articulations la feraient souffrir tant qu'elle ne se serait pas réchauffée. Elle glissa ses pieds dans ses chaussons avant de se diriger vers la cuisine pour enclencher la bouilloire.

Pendant que l'eau chauffait, elle s'appuya contre le banc en se demandant ce qu'elle pourrait faire de sa journée. Il était déjà 11 heures, elle avait passé une bonne partie de la matinée à paresser au lit, à écrire à Frank et à s'apitoyer sur son sort parce qu'il n'y avait personne pour lui apporter sa tasse de thé.

Marjory essayait de la convaincre de devenir bénévole avec elle à la boutique caritative de l'Armée du salut. Elle disait que ça lui ferait une bonne occasion de sortir de chez elle. Mais Jill n'avait aucune envie de rejoindre Marjory au sein de cette œuvre de charité. Marjory lui avait raconté comment se comportaient certaines autres bénévoles, celles qui avaient le plus d'ancienneté et qui s'étaient autoproclamées directrices, et qui la réprimandaient si elle marquait d'une croix une paire de chaussures d'occasion ou réorganisait les rayons d'une manière différente de ce qu'elles estimaient être le mieux. Marjory riait avec Jill de leur suffisance, mais Jill savait qu'elle ne supporterait pas de recevoir les directives d'une bande de bonnes femmes zélées, alors qu'avant d'être à la retraite, elle avait dirigé toute une équipe d'enseignants et avait huit cents élèves sous sa responsabilité au lycée de Wattle Crest.

De temps en temps, elle se disait qu'elle avait mis trop tôt un terme à sa carrière. Parfois, elle avait l'impression qu'elle pourrait débarquer à Wattle Crest et reprendre ses fonctions. D'autres jours, elle se rendait compte que tout avait évolué dans le système éducatif depuis son départ, et que ses méthodes ne seraient plus adaptées.

Pourquoi ne pas appeler sa belle-fille, voir si elle avait besoin d'un coup de main avec les jumelles ? Mais elle ne voulait pas paraître envahissante. La femme de Pete avait été la première à épouser un de ses fils. Ah, Mimi – une femme resplendissante avec ses longues boucles noires. Grande, solaire, son fils avait décroché le gros lot. Fragile et solide en même temps. Malgré ce décalage physique, tous deux étaient parfaitement assortis. Mieux encore que Frank et elle ne l'avaient été toutes ces années. Il y avait ce truc entre eux; ils étaient égaux, profondément complices. On voyait qu'ils n'avaient aucun secret l'un pour l'autre.

Mimi avait toujours fait en sorte que Pete assume sa part des tâches ménagères et parentales. Contrairement à elle, qui avait élevé ses trois garçons sans vraiment pouvoir compter sur Frank. Certes, les temps avaient changé, mais cela venait aussi de Mimi. Forte et résolue. Et pourtant, Mimi s'était laissé convaincre d'une troisième grossesse par Pete. Un moment de faiblesse.

Il était clair qu'elle ne désirait plus avoir d'enfants, surtout après les difficultés qu'elle avait rencontrées pour concevoir Tara. D'ailleurs, Jill savait qu'une telle différence d'âge compliquait parfois la faculté de tisser des liens entre sœurs. Le fossé s'était particulièrement creusé lorsque Callie avait atteint l'adolescence, et il n'avait cessé de se creuser depuis. Après tout, qu'est-ce qu'une ado de seize ans pouvait avoir en commun avec une fillette de huit ans ? Mais, en même temps, elles n'en étaient pas moins sœurs et s'aimaient. Jill le constatait à la façon dont Callie protégeait sa cadette, et à celle dont Tara admirait son aînée, même si elle s'en défendait.

Le grand choc avait été de découvrir que cette troisième grossesse leur donnerait des jumelles.

Ah, bravo, avait pensé Jill en apprenant la nouvelle. *C'est peut-être la fin pour vous deux. La fin de votre mariage.*

Mais ça n'avait pas été le cas, du moins pas encore. Jusqu'à présent, Mimi tenait le coup. Tout juste. Même si elle n'avait pas ses parents dans les parages pour l'épauler. Encore un exemple de sa force de caractère : elle avait quitté son Angleterre natale pour s'installer toute seule en Australie alors qu'elle n'avait que dix-huit ans.

Peut-être que Jill devrait l'appeler. Au moins pour prendre des nouvelles. Elle était plus proche de Mimi que de son autre belle-fille, mais c'était logique. Mimi faisait partie de leur famille depuis si longtemps, alors que Tony avait rencontré Andrea bien plus tard. Il l'avait épousée moins de deux ans auparavant. Andrea était plus difficile à cerner, ce qui était surprenant étant donné qu'elle était professeure de lycée – Jill aurait dû avoir plus d'affinités avec elle. Mais elles n'avaient tout simplement pas encore créé de liens. Physiquement, Andrea était diamétralement opposée à Mimi. Elle était petite et mince avec des traits fins, alors que Mimi était tout en courbes et rondeurs, et faisait presque une tête de plus que tout le monde dans leur famille. Et, contrairement aux longues boucles brunes de Mimi, Andrea avait opté pour une coupe à la garçonne.

Ce qui rapprochait aussi Jill de Mimi, c'étaient ses petites-filles. Apparemment, Tony et Andrea ne désiraient pas avoir d'enfants. Du tout. Mais lequel d'entre eux avait vraiment fait ce choix ?

Il y avait presque eu une troisième belle-fille. Toute la famille avait cru que Darren allait épouser Charlotte, sa petite amie de longue date, mais l'année dernière, tout le monde avait dû déchanter : Darren était redevenu célibataire. Parfois, Jill craignait qu'il ne se retrouve à court de temps s'il souhaitait fonder une famille. Et puis, elle se rappelait alors que les hommes, eux, avaient tout le temps du monde, n'est-ce pas ? Seules les femmes avaient une bombe à retardement, dans leur utérus… Quelle injustice !

L'eau arrivait à ébullition dans la bouilloire. Elle se prépara une tasse de thé, puis décrocha son téléphone pour appeler Mimi. L'espace d'un instant, son pouce survola l'icône du courrier électronique. Le mail lui était parvenu il y a trois jours. Il lui avait fallu quelques minutes, mais elle avait fini par reconnaître le nom de l'expéditrice. Un nom qui lui avait déclenché une sensation désagréable au creux de l'estomac. D'ailleurs, il était très inhabituel que cette personne lui écrive.

Puis elle avait lu l'objet du message : « Il faut que tu saches ». Sa peau s'était hérissée d'agacement. Qu'est-ce que cette femme pouvait bien avoir à raconter que Jill *doive* apparemment savoir ? Ce ton présomptueux l'avait énervée, elle avait fermé l'application et avait ignoré le mail depuis.

Son pouce s'éloigna de sa boîte de réception ; elle préférait téléphoner à Mimi.

Andrea

— Mademoiselle, et si j'étais anaphylactique ? Est-ce que je devrais quand même faire un gâteau ?

— Si vous étiez anaphylactique, ça dépendrait de ce à quoi vous êtes allergique. Mais vous ne l'êtes pas, donc ça n'a rien à voir.

— D'accord, mais si je pouvais mettre en avant un interdit religieux ? Du genre, c'est contre ma foi de consommer de la farine ou quelque chose du style.

— J'avoue ne pas avoir entendu parler de religions qui proscriraient la consommation de farine, cela me paraît donc hors de propos. Mettez-vous en cuisine, Menasse !

Il y avait peu de visages enthousiastes dans la classe face à elle, et Andrea elle-même n'éprouvait guère d'entrain à l'idée de devoir remplacer le professeur de techniques culinaires. Elle n'était pas censée avoir cours cet après-midi, et avait prévu de corriger les copies de sa classe de seconde.

Les ventilateurs au plafond étaient réglés au maximum, ce qui n'empêchait pas la salle de classe d'être une fournaise. Andrea savait pourtant qu'elle avait échappé au pire : l'un de ses camarades de fac avait trouvé un poste d'enseignant à l'extrême ouest de Sydney. Sur la côte nord, la chaleur était quand même moins étouffante que là-bas.

Maintenant que Grant Menasse avait renoncé à son bras de fer contre la pâtisserie, les élèves se mettaient au travail. Andrea fit le tour des tables, vérifia chaque îlot, puis se dirigea vers l'avant de la salle où elle s'assit devant l'ordinateur portable de son collègue, qui était posé, ouvert, sur le bureau. Apparemment, il était parti précipitamment après le déjeuner : intoxication alimentaire. Elle se demanda si c'était après avoir goûté les plats de ses élèves. Quoi qu'il en soit, elle n'avait pas l'intention d'effectuer un test de dégustation pendant le cours d'aujourd'hui.

Elle dégota son mot de passe sur un post-it dans son tiroir du haut – très sécurisé – et se connecta. Ouvrant le navigateur web, elle se surprit à chercher sur Google « croyances religieuses contre la farine ». Elle cliqua sur un article traitant de la foi et des choix alimentaires et le parcourut, lorsqu'elle entendit des ricanements dans la classe. Quand elle leva les yeux, les rires se transformèrent en une véritable hilarité générale.

— Quoi ? J'ai raté une blague ?

Plusieurs élèves désignèrent un point derrière elle : elle se retourna pour s'apercevoir que le tableau connecté affichait l'écran de l'ordinateur portable. Tous les élèves avaient vu sa recherche.

Grant savourait visiblement son quart d'heure de gloire.

— Elle m'a pris au sérieux ! s'écria-t-il. Elle m'a vraiment cru.

Andrea se mordit les lèvres et réduisit la fenêtre du navigateur avant de fermer l'ordinateur.

— Pas du tout, répliqua-t-elle. Tu as piqué ma curiosité, c'est tout.

Par chance, elle n'avait pas effectué de recherche compromettante. Imaginez un peu qu'elle ait tapé sur Google quelque chose comme « éruption cutanée bizarre au niveau des sous-vêtements », voire qu'elle se soit connectée à son compte Facebook, qui affichait des photos de la soirée à laquelle elle avait assisté le week-end dernier avec six autres professeurs de Redmond High. Elle avait toujours pris soin de bien verrouiller son compte pour que ni les élèves ni les parents ne puissent jamais la trouver sur les réseaux sociaux, et tous ses efforts seraient réduits à néant si elle s'affichait sur grand écran devant sa classe.

Bien, à partir de maintenant, assure-toi que la fonction « mise en miroir » est désactivée avant d'utiliser un ordinateur en classe.

Leçon retenue.

— Excusez-moi, mademoiselle, vous avez trouvé quelque chose ? interrogea poliment Chariot Stevenson.

Andrea sourit malgré elle. Elle s'était laissé surprendre la main dans le sac, autant jouer franc jeu.

— Je ne crois pas, dit-elle. Même si je suppose qu'il n'est pas impossible qu'il existe un courant religieux minoritaire proscrivant l'usage de la farine. Est-ce que quelqu'un n'a pas créé sa propre religion « Jedi » une fois ? Si ça se trouve, les « Jedi » sont anti-farine.

— Nan, je pense que le truc des Jedi, c'est le véganisme, intervint Ahn du fond de la classe.

— Tu veux rire ? Pas moyen que les Jedi soient végans. Et les scientologues ? Ils kiffent les trucs merdiques, non ? fit remarquer un élève qu'Andrea ne connaissait pas.

— Hé ! Ma mère est scientologue ! s'indigna Grant.

— Et alors ?

— Bon, c'est vrai, elle kiffe assez les trucs merdiques.

Andrea savait qu'elle devrait les réprimander pour ce langage grossier, mais cela ne la gênait pas. Elle appréciait plutôt ce débat religieux qui s'était instauré. Seuls quelques élèves faisaient encore semblant de suivre leurs recettes. Le reste de la classe avait abandonné ses bols mélangeurs.

— Et pour les aliments qui doivent être halal ou casher ? Est-ce que la farine, c'est casher ? s'interrogeait un élève du dernier rang.

— Je crois que oui, n'est-ce pas ? Casher, ça ne vaut que pour la viande, non ? demanda Ahn.

— Tous les produits animaux, précisa Kiara.

— Moi, je mange halal, déclara Tanisha. Et je fais le ramadan.

— Oh, sans blague. Est-ce que tu maigris, genre, de plusieurs tonnes ? s'enquit Chariot.

— C'est pas un *régime* !

Cette saine discussion ne risquait-elle pas de basculer dans l'irrespect ? Andrea ferait peut-être mieux de les renvoyer à leurs recettes.

De retour chez elle, elle était épuisée. Après le cours de techniques culinaires, elle avait dû assister à une réunion avec le chef du département d'anglais qui tenait à planifier l'excursion des quatrièmes pour le début de l'année prochaine, ce qui, selon Andrea, aurait pu attendre le mois de janvier. Puis elle se mit à la correction de ses copies d'histoire. La première dissertation, celle de Rashida Hamdi, était parfaitement structurée, mais les copies suivantes furent beaucoup plus laborieuses, toutes plus décevantes les unes que les autres. Cela l'amusait de constater que ces gamins croyaient souvent qu'elle avait une dent contre eux lorsqu'elle leur donnait une mauvaise note, alors qu'en réalité elle ne souhaitait rien d'autre que leur réussite. Elle espérait trouver dans chacune de ces copies un commentaire bien pensé, bien argumenté, bien rédigé, qui serait à la hauteur du sujet de dissertation : « Le rôle de Nicolas II dans l'effondrement de la dynastie Romanov ». Cela lui prouverait qu'elle avait prise sur ses élèves, qu'ils étaient attentifs en classe, qu'ils s'intéressaient à son cours. Mais, face à la médiocrité des compositions, elle n'avait d'autre choix que de distribuer des notes qui s'avéraient tout juste passables.

Elle était tellement exténuée qu'elle faillit ne pas aller vérifier l'appartement 5A. Ces derniers jours, tout était calme, alors il valait peut-être mieux rester en retrait. D'ailleurs, Tony n'était pas trop enclin à ce qu'elle intervienne. Mais elle céda finalement à la culpabilité. Et si tout n'allait pas bien ? Et si elle relâchait sa vigilance et que quelque chose était arrivé ? Ainsi, elle traversa le palier et se rendit à la porte de l'appartement 5A.

Le plus drôle, c'était que dans ce type d'immeuble, dans ce quartier de Sydney, personne n'aurait jamais pu imaginer ce qui se tramait derrière cette porte. Et, certes, c'était peut-être du mépris de classe de la part d'Andrea que de supposer que ces problèmes ne survenaient que dans les milieux socio-économiques modestes, mais cela l'avait tout de même bouleversée de découvrir ce qui s'y passait.

Les appartements ici coûtaient au moins cinq fois le prix de ce qu'elle aurait pu s'offrir sans Tony. La brochure immobilière décrivait leur logement comme « un havre de paix confortable et spacieux, avec une vue imprenable sur le port ».

Andrea se souvenait encore d'avoir regardé les photos et ressenti un mélange d'incrédulité, d'envie et d'écœurement. Le balcon tentaculaire avec carreaux de faïence. Double hauteur sous plafond et cuisine gastronomique en travertin. Parquet en épi et moquette épaisse dans la chambre. Au rez-de-chaussée, une immense piscine à débordement donnant sur le port. Elle avait ardemment désiré vivre là, bien entendu ; tout y était somptueux. Jamais, dans ses rêves les plus fous, elle n'aurait envisagé d'habiter un jour dans un endroit pareil. Mais n'était-ce pas trop pour un seul couple ? Trop complaisant ? Trop extravagant ?

En vérité, quand Andrea avait rencontré Tony pour la première fois, il n'aurait pas eu les moyens lui-même d'un tel investissement. Il gagnait assez bien sa vie comme comptable, mais ne vivait en aucun cas dans l'opulence. Or, au début de l'année, il avait vendu son livre. Cela avait été une immense surprise. Il n'avait révélé à personne qu'il travaillait sur un manuscrit.

Ses deux frères cadets étaient déjà des auteurs publiés. Pete, le frère du milieu, gagnait bien sa vie en rédigeant une saga d'aventures pour un jeune lectorat. Darren, le benjamin, avait même remporté le prix Esther Arlo pour son premier roman.

Andrea avait été impressionnée quand elle avait appris que les deux frères de Tony étaient écrivains. Tony avait cependant haussé les épaules. « Est-ce que c'est différent des familles d'acteurs ou de chanteurs ? » avait-il marmonné, sur la défensive. Plus tard, elle avait compris pourquoi il avait réagi ainsi. Il travaillait lui-même secrètement sur un projet et éprouvait un certain trac à l'idée d'admettre qu'il suivait les traces de ses jeunes frères. Il avait craint de ne pas être à la hauteur de leur succès.

Mais tout avait basculé lorsque le roman policier de Tony, *Suffocation*, avait été vendu et que les droits avaient fait l'objet d'une série d'enchères aussi folles que frénétiques. Le livre n'était même pas encore publié que Tony avait déjà gagné plus d'argent que ses deux frères réunis, grâce aux avances exorbitantes qu'il avait reçues sur la vente des droits de traduction dans le monde entier. Andrea et lui s'étaient mis à chercher un nouvel appartement dès que les premiers versements avaient atterri sur leur compte en banque. Son roman devait paraître en février, et la campagne de publicité s'intensifiait. Pendant ce temps, Tony travaillait déjà dur sur une suite.

Cela avait été un grand défi pour Andrea de se faire à l'idée que son comptable de mari était désormais un écrivain à succès. Elle ne l'avait épousé que peu de temps avant ce rebondissement inattendu. C'était presque comme si un changement de personnalité avait accompagné cette évolution professionnelle. Pas nécessairement dans le mauvais sens… mais c'était différent. Elle n'était toujours pas sûre de s'être totalement habituée à la nouvelle version de Tony. L'une des choses qui lui avaient toujours plu chez lui, c'était son côté gentleman ; il dégageait un charme presque rétro, à sa façon de lui tenir les portes ou d'insister pour marcher du côté de la route. Certaines femmes auraient pu considérer ce comportement sexiste à notre époque, mais Andrea avait toujours trouvé cela mignon, bien qu'un peu trop formel parfois. Cela contrastait tellement avec ses relations précédentes ! Avant Tony, elle avait fait plusieurs choix malheureux. Elle avait cru à tort qu'elle ne méritait pas d'être aimée pour ce qu'elle était. Tony lui avait prouvé qu'elle se trompait.

Il n'avait pas perdu ces qualités, mais peut-être qu'elles s'étaient révélées moins évidentes dernièrement. Ou peut-être que cela n'avait rien à voir avec ce changement de carrière et qu'il s'était simplement laissé aller au cours de leur deuxième année de mariage. Pas de quoi s'inquiéter, n'est-ce pas ? Leur lune de miel ne pouvait durer éternellement.

Cela dit, était-il normal que leur vie sexuelle se soit autant émoussée ? Quand ils étaient devenus amants, Andrea s'était aperçue que, contrairement à ses manières désuètes, Tony était assez aventureux au lit – enclin à expérimenter de nombreux scénarios ou jeux de rôles. Cela constituait pour Andrea un attrait supplémentaire à leur relation. Elle trouvait excitant de se dire que cet homme sage aux yeux de tous se révélait un amant étonnamment audacieux – et qu'elle était la seule à qui il montrait cette facette de sa personnalité. Cela étant, elle avait beau apprécier son côté aventureux, elle avait dû lui suggérer la possibilité que, de temps en temps, ils s'accordent des ébats moins fantaisistes.

Est-ce pour cela que leurs rapports sexuels s'étaient raréfiés ? Avait-il été déçu qu'elle rejette parfois ce décorum ? En plus des jeux de rôles, il leur était arrivé d'avoir recours à des jouets et accessoires. Peut-être devait-elle persévérer, faire plus d'efforts.

Alors qu'elle s'approchait de l'appartement 5A, son pas se fit plus léger, plus lent. Elle tendait l'oreille en avançant, comme pour déterminer s'il était nécessaire ou non de frapper. Quand elle atteignit le seuil, elle se figea et colla son oreille contre la porte. Au début, rien, juste le silence, mais finalement, tandis qu'elle se concentrait et faisait abstraction de tout le reste autour, elle l'entendit. Ce bruit de sanglots étouffés.

Son cœur se brisa alors qu'elle fermait les yeux et prenait une profonde inspiration. Puis elle toqua.

Darren

Le fait de voir le nom de Charlotte s'afficher sur son téléphone lui déclenchait toujours ce frémissement, au fond de ses tripes. Et cela le désolait. Il savait que ce ne serait pas le coup de fil dont il rêvait, celui où elle lui annoncerait qu'elle avait commis une grave erreur et qu'elle voulait se remettre avec lui. La vérité était que, même si son nouveau couple battait de l'aile, Charlotte ne reviendrait jamais vers Darren. Elle avait franchi le Rubicon. Et, même s'il avait espéré que ce changement d'allégeance serait temporaire, il savait désormais qu'il était définitif. C'était sa vie à elle. Sa réalité. Et il constatait combien cela l'avait épanouie.

Il avait donc accepté le lot de consolation qu'elle lui avait offert : son amitié. Même si ça le tuait chaque fois qu'il les voyait se tenir la main. Chaque fois qu'elles s'embrassaient. Chaque fois qu'elle couvait du regard sa nouvelle copine, comme elle l'avait fait avec lui autrefois. En fait, ce n'était pas le même regard. Là, c'était plus fort. Plus profond. Un coup de poignard supplémentaire. Certains de ses amis le taquinaient en disant qu'il devait se rincer l'œil chaque fois qu'elles s'embrassaient sous ses yeux. Il arrivait tout juste à se retenir de les frapper. Les connards. Ils ne comprenaient rien. Il était toujours amoureux de Charlotte.

D'ailleurs, pour être tout à fait honnête, il était fier qu'elle ait réussi à s'assumer. Même s'il aurait aimé ne pas avoir à la perdre, il était impressionné par la force de caractère dont elle avait fait preuve en s'acceptant telle qu'elle était, à presque trente-cinq ans. Surtout qu'elle venait d'une famille très croyante qui avait mal accueilli son coming out. Récemment, elle l'avait appelé en pleurs parce qu'elle avait invité ses parents à dîner pour leur présenter Steph, sa compagne. Son père n'avait pas franchi le seuil de sa maison, et sa mère n'était venue que pour lui annoncer que jamais elle n'aurait leur bénédiction. Darren s'était toujours assez bien entendu avec les parents de Charlotte, mais il leur en voulait de la traiter ainsi. Lui laisser croire qu'ils allaient se joindre à elle pour le dîner pour mieux lui assener cette navrante leçon de morale, c'était la goutte d'eau qui faisait déborder le vase. Il ne voyait pas comment des parents pouvaient infliger ça à leur enfant, n'étaient-ils pas supposés l'aimer d'un amour inconditionnel ? Il n'aurait pas hésité à engager un bras de fer contre eux si Charlotte ne l'en avait pas dissuadé.

Il se passa une main dans les cheveux et prit l'appel, espérant qu'elle ne serait pas en larmes. Elle méritait le bonheur.

— Ça va, Chacha ? murmura-t-il en se levant de son ordinateur avant de sortir sur son petit balcon pour lui parler sous le soleil de fin d'après-midi.

Son deux-pièces chambre-salle de bains était exigu et en attente de quelques rafraîchissements, mais il l'appréciait néanmoins. Il y avait plusieurs bars et cafés à proximité, et s'il se penchait sur la balustrade de sa terrasse, il pouvait apercevoir les buildings de Sydney se dresser à l'horizon à travers les fleurs violettes d'un énorme jacaranda.

Contre toute attente, la voix qui lui répondit était aussi radieuse qu'excitée.

— Bébé ! Comment tu vas ?

Il n'avait pas pu se résoudre à lui demander d'arrêter de l'appeler « bébé ». Il aurait eu l'air mesquin, comme s'il faisait ça par vengeance. Charlotte appelait la plupart de ses amis « bébé », sans que cela traduise la moindre ambiguïté. Mais c'était ainsi qu'elle l'appelait lorsqu'ils étaient ensemble, alors il avait du mal à s'accommoder de ce surnom à présent.

— Je vais bien. Super. Oui, je suis en pleine forme. Et toi ?

— Pareil ! Écoute, il y a un truc dont il faut que je te parle. Quelque chose d'important. On peut se voir ? Vendredi soir, si tu es libre ?

Cette petite vibration dans son estomac le frappa encore. Elle voulait lui parler. De quelque chose d'important. Et s'il s'était trompé en se disant qu'il n'y avait aucun espoir pour lui ? Et si elle avait changé d'avis ?

Il s'efforça de garder une voix constante pour répondre, et dut se racler la gorge pour empêcher son ton de monter dans les aigus.

— Bien sûr. Faut que je m'organise, mais je peux faire en sorte d'être dispo.

— Oh, tu es sûr ? Je ne veux pas te compliquer la vie.

En vérité, il n'avait rien de prévu ce week-end, à part Netflix et quelques bières sur son canapé.

— C'est bon, pas de stress. Au *Cross Street* à 19 heures, ça te va ?

— Parfait. Je te retrouve là-bas.

Il raccrocha et prit plusieurs grandes respirations.

Ne t'emballe pas. Elle veut juste parler. Ça peut être n'importe quoi.

Mais tout de même, elle avait dit : « Je te retrouve là-bas », pas : « On te retrouve là-bas. »

Les dernières fois qu'il avait vu Charlotte, Steph était avec elle. Peut-être que cette fois ils seraient juste tous les deux.

Il consulta l'heure sur son téléphone : 17 heures. L'heure de quitter le bureau. Il ricana. Quelle blague ! Comme s'il avait accompli quoi que ce soit en restant assis devant son ordinateur toute la journée. Il aurait aussi bien pu mettre sa planche à l'arrière de sa voiture et aller surfer à Freshwater Beach.

Peut-être que, demain, l'inspiration lui reviendrait.

Andrea

— Andrea ? demanda la petite voix de l'autre côté du battant.

— Oui, c'est moi, ma grande.

Elle entendit le bruit de la serrure qui cliquetait, puis la porte s'ouvrit. Andrea dévisagea Violet, sa voisine de six ans. Mince, les yeux d'un bleu étincelant, ses cheveux blonds étaient noués en queue de cheval. Violet s'essuya le nez sur la manche de sa chemise d'écolière, puis s'écarta pour laisser entrer sa voisine.

— Elle est là ? s'enquit Andrea.

Violet secoua la tête.

— Oh, ma puce, depuis combien de temps tu es seule ?

L'enfant détourna les yeux.

— Ça fait un moment.

— Tu as un petit creux ?

La petite garda un air timide pendant un instant, puis hocha la tête.

— Très bien, voyons si on peut te trouver une collation.

Violet suivit Andrea dans la cuisine, tandis qu'elle ouvrait les portes des placards et du réfrigérateur, à la recherche d'ingrédients permettant de préparer un goûter. Caviar, truffes, œufs de caille. Quatre bouteilles de champagne. Fromage bleu. Saumon fumé.

Cette femme avait des goûts de luxe. Elle menait grand train. Andrea suspectait Heather d'être une toxicomane mondaine. Même si sa voisine ne se considérait probablement pas comme une droguée. Principalement parce qu'elle n'était pas fauchée, qu'elle n'avait pas de traces de piqûres, et qu'elle consommait ses stupéfiants en compagnie de gens riches et célèbres lors de soirées très sélectes. Le souci, c'était qu'elle n'attendait pas toujours l'arrivée d'une baby-sitter avant de laisser Violet pour se rendre à ces sauteries. Andrea avait tenté d'alerter les services sociaux à propos des négligences de Heather, mais quand ceux-ci étaient venus enquêter, elle avait joué la mère parfaite.

Finalement, Andrea trouva des crackers, du cheddar et quelques fruits. Elle s'efforça de bavarder avec Violet tout en découpant le fromage et les fruits, avant de disposer la collation sur une assiette. Elle lui posa quelques questions au sujet de l'école, des devoirs et de ses amis. Andrea voyait régulièrement une baby-sitter aller et venir dans l'appartement de Heather, mais elle semblait s'être brusquement volatilisée sans jamais avoir été remplacée. D'après les indices glanés auprès de Violet, Andrea en avait déduit que le départ soudain de la jeune fille était lié au style de vie débridé de Heather et aux nombreux hommes qu'elle ramenait à la maison.

Andrea continuait d'espérer que l'école de Violet se rendrait compte des difficultés de son quotidien à la maison et alerterait à son tour les services sociaux. Mais Heather s'arrangeait toujours pour envoyer Violet à l'école dans un état impeccable. Elle avait aussi un chauffeur qui déposait la petite devant l'établissement, de sorte qu'elle ne manquait jamais un jour de classe et n'arrivait jamais en retard. Violet se montrait très assidue, sollicitant souvent l'aide d'Andrea pour s'assurer de faire ses devoirs à temps.

Andrea n'avait aperçu le chauffeur qu'à une ou deux reprises, mais elle avait l'impression qu'il s'était aussi attaché à la fillette. Elle avait remarqué qu'il ajustait sa petite tresse alors qu'il l'escortait vers la voiture. Il ne ressemblait d'ailleurs pas à l'image qu'elle se faisait d'un chauffeur. Il était d'une élégance décontractée : crâne rasé, barbe bien taillée, regard doux.

Andrea déposa l'assiette devant Violet et s'assit à côté d'elle, s'efforçant de ne pas la dévisager pendant qu'elle mangeait. La fillette avait toujours été frêle : c'était sans doute sa morphologie qui voulait ça, mais il était toujours agréable de la voir grignoter quelque chose. Elle avait les poignets très fins.

Andrea ne se souvenait pas de sa propre mère lui préparant un goûter après l'école, ni la regardant manger, ni se préoccupant de savoir si elle avait besoin de quoi que ce soit. Elle s'était considérée chanceuse les rares fois où sa mère lui avait cuisiné un repas.

Andrea avait elle aussi été une enfant frêle. Des bras et des jambes comme des allumettes. Les enfants à l'école la surnommaient « demi-portion ». À la fin de son adolescence, elle avait pris du poids à force de tout faire pour se remplumer, mais les kilos étaient apparus dans toutes les mauvaises zones, et elle s'était longtemps sentie disproportionnée. Arrivée à la trentaine, elle avait fini par s'habituer à sa silhouette. Elle avait accepté ses courbes pour ce qu'elles étaient. À présent, les rares fois où elle semblait avoir des rondeurs, c'était lors d'une éventuelle digestion difficile lorsque son ventre était ballonné.

— C'est bon ? demanda Andrea tandis que Violet mastiquait lentement et proprement, en veillant à garder la bouche fermée.

Elle se tenait mieux à table que la nièce de seize ans d'Andrea.

Violet déglutit et lui décocha un grand sourire.

— C'est vraiment délicieux, déclara-t-elle. Tu en veux ?

— Non, merci. Cette assiette est pour toi, ma puce, répondit Andrea avant d'hésiter. Est-ce que ta maman t'a dit à quelle heure elle serait de retour ?

Violet leva les yeux vers l'horloge sur le mur, le visage concentré. Finalement, elle déclara :

— Petite aiguille sur le six.

— À 18 heures ?

Andrea consulta sa montre, il était presque 18 heures.

— OK, donc elle devrait rentrer à la maison d'une minute à l'autre. Je vais rester avec toi jusqu'à son retour, d'accord ?

Presque aussitôt, elle entendit le bruit d'une clé dans la serrure et se retourna vers la porte.

— Que faites-vous ici ?

— Je m'occupe de Violet, répondit Andrea en se levant.

— Inutile. J'étais à deux pas pour faire quelques courses.

Les yeux d'Andrea se posèrent sur le sac que tenait sa voisine. Il semblait que les seules « courses » qu'elle rapportait se résumaient à des bouteilles d'alcool.

Son regard n'échappa pas à Heather.

— Le reste est dans la voiture, Miss Détective. Mon chauffeur m'aide à monter les provisions, assura-t-elle avant d'ouvrir la porte en grand. Merci, vous pouvez rentrer chez vous maintenant.

Andrea lança un regard en coin à Violet et lui adressa un sourire furtif avant de se diriger vers la porte. Arrivée au niveau de Heather, elle s'arrêta brièvement et se pencha vers elle.

— Je vous ai à l'œil, chuchota-t-elle.

Heather saisit Andrea par le bras, ses faux ongles s'enfonçant dans sa peau.

— Tiens-toi à l'écart de ma fille, siffla-t-elle d'un ton dur.

Andrea dégagea son bras puis se retourna pour héler Violet d'une voix aussi joviale que possible.

— Ravie de t'avoir vue, ma puce. On se revoit bientôt !

Puis elle passa devant Heather et sortit dans le hall. La porte claqua derrière elle. Andrea resta immobile un moment, son bras la picotant à l'endroit où Heather l'avait attrapée. D'accord, peut-être que ce soir elle s'était seulement éclipsée pour un petit tour en boutique, plutôt que pour faire la fête avec ses amis, mais tout de même. Six ans, c'était trop jeune, même pour ça. Et Andrea ne croyait pas un seul instant que son chauffeur lui montait d'autres provisions. Heather s'était absentée pour s'approvisionner en alcool, rien de plus.

Il n'était pas question qu'Andrea se tienne à l'écart de Violet. Cette petite fille avait besoin de quelqu'un qui veille sur elle.

Soir de Noël

La première automobiliste poursuivit sa route. Elle n'était qu'une jeune conductrice, seule au volant. Et, quand elle aperçut le carambolage sur le bas-côté de l'autoroute, elle fut trop sidérée pour réagir. Elle continua de rouler, le cœur tambourinant. Ça avait l'air grave. Vraiment grave. Et, apparemment, cela venait tout juste de se produire. Elle savait qu'elle aurait dû s'arrêter, alerter les services d'urgence, mais ses mains semblaient bloquées sur le volant, son pied droit sur l'accélérateur. Elle avait déjà parcouru un bon kilomètre après l'accident avant que son corps ne se détende. Une idée lui vint à l'esprit : à présent, elle savait quel genre de personne elle était. Le genre qui ne freine pas pour porter assistance à ses semblables. Elle aurait bien appelé la police, mais sa mère l'obligeait à garder son téléphone dans le coffre de la voiture depuis que son frère lui avait ouvertement reproché d'envoyer des SMS au volant. Finalement, elle se persuada que tout allait s'arranger : la voiture suivante s'arrêterait et préviendrait les secours.

Plus tard, lorsqu'elle entendit aux informations que l'accident avait fait un mort et qu'une autre victime se trouvait dans un état critique, elle se demanda si une vie aurait pu être épargnée si elle avait proposé son aide.

2

Mimi

Vendredi 4 décembre

Ce qui l'avait le plus irritée, c'était le ton. Elle savait que Pete essayait d'avoir l'air un peu blagueur, s'efforçant de faire passer cela pour une suggestion désinvolte, mais elle percevait bien une note d'inquiétude dans sa voix.

— Faut-il vraiment qu'on ouvre une autre bouteille de vin ce soir ?

Ils avaient déjà consommé une bouteille de sauvignon cet après-midi-là. C'était censé être un apéritif, avant de finir la bouteille au dîner. Mais on était vendredi, il faisait beau, et Mimi en était encore à rattraper le temps perdu. Alors les verres s'étaient vidés facilement tandis qu'ils flânaient sur le patio donnant sur le jardin en écoutant les bruissements tranquilles du bush.

Sans doute avait-il raison. Les jumelles allaient se réveiller dans la nuit, et il faudrait se lever pour leur préparer leurs biberons, ce qui, après quelques verres, s'avérerait encore plus pénible. Non pas qu'elle serait seule à la tâche. Pete donnait toujours un coup de main, du moins quand on le secouait pour le réveiller. Il avait le sommeil si profond que même un semi-remorque traversant le salon n'aurait pas suffi à le réveiller. Mais il ne le faisait pas exprès. Dès qu'il sortait de sa torpeur, il bondissait hors du lit et chauffait les biberons ou berçait les jumelles pendant que Mimi se chargeait de la logistique.

C'était l'avantage d'avoir un mari qui travaillait à la maison. Il s'impliquait beaucoup dans l'éducation de leurs enfants. Il avait aménagé l'une des chambres à l'arrière de la maison en bureau, avec vue sur le parc national de Lane Cove. Il affirmait que c'était l'endroit idéal pour écrire, car la contemplation du bush lui offrait toute l'inspiration dont il avait besoin pour ses romans d'aventures.

Quand ils s'étaient rencontrés, il venait d'achever l'écriture de son premier livre et se préparait non sans un certain trac à le soumettre à un éditeur. Il avait laissé Mimi lire son manuscrit et, pour s'amuser, elle avait commencé à griffonner quelques esquisses des personnages principaux. Quand il avait vu les croquis, il avait affirmé que ceux-ci lui avaient donné le courage d'envoyer le livre, parce qu'elle avait su donner vie à ses personnages. Il avait joint les esquisses de Mimi à son envoi, et à présent, dix-sept ans plus tard, il avait écrit et elle illustré vingt tomes de la série d'aventures *Tim'Id le bavard*. Diplômée en graphisme avant leur rencontre, elle avait continué à travailler dans une petite imprimerie au début, mais lorsque les livres avaient commencé à se vendre, elle s'était mise à bosser à plein-temps sur les illustrations. Le dessin avait toujours été sa passion, avant le graphisme.

Les gens leur demandaient souvent comment ils s'organisaient pour vivre et travailler de façon aussi étroite ensemble. « Je deviendrais folle si je ne passais pas mes huit heures au boulot, loin de mon mari », assuraient plusieurs mamans de l'école. Mais, en vérité, cela était facile pour Mimi de passer autant de temps avec Pete parce qu'il était son meilleur ami. Et le fait qu'elle éprouve encore beaucoup d'attirance pour lui ne nuisait pas au résultat. Même après avoir vécu presque deux décennies à ses côtés, même avec sa calvitie naissante qui l'avait contraint à se raser le crâne, même avec ses poignées d'amour, il arrivait encore à faire vibrer quelque chose en elle. Ce qu'elle préférait chez lui, c'étaient ses bras, musclés et forts. Et elle n'aimait rien tant que de se blottir contre son torse pendant qu'il l'enlaçait.

Donc, à cet instant précis, alors qu'elle se tenait dans la cuisine avec la deuxième bouteille de vin en main, elle n'avait vraiment pas de raison de lui en vouloir. Parce qu'il n'avait fait que se montrer raisonnable en lui suggérant de ne pas ouvrir cette deuxième bouteille.

Cela étant, lui n'avait pas été contraint d'arrêter de boire pendant neuf mois. Elle ne faisait que rattraper le temps perdu. Sa première gorgée de vin lui avait donné l'impression de revivre. Quel soulagement ! Elle n'avait pas mesuré à quel point ce goût, ce réconfort, cette chaleur lui avaient manqué. La façon dont elle se détendait à chaque gorgée. Sa mâchoire se desserrait, la tension dans son cou se dénouait, ses épaules s'affaissaient, et c'était comme si tout retrouvait sa place sous l'effet de l'alcool. Elle imaginait sa colonne vertébrale se remettre d'aplomb, une vertèbre après l'autre, comme un Lego. *Clic, clic, clic, clic.* Ses hanches se relâchaient. La chaleur se répandait le long de ses cuisses, autour de ses mollets, jusqu'à ses pieds, elle sentait la tension se dissiper jusque dans ses orteils. Qui voudrait se priver d'une telle satisfaction ?

Il y a quelques semaines, Pete était rentré à la maison après avoir emmené Callie en conduite accompagnée et avait descendu cinq Bacardi d'affilée. Callie était une assez bonne conductrice, mais apparemment elle avait dû griller un stop, ce qui avait eu pour effet d'ôter dix ans d'espérance de vie à Pete. Et *cela* s'était produit un mercredi soir. Avant les jumelles, ils essayaient de limiter leur consommation d'alcool aux week-ends. Mais, au cours de l'année passée, Pete avait décrété qu'« aider Tara à faire ses devoirs » ou « emmener Callie en conduite accompagnée » lui donnaient le droit de boire en semaine.

D'où l'irritation de Mimi à l'idée qu'il la juge aujourd'hui pour avoir eu envie de déboucher une autre bouteille un vendredi soir. Elle se contenta de hausser les épaules et de ranger le sauvignon au frigo.

— Sage décision…

— Désolé, je ne voulais pas faire mon rabat-joie.

Elle devait avoir l'air plus déçue qu'elle ne voulait le montrer.

— Non, tu as raison, je peux me limiter. Au fait, ta mère est passée ce matin pendant que tu étais sorti.

Pete s'était absenté presque toute la journée pour un rendez-vous avec leur agent littéraire, suivie d'un déjeuner avec leurs éditeurs. Habituellement, Mimi se joignait à lui pour ces rencontres, mais quelqu'un devait rester à la maison avec les jumelles, et il était plus logique que ce soit l'auteur qui participe à ces réunions que l'illustratrice.

— Ah oui ? Comment allait-elle ? demanda-t-il.

— Ça a l'air d'aller. Toujours bien décidée à organiser Noël au cottage, comme d'habitude. Elle s'inquiétait pour ma santé. Elle a parfois tendance à oublier que tu travailles à la maison et que tu m'aides au quotidien pour les jumelles. Je sens qu'elle me sondait pour essayer de savoir si je n'étais pas au bout du rouleau.

Pete fit une grimace.

— Désolé, ça t'a agacée ?

Mimi croisa les bras.

— Tu n'as pas besoin de t'excuser pour ta mère, elle est adorable. C'est gentil de sa part de se soucier de ces choses-là.

Tara arriva du couloir et s'appuya sur le banc de l'îlot.

— Des nouvelles sur le front des jumelles ! annonça-t-elle. Elliot a commencé à s'agiter, je lui ai remis sa tétine et elle s'est calmée. James dort à poings fermés.

Pete et Mimi échangèrent un bref regard. Ils adoraient tous les deux la façon dont Tara s'était approprié le vocabulaire d'une vraie petite maman.

— Merci, ma chérie. Il faut qu'elles tiennent jusqu'à 2 heures du matin, donc c'est parfait. Tu as faim ?

— Oui. Qu'est-ce qu'on mange ?

— Renseigne-toi auprès de ton père, répondit Mimi.

Il se mordit les lèvres, perplexe.

— On a commandé trop de plats à emporter ces derniers temps, pas vrai ? demanda-t-il.

Mimi haussa les mains en l'air et s'en remit à Tara.

— Qu'est-ce que tu en penses ?

Elle réfléchit à la question pendant un instant.

— Je pense qu'on peut faire une exception pour la pizza. On n'en a pas mangé depuis un moment.

Mimi hocha la tête.

— Je m'en remets à la parole du grand sage. Dis-nous quelle pizzeria choisir ce soir, George's Gourmet ou Christina ?

— Christina. Parce qu'elle m'offre toujours des bonbons quand je vais récupérer nos commandes avec papa.

— Mais que se passera-t-il si c'est l'autre serveuse qui prépare la commande ? Tu seras déçue ?

— Un peu, mais je m'en remettrai. Tu peux me faire une tresse avant que j'y aille avec papa ?

— Bien sûr, ma chérie.

Tara avait hérité des boucles crépues de Mimi, et après une journée d'école, elles s'épanouissaient en un enchevêtrement de frisottis autour de son visage.

Ils se retournèrent tous quand le fracas d'une porte de chambre claquant à l'étage fut suivi de bruits de pas sur le palier.

— Pourvu qu'elle n'ait pas réveillé les jumelles…, marmonna Mimi.

Ils retinrent leur souffle tous les trois, redoutant les cris, mais le silence se fit. Callie apparut en bas de l'escalier.

— Qu'est-ce qu'on mange ? s'enquit-elle d'un air grognon.

— Oh, salut maman, salut papa, salut Tara, dit Pete. Comment allez-vous ce soir ? Bien ? Vous avez passé une bonne journée ? Ouais, pas trop mal. Et toi, Callie, je ne t'ai pas vue depuis que tu es rentrée, tu as disparu dans ta chambre et tu n'en es pas sortie depuis. Tu vas bien ?

— La ferme. J'étais occupée.

— Ne parle pas comme ça, c'est impoli ! la réprimanda Tara.

— Alors pourquoi maman et papa se parlent tout le temps comme ça ?

— C'est pour plaisanter... Pas vrai ? rétorqua Mimi en éprouvant une pointe de culpabilité.

— Ouais, bien sûr, assura Pete.

Mimi fit un pas vers Callie. Elle lui manquait depuis qu'elle s'était mise à s'enfermer dans sa chambre en rentrant à la maison. Autrefois, elles avaient de longues et plaisantes conversations autour d'un café au lait l'après-midi. Callie avait l'habitude de l'embrasser sans retenue, de se confier à elle. Mais c'est comme si quelque chose s'était brisé entre elles plusieurs mois auparavant.

Elle avait aussi commencé à lisser minutieusement ses boucles tous les matins. Mimi s'était toujours réjouie de voir cette chevelure sauvage que les filles tenaient d'elle. Il était naïf de penser que Callie ne changerait pas de look en grandissant, mais la voir aplatir ainsi ses boucles aussi parfaites relevait du blasphème pour Mimi.

— Tu vas bien ? Comment s'est passée ta journée ?

— Bien. Qu'est-ce qu'on mange ? répéta-t-elle.

— Pizza.

— Beurk. Vous ne pouvez pas cuisiner pour une fois ?

Mimi vit les narines de Pete se dilater et lui adressa un signe de tête presque imperceptible. Certes, Callie était insolente, mais ces temps-ci, Mimi s'efforçait de choisir ses batailles avec leur fille. S'ils la remettaient à sa place, cela ne ferait que déclencher une autre dispute.

Pete leva les yeux au ciel, mais quand il reprit la parole, son ton était léger.

— Tu as seize ans, nota-t-il. Tu sais cuisiner. D'ailleurs, j'ai fait une bolognaise hier.

— Tu ne l'as pas préparée, elle était en conserve.

— Et ?

— Les parents de Peyton préparent leur sauce maison avec les tomates du jardin.

— Les parents de Peyton n'autorisent pas Peyton à avoir un téléphone. Tu veux vraiment qu'on soit comme eux ?

— Vous êtes totalement hors sujet. C'est vraiment trop demander d'avoir une alimentation saine ?

Elle pivota sur ses talons puis remonta l'escalier d'un pas lourd.

L'esprit de Mimi se mit aussitôt à faire exactement ce qu'il faisait régulièrement depuis quelques mois : passer en revue les raisons qui pourraient expliquer le comportement de Callie. L'arrivée des jumelles. Des problèmes à l'école. Le harcèlement. Les amis. Les réseaux sociaux. Un garçon. Elle en pinçait pour quelqu'un. Quelqu'un en pinçait pour elle. Elle se préoccupait de son poids ? Trouble alimentaire potentiel. Voilà un nouveau truc à ajouter à la liste…

Ses inquiétudes devaient se lire sur son visage, car Pete sortit aussitôt la bouteille de vin du frigo.

— Tant pis pour la modération, on a une ado à la maison, déclara-t-il. Commandons la pizza.

— Merveilleux !

Darren

Il comprit son erreur au moment où il entra dans le bar bondé, balayant la pièce du regard et repérant Charlotte. Il y avait un bras autour de son épaule. Celui de Steph. Steph, avec ses cheveux blond platine courts et effilés, ses traits anguleux. Son gloss à lèvres rouge vif. Une antithèse parfaite de la douceur de Charlotte, de ses longs cheveux sombres et ondulés, de sa peau lisse et hâlée, et de sa beauté naturelle. De ses lèvres sans fard qu'il avait autrefois eu le droit d'embrasser.

Quel imbécile de s'être mis à entretenir une lueur d'espoir… Il savait pourtant à quoi s'en tenir. Et c'était insultant pour Charlotte de persister à penser qu'elle reviendrait sur cette décision, car ce n'était pas un choix, n'est-ce pas ? Il s'agissait d'une révélation. Il devait se ressaisir et accepter les termes de sa nouvelle relation avec elle ; il n'était pas question d'autre chose que d'amitié. Parce que, s'il désirait garder Charlotte dans sa vie, il ne pourrait en être autrement.

Il s'efforça de rectifier au mieux sa posture, bombant le torse et relevant le menton pour ne pas laisser paraître sa déception. Puis il commença à se frayer un chemin dans la foule du vendredi soir, composée d'hommes en costumes aux cravates desserrées et de femmes en blazers, jupes et talons hauts. Parfois, un job classique de 9 heures à 17 heures lui manquait : pouvoir sortir avec ses collègues à la veille du week-end pour partager un verre par une chaude soirée d'été… Avant sa démission pour écrire à plein-temps, il avait travaillé comme responsable commercial. Il n'avait pas fait preuve d'un grand investissement professionnel, atteignant de justesse ses objectifs mensuels. Il lui avait semblé que son patron avait accepté sa démission avec soulagement, lorsqu'il avait décroché son contrat d'édition.

— Mesdames, bonsoir ! salua-t-il en arrivant à la hauteur de la table de Charlotte et Steph. Je vous commande quelque chose au bar ?

Charlotte se redressa d'un bond pour déposer un baiser sur sa joue tandis que Steph lui adressait un sourire sans se lever.

— C'est bon, dit Charlotte. On a passé commande, et il y a une bière qui arrive pour toi aussi.

— Une Asahi ?

— Bien entendu !

Il sourit et prit place sur une chaise tandis que Charlotte s'affalait sur la banquette. Il lui sembla que le sourire de Steph s'était légèrement figé au cours de cet échange : cela la dérangeait peut-être que Charlotte soit suffisamment proche de lui pour savoir quelle bière lui commander avant même qu'il n'arrive.

Maintenant qu'il avait la confirmation que cette invitation n'avait rien à voir avec le fait que Charlotte puisse envisager de se remettre avec lui, il était curieux de savoir quel serait l'ordre du jour. Malheureusement, elle ne semblait pas pressée de le renseigner là-dessus.

— Alors, quoi de neuf ? Comment ça va ? lança-t-elle avant qu'il ne puisse intervenir et lui demander de quoi il retournait.

— Pas grand-chose. La routine. Et vous, les filles ?

Steph s'apprêtait à répondre, mais Charlotte l'interrompit.

— Oh, nous ? Nous, on a une vie affreusement barbante. Parle-nous plutôt de toi. La routine ? Qu'est-ce que ça veut dire ? Allez, parle-nous de ta trépidante vie d'écrivain !

Darren inclina la tête sur le côté. La voix de Charlotte semblait être passée en mode haut débit et paraissait plus haut perchée que d'habitude. Quelque chose la rendait nerveuse.

— Euh, ma trépidante vie d'écrivain ? Allons, Charlotte, tu sais bien que c'est un mythe. Ça n'existe que dans l'imagination du public. Il n'y a que moi, mon ordinateur portable, et une deadline pour envoyer mon manuscrit.

— D'accord, mais pas d'événements littéraires intéressants ces temps-ci ? Comme la fois où tu t'es soûlé devant Markus Zusak et où tu es rentré en chialant parce que c'est ton idole ?

— Eh bien, merci de me le rappeler. Non, je ne peux pas dire que ce genre d'humiliation me soit arrivé récemment. Bref, tu n'avais pas un truc à me…

Charlotte le coupa.

— Oh, je voulais te dire… Merci beaucoup pour les recommandations Netflix que tu m'as envoyées. Steph et moi, on s'est régalées à mater *Lucifer*…

Charlotte se tut brièvement lorsque leurs boissons arrivèrent, puis reprit la parole, décrivant avec des détails surprenants l'intrigue du dernier épisode qu'elle avait visionné, avant de passer à une critique du film qu'elle avait vu avec Steph la veille, puis à une anecdote alambiquée sur la meilleure façon de préparer du guacamole. Ni Steph ni Darren ne parvinrent à placer un mot alors qu'elle continuait à passer du coq à l'âne, dans le but évident d'éviter d'aborder la raison pour laquelle elle l'avait invité ce soir.

Finalement, elle dut faire une pause pour reprendre son souffle au milieu de son récit à propos des nouveaux écouteurs sans fil qu'elle envisageait d'acheter, et Darren saisit sa chance.

— Chacha, désolé de t'interrompre, mais tu avais évoqué un truc important… quelque chose dont tu devais me parler. Et je suppose qu'il ne s'agit pas d'une recette de guacamole ni du dernier match Bose contre Beats.

— Hum, oui… C'est vrai. Je te commande autre chose ? Tu as presque fini ta bière.

Darren jeta un coup d'œil à son verre, qui était presque plein.

— Tout va bien pour moi, répondit-il.

Il regarda Steph poser une main sur celle de Charlotte sur la table.

— Ça va aller, chérie, murmura-t-elle.

Charlotte se détendit visiblement au contact de Steph.

Darren ravala une bouffée de jalousie.

— D'accord, reprit Charlotte. J'imagine que je dois y aller franco. Steph et moi, on a une faveur à te demander. Je veux dire, ce n'est pas vraiment une faveur, c'est plus fort que ça, c'est énorme, c'est... je ne sais pas comment décrire ça.

— Chacha, l'encouragea Darren, tout ce que tu as à faire, c'est de poser la question.

— Nous voudrions ton sperme.

Darren se figea, s'efforçant de maîtriser les traits de son visage pour dissimuler sa surprise. D'un côté, cette requête était d'une évidence criante. Évidemment que c'était la raison pour laquelle elle voulait lui parler. Il avait toujours su à quel point elle désirait des enfants, mais quand elle avait fait son coming out, il n'avait pas pensé à cet aspect-là des choses.

Toutes ces fois où il avait rêvé d'épouser Charlotte, de fonder une famille avec elle, il s'était imaginé à quoi leurs enfants pourraient ressembler. Et maintenant, elle voulait qu'il lui permette d'avoir ce bébé et de l'élever avec quelqu'un d'autre.

Elle lâcha ensuite la deuxième bombe.

À présent qu'elle jouait cartes sur table, son débit s'accélérait.

— Donc, j'ai conscience que c'est une décision à ne pas prendre à la légère. Mais si tu acceptes et que ça marche, si Steph tombe enceinte, on tient à ce que tu saches qu'à aucun moment la responsabilité ne reposera sur tes épaules. Nous aurons un contrat établi, un acte qui stipulera que tu ne seras jamais financièrement responsable de...

Attends une minute... « Si Steph tombe enceinte » ?

Darren leva une main pour l'interrompre.

— Désolé, attends... C'est Steph qui serait...

Il mima un ventre arrondi devant lui. Curieusement, il semblait avoir perdu l'usage de la parole.

— Celle qui porterait le bébé, oui, confirma Charlotte.

Donc, ce ne serait pas du tout le même enfant imaginaire. Elle ne lui réclamait même pas son sperme pour elle, elle le voulait pour sa copine... Ce bébé ne serait pas moitié Darren, moitié Charlotte. Il serait moitié Darren, moitié Steph.

Charlotte se remit à le mitrailler de mots, énumérant toutes les raisons pour lesquelles il ferait un donneur idéal pour elles, expliquant combien cela les rendrait heureuses, combien il était délicat de soumettre une telle demande, à quel point elles désiraient désespérément fonder une famille, à quel point elles se sentaient prêtes.

Et Darren se retrouva à fixer directement Steph. Il arrivait à peine à entendre les paroles que Charlotte prononçait. Au lieu de cela, il se construisait une nouvelle image. Une petite fille, qui aurait les mêmes oreilles décollées que lui, ses cheveux blond cendré, ses fossettes. Il lui ajoutait à présent les pommettes hautes et le teint pâle de Steph.

N'importe quoi ! Ça ne collait pas. Les traits s'entremêlaient dans son esprit. Quand il se représentait l'enfant que Charlotte et lui auraient ensemble, tout s'harmonisait parfaitement. Son joli nez en trompette à elle compensait ses oreilles décollées à lui. Son teint hâlé serait assorti aux yeux bruns de Darren. L'image du nouvel enfant qui se formait dans son esprit ressemblait étrangement à Dobby, l'elfe de Harry Potter.

Darren se rendit compte que Steph le regardait droit dans les yeux et il baissa le regard, gêné de s'être laissé surprendre en train de la dévisager avec une telle intensité. Mais Steph le surprit par sa perspicacité :

—Tu essayais d'imaginer à quoi ressemblerait notre bébé, pas vrai ? marmonna-t-elle, interrompant la logorrhée de Charlotte.

Darren but une longue gorgée de bière.

—Possible, bredouilla-t-il. Un peu.

Charlotte était sur le point d'intervenir, mais Steph lui coupa l'herbe sous le pied.

—Darren, c'est un truc énorme que l'on te demande. Il te faudra du temps pour y réfléchir, et on comprendrait parfaitement que tu refuses.

Une fois de plus, Darren fut surpris. Il n'avait jamais vraiment consenti l'effort d'apprendre à connaître Steph, par jalousie, sans doute. Il s'était toujours montré assez distant envers elle, la considérant comme la fauteuse de troubles qui avait bouleversé sa vie. Mais, à cet instant précis, elle faisait preuve d'une réelle empathie, et il lui en était reconnaissant. Il sourit et hocha la tête.

—Merci, Steph.

Il se tourna vers Charlotte et s'aperçut qu'elle avait baissé les yeux. Elle espérait qu'il donnerait son accord. Elle s'était sans doute attendue à ce qu'il dise oui, ici et maintenant. Vu l'excitation et l'animation dans sa voix tandis qu'elle énumérait toutes les raisons pour lesquelles il constituait le candidat idéal, il n'aurait guère été étonné qu'elle sorte un flacon de son sac à main et lui demande de filer aux toilettes pour leur fournir un premier échantillon sur-le-champ.

Il ne supportait pas de la décevoir. Les mots franchirent ses lèvres avant même qu'il puisse s'en empêcher.

—Je vais dire oui.

Charlotte se jeta à son cou, manquant de perdre l'équilibre, car une table se dressait entre eux.

—Merci ! s'écria-t-elle. Merci, merci. Tu n'imagines pas ce que ça signifie pour nous…

Steph, quant à elle, était restée assise et, lorsque Charlotte finit par desserrer son étreinte, Darren s'aperçut qu'elle avait l'air inquiète.

— Tu es sûr de toi ? murmura-t-elle. Honnêtement, tu peux prendre plus de temps pour réfléchir si tu en as besoin.

Charlotte se laissa retomber sur la banquette et donna une tape à sa compagne.

— Bon sang, Steph, il a dit oui ! N'essaie pas de l'en dissuader maintenant.

— Je n'essaie pas de l'en dissuader, répliqua-t-elle dans un sourire. Je tiens juste à m'assurer qu'il est sûr de lui.

Darren détourna les yeux et croisa brièvement le regard d'une petite rouquine près du bar. Il lui adressa un sourire puis se retourna.

— Je serais idiot de dire non. C'est l'occasion de vous offrir une vie de famille. Et tout ce que j'ai à faire, c'est de me branler… Ça ne me coûte pas grand-chose, vraiment.

— Oh, bon sang, Darren ! s'esclaffa Charlotte avant de se lever à nouveau. Je file au bar. Il faut qu'on fête ça.

Dès qu'elle fut hors de portée, Steph se pencha vers lui.

— Vraiment, dit-elle à voix basse. Ne te sens pas obligé. Je sais que tu as encore des sentiments pour elle. Et je sais que tu serais prêt à n'importe quoi pour lui faire plaisir. Je ne veux pas te forcer la main ou que tu acceptes dans l'espoir que…

Elle se tut, et Darren sentit une de ses paupières se contracter. Il savait ce qui allait se passer.

— Dans l'espoir que quoi ?

— Eh bien, qu'elle se remettra avec toi parce que tu exauces son vœu le plus cher.

Steph s'en voulait d'avoir dit cela, mais cela l'énerva quand même. Bien sûr, elle n'était pas forcément dans le faux, mais fallait-il qu'elle le pousse ainsi dans ses retranchements ? C'était son problème à lui. Et il était vexé qu'elle arrive à lire en lui comme dans un livre ouvert. Il ne voulait plus de son empathie, tout compte fait.

— Honnêtement, je me suis fait une raison, affirma-t-il. Je ferais ça pour n'importe qui.

— Tu es sérieux ?

— Pourquoi pas ? Il y a plein d'hommes qui font des dons aux banques de sperme, c'est exactement la même chose, non ?

— À ceci près que tu es toujours amoureux de Charlotte.

— Tu confonds amitié et amour, répliqua-t-il en hésitant avant de passer à un mensonge pur et simple. J'ai tourné la page, il y a quelqu'un d'autre dans ma vie.

Steph se pinça les lèvres.

— Ah bon ? murmura-t-elle. Charlotte ne m'en a pas parlé.

— C'est tout récent.

— Dans ce cas, tu ne crois pas que tu devrais demander son avis à ta petite amie avant de prendre cette décision ?

— Pas vraiment. Comme je te l'ai dit, je viens tout juste de la rencontrer. Cette décision n'engage que moi.

Steph se pencha en arrière et croisa les bras.

— Très bien, dit-elle. Dans ce cas… Merci. Ça nous touche vraiment. Toutes les deux.

Darren se radoucit un peu. Il devinait le soulagement dans son regard. Elle désirait cet enfant autant que Charlotte. Pourvu qu'elle ne se mette pas à le bombarder de questions au sujet de sa petite amie imaginaire.

Jill

Cher Frank,

J'ai tenu jusqu'à vendredi. Même si les vendredis n'ont plus vraiment d'importance quand on est à la retraite, n'est-ce pas ? Mais bon, ça fait encore une semaine et ça ressemble à un accomplissement. Encore une semaine de banalité. Encore une semaine d'ennui, de solitude et d'insomnie. Encore une semaine sans toi.

Me voilà en train de m'apitoyer sur mon sort. Je suis désolée. Tu en as assez que je m'épanche, non ? Probablement. Mais je ne sais pas quoi faire d'autre. Je ne sais pas comment me faire pardonner. Je suppose que c'est impossible. Rien ne peut m'absoudre. Aucun Je vous salue Marie. Il n'existe pas d'acte de contrition pour cela. Pas d'excuses. Mais je vais tant bien que mal continuer à écrire. Qu'est-ce que je peux faire d'autre ?

J'ai fait l'impasse sur mes Je vous salue Marie ce matin. Je n'ai pas pu faire autrement. J'étais trop en colère. Mais je prierai ce soir avant de m'endormir. Autant que je peux. Je les chanterai jusqu'à épuisement. Puis je resterai éveillée, avec les yeux qui piquent, et j'implorerai le sommeil.

Mais crois-tu que cela pourra y changer quoi que ce soit à l'avenir ? Quand mon heure viendra, toutes ces prières me permettront-elles d'obtenir le pardon ? Non. Je ne pense pas qu'elles compteront.

Je n'ai toujours pas ouvert ce satané mail. Je t'en ai parlé, n'est-ce pas ? Franchement, je suis sûre que ce n'est rien, mais c'est très bizarre qu'elle me contacte sans crier gare, comme ça. Et il y a quelque chose de tellement autoritaire dans cette formulation. « Il faut que tu saches ». Je ne vois pas pourquoi ce serait à elle de me le dire. Je devrais peut-être le supprimer.

J'ai vu Mimi et les jumelles aujourd'hui. Je suis passée prendre le thé ce matin. J'ai essayé de me rendre utile. J'espérais qu'elle me laisserait lui donner un coup de main. Faire une lessive. Remplir le lave-vaisselle. Changer les couches. Mais elle ne m'a confié aucune tâche ! Finalement, ma présence a dû la tracasser plus qu'autre chose. Au lieu de se reposer, elle s'est occupée de moi, m'a préparé un thé et une tranche de pain grillé aux raisins, me suggérant de me détendre. Ce n'était pas le but !

Mais elle a insisté et, d'une certaine façon, je ne pouvais pas la forcer à accepter mon aide. C'était quand même agréable de me faire servir une tasse de thé.

J'aimerais que tu reviennes pour me préparer une bonne tasse de thé.

Je t'embrasse,

Jill

Jill ne s'était pas faite à l'idée que la maison soit vide la nuit. On aurait pu penser que le temps ferait son œuvre, mais non. Même si elle disait à ses fils qu'elle allait bien, qu'elle était heureuse, en sécurité. Elle laissait quelques lumières allumées dans la maison quand elle allait se coucher. Celle au-dessus de la gazinière dans la cuisine. La lampe du bureau de Frank. Celle du miroir de la salle de bains. Elles créaient de petits îlots chaleureux dans l'obscurité. Une présence.

Mais ce n'était pas la même sensation que d'avoir Frank ici à ses côtés. Elle n'avait pas réalisé à quel point elle se sentait plus en sécurité avec lui, à quel point tenir sa main lui manquerait. Sa vieille main ridée, avec ses taches de vieillesse et ses articulations déformées par l'arthrite. Elle n'avait pas réalisé à quel point l'*intimité* liée à la présence d'un compagnon lui manquerait. Ils ne faisaient presque plus l'amour – cela leur arrivait de temps en temps, mais le plus souvent ils étaient trop fatigués, et cela leur demandait trop d'efforts, alors ils se contentaient de se blottir l'un contre l'autre le soir. Cela leur suffisait.

Quand Frank était là, ils dormaient avec les fenêtres ouvertes tout l'été, générant des courants d'air pour rafraîchir la maison la nuit. Mais, à présent, elle fermait systématiquement toutes les fenêtres avant d'aller se coucher.

Pete avait évoqué la possibilité qu'elle vienne vivre avec eux. Elle avait deviné la panique dans les yeux de Mimi quand il avait avancé cette idée. Ce n'est pas qu'elles ne s'entendaient pas. Au contraire, Jill était heureuse des liens qu'elle avait tissés avec Mimi. Elle travaillait dur pour éviter de se montrer trop autoritaire. Mais sa réaction était parfaitement compréhensible. Accueillir sa belle-mère sous son toit n'est pas une mince affaire. Et, en toute honnêteté, Jill n'avait aucune envie d'emménager avec eux de toute façon.

Si elle s'installait chez eux, elle aurait toujours l'impression d'être une étrangère. L'intruse dans leur vie. Elle devrait s'adapter à leurs horaires. Partager leurs repas. Après des années à avoir disposé de son propre espace, elle était incapable de se résoudre à faire de nouveaux compromis. Quinze ans qu'elle et Frank s'étaient retrouvés tous les deux, après le départ de chacun des garçons. Quinze ans de bonheur mêlé de solitude. Les parents attendent avec impatience le jour où le dernier des enfants quitte le nid, et en même temps ils redoutent ce moment.

Tony avait été le dernier à prendre son indépendance, bien qu'il soit l'aîné. Mais Jill était ravie d'avoir pu en profiter un peu plus longtemps. Elle en avait eu besoin.

Darren

Il était dépassé par les événements. Et le pire dans tout ça, c'était que Steph avait raison. Il aurait dû prendre plus de temps avant de donner sa réponse. Il avait dit oui simplement parce qu'il aurait fait n'importe quoi pour rendre Charlotte heureuse. Et maintenant non seulement il lui avait fait une promesse qu'il n'était plus certain de tenir, mais il s'était aussi inventé une petite amie imaginaire que Charlotte et Steph insistaient pour rencontrer. S'allongeant sur son lit, encore tout habillé, il scruta le ventilateur qui tournait au plafond.

Par chance, Steph ne l'avait pas interrogé au sujet de la femme qu'il fréquentait, mais elle l'avait mentionnée devant Charlotte au moment de quitter le bar. À ce stade de la soirée, ils étaient tous les trois ivres. Après être allée chercher des boissons pour fêter l'événement, Charlotte était revenue avec un plateau de *shooters* et d'apéritifs.

— Tu te fiches de moi ? avait lancé Darren. Tu sais que ça se termine toujours mal quand je prends des *shooters*.

Mais Charlotte avait posé le verre devant lui, et ses yeux avaient brillé de cette lueur espiègle qu'il connaissait si bien, et à laquelle il était incapable de résister. À partir de là, les tournées s'étaient succédé jusqu'à ce que Charlotte essuie quelques larmes morveuses sur son épaule et lui murmure qu'elle passerait le restant de ses jours à chercher un moyen de le remercier. *Le restant de ses jours*. Il avait réussi à s'abstenir de lui suggérer de lui exprimer sa gratitude sous la forme d'une sorte de proposition indécente – il était soûl, mais pas à ce point. Et pas si stupide.

Au moment où ils étaient sortis du bar en titubant, Steph avait fait allusion à sa nouvelle conquête.

— Il faut qu'on remette ça, avait bafouillé Charlotte. On s'est bien marrés. Il faut qu'on s'éclate encore plus avant qu'on devienne mères, Steph et moi.

— Oui ! s'était écriée Steph un peu trop fort. Et Darren pourra amener sa nouvelle copine !

Charlotte s'était retournée d'un coup, manquant de perdre l'équilibre.

— Ta nouvelle copine ? Quelle nouvelle copine ?

Heureusement, un taxi s'était arrêté à ce moment précis, et Darren les avait fait monter toutes les deux sur le siège arrière, en promettant de leur parler bientôt de sa « nouvelle copine ».

Maintenant qu'il se retrouvait allongé, immobile, respirant profondément et luttant pour ne pas vomir, il revoyait le visage de Charlotte lorsqu'elle avait regardé par la fenêtre pendant que le taxi s'éloignait. Était-ce seulement son imagination, ou était-il possible qu'elle éprouve un brin de jalousie à l'idée qu'il fréquente une autre femme ?

Bon sang, il devait lâcher l'affaire, merde.

Il devait accepter la réalité.

Il devait... vomir.

Il se redressa, descendit du lit et se dirigea en hâte vers la salle de bains, arrivant juste à temps aux toilettes. Quand il eut fini de se purger de tout l'alcool qu'il avait ingurgité, il s'assit sur le carrelage frais et se fit une promesse.

Tu vas te remettre de Charlotte, putain. Tu vas la trouver, cette petite amie imaginaire, et tu vas la rendre réelle. Et puis tu vas réfléchir sérieusement à cette promesse que tu as faite. Parce que si tu n'es pas capable de l'honorer, il va falloir que tu prennes ton courage à deux mains pour l'en informer en la regardant bien en face.

Le deuxième automobiliste ralentit pour jeter un coup d'œil, mais il roulait sur la voie de droite et, même après qu'il eut levé son pied de l'accélérateur, sa vitesse était encore trop élevée pour changer de file et se ranger à temps sur la bande d'arrêt d'urgence. D'ailleurs, l'une des voitures n'était-elle pas celle d'un témoin qui venait de se garer pour porter secours ? Sa carrosserie ne semblait pas froissée comme les autres. Cela dit… était-ce de la fumée qui s'échappait de son capot ? Trop tard, il avait dépassé le lieu de l'accident.

Cela étant, il avait au moins appuyé sur le bouton d'appel de la console centrale.

— Qui souhaitez-vous appeler ? demanda Siri de sa voix étrangement maniérée.

— Triple zéro.

— J'appelle Tristan Mobile.

— Non. Stop. Hé, Siri. HÉ ! SIRI ! STOP !

La voix de Tristan résonna dans l'habitacle.

— Salut, mon pote, ça fait des lustres que je n'avais pas eu de tes nouvelles.

— Ouais, désolé, mec. C'est Siri qui a merdé et t'a téléphoné par erreur. J'essayais d'appeler le numéro d'urgence. Je viens de passer à côté d'un carambolage sur l'autoroute.

— Ben dis donc… Il faudrait peut-être que tu t'arrêtes, non ?

— Non, écoute, ça n'est plus la peine maintenant. Il y a probablement déjà un tas de gens qui ont prévenu les secours, et il m'a semblé que quelqu'un s'était arrêté. Comment ça va, toi ?

Il ne prit jamais la peine de consulter les infos pour savoir comment les choses avaient tourné.

3

Andrea

Samedi 5 décembre

Andrea sourit en s'avançant vers sa belle-mère et sa belle-sœur attablées à la terrasse du *Bellbird*. Mimi se tenait bien droite contre le dossier de sa chaise, les mains entrelacées sur son ventre et un air de pur soulagement sur le visage. Ses longues boucles étaient rassemblées en une queue de cheval haute, lui donnant un style élégant et décontracté à la fois. Si Andrea avait tenté de se coiffer ainsi, à l'époque où elle avait les cheveux longs, elle aurait eu l'air d'avoir un nid d'oiseau sur le crâne. C'est pourquoi elle arborait toujours des coupes courtes désormais – bien plus simples à entretenir.

Pendant ce temps, Jill – qui faisait probablement la même taille debout que Mimi assise – se penchait au-dessus de la poussette double, un bébé dans les bras : elle se mordait les lèvres tandis qu'elle réfléchissait manifestement à la façon dont elle pourrait réussir à soulever l'autre jumelle à son tour. Andrea remarqua les auréoles humides s'étalant au niveau des aisselles sur le chemisier de Jill, qui se débattait face à son dilemme.

— Hé, Jill ! lança-t-elle en accélérant le pas, est-ce que tu as besoin que je prenne…

Elle s'interrompit, s'efforçant de déterminer laquelle des jumelles sa belle-mère tenait déjà contre elle.

— … James pour toi ? conclut-elle.

Mimi sourit.

— Bien deviné ! Bien sûr, tu peux la prendre, je crois que je ne lui ai pas fait faire correctement son rot après son biberon.

Jill faisait toujours du surplace avec Elliot dans ses bras.

— Elle a besoin de faire son rot ? demanda-t-elle d'une voix inquiète. Andrea, tu prends Ellie pendant que moi je m'occupe de Jamie ?

Andrea et Mimi échangèrent un regard entendu. Malgré ses bonnes intentions, il était clair que Jill considérait que le fait qu'Andrea n'ait pas d'enfant signifiait qu'elle ne savait pas comment s'occuper d'un bébé.

— Ça va aller, répondit Andrea en plongeant les mains dans la poussette pour soulever James.

— D'accord, fais bien attention à lui laisser le visage à l'ombre, conseilla Jill.

— Tu sais que tu vas avoir des soucis avec Pete s'il te surprend à utiliser des diminutifs, déclara Mimi en haussant un sourcil en direction de Jill.

— Quoi ? Qu'est-ce que j'ai dit ? Je n'ai rien modifié.

— Ne fais pas l'innocente avec moi. Ellie ? Jamie ? On sait tous que tu essaies de féminiser leurs noms. Moi, je m'en fiche, je n'ai rien contre les surnoms. C'est Pete qui préfère s'en tenir à leurs prénoms complets.

— Toujours bloqué sur le fait de ne pas avoir eu ses garçons ? nota Andrea en s'asseyant avant de soulever James par-dessus une épaule pour commencer à lui tapoter doucement le dos.

Son petit corps compact était tout chaud contre la peau d'Andrea.

— Et comment, putain ! s'exclama Mimi.

— Surveille ton langage ! réprimanda Jill en posant une main sur l'oreille d'Elliot.

Elles pouffèrent de rire toutes les trois.

— De nous trois, c'est toi qui dis le plus de gros mots ! s'esclaffa Mimi. Callie m'a raconté que tu lui as demandé de t'expliquer la signification de WTAF l'autre jour.

— Pas de m'expliquer. Je savais ce que ça voulait dire. J'avais juste besoin… d'un éclaircissement. Je ne comprenais pas ce que venait faire ce « A » là-dedans.

— Ah oui, *What The Actual Fuck*, marmonna Andrea. Où sont Callie et Tara d'ailleurs ? Je croyais que c'était censé être un déjeuner entre filles, avec *toutes* les filles.

— Callie nous a laissé tomber pour aller à la plage avec ses amis, et Tara a son cours de percussion. Elle met les bouchées doubles en ce moment pour préparer son spectacle à Noël.

— Je ne savais pas qu'elle faisait un spectacle, s'étonna Jill. Tu me diras la date ? Je viendrai.

— Honnêtement, ne te sens pas obligée, dit Mimi. C'est un concert en petit comité. Il y a tout un tas d'écoles impliquées, et elle ne montera sur scène que trois minutes.

— Ça m'est égal ! J'aimerais beaucoup y assister. Envoie-moi les infos, et je viendrai.

Mimi haussa les épaules.

— Si tu veux. Mais vraiment, ne te sens pas obligée…

Un serveur les interrompit.

— Vous avez fait votre choix ?

— Oups, je n'ai pas regardé, murmura Andrea, s'emparant d'un menu d'une main tout en gardant James blottie contre son épaule.

Au même moment, Mimi répondit :

— Une bouteille de cabernet sauvignon. Pour trois ? suggéra-t-elle en interrogeant les autres du regard avant de poursuivre sans attendre leur verdict. Oui, avec trois verres, s'il vous plaît.

Le serveur hocha la tête.

— Je reviendrai pour prendre la commande de vos plats.

— Ah, mais c'est vrai ! s'esclaffa Andrea. Tu es libérée de l'allaitement maintenant, hein ?

— Et comment !

— Tout de même, intervint Jill, il n'est pas un peu tôt pour s'enfiler une bouteille ?

— Il est alcool moins le quart, rétorqua Mimi.

— Tout à fait d'accord, renchérit Andrea. Oh, Jill, Tony s'est-il souvenu de venir monter ces cartons dans les combles pour toi ? J'ai complètement oublié de lui rappeler ça hier soir.

— Non, ce n'est pas la peine. Je peux m'en charger.

Andrea échangea un nouveau regard furtif avec Mimi, tandis que Jill avait les yeux rivés sur Elliot. Les deux belles-sœurs partageaient la même inquiétude : Jill déclinait toute proposition d'aide. Andrea était préoccupée à l'idée que sa belle-mère s'aventure toute seule dans les combles.

— Ce n'est pas un souci, assura Andrea. Il n'a pas d'horaires réguliers, il peut passer quand tu veux.

— Et Pete aussi, ajouta Mimi.

— N'importe quoi. Pete doit rester à la maison pour t'épauler avec les petites. Et Tony a du pain sur la planche avec son nouveau roman. Il ne faudrait pas l'obliger à travailler pendant les fêtes, quand même ?

— C'est vrai, approuva Andrea avant un silence. Au fait, Jill, Tony m'a dit l'autre jour que tu voulais qu'on fête Noël comme d'habitude, sur la côte. Tu es sûre que c'est ce que tu veux ? Parce qu'on serait ravis de…

— Absolument, affirma Jill. Et, cette année, on pourrait se donner rendez-vous pour partir tous en même temps.

— Bien sûr, on peut s'organiser comme ça, murmura Mimi.

Jill se tourna vers Andrea.

— Comment va cette petite ? Tu as réussi à lui faire faire son rot ?

Comme si elle l'avait comprise, James laissa échapper un bruit retentissant que Mimi accueillit avec des applaudissements.

— Une technique d'experte !

Mimi

Mimi appréciait ces quelques moments de répit durant lesquels elle était dispensée de porter, de nourrir, de bercer ou de faire roter ses bébés. Comme ses parents vivaient en Angleterre et qu'elle n'avait aucune autre famille ici en Australie, elle ne pouvait se reposer que sur celle de Pete pour lui venir en aide. Et, pour l'instant, Jill et Andrea maîtrisaient la situation. Elles étaient parvenues à endormir les jumelles : Andrea avait même réussi un transfert parfait depuis ses bras vers la poussette alors que Jill était persuadée que James se réveillerait à l'instant où elle la poserait.

À présent, alors que Jill éventait la poussette avec la carte du restaurant pour rafraîchir les bébés, elle paraissait agréablement surprise devant l'aisance d'Andrea. Mimi avait décelé quelque chose d'autre dans le regard de Jill. Quelque chose d'enfoui sous la surface. Quelque chose qui était resté latent durant tout le déjeuner. Un soupçon de tristesse peut-être ? Et ses cheveux n'étaient pas peignés aussi soigneusement que d'habitude. En général, un brushing impeccable mettait en valeur ses mèches argentées. Aujourd'hui, elles étaient attachées avec des pinces, comme si elle s'était coiffée à la hâte. Cela faisait près d'un an que Jill vivait seule, et elle n'avait pas cessé de donner le change auprès de sa famille. Des fissures commenceraient-elles enfin à se faire jour ? Était-elle, pour une fois, prête à accepter leur soutien au lieu de s'inquiéter pour les autres ? Cela devait bien finir par arriver… Jill était une femme de tête et, en tant que matriarche de la famille, ex-directrice d'établissement scolaire et mère de trois garçons, elle ne laisserait peut-être jamais apparaître ses faiblesses.

Quoi qu'il en soit, Mimi ne put s'empêcher de se réjouir d'avoir pu savourer son hamburger au poulet frit et déguster un ou deux verres de vin en toute tranquillité. Le *Bellbird* était paré de guirlandes, et des étoiles argentées et dorées étaient suspendues aux immenses parasols extérieurs. Un petit sapin de Noël recouvert de fausse neige trônait dans un coin. C'était la période qu'elle préférait dans l'année. Quand tout le monde se mettait à faire ses décorations, que les magasins s'animaient et que les gens s'attablaient pendant des heures autour de repas bien arrosés. La seule chose qui lui manquait, c'était de ne pas avoir un emploi de bureau où l'on pouvait profiter de la grande fête de Noël de l'entreprise. Travailler à la maison avec Pete avait ses avantages, mais cela la privait des relations entre collègues, des commérages, des déjeuners et des séminaires.

— Dites, reprit Andrea, je peux vous demander votre avis sur quelque chose ?

— On t'écoute, dit Mimi.

— Laisser un enfant seul dans un appartement, c'est mal ou c'est moi qui en fais trop ?

— Quel âge ? Qui ? Quoi ? Pourquoi ? demanda Mimi.

— C'est ma voisine, et elle n'a que six ans.

— Oh, celle dont tu nous avais déjà parlé… Avec la mère indigne ? marmonna Mimi en remplissant son verre de vin avant de proposer la bouteille à Andrea et Jill, qui déclinèrent toutes deux en secouant la tête.

— Oui, confirma Andrea. Tony et moi avons eu… une *discussion* après que je suis allée la voir l'autre soir pour m'assurer qu'elle allait bien. Mais vous êtes d'accord, non ? Ce n'est pas normal de laisser une gamine de six ans toute seule dans un appartement, hein ?

Mimi se mordit les lèvres. Il était clair d'après le ton d'Andrea que Tony n'était pas d'accord. Devait-elle s'en mêler ? En tout cas, elle savait de quel côté elle était pour ce qui était de cette affaire. Alors tant pis.

— Carrément pas normal, répondit-elle avec fermeté. Six ans, c'est très jeune. Je veux dire, peut-être pendant cinq minutes, le temps de filer faire une course en bas parce que l'immeuble est sécurisé, mais à part ça, non, elle ne devrait pas rester seule… J'imagine que Tony n'est pas du même avis ?

— Désolée, intervint Jill en agitant la main. Mais je ne crois pas être au courant de cette histoire. Il y a une petite fille dans votre immeuble ?

— Oh, désolée, Jill, je pensais vous avoir parlé de Violet à toutes les deux la dernière fois qu'on s'est vues, mais j'ai dû en parler seulement à Mimi. Oui, elle habite au bout de notre couloir, et sa mère semble assez négligente.

— C'est affreux, s'indigna Jill.

Andrea hocha la tête.

— Je crois que c'est parce qu'elle se drogue.

— Ça, tu ne me l'avais pas dit, intervint Mimi.

— Je n'en étais pas sûre au début. Je me disais juste qu'elle aimait bien faire la fête. Mais un jour, en allant voir Violet, j'ai trouvé Heather évanouie par terre, et il y avait de la poudre sur la table basse. Le pire, c'est qu'elle avait raconté à Violet que c'était du sorbet pétillant, mais que c'était une friandise spéciale pour les mamans et qu'elle ne pouvait pas partager avec elle. Imaginez si Violet avait décidé d'y goûter pendant que Heather était en plein trip ?

— Bon sang ! s'écria Mimi. Et ce n'était pas un incident isolé, j'imagine, puisque tu dis qu'elle est accro ?

— Eh bien, c'est-à-dire, je ne sais pas… Mais non, ce n'était certainement pas un incident isolé – je l'ai déjà croisée défoncée dans l'ascenseur. Je ne sais pas à quel point elle est accro, mais je n'ai aucun doute sur le fait qu'elle néglige sa fille.

— Et qu'en pense Tony ? demanda Jill en tendant le bras pour balancer distraitement la poussette, même si les jumelles dormaient paisiblement.

— Il estime qu'on n'a pas à se mêler de ça.

— Ça complique le problème, reprit Mimi. Je suppose qu'il veut éviter de s'attirer des ennuis, mais si tout le monde ferme les yeux sur ce genre de choses, alors qui s'occupe de la gamine, hein ?

Andrea tapa du poing sur la table.

— Exactement ! Alors qu'est-ce que je suis censée faire ?

— Tout ce que tu peux faire, c'est continuer à veiller sur cette pauvre petite, murmura Jill. Et si la situation s'aggrave, tu devras dénoncer la mère.

Mimi but une longue gorgée de son verre.

— En parlant de veiller sur des enfants, mais plus grands, est-ce que tu aurais croisé Callie au lycée ces temps-ci ?

— Pas du tout… Ça me manque de ne plus être sa prof. Elle devançait tous mes élèves de première en histoire, même quand elle était en troisième. Pourquoi cette question ?

Mimi tripota son verre.

— Je sens un changement chez elle ces derniers temps et je voulais savoir si tu avais remarqué quelque chose. Peut-être qu'elle a du mal à se faire à l'arrivée de deux bébés à la maison, je ne sais pas, murmura-t-elle en se tournant vers sa belle-mère. Jill, tu lui as parlé l'autre jour, comment tu l'as trouvée ?

— En pleine forme. Elle était joyeuse, polie, et elle a été d'une patience d'ange pour m'expliquer tous ces acronymes d'Internet. Peut-être que tu cherches des problèmes là où il n'y en a pas ? La crise d'adolescence n'est pas une fatalité…

— Je sais, et je croyais vraiment qu'on avait traversé le pire de l'adolescence sans difficulté majeure. Mais, ces derniers temps, je la trouve… différente. Elle pique des colères pour un oui ou pour un non, ça ne lui ressemble pas. Mais, quoi que je fasse, je n'arrive pas à l'atteindre. Pour ne rien vous cacher, elle me manque.

— Je peux essayer de lui parler entre deux cours, proposa Andrea. Voir si j'arrive à découvrir quelque chose.

— Je veux bien, oui. Elle s'est toujours sentie en confiance avec toi.

— Je croise les doigts pour que ça n'ait pas changé.

Deux femmes qui passaient devant leur table s'arrêtèrent juste au moment de dépasser la poussette double, puis pivotèrent sur leurs talons pour jeter un coup d'œil à l'intérieur.

— Oh, ma parole, regardez-moi ces petits anges ! s'exclama l'une d'elles.

— Adorables, renchérit l'autre. Des jumelles ?

Mimi réprima un mouvement d'irritation et s'efforça de sourire.

— Tout à fait.

Andrea lui lança un regard complice.

— Hmm, reprit l'une des femmes en se penchant plus près des filles. Vous ne pensez pas qu'elles ont un peu chaud là-dedans, non ? Elles ont leurs petites joues très roses.

Mimi sentit son corps se crisper.

— Oh… eh bien, c'est-à-dire…

Jill intervint sans ménagement.

— Ne soyez pas ridicule, elles sont parfaitement à leur aise ! Et je crois que leur mère saurait quoi faire si elles avaient trop chaud.

L'interpellée eut un mouvement de recul.

— Oh ! Désolée, ce n'était pas un reproche…

— Oui, eh bien, ça en avait tout l'air.

Les deux femmes avaient cessé de sourire à présent et s'éloignèrent d'un pas rapide. Et, dès qu'elles furent hors de portée de voix, Mimi et Andrea éclatèrent de rire.

— Quoi ? demanda Jill. Qu'est-ce qu'il y a de si drôle ?

— Rien, répondit Mimi. C'était tellement parfait, c'est tout. Tu as dit exactement ce que je rêve de répliquer quand quelqu'un m'explique comment être une bonne mère, mais je n'ai jamais eu le courage de le faire. Merci !

Jill avait l'air ravie.

—Je ne fais que défendre ma belle-fille, rétorqua-t-elle.

—Est-ce qu'on commande une autre bouteille de vin ? proposa Mimi.

Andrea fit la grimace.

—Oh, chérie, non, je ne crois pas. Je ne vais pas tarder à y aller, je pense…

—En fait, la coupa Jill, je crois que je devrais probablement prendre le volant pour te raccompagner chez toi…

Mimi plissa le front.

—Pour quoi faire ? Je n'ai pris qu'un ou deux verres de vin.

—Ah, moi, je n'en ai bu qu'un, affirma Andrea. Et je crois que Jill n'en a pas bu du tout.

Jill hocha la tête.

—Ça veut dire que c'est toi qui as vidé le reste de la bouteille… Tu rattrapes vraiment le temps perdu avec ton allaitement ! ajouta Andrea en riant.

Mimi sentit son visage s'empourprer.

—Je ne m'en suis même pas rendu compte. OK, si ça ne te dérange pas, Jill, ce serait sympa.

—Pas de problème. J'ai pris le bus aujourd'hui de toute façon. Je ne voulais pas m'embêter à trouver une place.

Mimi jeta un coup d'œil du côté des jumelles et éprouva une pointe de culpabilité. En parlant de mère indigne… Ce n'était pas un comportement parental très responsable, si ?

Jill

Cher Frank,

Je me fais du souci pour Mimi. Je ne sais pas pourquoi. Il ne se passe rien de particulier, en apparence. Elle a l'air plutôt en forme. Elle n'est pas malheureuse... Elle n'est ni surmenée, ni malade, elle s'occupe bien des jumelles, et pourtant... quelque chose me préoccupe. Avoir un bébé, ce n'est pas facile. Être maman, ce n'est pas facile. Mais, avec des jumelles, ça peut tourner au cauchemar.
Je crains qu'elle ne s'en sorte pas aussi bien que l'on croit.
J'imagine que tout ce que je peux faire, c'est continuer à ouvrir l'œil et rester attentive.
Je t'embrasse,

Jill

Debout sur la chaise, Jill avait le tournevis en main et lorgnait sur le détecteur de fumée, essayant désespérément de comprendre comment ouvrir le boîtier. Pourquoi diable avait-elle toujours laissé Frank s'occuper de ce genre de tâches ? Jamais, en aucune façon, elle ne s'était considérée comme dépendante. Elle avait dirigé un lycée. Elle avait bien gagné sa vie, pris en charge la gestion de leurs finances et avait plus ou moins entretenu ses propres connaissances en informatique au cours des ans. Et pourtant, elle s'était toujours accommodée de ces normes de genre archaïques lorsqu'il s'agissait de réparer des appareils, de changer des ampoules, de vérifier le niveau d'huile de la voiture, etc.

Le fait qu'elle n'ait pas eu le temps, au fil des années, de s'adonner à ce type d'activités n'était pas pour l'aider. Elle avait quand même tenu un ménage et élevé trois fils tout en travaillant à plein-temps. Frank était un mari merveilleux, mais il n'avait jamais été particulièrement progressiste en termes d'aide à l'entretien de la maison ou à l'éducation des enfants. Cela ne signifiait pas qu'il restait assis sur le canapé en refusant de lever le petit doigt. Non, il lisait des histoires aux garçons avant de les coucher, et il étendait le linge pendant qu'elle lavait la vaisselle après le dîner. Mais la plupart des tâches ménagères reposaient sur elle. Il était donc logique de le laisser s'occuper de la pelouse, des voitures et des travaux de bricolage.

Or, à cet instant précis, Jill regrettait de ne pas s'être intéressée à ce genre de tâches de temps en temps. Au moins, elle aurait su comment se débrouiller avec ce fichu détecteur de fumée.

Elle se leva et tenta d'enfoncer le tournevis au bon endroit, mais le siège vacilla sous elle. Elle aurait probablement mieux fait d'aller chercher l'escabeau dans le garage plutôt que de grimper sur une chaise de cuisine, mais elle avait eu la flemme de le porter à bout de bras jusque-là.

— Allez, petit bougre, marmonna-t-elle.

L'outil semblait enfin s'emboîter, et elle commença à le faire tourner pour dévisser la vis. Elle appuya un peu trop fort, et sa main glissa, ce qui lui fit perdre l'équilibre, déstabilisant la chaise un peu plus. Ses doigts s'agitèrent vers le bas pour attraper le dossier et se maintenir. Une fois son équilibre retrouvé, elle descendit de la chaise et jeta le tournevis à l'autre bout de la pièce.

— Et merde ! s'écria-t-elle. Putain de merde !

4

Darren

Dimanche 6 décembre

Il n'arrêtait pas de se dire que, s'il ouvrait au moins son document Word, quelque chose finirait par se produire. L'inspiration lui tomberait dessus. Il se forcerait à rester assis devant son ordinateur pendant des heures. Ne pas se lever, ne pas s'éloigner, ne pas abandonner. Mais, invariablement, sa main s'égarait vers la souris et, l'instant d'après, quinze onglets étaient épinglés sur son navigateur. Facebook. Twitter. Instagram. Goodreads. Palmarès Amazon Kindle. E-mail : un compte Gmail, une vieille adresse Hotmail. Banque en ligne – autant consulter ses comptes. Relevé VISA – il valait mieux vérifier les dates de ses prochains virements. Google Maps – peut-être que s'il se baladait avec Street View dans les rues de la banlieue où son livre était censé se dérouler, il trouverait des idées. Résultats de la recherche Google : les plus hautes vagues jamais surfées. C'était plus ou moins de la documentation. Une vidéo menait à une autre. Les heures passaient. Et l'inspiration se faisait attendre.

Aujourd'hui ne faisait guère exception. Il glandait devant son ordinateur depuis 9 heures ce matin, et sa page Word demeurait blanche. De temps en temps, il tapait une phrase, mais quelques minutes plus tard, il revenait en arrière. Supprimer. Supprimer. Supprimer.

Il commençait à croire ce dont les autres étaient déjà persuadés : il n'était l'auteur que d'un seul roman. Lorsqu'il avait remporté le prix Esther Arlo et que son premier livre avait été publié, il avait imaginé que la partie était gagnée. Il allait casser la baraque. Mieux que Pete, qui gagnait confortablement sa vie avec ses romans d'aventures. Pete et lui avaient toujours adoré lire et écrire quand ils étaient plus jeunes, tout le monde avait trouvé logique que ce dernier se mette à l'écriture à la vingtaine.

Ce qui était plus étonnant, c'était que Tony annonce à son tour qu'il avait écrit un roman policier et qu'il rejoignait « le business familial ». Darren avait été très surpris, car Tony n'avait jamais été un grand lecteur. Il était intelligent et assidu. C'était même un très bon élève. Mais il avait toujours eu un penchant marqué pour les maths, l'économie et l'informatique.

Darren avait dépensé en quelques mois une grande partie de l'avance pour les deux livres qui lui avaient été commandés. Une nouvelle voiture, quelques gadgets électroniques, plusieurs virées nocturnes, et le pactole s'était volatilisé. Mais, à l'époque, il était convaincu que ce n'était qu'un début. Que les royalties ne tarderaient pas à affluer. Des cessions à l'étranger… Peut-être une adaptation à l'écran. Les éditeurs parlaient de lui comme s'il était une sorte de prodige, alors pourquoi aurait-il douté de son succès ?

Puis son roman était sorti en librairie, et il avait reçu les chiffres des ventes de la première semaine : quatre-vingt-dix exemplaires.

— C'est bien ? avait-il demandé à son agente.

La voix d'Elizabeth était douce.

— Ce n'est pas à la hauteur de nos attentes.

— D'accord, mais ça reste correct ? Pour une première semaine ?

— Pas vraiment.

Il s'était dit que les ventes décolleraient la semaine suivante, ou celle d'après. Ce ne fut pas le cas. Les éditeurs avaient inscrit son livre aux NSW Premier's Literary Awards et au Voss Literary Prize. Il n'avait été retenu dans aucune des deux catégories. La quatrième semaine, le *Sydney Morning Herald* avait publié un papier au vitriol signé S. Carter, une plume renommée chez les critiques. On y trouvait, parmi les mots les plus cinglants : *prétentieux*, *amateur*, *cliché*. Il détestait S. Carter. Il nourrissait souvent des fantasmes très violents impliquant S. Carter.

Les éditeurs avaient admis que l'ouvrage avait peut-être souffert d'un problème de positionnement. La couverture n'était peut-être pas idéale. Peut-être que le slogan ne reflétait pas bien l'esprit du livre.

Il avait alors demandé à ses éditeurs s'ils avaient l'intention de rectifier le tir pour l'édition de poche. Apparemment, il n'y en aurait pas.

Mais ils avaient l'espoir d'inverser la tendance avec le deuxième roman. « Comment s'annonce ce deuxième opus ? » l'interrogeaient-ils, de plus en plus régulièrement. Ils avaient hâte de le recevoir afin de pouvoir planifier le calendrier de publication.

— J'y suis presque, promettait-il sans cesse.

Même s'il avait déjà dépassé de deux mois l'échéance initiale et qu'il n'avait rien d'autre à présenter que des synopsis à peine rédigés, censés attester de ses efforts au cours des deux dernières années.

Entre-temps, le livre de Tony avait été vendu aux enchères et il avait décroché un contrat exceptionnel pour un premier roman. À sa parution l'année prochaine, la promotion promettait d'être énorme. Il était pratiquement assuré de se retrouver en tête des ventes. En plus de cela, Tony avait récemment affirmé que son deuxième roman était en bonne voie.

— Je frôle les soixante mille mots, avait-il annoncé comme s'il s'agissait d'une course qu'il était certain de gagner.

Darren savait que la jalousie était un vilain défaut, mais il lui était difficile de ne pas se sentir un peu vexé que son frère qui n'avait jamais eu un profil littéraire lui fasse de l'ombre.

Il espérait toujours l'illumination. Or, chaque fois qu'il posait ses doigts sur son clavier, les mots de ce critique littéraire tournoyaient sans fin dans son esprit : *prétentieux*, *amateur*, *cliché*. Il se mettait à hyperventiler et refermait son ordinateur portable en se disant que demain serait un autre jour. Sauf que, jusqu'à présent, demain n'avait pas tenu ses promesses. Heureusement, il avait levé le pied sur ses dépenses compulsives et s'était mis à compter chaque dollar de son avance pour pouvoir subvenir à ses besoins tout en essayant désespérément d'écrire ce livre. Mais si l'inspiration tardait à venir, il devrait envisager de reprendre le chemin du bureau. Ce serait tellement humiliant, après avoir quitté son job pour écrire à plein-temps.

Alors qu'il s'efforçait encore une fois de pianoter sur son clavier, un message de Pete apparut sur son téléphone. Il s'empara de l'appareil. Toute distraction était la bienvenue.

Tu as cinq minutes pour me rejoindre à Morrison Park ?

Il s'empressa de répondre :

Ouaip. On se retrouve là-bas !

— Puis-je te demander quel est l'intérêt de les amener au parc à cet âge ?

Pete s'adossa contre le banc du jardin public et couva du regard ses deux bébés endormis dans la poussette devant eux.

— Pas la moindre idée, répondit-il avant de faire une pause. Non. Attends. L'air frais. On vient là pour leur faire prendre l'air.

— Vous n'avez pas ça dans votre jardin ?

— Techniquement, si. Écoute, c'est juste une habitude, d'accord ?

— Ouais, si tu le dis, soupira Darren en se penchant pour poser ses coudes sur ses genoux. Est-ce que des nanas essaient de te draguer quand tu es seul avec les jumelles ?

— Nan. Tout le monde veut les voir. Des jumelles ! s'écria-t-il en agitant les mains d'un air enjoué. Parfois, ça fait plaisir que les gens s'intéressent, mais parfois, c'est juste pénible. Mais personne ne m'a dragué. Donc non, tu ne peux pas me les emprunter pour partir en chasse.

— Je ne te demandais rien !

— Oh, que si !

Un chien hirsute passa devant eux en trottinant.

— Si je voulais attirer l'attention féminine, j'opterais plutôt pour un chiot, déclara Darren en désignant le canidé d'un hochement de tête.

— Pas un comme ça. On dirait qu'il n'a pas pris de bain depuis des années. Les nanas t'éviteraient, elles ne te dragueraient pas. Il a l'air malade.

— Pauvre bête…

Darren siffla, et l'animal se retourna immédiatement avant de bondir vers eux.

— Ne fais pas ça ! Maintenant, il va croire que tu en pinces pour lui.

— Où est son maître, d'ailleurs ? Tu vois quelqu'un dans les parages ?

Pete ne répondit pas, il était trop occupé à bercer la poussette alors que le chien commençait à le renifler.

— Si ce bâtard refile des puces à mes filles…

— Ça roule pour toi, hein, mon pote ? s'esclaffa Darren en faisant claquer ses doigts pour détourner le chien de la poussette, avant de le gratter autour des oreilles. Tu es un bon chien, pas vrai ? Qui c'est le bon toutou ?

— C'est moi, répondit Pete. C'est moi, le gentil toutou !

— Va te faire foutre !

Pete pouffa de rire en lui donnant un coup de coude tandis qu'il continuait à gratter le chien.

— Allons. Ne t'attache pas à ce machin. Fais-moi confiance. Tu n'as pas le temps de t'occuper d'un clébard en ce moment.

— … dit le père de famille nombreuse au célibataire sans enfants.

— Tu vois où je veux en venir.

Le ton de Pete intrigua Darren qui leva les yeux. Il décela sur le visage de son frère un mélange d'inquiétude, de compassion, et peut-être une pointe de panique. Pete était le seul à savoir à quel point cela s'annonçait compliqué pour son deuxième roman. Pas parce qu'il lui avait avoué la vérité, non, mais parce que Pete avait toujours su lire en lui comme dans un livre ouvert.

Et il ne manqua pas de l'interroger :

— Ça avance ?

Darren baissa le nez vers le chien et continua à le gratter, éludant sa réponse. Finalement, il secoua la tête.

— Qu'est-ce qui se passe ? Dis-moi que tu n'es pas allé surfer au lieu d'écrire… Tu n'es même pas doué pour prendre la vague.

— Je ne suis pas *si* mauvais. Et, non, je ne suis pas allé surfer. Je reste assis devant mon ordinateur chaque jour que Dieu fait.

— OK, alors quel est le souci ? Tu as pondu ton premier bouquin si rapidement qu'on a eu du mal à te suivre. Je me souviens d'avoir lu ton premier jet, et on voyait bien que tu l'avais rédigé à la va-vite, vu le nombre de fautes d'orthographe.

— Pff, merci…

— Non, mais ce n'est pas le sujet. C'était bien. L'histoire était bonne. C'est ce que tu dois faire cette fois-ci. Tu dois t'extirper de ton cerveau et tout envoyer valser. Ne te pose pas trop de questions et arrête de viser la perfection. Écris, tout simplement !

— Ce n'est pas comme ça que *toi*, tu fais.

— Oui, mais c'est parce que toi et moi, on ne travaille pas de la même façon. Toi, tu bosses mieux quand tu te déconnectes. Dis-moi que ce n'est pas à cause de cette critique merdique…

Darren haussa le menton et balaya de nouveau le parc du regard, tandis qu'une brise faisait bruisser les arbres, lui rafraîchissant la peau.

— Sérieusement, tu crois que ce clebs s'est paumé ?

— J'en sais rien, peut-être.

Darren se pencha puis ramassa un bâton dans l'herbe. Il l'agita devant le chien.

— C'est ça que tu veux ?

Il le lança à travers la pelouse, et la bête inclina la tête sur le côté sans broncher. Il semblait regarder Darren d'un air qui disait : « Pourquoi tu l'as jeté ? »

— Tu es censé aller le chercher, marmonna Darren en vérifiant autour du cou de l'animal. Pas de collier !

— Tu vas ramener ce fichu clébard chez toi, hein ?

— Non. Je vais d'abord l'emmener chez le vétérinaire pour vérifier s'il est pucé. Ensuite, je le ramènerai à la maison.

Pete agita les mains en l'air.

— Ouais, d'accord, peut-être que ça te donnera de l'inspiration.

— Tu sais que Tony en est déjà à la moitié de son deuxième bouquin ?

— Ne te compare pas à Tony, ça ne t'aidera pas.

— Mais tu ne trouves pas ça dingue ? L'écriture a toujours été *notre* truc, à toi et moi. Et là, tout d'un coup, il nous sort un putain de chef-d'œuvre.

Pete soupira.

— Il est sacrément bon, ce polar, hein ?

— Pas vrai ? Comment il a réussi à nous pondre un truc pareil ?

— Lâche-le un peu. Ça a dû être dur pour lui de voir qu'on était tous les deux publiés. Je ne pensais pas qu'il aimait écrire… Tu sais qu'il s'est toujours senti à l'écart par rapport à nous.

— Oui, mais c'est pas notre faute. Il n'a jamais voulu traîner avec nous quand on était mômes. Quand on lui proposait à une partie de *Street Fighter*, il nous regardait de haut. Quand on l'invitait à venir jouer au cricket dans la rue, il nous répondait d'aller nous faire voir. Il ne s'intéressait à rien de ce qu'on faisait, donc je ne vois pas en quoi son sentiment d'exclusion serait notre problème.

— Je sais, il n'était pas facile, admit Pete.

Ils se turent un moment tandis que Pete berçait la poussette et que Darren s'emparait d'un autre bâton, essayant d'inciter le chien à le lui rapporter.

— Hé, reprit Pete, j'imagine que maman t'a dit qu'on maintenait Noël à la maison ?

— Oui, je suis au courant. Et d'après toi, c'est une bonne idée ?

— Je ne sais pas, mais si ça lui fait plaisir… Au fait, elle m'a dit que nous allions tous nous y rendre en convoi, pour rouler ensemble. Donc on devra tous démarrer en même temps.

— Pas de souci.

— OK, je vais ramener les filles à la maison. D'autres nouvelles avant que je file ?

Darren leva les yeux vers le terrain de jeux. Les balançoires et le toboggan. Pendant un instant, il imagina un enfant s'amusant sur ces équipements. Cette même enfant qu'il voyait chaque fois qu'il fermait les yeux depuis que Charlotte et Steph lui avaient demandé cette « faveur ». Cette enfant un peu bizarre avec les oreilles décollées et le teint diaphane. Mais elle ne paraissait plus si bizarre. Elle commençait à avoir l'air plutôt mignonne. Attachante à sa façon. Il ignorait pourquoi il n'arrivait qu'à se figurer une fille. Peut-être était-ce lié au fait de n'avoir que des nièces, il n'imaginait pas un garçon. Il se voyait lui affirmer de ne pas s'inquiéter quand les autres gamins se moquaient d'elle à cause de ses grandes oreilles. Il se visualisait lui expliquant de leur rétorquer qu'ils pouvaient se les mettre où je pense. Il se voyait la relever par la main et épousseter ses genoux lorsqu'elle tombait de la balançoire. Il ferma les yeux et secoua légèrement la tête pour chasser cette pensée de son esprit.

— Non, répondit-il. Rien de nouveau de mon côté.

Mimi

Devant la porte de la chambre de Callie, Mimi se balançait sur ses pieds. C'était ridicule. Il s'agissait là de sa fille ! Son aînée. Pourquoi avait-elle le trac ?

Allez, pensa-t-elle, *ressaisis-toi et toque, tout simplement.*

Elle leva le poing et frappa au battant.

Pendant un moment, il y a eu un silence puis un retentissant : « QUOI ? »

Mimi se devait de le reconnaître : il en fallait du talent pour injecter tant d'hostilité dans une seule syllabe. Elle afficha un sourire sur son visage, poussa la porte et entra.

Ne montre pas ta peur, ne montre pas ta peur.

— Coucou ! lança-t-elle avec enthousiasme. Je croyais qu'on devait sortir et faire un truc. Toi, moi et Tara, on a du temps pour nous, vu que papa s'occupe des jumelles.

Assise sur son lit, Callie avait les yeux rivés sur le téléphone entre ses mains. Sa chambre constituait un étrange mélange de la petite fille qu'elle avait été et de la femme qu'elle allait bientôt devenir. Son ours en peluche préféré avait toujours sa place de choix sur son oreiller, mais les murs étaient couverts de posters de films indépendants dont Mimi n'avait jamais entendu parler. Plusieurs des séries de livres que Callie avait lues quand elle avait douze ans s'empilaient encore sur son étagère, mais à côté d'elles s'éparpillaient des rouges à lèvres, de l'autobronzant et des anticernes. Mimi ne savait même pas comment s'utilisait un autobronzant – peut-être en association avec le contouring ?

Callie ne leva pas les yeux.

—Non, merci, dit-elle.

Une partie de Mimi voulut accepter son refus, faire demi-tour et la laisser tranquille. Éviter toute dispute potentielle. Mais ce serait choisir la solution de facilité. Prudemment, elle fit un pas de plus dans la pièce.

—Allez, viens. Ce serait chouette de faire quelque chose ensemble. Ça fait longtemps qu'on n'a pas passé un moment toutes les trois.

Callie finit par lever le visage vers elle. Elle rangea une mèche de cheveux derrière son oreille, et, en l'observant de plus près, Mimi remarqua des ombres sombres sous ses yeux. Peut-être qu'elle ne dormait pas très bien en ce moment. Serait-ce les jumelles qui la dérangeaient la nuit ?

—Faire quelque chose comme quoi ? demanda Callie.

Une ouverture ! Mimi s'empressa de trouver une réponse qui pourrait lui plaire.

—Un cinéma ? Pour échapper à la chaleur ?

Callie fit une grimace et reporta son attention sur son téléphone.

—D'accord, on pourrait aller prendre un café.

—Je n'en ai pas vraiment envie.

Mimi se creusa la cervelle.

—Oh ! On pourrait aller dans un de ces établissements où ils servent des chocolats.

Callie secoua la tête.

—Beurk.

—Beurk ! Qui dit beurk à une tasse de chocolat ?

—Moi, rétorqua Callie en lui lançant un regard irrité.

Tara apparut dans l'embrasure de la porte.

—Vous parlez de chocolat ? interrogea-t-elle.

—Non, dit Mimi. J'essayais juste de trouver quelque chose de sympa à faire toutes les trois.

— J'ai une idée. Faisons un TikTok ! suggéra Tara, les yeux pétillants.

— C'est pas vrai, tu te fiches de moi ! grogna Callie. Pas question que je fasse un TikTok avec ma mère et ma petite sœur.

— Allez, steu plaît ! implora Tara.

— Attendez, c'est quoi un tic-tac déjà ? demanda Mimi en articulant soigneusement. C'est comme Snapchat ?

— Bon sang, maman, tu pourrais pas être plus ringarde ? pesta Callie en jetant son portable par terre avant de se mettre à se gratter sauvagement l'intérieur du poignet gauche. Vous pouvez sortir de ma chambre, s'il vous plaît ?

Mimi hésita. Elle avait envie de prolonger ce moment. D'aller vers Callie, de s'asseoir sur son lit, de prendre ses mains dans les siennes et de la forcer à établir un contact visuel. Elle voulait l'entourer de ses bras et lui dire : « Quel est le problème ? Où est donc passée ma fille ? Qu'est-ce que j'ai fait de mal ? »

Mais elle la sentait déjà figée et, si elle continuait à insister, elle ne ferait qu'empirer la situation. Elle saisit la main de Tara, et toutes deux quittèrent la pièce à reculons en fermant la porte.

— Tu veux faire un TikTok avec moi ? proposa Tara.

Mimi haussa les épaules.

— Bien sûr, dit-elle.

Andrea

— Ça te dirait qu'on passe dans la chambre ?

Tony se retourna dans son fauteuil, s'éloignant de son ordinateur pour faire face à Andrea. Il inclina la tête sur le côté et caressa sa barbe bien taillée. Plusieurs secondes s'écoulèrent.

— J'espérais une réponse plus enthousiaste que ça, murmura-t-elle.

Elle était assise sur le canapé, en train de bouquiner pendant que Tony écrivait, mais son livre n'était guère captivant, et son esprit s'était mis à vagabonder. L'idée d'un après-midi de sieste crapuleuse devenait peu à peu plus attrayante, et elle s'était demandé si cela pourrait être l'occasion de raviver la flamme. Mais peut-être pas, à en juger par le manque de réaction de Tony.

Son mari éclata de rire.

— Désolé, je ne voulais pas paraître hésitant. C'est juste que je suis super concentré sur mon roman.

— Mais c'est dimanche. Allez, il te faut un jour de repos.

Bon sang, pourvu qu'elle n'ait pas l'air trop désespérée.

— Je sais, je sais. Je suis vraiment navré… J'aimerais bien, mais j'ai pris du retard cette semaine.

Tony gardait un tableau blanc au-dessus de son bureau, sur lequel il planifiait toutes ses journées avec un nombre de mots à atteindre, chaque jour et chaque semaine, afin de pouvoir confier son deuxième roman à son éditeur dans les temps. Pour autant qu'Andrea le sache, aucun de ses frères ne travaillait de cette façon, mais elle supposait que c'était l'un des effets secondaires de la transition de la comptabilité vers l'écriture.

Le jour où elle avait rencontré Tony, elle avait été témoin de son approche admirablement organisée de la vie. Leur lieu de rencontre était un peu inhabituel – le rayon antidouleur de la pharmacie. Andrea cherchait un médicament pour lutter contre une migraine naissante. Elle avait supposé que l'homme qui se tenait à sa droite et qui lisait la notice du Panadol pour enfants devait être père de famille. Il l'avait observée du coin de l'œil quand elle avait poussé un soupir alors qu'elle hésitait entre plusieurs marques. Son esprit s'embrouillait à mesure que la migraine gagnait du terrain.

— Désolée, avait-elle bredouillé. Je n'arrive pas à réfléchir.

Elle avait frotté sa paume contre son front.

— Ne vous excusez pas. Je peux peut-être vous donner un coup de main, avait-il répondu en s'avançant vers elle avant de saisir quelques boîtes sur l'étagère. Vous avez mal à la tête ?... Celui-ci est vraiment efficace pour cibler une douleur spécifique. Mais vous vous sentez nauséeuse aussi ?

Elle lui adressa un sourire en coin.

— Vous êtes médecin ou quoi ?

— Pas du tout, je suis comptable. J'aime juste stocker des informations utiles comme celles-ci. On ne sait jamais quand ça peut nous servir.

— Je me sens affreusement mal en ce moment même. Une migraine d'enfer.

— Je vois, avait-il dit en reposant la première boîte sur l'étagère. Vous devriez choisir celui-là. Il ne fait pas mal à l'estomac.

Elle avait tendu la main pour lui prendre les comprimés, mais sa vision s'était brouillée, et elle s'était mise à vaciller sur ses jambes.

Il s'était rapproché pour la retenir.

— Hé, est-ce que ça va ?

— Non... Pas vraiment.

Il l'avait guidée vers les sièges de la salle d'attente, près du comptoir des ordonnances, et lui avait murmuré des mots réconfortants. Elle s'était alors attendue à ce qu'il la confie à un employé, mais une minute plus tard, il était revenu avec une boîte de comprimés et une bouteille d'eau qu'il avait achetées lui-même. Il lui avait glissé deux gélules dans la main, avait dévissé le bouchon de la bouteille puis la lui avait tendue.

— Je me suis renseigné auprès du pharmacien. C'est sans nul doute la marque la plus efficace contre les migraines, avait-il affirmé. Un mélange de paracétamol et d'ibuprofène. Je vais rester avec vous jusqu'à ce que le traitement fasse effet.

Son précédent petit ami, Angelo, batteur dans un groupe local, avait pour habitude de répéter tard le soir. Une nuit, alors qu'elle souffrait d'une affreuse migraine, elle l'avait supplié de faire une pause à 1 heure du matin pour pouvoir dormir. Il s'était moqué d'elle et lui avait suggéré de rentrer chez elle si elle ne supportait pas le bruit.

Le contraste entre Angelo et cet inconnu dans la pharmacie était pour le moins saisissant.

Elle avait secoué la tête.

— Vous n'êtes pas obligé de rester. Vous ne devez pas rapporter des médicaments à votre enfant ?

— Je n'ai pas d'enfant, avait-il répondu l'air confus. Oh ! Vous parlez du Panadol. Non, je venais l'acheter pour mon frère. Ma nièce est enrhumée. Mais c'est bon, ce n'était pas urgent. Je peux rester.

Au final, elle s'était sentie trop mal en point pour protester et reconnaissante d'avoir de la compagnie. Il s'était assis à ses côtés et avait bavardé tranquillement. Quand elle s'était enfin sentie capable de se lever, elle avait avoué ne pas être en état de conduire. Il avait insisté pour lui réserver un Uber.

Le lendemain, une fois à nouveau sur pied, elle s'était creusé la tête pour essayer de se souvenir du nom de son bon samaritain afin de pouvoir le retrouver et le remercier. Il s'était présenté à un moment donné de leur conversation, mais elle avait alors l'esprit si confus qu'elle avait eu du mal à le retenir. Tony… Leyton ? Lennon ? Levett ? Finalement, cela lui était revenu : Tony Lewis. Une recherche sur Google avait fait remonter plusieurs centaines d'homonymes, mais elle avait réduit le nombre de résultats en ajoutant le mot « comptable » dans la fenêtre de recherche. Elle avait fini par reconnaître son visage sur une page LinkedIn. Elle lui avait envoyé un message et, après avoir discuté, ils avaient convenu de se revoir autour d'un café. Ce rendez-vous avait débouché sur un déjeuner, puis sur un dîner, et c'est ainsi que leur histoire avait commencé.

Elle n'aurait pas appelé ça un coup de foudre ou quoi que ce soit du genre. C'était plutôt son attirance pour lui qui s'était développée chaque fois qu'il lui avait démontré qu'elle ne méritait pas de se faire poser un lapin ni de se faire larguer par SMS. Chaque fois qu'il lui faisait comprendre qu'elle méritait mieux que des invitations dans des restos bon marché ou des appels tard le soir. Il l'avait aidée à prendre conscience qu'elle gravitait autour d'hommes qui la dévalorisaient parce qu'*elle* croyait qu'elle ne valait rien. Parce que c'était l'idée que ses propres parents lui avaient inculquée.

À présent, Andrea appuya son coude sur le dossier du canapé.

— C'est pas dans tes habitudes de prendre du retard. Tu ne perds jamais de vue tes objectifs.

— Je sais… Mais j'ai eu plusieurs mauvaises migraines.

Andrea dut dissimuler son sourire. Une des choses dont ils avaient parlé ce jour-là à la pharmacie, c'était à quel point les migraines pouvaient être terribles, et à quel point il était irritant d'entendre des gens qui avaient de vagues maux de tête prétendre qu'ils souffraient de migraine. En apprenant à connaître Tony, elle avait vite compris qu'il faisait partie de cette catégorie-là. Mais elle avait laissé couler, s'attendrissant de le voir se masser les tempes et se plaindre. Peut-être était-ce parce que cela la ramenait au jour de leur rencontre, lorsqu'il s'était montré si prévenant envers elle.

— C'est dommage, reprit-elle en se levant pour se rapprocher de lui. En tout cas, je suis contente que tu te remettes sur les rails. Je peux voir un peu ce que tu as écrit ?

Il referma aussitôt son ordinateur portable.

— Tu sais que ce n'est pas possible, répondit-il avec un sourire en se redressant pour l'attirer vers lui.

Elle n'avait pas vu un seul mot de *Suffocation* avant qu'il ne lui annonce qu'il avait été accepté par un agent littéraire. En fait, elle ne savait même pas qu'il écrivait un roman. Et il lui avait expliqué ne pas vouloir se porter la poisse en procédant différemment avec ce deuxième livre. Elle n'était donc pas autorisée à le lire avant qu'il ne l'ait terminé.

— Juste une page, insista-t-elle. Un paragraphe ! Allez, le bouquin que je lis est ennuyeux à mourir. J'ai envie de découvrir un autre classique de Tony Lewis !

Il se passa une main dans son épaisse crinière noire. Tony, l'aîné, avait encore tous ses cheveux, alors que Pete, de deux ans son cadet, avait commencé à voir les premiers signes de la calvitie apparaître au milieu de la vingtaine, ce qui constituait un point de discorde important. Il y avait eu un pari familial pour savoir si Darren finirait dans le clan des chauves.

Tony se pencha en avant et enlaça Andrea avant de lui empoigner les fesses.

— J'ai une meilleure idée, susurra-t-il.

— Je croyais que tu étais trop occupé.

— J'ai changé d'avis.

Soir de Noël

Soixante secondes s'écoulèrent avant qu'une troisième voiture n'arrive sur les lieux de l'accident. Cette fois, le véhicule freina immédiatement et se rangea sur la bande d'arrêt d'urgence, cinquante mètres après le carambolage.

Le conducteur sauta hors de sa voiture, puis claqua la portière avant de se précipiter en direction des véhicules accidentés.

— Merde ! lâcha-t-il en regardant d'une voiture à l'autre. Merde, merde, merde !

Il tapota ses poches et se rendit compte qu'il avait oublié son téléphone dans son véhicule. Il hésita un instant, partagé entre la possibilité de se diriger directement vers une des victimes pour lui porter secours ou courir récupérer son portable afin d'alerter les services d'urgence. Deux autres voitures passèrent, sans décélérer. Il ressentit un agacement fugace, même s'il était conscient que s'arrêter à temps quand on roulait à cent kilomètres heure n'était pas une mince affaire. À plus forte raison en pleine nuit, juste après un virage.

Il décida de vérifier la première voiture avant de faire quoi que ce soit d'autre.

5

Mimi

Lundi 7 décembre

— Qu'est-ce que… ?

Mimi glissa son bras entre la portière et la boucle de la ceinture de sécurité, cherchant à tâtons le levier pour basculer le fauteuil vers l'arrière. Elle avait les seins quasiment écrasés contre le volant. Puis, au moment où elle parvint enfin à reculer le siège, elle se souvint de la raison pour laquelle il était à ce point réglé vers l'avant. Jill avait conduit sa voiture pour la raccompagner chez elle après le déjeuner de samedi. Et sa belle-mère avait dû l'avancer au maximum pour pouvoir atteindre l'accélérateur.

Sacrée Jill : fluette, mais vigoureuse.

Cette femme était une énigme. Elle pouvait passer de l'extrême protection envers ses fils à la réprimande si elle estimait qu'ils ne se comportaient pas correctement avec leur épouse ou compagne. Quand Charlotte avait rompu avec Darren, elle s'était persuadée que celui-ci avait dû faire quelque chose de terrible pour provoquer cette séparation. Pauvre Darren. D'après Mimi, il était évident qu'il avait le cœur brisé et que la décision de Charlotte avait constitué un grand choc. Mais voilà que Jill, elle, l'avait questionné sur la raison pour laquelle il n'avait pas cherché à la retenir… Finalement, Pete était intervenu, expliquant patiemment que Darren n'était en rien responsable de l'homosexualité de Charlotte, et avait suggéré à Jill de faire preuve de plus de sollicitude envers lui.

Avec les jumelles, elle s'assurait constamment que Pete faisait sa part. « Est-ce qu'il t'aide la nuit ? Parce que tu sais qu'il faut sacrément le secouer pour le réveiller. Une fois, quand Darren était bébé, j'ai dû pousser Frank si fort qu'il est tombé du lit. Il s'est toujours réveillé quand il y avait des pleurs après ça. Non pas qu'il m'ait aidée avec nos bébés. »

Et puis, d'autres fois, elle se rangeait de leur côté sans que ce soit toujours justifié. Tout le monde connaissait l'anecdote du jour où elle avait sauté la barrière lors d'un des matchs de football de Tony, alors qu'il avait quatorze ans et qu'il était à terre, se tenant la cheville après un tacle jugé réglementaire. En fait, Darren affirmait que Tony avait plongé. Mais Jill avait traversé le terrain en trombe. Tout le monde pensait qu'elle se dirigeait vers Tony pour vérifier s'il allait bien, mais elle s'était alors jetée sur le joueur de l'équipe adverse, avec l'intention de le mettre KO.

Après cet épisode, elle avait été interdite de match.

Bref, Mimi avait apprécié d'être raccompagnée chez elle samedi, mais elle en était gênée. Elle aurait pu jurer qu'elles avaient toutes les trois partagé cette bouteille de vin équitablement. Apparemment, elle avait la descente très facile, ces derniers temps. Après un an d'abstinence, elle s'était attendue à moins bien tenir l'alcool. Et s'était persuadée qu'au bout d'un ou deux verres elle devrait désormais se sentir pompette, économisant ainsi de l'argent et des calories. Au lieu de cela, c'était comme si elle était instantanément redevenue une buveuse expérimentée. Ce qui était aussi agaçant qu'injuste. Elle aspirait à cette sensation agréable de légère ébriété le soir après le coucher des enfants. Ce petit quelque chose qui lui permettait de s'habituer à la vie de famille à six au lieu de quatre.

À la naissance de Tara, c'était comme si cette enfant avait comblé exactement les attentes de Mimi et Pete en tant que famille. Tara avait bouclé une boucle. Elle était juste… à sa place. Mais, avec les jumelles, tout semblait détraqué. Décousu. Callie se montrait irritable en permanence. Tara avait mûri en un clin d'œil. Au lieu de voir cela comme une évolution positive, Mimi se languissait parfois de l'ancienne Tara. De son bébé, qui lui réclamait encore il y a peu quatre chansons et cinq câlins à l'heure du dodo. À présent, elle bouquinait en autonomie puis éteignait sa lampe de chevet avant que Mimi ne vienne lui dire bonne nuit, continuant d'espérer lui offrir ses anciennes berceuses… Mais Tara la repoussait et la rassurait en lui affirmant qu'elle n'en avait plus besoin.

Toi, tu n'en as peut-être pas besoin, mais moi, si…

James et Elliot étaient adorables comme nourrissons, mais elle s'était récemment rendu compte avec effroi que les jumelles ne l'avaient pas attendrie comme Callie et Tara à leur naissance. C'était douloureux, cela lui donnait l'impression d'avoir échoué en tant que mère. N'était-on pas censé s'attacher instantanément à ses petits ? C'est ainsi que cela s'était passé avec ses deux aînées. Là, c'était comme si les jumelles la tenaient tellement occupée, tellement en mouvement, qu'elle n'avait tout simplement pas eu le temps de ralentir la cadence pour se laisser submerger par l'amour maternel. Parfois, quand elles pleuraient toutes les deux au milieu de la nuit, chacune d'elles réclamant son attention immédiate, elle se surprenait à songer à des choses. Des choses horribles.

Vous savez que vous ne faisiez pas partie de mes projets, vous deux ?

Cela ne lui était arrivé que de façon épisodique. Et, chaque fois, elle chassait ces pensées et se flagellait mentalement. Arrête ça ! Ne pense pas à des trucs pareils. Voilà pourquoi il lui avait été si agréable de pouvoir enfin recommencer à boire. Le vin l'aidait à apaiser ses états d'âme. Elle se devait juste d'être plus attentive à ne pas descendre accidentellement des bouteilles entières alors qu'elle était censée prendre le volant.

Arrêtée à un feu rouge, elle se retourna pour observer les jumelles. Elles étaient installées dans des sièges auto orientés vers l'arrière, mais Pete avait mis en place des miroirs pour que tout conducteur puisse surveiller leurs visages. James s'était endormie rapidement. Elliot était réveillée, clignant des yeux. Mimi se tapota la poitrine du bout des doigts.

Si seulement je pouvais ressentir quelque chose ! J'ai l'impression d'être atrophiée du cœur...

Une voiture klaxonna derrière elle, et elle fit un doigt d'honneur à l'automobiliste avant de pivoter vers le volant puis d'appuyer sur l'accélérateur. Le feu n'avait dû passer au vert que depuis un instant. Connard...

À une époque, Mimi aimait se garer pour se rendre à la sortie de l'école. Il y avait plusieurs mamans avec qui elle s'était liée d'amitié. Mais Tara lui avait suggéré de la récupérer au dépose-minute l'après-midi. « Comme ça, tu n'as pas besoin de déranger les jumelles », avait-elle précisé.

Mimi était sur le point de se diriger vers la file d'attente quand elle se ravisa au dernier moment pour se mettre en quête d'une place de stationnement. Et puis merde, ce n'était pas si difficile d'installer les filles dans leur poussette double ! Elle avait envie de saluer les autres mamans. Malheureusement, quand elle eut enfin trouvé une place et extrait la poussette du coffre, elle s'aperçut qu'Elliot s'était endormie à son tour. Comment cela avait-il pu se produire en moins de deux minutes ? Dommage ! Elle était garée à présent. Elle sortit les jumelles l'une après l'autre. Elliot resta endormie, James ouvrit un œil et se mit à pleurnicher. Alors qu'elle les attachait, elle remarqua que de lourds nuages s'amoncelaient au-dessus de l'école.

Super, il va y avoir de l'orage !

Il n'avait pas été question d'averses dans le bulletin météo. Pourvu qu'il ne pleuve pas avant qu'elles ne soient toutes remontées en voiture... Mais la loi de Murphy voulait que si un orage devait frapper dans l'après-midi, il se produirait précisément au moment de la sortie des classes.

Elle dirigea la lourde poussette du haut de la butte vers la porte de l'école. Avec un peu de chance, elle récupérerait Tara avant qu'elle ne se soit précipitée au dépose-minute. Mais cela dépendrait du nombre de personnes qui l'arrêteraient en chemin pour jeter un coup d'œil aux jumelles.

Lorsqu'elle atteignit enfin l'ancien lieu de rendez-vous, réussissant par miracle à héler Tara alors qu'elle sprintait, elle fut interpellée pas moins de six fois par des parents bien intentionnés. Aux regards admiratifs s'ajoutaient les commentaires habituels.

« En voilà un double problème ! » « Ces deux-là ne doivent pas te laisser beaucoup dormir ! » « Adorables, hein ! Ce sont des vrais jumeaux ? » « Garçons ou filles ? Ou bien tu as décroché le jackpot avec un de chaque ? »

Putain, comme si avoir des bébés s'apparentait à une loterie dont le prix principal se résumerait à une paire de pigeons.

Se retrouver à côté des mamans de l'école après ce parcours du combattant représentait un exploit monumental. Tara était déjà en train de réconforter James à sa manière experte tandis que sa meilleure amie, Chloé, l'observait avec un soupçon de nostalgie sur le visage.

— Je connais ce regard, lança Leesa, la mère de Chloé. Et je peux t'affirmer que mon usine à bébés est fermée.

Elle dessina un cercle autour de son ventre, et Mimi pouffa de rire.

— Je pensais que la mienne avait mis la clé sous la porte, moi aussi…

— Oui, mais il n'y a aucune chance avec moi. Angus a déjà eu sa… Enfin, tu sais…, murmura-t-elle en mimant des ciseaux avec ses doigts.

— Sa quoi ? demanda Chloé en regardant sa mère. Qu'est-ce que mon papa a déjà eu ?

Leesa laissa tomber ses mains le long de son corps.

—Rien, chérie, ne t'en fais pas.

—Moi, je dis plus « mon papa » maintenant, mais « mon père », déclara Tara à son amie. Et je dis « ma mère », plutôt que « ma maman ».

Elle ne semblait pas juger mais plutôt encourager, comme si elle considérait qu'il était temps qu'elles rayent toutes les deux les mots « maman » et « papa » de leur vocabulaire.

Chloé ne parut guère impressionnée.

—Moi, je dirai toujours papa et maman.

Il y avait cette note de certitude dans sa voix que seuls peuvent avoir les enfants de huit ans persuadés que leur destin est gravé dans le marbre.

Mimi ressentit une pointe de jalousie. Elle aurait préféré que Tara continue à l'appeler « maman ». L'innocence de ce nom lui manquait. Tout comme lui manquait cette certitude dans ses propres choix dont Chloé venait de faire preuve.

Accroche-toi à ton enfance, ma puce ! Même s'il vaut mieux éviter d'appeler tes parents « papa » et « maman » quand tu auras trente ans.

Les filles se tournèrent vers les jumelles, et Mimi et Leesa purent poursuivre leur bavardage.

—Donc oui, il a eu son petit coup de ciseaux : aucune chance de me retrouver en cloque de mon côté ! Je ne sais pas comment vous avez fait.

—Eh bien, quand un homme et une femme s'aiment très, très fort…

Leesa lui tapota le bras.

—Arrête ! Tu vois bien ce que je veux dire… Je ne sais pas comment tu as pris une telle décision.

Mimi inclina la tête sur le côté.

—Bêtement ? suggéra-t-elle. Imprudemment, stupidement, misérablement ?

— Arrête ! Regarde-toi, tu es radieuse…

— Non, ça non.

— OK, bon, tu es habillée, tu es sortie de chez toi et tu fais des phrases complètes. Que demander de plus ?

— Par où commencer ? Une nounou. Un chef cuisinier. Un coach personnel. Une bonne nuit de sommeil.

— On veut toutes ces conneries-là. Moi, je vais juste me contenter d'un gin-tonic cet aprèm. Ça doit bien être vendredi quelque part sur terre, ma belle !

— Euh… non, pas du tout. Il n'y a nulle part au monde où c'est vendredi à l'heure où on parle.

— Ne gâche pas mon plaisir. La seule raison pour laquelle on a installé une piscine dans notre jardin, c'est pour que je puisse m'y prélasser en sirotant un gin-tonic. Ne m'enlève pas ça.

— Alors, tu es une buveuse de gin ? On en apprend tous les jours…

— C'est nouveau. Je ne supportais plus le vin.

— Oh, vraiment ? C'est un problème dont j'avais besoin de discuter avec quelqu'un. Il m'arrive exactement la même chose ces derniers temps. Je pense que deux verres de vin vont me calmer, mais c'est comme si je buvais de l'eau. C'est quoi, ce bordel ?

— Pas vrai ? Fais-moi confiance, passe au gin. Moins de calories que le vin, ajoute du citron vert dedans, tu auras l'impression d'être en vacances. La boisson idéale pour l'été !

— Je suis conquise. Je vais en acheter en rentrant !

— Mieux encore, viens chez moi après l'école vendredi. Amène Tara pour jouer avec Chloé. On pourra oublier les mômes et faire comme si on était à la plage ensemble !

— Voilà qui me paraît génial !

Une grosse goutte de pluie tomba alors sur l'épaule de Mimi.

— Merde ! grommela-t-elle. J'espérais pouvoir retourner à la voiture avant le déluge.

— Oups, fit Leesa. Besoin d'un coup de main avec les jumelles ?

— Non, ça va aller. Merci quand même.

Le temps que Mimi et Tara se précipitent vers la voiture en manœuvrant la poussette, il se mit à pleuvoir à verse. Toutes deux se retrouvèrent trempées, mais les jumelles restaient bien au sec sous la capote. Tara riait, ravie d'être prise dans ce soudain orage d'été. Elle aida sa mère à installer les bébés dans leur siège auto, puis elles sautèrent toutes les deux dans la voiture, et Mimi se mit à rire aussi : la bonne humeur de Tara était contagieuse. Au moins, cela les avait rafraîchies.

Sur le trajet du retour, Mimi envisagea de s'arrêter en chemin pour acheter du gin, comme le lui avait suggéré Leesa, mais Elliot dormait encore, et il lui semblait que traîner des jumelles et une enfant de huit ans dans un magasin de spiritueux aurait quelque chose… d'inconvenant.

Ce n'est que partie remise vendredi avec Leesa, se dit-elle. *Nettement plus amusant que de picoler seule.*

Andrea

La cloche avait déjà sonné la fin des cours quand Andrea se souvint de sa promesse à Mimi. Elle était censée prendre des nouvelles de Callie. Le problème, c'était que ses journées étaient toujours tellement chargées qu'elle trouvait rarement l'occasion de croiser une élève qui n'était pas dans l'une de ses classes.

Elle se demanda si elle pourrait tomber sur Callie avant qu'elle ne monte dans le bus scolaire. Mais, dans ce cas, elle discuterait avec elle devant tous ses camarades dans la file d'attente, et Callie lui en voudrait probablement d'un tel manque de discrétion.

Mais bon, elle s'était toujours très bien entendue avec sa nièce, alors cela valait peut-être le coup d'essayer. Elle laissa ses affaires dans la salle de classe, puis sortit pour la retrouver.

Le temps d'atteindre la station de ramassage scolaire, elle avait été interpellée par deux professeurs qui voulaient lui parler de l'échange de leur service du déjeuner pour le reste de la semaine et par un élève de seconde qui se plaignait de la mauvaise note obtenue pour son devoir d'histoire. Elle était arrivée juste à temps pour voir s'éloigner le bus de Callie.

Elle resta immobile un moment, levant les yeux vers les nuages d'orage qui s'amoncelaient tandis qu'elle regardait le véhicule disparaître sur l'autre versant de la colline sous un faible grondement de tonnerre. Bon, il restait encore demain, et il valait manifestement mieux retourner à l'intérieur avant que le ciel ne se déchaîne.

En regagnant sa salle de classe, elle rit intérieurement du culot de Jayden Scott, l'élève qui s'était plaint de sa note. Il la dépassait d'une bonne trentaine de centimètres, et il était clair qu'il avait cru pouvoir l'intimider avec sa taille alors qu'il se tenait au-dessus d'elle, expliquant très sérieusement que sa mère lui avait promis une voiture pour son anniversaire s'il atteignait une moyenne supérieure à quatre-vingts sur cent. Les élèves les plus âgés commettaient souvent l'erreur de la sous-estimer en raison de sa taille. Elle n'hésitait pas à leur démontrer qu'elle n'était pas du genre à se laisser influencer, et Jayden ne ferait pas exception. De plus, le connaissant, Andrea était presque sûre que la mère avait passé ce marché avec lui en sachant qu'elle n'aurait pas à lui acheter une voiture : coup de génie ou lamentables principes éducatifs ? Difficile à dire…

Mais, encore une fois, pouvait-elle légitiment juger les compétences parentales de quiconque, n'étant pas mère elle-même ? Elle en savait beaucoup sur les enfants – elle les côtoyait six heures par jour, cinq jours par semaine –, mais savait-elle ce que c'était que de prendre de telles décisions parentales ?

Tout en marchant, elle essaya d'imaginer quelle sorte de mère elle aurait été si Tony et elle n'avaient pas pris cette décision de ne pas avoir d'enfants. Serait-elle du genre à lancer un tel défi à son fils ? Aurait-elle eu les mêmes soucis que Mimi avec Callie, et aurait-elle été contrainte de chercher de l'aide auprès d'une tierce personne dans l'espoir de renouer avec sa fille adolescente ? Serait-elle une bonne mère ?

Pas si elle se calquait sur le modèle de la seule mère qu'elle avait eue, enfant.

— Tu as l'air perdue dans tes pensées.

Andrea leva les yeux pour découvrir Kelly Tao – une professeure de mathématiques – qui lui souriait.

— Pas vraiment, mentit-elle.

Elle aimait bien Kelly, mais ne la connaissait pas assez pour s'épancher auprès d'elle sur son enfance difficile.

— Plus que deux semaines avant la fin du trimestre ! ajouta Andrea pour changer de sujet. Est-ce que tes élèves aussi en sont à grimper aux murs ?

— Et comment ! abonda Kelly en ajustant ses épaisses lunettes turquoise vernies qui glissaient sur son nez. Je compte les heures jusqu'aux vacances. Oh, il y a le vin d'honneur de Noël ce vendredi. On se verra là-bas ?

— Probablement, murmura Andrea d'une voix neutre.

— Allez, bien sûr que tu vas venir, insista-t-elle. Bon, je file. J'en ai assez de cette journée et je récupère mes enfants de chez mon ex cette semaine. J'ai promis de les emmener à la piscine cet aprèm.

— Bonne chance alors, il va y avoir de l'orage.

Kelly fit la grimace.

— Oui, c'est pas grand-chose, ça. J'espère que ça va passer rapidement.

Andrea dit au revoir à sa collègue, puis reprit le chemin de sa classe. Elle ne pourrait sans doute pas s'échapper avant deux bonnes heures ; elle était encore en train de finaliser ses bulletins de fin d'année. L'un des avantages de ne pas être mère : quand elle restait tard à l'école, elle ne culpabilisait pas de négliger ses enfants ou de ne pas tenir sa promesse de les emmener quelque part.

Elle avait fait le bon choix.

Jill

Cher Frank,

Et s'il existait plus de péchés que je ne le pense ? Il y a des moments où je me demande… Où j'ai peur d'avoir raté quelque chose en cours de route.

Je vais te confesser un péché. Tu sais que j'ai embrassé Alan McIntosh peu de temps après le début de notre relation ? C'est drôle, j'ai gardé le secret à l'époque parce que tu détestais Alan, et je savais que ça te mettrait hors de toi. Mais je m'étais promis de t'avouer mon incartade un jour ou l'autre. Je me disais qu'on en rirait ensemble. Au lieu de ça, je te fais cet aveu par écrit, et ce n'est pas du tout pareil.

Si tu veux savoir, ce n'était pas ma faute. On faisait du roller, et j'ai perdu l'équilibre. Il m'a rattrapée, et, avant même que j'aie le temps de comprendre ce qui se passait, il s'est penché et m'a embrassée. Quel culot ! Je ne sais pas ce qui m'a fait repenser à ça.

J'ai cassé un mug aujourd'hui. Un de mes préférés. C'est parce que je me suis préparé une tasse de thé et que je l'ai oubliée. Le temps que je m'en souvienne, le thé avait refroidi. Alors j'ai pris le mug et je l'ai envoyé valser dans la pièce. Il s'est brisé en trois morceaux, et maintenant la moquette est auréolée d'une tache marron qui pourrait faire songer à une carte de la Tasmanie. Je l'aimais bien, ce mug. C'est Andrea qui me l'avait offert pour mon anniversaire il y a trois ans. Blanc avec de jolis papillons mauves.

Quelle gourde, je te jure ! Tu m'aurais prise pour une folle si tu avais assisté à la scène. Mais si tu avais été là, je ne l'aurais pas jeté. Reviens, tu veux ?
Je t'embrasse,

Jill

Assise à la table de la cuisine, Jill regardait son fils déclipser le détecteur de fumée puis remplacer la pile avec aisance. Le tournevis n'était d'aucune utilité. Il y avait juste un clip sur le côté duquel il fallait appuyer. Elle était partagée entre la reconnaissance et l'exaspération. Il lui avait également changé deux ampoules, resserré un robinet qui fuyait dans la salle de bains, déplacé les cartons dans les combles et désherbé le potager. Il était rentré du jardin juste au moment où l'orage avait éclaté.

— Tu sais, maman, déclara Pete en replaçant le couvercle de l'appareil avant de redescendre de l'échelle d'un bond, si tu t'installais dans un plus petit logement, les détecteurs de fumée seraient câblés, et tu n'aurais même pas à te soucier de ce genre de détails.

Jill sirota son thé et l'observa par-dessus le rebord de sa tasse.

— Formidable, dit-elle en reposant son mug sur sa soucoupe. Sauf que je n'ai pas envie d'aller vivre ailleurs. Viens boire ton café avant qu'il ne refroidisse.

Pete replia l'escabeau puis le rangea dans le garage, avant de venir la rejoindre à la table.

— Mais pourquoi ne pas emménager dans le même village que Wayne et Barb ? Ce ne serait pas agréable de les avoir à nouveau comme voisins ?

Jill lui fit une grimace.

— Ne me parle pas comme si j'étais une gamine qui a besoin d'être cajolée. Je vous l'ai dit, je ne veux pas déménager.

Pete leva les yeux au ciel.

— Je ne te traitais pas comme une gamine, j'essayais juste de te rendre service. Mimi m'a dit que tu as failli tomber de la chaise en essayant de remplacer les piles l'autre soir.

Jill regretta immédiatement d'avoir évoqué son petit accident lors de sa conversation avec Mimi. Elle lui avait confié certaines de ses difficultés du quotidien dans l'espoir d'inciter sa belle-fille à en faire autant.

— Je n'ai pas failli tomber, j'ai un peu forcé le trait.

— Ah oui, l'exagération, tu es bien connue pour ça, remarqua Pete avec sarcasme. Appelle-moi la prochaine fois que tu as besoin de faire quelque chose comme ça. Ça me fait plaisir de te donner un coup de main, maman. Tu peux compter sur moi.

Jill se radoucit.

— Merci, dit-elle avant de lui adresser un sourire. Et c'est pour ça que tu es mon fils préféré.

Pete éclata de rire.

— Ne sois pas ridicule, on sait tous que c'est Tony, ton préféré.

— Qu'est-ce que tu racontes ? Non, ce n'est pas vrai. Je plaisantais de toute façon, bien sûr. Je n'ai pas de préféré.

— Mais oui, bien sûr ! murmura Pete en avalant son café. C'est bon, Darren et moi avons toujours accepté que Tony ait le statut de favori parce qu'il était l'aîné. On t'a pardonné il y a longtemps.

— Je t'assure que je n'ai pas de préféré.

— Bien sûr que si.

Pete lui sourit et, pendant une seconde, Jill eut envie d'effacer son sourire avec une gifle. Elle frissonna. Quelle sinistre pensée.

— Arrête ! dit-elle. Ce n'est pas vrai, pas du tout…

Pete leva les mains en l'air.

— D'accord, ne t'énerve pas. Si tu dis que ce n'est pas vrai, alors ce n'est pas vrai.

Mais le ton de sa voix était sans équivoque : il ne la croyait absolument pas.

Excellent, songea Jill, *encore un échec à mettre à mon actif.*

Au moins, cela lui ferait une raison de plus de ne pas trouver le sommeil ce soir.

Une femme était avachie dans le siège du conducteur. Sur un côté de son visage, une fine traînée de sang s'écoulait de la naissance de ses cheveux jusqu'à son menton.

— Oh non ! balbutia le bon samaritain.

C'était tellement au-delà de ses compétences. Il avait suivi un stage de premiers secours dans le cadre de son travail, environ cinq ans auparavant, mais il n'avait jamais eu à se servir de ce qu'il y avait appris. Il ne savait même pas par où commencer.

— Est-ce que vous…

Il n'était même pas sûr qu'elle soit vivante.

— Est-ce que ça va ?

En prononçant ces mots, il prit conscience que c'était là la question la plus ridicule qu'il avait jamais posée de sa vie.

Évidemment que ça n'allait pas.

La tête de la femme bascula sur le côté, puis ses paupières se mirent à remuer. Dieu merci, elle était consciente. Elle se mit à marmonner quelque chose, et il se pencha plus près pour l'écouter.

— Mon mari, bredouilla-t-elle.

— Je vais l'appeler, s'empressa-t-il de répondre. Ne vous inquiétez pas, je vais chercher de l'aide et prévenir votre mari.

— Non, le coupa-t-elle en désignant le siège du passager. Non, non. Mon mari… Il n'est plus là.

6

Andrea

Mercredi 9 décembre

Tony sortit deux verres à vin du placard, mais Andrea secoua la tête.

— Pas pour moi, merci. Je suis encore en train de travailler sur mes bulletins. Si je bois un verre de rouge, je vais m'endormir sur le canapé dans une demi-heure.

— Tu n'es pas drôle, se moqua Tony en reposant l'un des récipients avant de prendre une bouteille du casier à vin, la soulevant pour vérifier sa couleur à la lumière. Tu es sûre ? Mon instinct me dit que celui-là, c'est du bon. Le millésime idéal pour une dégustation.

Andrea songea à lui suggérer de le garder pour une occasion spéciale, mais se rendit compte que c'était inutile. Toutes les bouteilles de leur cave étaient « dignes d'une occasion spéciale ». C'était vraiment extraordinaire de constater avec quelle rapidité et quelle aisance Tony avait ajusté son niveau de vie à son récent succès.

— Ne me tente pas, répondit-elle. Si je ne boucle pas ces bulletins ce soir, je suis fichue.

— Si tu le dis, murmura-t-il en se servant un verre, avant de s'approcher pour lui masser la nuque d'une main tout en sirotant son vin. Tu vas bien ? Tu as l'air stressée.

— Oui, ça va aller. Je m'inquiète juste pour…

Elle se tut, et il éloigna sa main de sa nuque.

— Andrea, non. Il faut que tu arrêtes de penser à elle. Ce n'est qu'une voisine. Elle a une mère. Ce n'est pas ta responsabilité.

— Je sais, mais…

— Mais quoi ? Tu ne peux pas en faire plus que ce que tu as déjà fait. Si les services sociaux ne jugent pas bon d'intervenir, je ne vois pas comment toi, tu pourrais le faire.

— Mais tu es d'accord, n'est-ce pas ? La façon dont cette mère s'occupe de cette petite n'est pas correcte.

Tony se frotta le menton.

— J'imagine, mais je n'en sais rien. Je n'ai pas d'enfant.

— Tony ! Allons, tu as assez de bon sens pour savoir qu'on ne laisse pas une enfant de six ans toute seule dans un appartement. Et qu'il est préférable de ne pas se défoncer devant son gamin et de laisser de la drogue à sa portée. Ce n'est pas sorcier.

— Ouais, OK. Mais tout de même, peut-être que c'était un incident isolé. Peut-être que cette fille se fait aider. Peut-être que, la dernière fois que tu es allée chez elle, elle revenait juste de l'épicerie. Tout ce que je dis, c'est qu'on ne connaît pas toute l'histoire et qu'elle t'a demandé de rester en dehors de ça, rappela-t-il. Dis-moi que tu n'es pas allée traîner là-bas cet après-midi ? ajouta-t-il après un silence.

Elle ne put réprimer un air coupable.

— Attends, c'est pour ça que tu as pris du retard dans ton travail ? Parce que tu jouais à la maman avec la voisine d'à côté ?

Andrea se hérissa aux mots « jouer à la maman ». Ce n'était pas ce qu'elle faisait. Elle se comportait en voisine attentionnée, voilà tout.

— Je suis juste passée voir comment elle allait. Et je suis contente de l'avoir fait. Elle était seule. Une fois de plus. Et elle m'a expliqué que Heather lui avait donné cinquante dollars pour la cantine, au lieu de lui préparer son panier-repas.

— Et alors ? Au moins, elle s'est assurée qu'elle aurait un déjeuner.

— Et le fait qu'elle soit livrée à elle-même ?

— Pour combien de temps ?

Andrea sentit ses joues s'empourprer.

— D'accord, pas longtemps... le temps de récupérer un colis à la poste.

— Voilà ! Le bureau de poste n'est qu'à deux pâtés de maisons.

— Mais Violet s'est retrouvée seule à d'autres reprises. Par exemple, quand elle était sortie pour la nuit sans attendre l'arrivée de la baby-sitter. Quel genre de mère n'attend pas !

— Tu es sûre que ce n'était pas un malentendu avec la baby-sitter ?

— Pourquoi tu prends toujours sa défense ? Crois-moi, cette gamine est toute seule. Et trop maigre.

— Elle ne semble pas souffrir de malnutrition.

— Qu'est-ce que tu en sais ? Quand l'as-tu vue pour la dernière fois ?

— Je ne sais pas, je l'ai croisée dans l'ascenseur il n'y a pas longtemps. Je ne peux pas dire qu'elle m'ait donné l'impression d'être en mauvaise santé. J'ai l'impression que tu cherches des soucis là où il n'y en a pas.

— Peut-être. Je n'en sais rien.

Le silence retomba entre eux, et Andrea se tourmenta intérieurement : Tony avait-il raison ? Certes, il fallait admettre que Heather ne s'était éclipsée que pour un court moment cet après-midi... mais pourquoi persistait-elle à agir ainsi ? À laisser sa fille sans surveillance ?

Andrea n'était-elle pas obsédée par sa petite voisine à cause de la façon dont sa propre mère l'avait négligée ? Parce qu'il n'y avait personne dans son entourage pour s'occuper d'elle lorsqu'elle était livrée à elle-même des heures durant ?

Quel genre de mère est-ce que je serais ? ne put-elle s'empêcher de penser.

À quoi bon tergiverser ? Tony et elle avaient pris leur décision. Le débat concernant « nos aspirations communes » avait été soulevé après seulement quelques rendez-vous, ce qui n'avait rien d'étonnant lorsque l'on rencontre quelqu'un en milieu, voire en fin de trentaine – il faut déterminer rapidement si on est sur la même longueur d'onde. Tony s'était montré souple sur la question au départ. Il ne voudrait probablement pas avoir d'enfants, mais il n'était pas impossible qu'il se laisse convaincre si elle y tenait vraiment. Elle avait penché pour un non, mais avait convenu qu'elle était à peu près dans le même état d'esprit que lui : elle serait susceptible de changer d'avis s'il en voulait à tout prix.

Ainsi, leur relation avait évolué. Ils avaient emménagé ensemble. Tony l'avait demandée en mariage après à peine six mois de relation, et au début, quand elle avait aperçu l'éclat du diamant alors qu'il s'agenouillait devant elle, son instinct lui avait soufflé : non, c'est trop tôt ! Mais ensuite, il lui avait fait son discours.

« Je vais prendre soin de toi. Je vais te traiter comme tu as toujours mérité de l'être. Personne d'autre ne pourra jamais t'aimer autant que moi. »

La femme forte et indépendante en elle avait honte d'admettre que ces mots lui avaient parlé. Non, elle n'avait pas *besoin* d'un homme pour prendre soin d'elle – mais après avoir été malmenée par trop de compagnons, c'était tentant. Alors elle avait mis ses doutes de côté et avait dit oui. De plus, les couples se remettaient rarement d'une demande en mariage déclinée, et elle n'était pas prête à renoncer à Tony. Et si elle ne retrouvait jamais quelqu'un qui tenait à elle aussi profondément ?

Environ un an après leur mariage, elle s'était rendu compte que leur position sur les enfants, « probablement pas, mais un jour peut-être », avait évolué vers « certainement pas » sans qu'ils en aient jamais vraiment reparlé. C'était devenu clair dans la façon dont Tony répondait aux interrogations d'amis ou de parents bien intentionnés.

« Nous avons choisi de ne pas avoir d'enfants. Nous considérons simplement que c'est la bonne décision pour nous. »

Et Andrea hochait la tête pour donner son assentiment, même si une petite voix s'élevait en elle : *Mais quand avons-nous tranché la question de manière si catégorique ?*

Et puis il y avait la question du désir. Même s'ils avaient voulu avoir des enfants, il aurait été quelque peu difficile d'en concevoir vu l'état de délabrement de leur vie sexuelle. Sa tentative de rallumer la flamme de dimanche après-midi avait fini par échouer après qu'ils s'étaient dirigés dans la chambre. Ce massage du dos qui devait constituer un prélude sensuel s'était achevé par les ronflements de Tony sur l'oreiller. Elle avait essayé de ne pas se sentir vexée et avait fini sous la douche pour se donner du plaisir pendant que Tony faisait la sieste. Il s'était réveillé en début de soirée, les yeux vitreux et se confondant en excuses.

— Et merde, soupira Andrea. Verse-moi un verre de rouge, veux-tu ?

Tony retourna chercher la bouteille et un autre verre, qu'il remplit presque à ras bord. Il le déposa devant elle.

— Désolé, s'excusa-t-il. Je ne cherche pas à te contrarier. Je n'ai juste pas envie que tu te retrouves en conflit avec notre voisine.

— Je sais, assura Andrea. Peut-être que tu as raison, peut-être que je réagis de manière excessive.

Tony s'attabla à côté d'elle.

— Je peux t'aider pour les bulletins ?

— C'est très gentil, mais non. Tu sais ce pour quoi j'ai besoin d'aide, par contre ? Occuper mes élèves pendant les dix jours à venir. C'est toujours si difficile de les garder concentrés à l'approche des vacances de fin d'année, une fois que les examens sont passés.

Tony fit tournoyer le vin dans son verre.

— Hmm, j'ai toujours adoré jouer au pendu avant les grandes vacances.

— Oh, très utile…

Tony se redressa soudain.

— En fait, lança-t-il, je *peux* t'aider !

— Pour mes bulletins ?

— Non, pour tes élèves. Je pourrais venir et discuter avec ta classe d'anglais.

Andrea se retrouvait prise au dépourvu.

— Discuter avec eux, mais de quoi ?

— De ma vie d'auteur !

Andrea sourit. Comme le livre de Tony n'était pas encore publié, elle n'était pas certaine de ce qu'il aurait à leur raconter. Mais elle devinait l'étincelle dans ses yeux. Il était enchanté par sa propre idée. Sans doute pourrait-il leur parler de son processus d'écriture. Elle fit de son mieux pour répondre à son enthousiasme.

— Bien sûr ! J'aurais dû y penser ! Ils adoreraient échanger avec un écrivain.

Il parut soudain inquiet.

— Sauf que… Sauf que je ne sais pas vraiment comment m'adresser à des lycéens… Et si je ne savais pas quoi leur dire ?

— Tu leur parleras de la même manière que tu parlerais de ton travail à n'importe qui. Ils préfèrent qu'on les traite comme des adultes.

— D'accord, je vais faire comme ça, conclut Tony, comme si c'était Andrea qui avait émis la proposition. Mais peux-tu faire quelque chose pour moi ?

— Bien sûr.

— Essaie juste de te tenir un peu à l'écart de la voisine, OK ? Ce qui se passe chez elle ne nous regarde pas.

— D'accord. Je vais essayer.

Mimi

Mimi se tenait dans le couloir, tiraillée pendant un moment quant à la direction à prendre. Dans une chambre, son aînée était furieuse et venait de lancer un objet contre le mur – pourvu que ce ne soit rien de précieux. Dans l'autre chambre, sa cadette sanglotait de façon incontrôlable. Habituellement, il s'agissait de diviser pour mieux régner. Pete se chargeait d'une fille tandis qu'elle discutait avec l'autre. Mais il était occupé en bas avec les jumelles.

Finalement, elle décida qu'il était plus logique d'aller voir celle de ses filles qui accepterait son aide.

Elle entra dans la chambre de Tara puis s'assit près d'elle sur le lit. La petite se jeta immédiatement sur les genoux de sa mère, pleurant si fort que son corps était secoué par des soubresauts.

— Oh, ma chérie ! dit Mimi en lui frottant le dos. Je suis vraiment désolée. C'est ma faute.

Tara cessa de pleurer assez longtemps pour tourner son visage couvert de larmes vers Mimi.

— Non, c'est pas ta faute, hoqueta-t-elle. C'est elle. C'est toujours *elle*. Elle me déteste.

Mimi s'efforça de choisir ses mots avec soin.

— Je sais que c'est ce que tu ressens, mais je peux te promettre que c'est faux. C'est ta grande sœur, et elle t'aime. C'est juste que, parfois, être adolescent peut s'avérer compliqué, et on dit des choses que l'on ne pense pas.

Tara se remit à sangloter, et Mimi caressa les cheveux de sa fille ; elle s'en voulait de ne pas avoir été assez futée pour anticiper tout cela.

Quand elle avait fait ce TikTok avec Tara ce week-end, elle n'avait même pas envisagé que cela risquait de lui retomber dessus. Elle avait eu beaucoup de plaisir à apprendre cette danse avec Tara. Elles éclataient de rire chaque fois que l'une ou l'autre se trompait dans un mouvement, et il leur avait fallu une bonne heure ou deux pour réussir la chorégraphie. Au final, elles en étaient venues à bout et l'avaient postée sur le compte de Tara avec quelques-uns des bêtisiers. Mimi savait que Tara était un peu jeune pour ce genre d'applications de médias sociaux, mais ils lui avaient permis de télécharger TikTok parce qu'elle aimait faire des vidéos, et ils lui avaient créé un compte privé avec un accès restreint. Elle n'était autorisée à accepter que les followers qu'elle connaissait.

Le souci, apparemment, venait du fait qu'elle avait accepté d'être suivie par plusieurs camarades de Callie. Puis ces camarades avaient montré la vidéo à d'autres amis, et finalement à un élève de l'école s'était moqué de Callie à cause des pas de danse « pathétiques » de sa mère.

Callie avait hurlé sur Tara et Mimi. « Pourquoi tu me fous la honte ? Tu pourrais pas être plus normale ? Vous aviez l'air complètement débiles ! »

Ce genre d'amabilités. Mimi avait voulu l'étrangler d'avoir fait autant de peine à sa sœur, mais en même temps, elle se souvenait de la souffrance qui allait de pair avec l'humiliation, surtout à l'adolescence. Callie avait un très bon groupe d'amis, donc ce n'était pas l'un d'entre eux qui l'aurait harcelée, mais quelqu'un d'extérieur à son cercle aurait pu s'en prendre à elle. Pourquoi fallait-il que certains gamins soient à ce point mauvais ?

Elle entendit des bruits de pas et leva les yeux pour voir Pete apparaître dans l'embrasure de la porte.

— Les jumelles sont changées, et je les ai installées dans leurs transats, déclara-t-il. Tu veux que j'essaie d'apprivoiser la bête ?

— Oh, mon Dieu, oui.

— Merde, j'espérais que tu me dirais que je pouvais prendre la relève avec Tara.

En guise de réponse, leur fille enfouit sa tête plus profondément dans les genoux de Mimi.

— Non, celle-ci est tout à moi. Bonne chance !

Pete afficha un air de résignation triste et tourna les talons.

— Tu veux qu'on appelle Nan et Pop avec FaceTime ? proposa Mimi, une fois qu'il eut disparu. Pour savoir s'ils ont déjà eu de la neige ? Apparemment, ils ont une vague de froid précoce, et les prévisions annoncent un vrai Noël sous la neige pour une fois. Ça devrait être le bon moment pour appeler Londres.

Tara secoua le menton.

— Pas maintenant, murmura-t-elle. On pourra leur parler plus tard ?

— Bien sûr. Tu sais quoi, reprit Mimi, on partagera ma crème glacée secrète après le dîner et on les appellera ensuite.

Tara s'assit et la dévisagea.

— Tu as une crème glacée secrète ? s'étonna-t-elle.

— Oui, je la cache sous le sachet de petits pois. Personne ne fouine jamais à cet endroit.

— Tu vas la partager avec Callie aussi ?

— Non. Juste toi et moi.

Tara sourit.

— D'accord, dit-elle. Mais est-ce que je peux encore pleurer un peu ?

— Bien sûr, ne retiens pas tes larmes, ma chérie.

Tara reposa son visage sur les genoux de Mimi.

Pete ouvrit les couvertures et grimpa dans le lit.

— Tu sais que Tara m'a parlé de ta cachette dans le congélateur quand je suis allé lui dire bonne nuit tout à l'heure ?

— Une seconde, chuchota Mimi en fixant son téléphone, il faut juste que je termine cette vidéo d'un âne qui aide un troupeau de canards à traverser une route.

— Facebook n'a pas fini de nous surprendre.

Mimi leva le nez de son écran.

— Quelle petite sournoise ! Elle était censée garder ça pour elle !

— Tu es une bonne mère, affirma-t-il. J'ai senti qu'elle était très fière d'être mise au courant de quelque chose que moi je ne savais pas.

Mimi termina le visionnage de la vidéo puis posa son portable sur sa table de chevet.

— Je n'ai pas l'impression d'être une bonne mère. Je me trouve nulle. Toi, au moins, tu as réussi à faire en sorte que Callie te parle. Elle n'a même pas voulu me laisser entrer dans sa chambre ce soir.

— Je crois que c'est seulement parce qu'elle se sentait mal et qu'elle refusait d'admettre devant toi qu'elle avait réagi de façon excessive. Surtout après avoir vidé son sac avec moi.

— Qu'est-ce que tu lui as dit pour qu'elle se calme ?

— Je ne sais pas trop… J'ai surtout fait des blagues débiles jusqu'à ce qu'elle craque et qu'elle n'ait pas d'autre choix que de sourire.

— Beau travail.

— Merci, j'ai dû sortir mes meilleures vannes. Elle a promis de parler à Tara demain, donc on verra comment ça se passe.

— Je n'arrive pas à croire qu'une simple chorégraphie puisse provoquer un séisme de cette envergure.

— Tu sais que je n'ai même pas vu la vidéo en question. Montre-moi ça un peu.

Mimi reprit son téléphone, chercha la vidéo puis la mit en lecture.

Pete la visionna avec un sourire en coin, avant de la couver des yeux.

— Quoi ? C'est quoi ce regard ?

— Je ne trouve pas ça ringard du tout, assura Pete. Tu es même sacrément sexy.

— Oh, arrête, je n'ai rien de sexy !

— Sans rire, insista Pete. Tu es irrésistible.

Mimi lui reprit son téléphone.

— Arrête de te moquer de moi !

— Je ne me moque pas ! J'ai toujours aimé ta façon de danser. Tu as un très joli déhanché.

Finalement, elle déposa les armes et sourit.

— Tu le penses vraiment ?

— Je ne pourrais pas être plus sincère.

Elle roula sur le côté pour chercher son regard.

— Tu as envie de… faire des trucs ?

Il haussa les sourcils.

— De quel genre de trucs tu parles ?

— Tu sais bien de quoi je parle, murmura-t-elle en se baissant sous les couvertures pour lui faire comprendre ses intentions.

Ils n'avaient fait l'amour que deux ou trois fois depuis la naissance des jumelles. D'abord, il y avait eu toute la période pour laisser au corps de Mimi le temps de se remettre de l'accouchement, et puis avec les réveils des jumelles tout au long de la nuit, chaque minute de sommeil était devenue trop précieuse pour être sacrifiée sur l'autel du sexe. Mais soudain, Mimi se sentait trop excitée pour dormir. Elle avait aimé cette lueur dans les pupilles de Pete quand il parlait de son déhanché. C'était agréable de se sentir désirée à nouveau.

— Ah, soupira-t-il. Je me demandais si c'était ça que tu avais en tête, mais je voulais éviter une fausse joie.

— Enlève-moi ça, dit-elle en passant sa main sur l'extérieur de son caleçon.

— Attention, le petit oiseau va sortir. Tu pourras t'en rendre compte par toi-même.

Mimi pouffa de rire en effleurant la ceinture de son boxer.

— Quel idiot ! s'esclaffa-t-elle.

— Je sais, répondit-il. C'est pour ça que tu m'aimes.

Darren

Pour la dixième fois d'affilée, Darren récupéra la balle à l'autre bout du salon. Il devait se rendre à l'évidence : il jouait à la balle avec lui-même. Ce chien ne faisait que le regarder.

— Crois-moi, dit Darren. C'est *amusant*. C'est un jeu qui plaît à tous les chiens. Je lance la balle, et toi, tu l'attrapes et tu me la rapportes.

Il tenta un dernier lancer, mais comme l'animal ne bronchait toujours pas, il abandonna la partie.

— D'accord, marmonna-t-il. On réessaiera demain.

Le jour où il l'avait trouvé au parc, il avait emmené le chien directement chez le vétérinaire pour vérifier s'il avait une puce électronique. Le chien en était équipé, mais les données n'avaient pas été mises à jour depuis cinq ans, et le seul numéro de téléphone enregistré était hors service.

— Il n'a pas l'air d'avoir reçu de soins récents, avait commenté le vétérinaire. Je ne pense pas qu'il se soit échappé d'un jardin. Il a plutôt dû errer dans les quartiers résidentiels pendant un certain temps.

— Une idée de sa race ? avait demandé Darren.

— Probablement un croisement. Les taches sur ses pattes pourraient indiquer qu'il y a du chien de berger.

— Alors, comment ça se passe ? Je peux le ramener chez moi ?

— Vous souhaitez vraiment le garder ?

— Oui.

Le vétérinaire avait tapoté ses doigts contre son menton.

—Le problème, c'est que je ne suis pas censé vous le confier directement. Il est supposé aller au refuge, et vous pourrez le récupérer plus tard. Essayez donc de l'adopter par les voies légales.

—Allons, mon vieux. Vous avez dit vous-même que ce chien avait été négligé. Laissez-moi lui offrir un bon foyer.

—Je sais que le refuge du coin arrive à saturation… D'accord, emmenez-le avec vous, mais faites votre travail : consultez les pages Facebook sur les chiens perdus, gardez un œil sur les affichettes. Vous pouvez établir votre propre annonce pour dire que vous l'avez recueilli si vous voulez, avait suggéré le vétérinaire en donnant au chien une petite tape derrière les oreilles. Mais comme je vous l'ai dit, même s'il vient de fuguer de chez quelqu'un, qui que ce soit, cette personne n'en a pas pris grand soin, à mon avis. Alors ne vous cassez pas trop la tête non plus pour retrouver ses maîtres.

Darren avait pris rendez-vous pour une consultation plus approfondie et pour mettre à jour tous ses vaccins, vermifuges et traitements antipuces. Il avait également pris les coordonnées d'un toiletteur parce qu'un bon shampoing ne ferait pas de mal à son nouveau compagnon.

Il avait hésité à publier un message sur les réseaux sociaux pour annoncer qu'il avait retrouvé ce chien. Et si le vétérinaire avait raison et que son propriétaire n'était pas à la hauteur ? Oui, mais s'il avait une famille aimante qui l'avait perdu il y a des années et qui était toujours à sa recherche ?

Sauf que, si tel était le cas, pourquoi était-ce si compliqué d'actualiser les données de la puce du pauvre chien ?

Finalement, il avait pris une photo floue de l'animal, l'avait postée sur plusieurs groupes Facebook d'animaux perdus et trouvés, avec un minimum de détails, en ajoutant que le chien était en sécurité et avait un nouveau foyer si personne ne le réclamait. Il avait croisé les doigts pour que personne ne le contacte.

Il était bien conscient de la probabilité que son attachement soudain à ce chien soit une réaction instinctive à toute cette histoire avec Charlotte.

Je suis probablement en train de substituer ce chien au bébé imaginaire, se dit-il. Ce qui était ridicule, car ce n'était pas comme s'il avait un puissant désir de paternité avant que Charlotte ne lui demande cette faveur.

Ou peut-être que le chien était une technique de procrastination. Un dérivatif sur lequel se concentrer pour ne pas passer ses journées devant un document Word vide.

Ou peut-être tout simplement qu'il s'était pris d'affection pour ce satané clébard.

—Très bien, marmonna Darren en tapotant la tête du chien. Si tu ne veux pas jouer, j'abandonne et je joue avec ça à la place.

Il prit sa manette de Xbox puis alluma la console, avant d'attraper son casque sur la table basse. Avec un peu de chance, un de ses amis serait peut-être en ligne pour une partie de *Call of Duty*.

Il était sur le point de mettre l'oreillette quand il remarqua le microphone abîmé.

Il regarda le chien, qui se détourna immédiatement comme s'il ne faisait pas attention.

—Dis donc, c'est toi qui as mâchouillé ça ? Tu sais combien ce casque m'a coûté ?

Le chien continua à regarder de l'autre côté.

—Ohh, puuuutain ! lâcha Darren en jetant le casque sur la table basse. Maintenant, qu'est-ce que je suis censé faire de ma soirée ?

Le chien se leva, s'approcha de lui et posa son museau sur le genou de Darren.

—Très bien, murmura Darren. Excuses acceptées. Je vais plutôt essayer d'écrire…

Le mari de la conductrice avait-il été éjecté de la voiture ? Du coin de l'œil, l'homme aperçut des lumières et il se retourna pour regarder du côté de l'autoroute. Des phares approchaient. Les secours. Il ne serait pas capable de gérer ça tout seul. Il n'avait même pas encore été voir les autres véhicules accidentés.

— Ne bougez pas, dit-il bêtement à la femme à demi consciente. Je reviens tout de suite.

Il se détourna de la voiture et fit quelques pas rapides vers le bas-côté, puis se mit à agiter les bras pour tenter de faire ralentir la prochaine voiture. Il n'allait pas laisser filer un autre automobiliste sans réclamer de l'aide.

Heureusement, la voiture ralentit, puis freina brusquement. Il courut tandis que l'autre conducteur commençait à descendre de son véhicule.

— Merci de vous être arrêté. C'est grave. C'est vraiment grave. Et je suis un idiot, j'ai laissé mon portable dans ma voiture. Vous pouvez appeler les secours ?

Le nouveau venu fouilla dans sa poche arrière et en sortit son téléphone. Il leva les yeux vers la scène de l'accident alors qu'il composait le numéro, puis se figea.

— C'est la voiture de ma mère, articula-t-il.

7

Mimi

Vendredi 11 décembre

Elle avait frappé à la porte deux fois, mais il n'y avait toujours pas de réponse, ni aucun bruit de mouvement à l'intérieur de la maison. Tara se balançait d'un pied sur l'autre.

— Maman, pourquoi personne ne vient ouvrir ? demanda-t-elle.

— Je ne sais pas, dit Mimi. Je suis sûre qu'elles sont là.

Elles ont intérêt à être là. Elles étaient venues à pied jusqu'ici, et même si cela ne représentait qu'un quart d'heure de marche, dans la chaleur estivale, c'était étouffant. L'air était également lourd aujourd'hui, avec un soupçon d'odeur de fumée. Il devait y avoir un feu de brousse quelque part, peut-être dans les Blue Mountains ou sur la côte. Voilà qui était inquiétant ; l'été venait à peine de commencer. Mimi avait envie de plonger la tête la première dans la piscine de Leesa. Comme par magie, elle entendit un *plouf* à ce moment-là.

— Ah, s'exclama-t-elle. Elles sont déjà dans l'eau. Allez, on y va !

Elles se dirigèrent vers le portail latéral, et Mimi chercha le loquet du haut, qu'elle déverrouilla avant d'entrer.

— Il y a quelqu'un ? héla-t-elle en s'avançant encore un peu. On a frappé !

— Oh, désolée ! s'excusa Leesa en sautant du transat près de la piscine.

Elle portait un bikini noir, un immense chapeau de soleil et une longue tunique blanche ouverte et fluide. Mimi ne put s'empêcher d'être impressionnée par ses abdominaux bien dessinés ; elle n'était plus sûre de retrouver un jour ses propres abdominaux après ses grossesses successives.

— J'oublie toujours que je n'entends rien d'ici. Entrez, entrez !

Leesa leur fit passer le portillon de la piscine, et Tara se déshabilla aussitôt pour rejoindre Chloé dans le bassin.

— Bon sang, s'esclaffa Leesa en embrassant Mimi sur la joue. Tu es en sueur ! Viens t'asseoir, j'ai tout ce qu'il te faut ici.

Un réfrigérateur se dressait à côté du transat, rempli de bouteilles de vin et de tonic, de canettes de boissons gazeuses et d'un plateau de fraises, de myrtilles, de dés de pastèque et de fromages à pâte molle.

— Eh ben, il ne manque vraiment rien chez toi !

— Une fois que je suis installée sur ce transat, je ne veux plus avoir à bouger. Je suis assez près pour surveiller les enfants, mais assez loin pour ne pas être éclaboussée. Et puis, plus je suis torchée, plus je m'affale sur les coussins.

— Ça me paraît très bien, en effet. J'ai apporté du champagne, ajouta Mimi en sortant la bouteille de son sac. Il devrait être encore frais.

— Parfait, on commence par ça puis on passe au gin ! déclara Leesa en lui prenant le mousseux pour ôter le fil de fer autour du bouchon. Tara peut rester dormir ici si tu veux.

— C'est très tentant. Mais je n'ai pas apporté de pyjama ni quoi que ce soit pour elle.

Leesa positionna la bouteille en direction de la piscine, puis le bouchon sauta et s'envola en arc de cercle avant d'atterrir à la surface de l'eau. Les deux filles plongèrent pour le récupérer.

— Ce n'est pas un souci, dit Leesa en leur servant deux verres avant de ranger la bouteille dans le frigo du bar. Chloé peut lui en prêter un. En plus, ça va soulager ma culpabilité. Ça fait plusieurs mois que tu as eu les jumelles, et je n'ai rien fait pour t'aider. Quelle piètre amie je suis…

Elle se tapota le poignet avant de saisir les deux flûtes à champagne pour en offrir une à Mimi.

— Non, tu es super. Une mère qui en est à son troisième ou quatrième enfant n'est pas censée se faire aider. Ce sont les nouvelles mamans qui ont besoin d'être chouchoutées.

— Certes, mais on fait une exception à la règle quand il s'agit de jumeaux.

— Cela dit, tu m'as apporté une cassolette. Tu te souviens ? Et tu m'as envoyé des fleurs à l'hôpital. C'est déjà beaucoup…

— Tout de même, laisse-moi Tara ce soir. Chloé sera ravie qu'elle reste.

— D'accord, je vais accepter ta proposition, mais seulement parce que je serais bête de la refuser, pas parce que tu as été une mauvaise copine. Tu es une amie formidable. La preuve, tu m'invites à picoler le vendredi. Génial !

— OK, bon, ma culpabilité s'allège.

Elles se turent pendant un moment, se détendirent, sirotèrent leurs boissons et observèrent leurs filles.

— Tu as entendu parler de l'incendie dans les montagnes ? demanda finalement Leesa.

— Ah, donc il y a un feu de brousse… Je trouvais l'air poisseux aujourd'hui.

— Apparemment, il y a eu un orage là-bas. Ce serait la foudre qui aurait déclenché l'incendie.

— C'est affreux.

— Pas vrai ? Et il s'est déjà propagé de Blackheath à Katoomba. Ils disent qu'ils s'attendent à ce que les incendies fassent des ravages cet été. Cela dit, ça ne pourra jamais être pire que l'année dernière.

Mimi repensa au Noël précédent, et un frisson lui parcourut la colonne vertébrale.

Leesa poussa un petit cri.

—Mais quelle idiote ! Je n'ai pas de tact. Je suis vraiment désolée, je n'aurais pas dû te parler de ça.

Mimi secoua la tête et posa une main rassurante sur le bras de Leesa.

—Ne dis pas de bêtises. Tu n'as rien fait de mal. Je vais bien.

—Oui, mais parfois je ne réfléchis pas vraiment.

—Franchement, ça va.

—Comment se porte ta famille depuis… enfin, tu sais ?

—Ben, pas trop mal, je crois. Noël ne sera pas facile, mais bon… on n'a pas à se plaindre. La vie continue autour de soi, alors il faut s'y mettre aussi. Jill insiste pour qu'on aille passer Noël au Nid de Robin. J'imagine que c'est bon signe.

—Le Nid de Robin ?

—C'est le nom de leur maison de vacances à Nords Wharf.

—Ah, je vois…

—Bref, je pense que les jumelles seront une diversion bienvenue pour à peu près tout le monde cette année.

—En parlant de ces deux-là, qui s'occupe d'elles cet aprèm ? Callie ?

Mimi manqua de recracher son champagne.

—Ha ! Alors ça, c'est hilarant ! Tu crois que je laisserais Callie surveiller deux nourrissons ?

—Quoi ? Elle a seize ans, non ? Il y a des gamines qui accouchent à cet âge-là.

—Ne dis pas ça ! Et crois-moi, c'est une *jeune fille* de seize ans. Ça ne l'a jamais intéressée de nous aider avec les bébés. Je préfère les confier à Tara plutôt qu'à sa sœur. Non, Pete est à la maison et joue les papas poules.

— Ah oui, j'oublie tout le temps que tu as un mari qui bosse à domicile. Ça m'épate toujours que vous arriviez à vous supporter jour et nuit.

— Oui, oui, nous sommes des phénomènes de foire. On devrait installer une vitrine et faire payer l'entrée. Venez observer le couple marié qui passe tout son temps ensemble !

— Oh, je suis sûre que les gens paieraient.

Mimi pouffa de rire.

— Tu sais, en toute honnêteté, ce n'est pas *si* bizarre…

— Oui, je sais, je suis juste jalouse parce que si c'était moi et Angus, on s'entretuerait au bout de deux semaines.

— Mais non.

— Nous ? Mais si ! Et ce serait violent. Comme dans les films d'horreur gore. Au fait, comment ça va, ton boulot ? Tu as un nouveau bouquin qui sort bientôt ?

— On travaille sur un projet, mais on a pris un peu de retard à cause des jumelles. Et j'ai vraiment du mal à dessiner quoi que ce soit. Je suis coincée sur ce singe à la con : il est censé être mignon et espiègle, et au lieu de ça il a l'air enragé et détraqué. Je ne sais pas ce qui cloche chez moi.

— Moi je sais, dit Leesa. Tu as besoin d'une pause !

— Maaaan ! appela Chloé depuis le bassin. On a faim, on peut avoir une collation ?

— Ouvrez vos bouches, répondit Leesa d'une voix haut perchée. Je vais vous jeter des myrtilles comme si vous étiez des otaries.

— Maman ! Non !

— OK, OK, ça va. Rentre et va chercher des paquets de chips. Compte la quantité d'eau que tu arrives à étaler en marchant sur le carrelage tout propre de ma cuisine en chemin.

Mimi s'esclaffa de nouveau et prit une longue gorgée de son champagne, savourant les bulles pétillantes qui descendaient le long de sa gorge.

— Tu es l'une des mamans les plus cool que je connaisse. Tu le sais, non ?

— Oui, je suis au courant. Allez, c'est le moment de sauter dans la piscine pendant qu'elles ne sont pas là pour nous embêter. Vite !

Jill

Cher Frank,

L'air de Sydney est enfumé aujourd'hui. Un vent de nord-est nous a apporté la brume d'incendie cet après-midi. J'ai vite écouté les nouvelles pour savoir ce qui se passait. Et puis je suis allée vérifier les réserves de Ventoline dans la maison avant de réaliser... Ça ne sert plus à rien, pas vrai ? Et puis j'ai pleuré.

Tu sais que j'adorais l'été, n'est-ce pas ? C'était ma saison préférée. Quand j'étais plus jeune, avant de te rencontrer, je prenais le bus pour aller nager à la plage de Bondi les week-ends d'été. Aujourd'hui, je ne peux même plus mettre la tête sous l'eau, sauf si je veux attraper une otite.

Mais cette année, dès la première journée chaude et étouffante, c'était en septembre – n'essaie pas de dire à l'Australie que ce n'est encore que le printemps, elle s'en moque – je me suis sentie... affaiblie. Et je me sens de plus en plus mal depuis. Non pas que cela se voie en me regardant. Je suis douée pour donner le change. Cela fait bien longtemps que j'ai appris à faire illusion. Mais, aujourd'hui, disons que j'étais contente d'être seule au moment où j'ai perçu ce filet de fumée dans l'air. Parce qu'il n'y avait aucun moyen de cacher ma première réaction. Sais-tu que j'ai presque vomi ? L'odeur avait beau être légère, je sentais encore la brûlure au fond de ma gorge.

Est-ce que ça va être comme ça chaque été à partir de maintenant ? Chaque fois que je sentirai de la fumée ? Chaque fois que j'entendrai parler d'un feu de brousse ?
Je t'embrasse,

Jill

La fumée la mettait déjà dans un état second, il n'y avait donc rien d'étonnant à ce qu'elle sursaute quand la sonnette retentit.

Elle alla ouvrir et écarquilla les yeux en découvrant Callie face à elle, le visage baigné de larmes.

— Callie ! Qu'est-ce qui ne va pas ? Que s'est-il passé ?

Sa petite-fille baissa le menton.

— Rien, répondit-elle. Il ne s'est rien passé.

Jill se rendit compte qu'il n'était pas malin de rester sur le seuil de la porte pour questionner la pauvre enfant.

— Entre, ma chérie !

Elle l'escorta dans le salon, et elles s'assirent côte à côte sur le canapé.

— Il ne s'est rien passé ? reprit Jill.

Callie secoua la tête.

Jill passa un bras autour de sa petite-fille.

— Qu'est-ce qui t'arrive, alors ? Pourquoi tu pleures ? demanda-t-elle avant de faire une pause. Comment es-tu arrivée ici ? Est-ce que tes parents savent que tu es là ?

— J'ai pris le bus directement depuis l'école. J'ai envoyé un SMS à papa pour le prévenir.

— D'accord, bien. Maintenant, parle-moi, dis-moi ce qui ne va pas.

Callie frotta avec acharnement un point à l'intérieur de son bras.

— Non, dit-elle. Je me la boucle.

À ces mots, elle fut submergée par une nouvelle vague de larmes.

Jill la regarda, horrifiée.

— Qu'est-ce que tu racontes ? Qui t'a dit de la boucler, Callie ? Qui t'a dit ça ? Et pourquoi ?

— Rien. Ce n'était rien.

— Non, il s'est forcément produit quelque chose. Raconte-moi.

— Grand-mère, s'il te plaît…

Elle continua de sangloter, et Jill estima qu'il valait mieux cesser d'insister.

— Je peux t'offrir une boisson ? finit-elle par proposer. Une tasse de thé ?

C'était une suggestion ridicule, mais elle ne savait pas quoi dire d'autre.

— D'accord, murmura Callie.

Jill l'enlaça rapidement avant de se lever, d'attraper une boîte de mouchoirs en papier qu'elle plaça subrepticement devant l'adolescente, puis de se précipiter dans la cuisine pour allumer la bouilloire. Peut-être que, lorsqu'elle reviendrait, Callie serait prête à ouvrir son cœur.

Jill réalisa, en préparant le thé, que Mimi avait raison. Quelque chose clochait avec Callie ; elle n'aurait pas dû considérer avec une telle légèreté les préoccupations de sa belle-fille.

Dix minutes plus tard, les larmes de Callie commençaient enfin à se tarir. Jill avait presque terminé sa tasse de thé, mais Callie avait laissé la sienne sur la table sans la toucher. Jill avait fait de son mieux pour entretenir la conversation, parlant de la pluie et du beau temps, de Noël et des prochaines vacances.

— Est-ce que tu aimes vraiment le thé ? finit par demander Jill.

Callie esquissa un petit sourire.

— Pas vraiment, confessa-t-elle.

— Désolée, j'aurais dû te proposer autre chose.

— Non, marmonna Callie, c'est bon. Je n'ai besoin de rien.

— Es-tu disposée à me dire ce qui te met dans cet état ?

— C'est…, hésita Callie. C'est comme si… je ne savais même plus qui j'étais. Je suis devenue une énorme connasse.

Jill garda le silence, offrant à Callie la possibilité de préciser sa pensée.

— Je suis méchante avec tout le monde, et je ne peux pas m'en empêcher. Parfois, c'est comme si je regardais la scène de l'extérieur, et je me vois dire ces choses horribles, affreuses, faire de la peine à Tara et à maman… mais c'est plus fort que moi. Et je déteste ça, je me déteste, je ne veux pas être comme ça.

— Le fait que tu te sentes mal d'avoir dit quelque chose de méchant signifie que tu n'es pas une mauvaise personne.

Callie s'agita.

— Tu crois ? Ce serait quand même mieux si je ne me comportais pas comme ça dès le départ…

— N'oublie pas qu'être une adolescente, c'est difficile. C'est normal de s'emporter parfois. Et ce sont toujours les gens que tu aimes le plus qui trinquent. Tu as toutes ces hormones qui…

Callie l'interrompit.

— Ce ne sont pas les hormones !

— D'accord. Je voulais seulement…

— Ce ne sont pas des trucs d'ados normaux. J'ai déjà vécu tout ça, quand j'avais treize ou quatorze ans. Là, c'est différent. C'est autre chose.

— Callie, reprit Jill avec précaution, il s'est passé quelque chose ? Un problème à l'école, peut-être ? Tout à l'heure, quand tu es arrivée, tu disais que tu allais la boucler…

Callie lui coupa de nouveau la parole.

— Désolée, j'ai été idiote. Mon professeur de musique m'a convaincue de chanter au concert de Tara vendredi, et c'est un grand secret. C'est tout ce que je voulais dire. J'ai juste le trac à cause de ce spectacle. Personne ne sait que je vais me produire. Même pas papa et maman.

Jill pressentait que ce n'était pas du tout ce que Callie avait à l'esprit tout à l'heure, mais elle se devait de se montrer délicate avec sa petite-fille. Autant ne pas la brusquer.

— C'est excitant, ta voix a toujours été si belle. Ça m'a manqué de t'entendre. Cela fait si longtemps – je n'ai jamais compris pourquoi tu avais arrêté.

Tout au long de l'école primaire, Callie avait toujours fait partie de la chorale et, en cinquième, elle avait décroché un rôle de choix dans la comédie musicale de l'école. Frank et Jill étaient souvent allés la voir jouer. Mais, une fois qu'elle avait atteint l'adolescence, elle avait commencé à devenir timide en ce qui concernait ses talents.

— Je n'ai pas arrêté… pas complètement. C'est juste que je n'aimais plus faire ça en public.

— Qu'est-ce qui t'a fait changer d'avis ?

Les yeux de Callie se perdirent dans le vague.

— Je ne sais pas trop.

— Je suis contente que tu aies repris. Et puis, le trac, c'est tout à fait normal. Je crois que ça peut même t'aider pour ta performance… J'admets que la scène, je n'y connais pas grand-chose. Ça te faciliterait la tâche si tu t'entraînais devant moi ? Je peux te promettre d'être complètement objective.

Callie se mit à rire.

— Tu penses vraiment pouvoir rester objective ?

— Absolument, parole de scout !

Callie sembla y réfléchir, mais elle se ravisa.

— Non… Je ne suis pas vraiment d'humeur à chanter.

— Comme tu voudras. Dis, si on se faisait une partie de Rummikub ? Tu adorais ça.

— Bien sûr, pourquoi pas !

Jill se félicita mentalement d'avoir eu une bonne idée et alla chercher la boîte de jetons numérotés.

Elles s'assirent et jouèrent pendant une grosse demi-heure, en papotant de choses et d'autres. Des jumelles. De l'école. Du chant. Chaque fois que Jill posait une question, elle s'efforçait de garder une voix décontractée. Elle essayait de ne pas donner l'impression d'être trop insistante.

— Dis-moi une chose, murmura Jill en plaçant une rangée de jetons sur la table, qui élimina quatre de ses numéros les plus élevés et ne lui laissa plus que deux jetons. Ça veut dire quoi « OK boomer » ?

Callie se retint d'éclater de rire.

— OMG, grand-mère ! Où est-ce que tu as entendu ça ?

— Je crois que quelqu'un a dû le dire à la radio.

— D'accord, marmonna Callie. Le truc de base que tu dois retenir, c'est que c'est une insulte. Donc, si quelqu'un te lance « OK boomer », tu lui réponds d'aller se faire foutre, compris ?

Jill s'efforça de ne pas réagir au vocabulaire de Callie. Il y a quelque temps, elle lui avait dit qu'elle avait le droit de jurer devant elle quand elle le voulait. C'était important pour les enfants d'avoir des règles à la maison, mais avec leur grand-mère ? C'était le lieu où ils étaient autorisés à s'exprimer sans jugement, où ils pouvaient se lâcher complètement. Et, aujourd'hui en particulier, Jill tenait à ce que Callie se sente détendue, en sécurité, qu'elle ait l'impression de pouvoir s'ouvrir à elle si elle le souhaitait.

En fait, Jill savait déjà exactement ce que voulait dire « OK boomer ». On le lui avait expliqué quand elle l'avait entendu à la radio. Un animateur avait déploré le fait que les jeunes générations n'avaient aucun respect pour leurs aînés. Mais Jill ne partageait pas ce point de vue. Les ados essayaient juste de naviguer dans un monde connecté. Et elle savait que Callie se sentait instruite quand elle devait expliquer de nouvelles technologies à sa grand-mère. Les enfants adorent toujours se sentir plus intelligents que leurs parents. Trop d'adultes sont convaincus que leur devoir est d'inculquer aux enfants toutes les choses qu'ils *ne* savent *pas* encore. Ils ont l'impression de devoir les rabaisser d'un cran ou deux, de leur prouver qu'ils n'ont pas encore toutes les réponses ni toutes les expériences de vie, qu'ils ont encore beaucoup à apprendre…

Mais, en ce qui concernait Jill, les enfants le *savaient* déjà ! Ils n'en avaient peut-être pas l'air, mais au fond d'eux, ils le savaient. Ils savaient qu'ils n'avaient pas tout vu ni tout fait. Ils n'étaient pas idiots ! Et ils n'étaient pas sûrs de ce qu'ils ne savaient pas encore. Ils manquaient d'assise et de confiance en eux. Alors pourquoi ne pas leur donner l'impression qu'ils avaient tout compris de temps en temps ? Pourquoi ne pas leur donner le coup de pouce dont ils avaient besoin pour se sentir valorisés ?

De toute évidence, il existait des gamins qui avaient besoin d'être remis à leur place, mais les petites-filles de Jill n'en faisaient pas partie.

Finalement, alors que Jill terminait leur troisième tour en plaçant ses deux derniers jetons sur le plateau, elle demanda prudemment :

— Callie, y a-t-il autre chose qui te perturbe ? Quelque chose d'autre que le trac ?

Callie se leva brusquement.

— Je dois y aller. J'ai dit à papa que je ne resterai pas longtemps. Il veut que je rentre à l'heure pour le dîner.

Jill hésita. Devait-elle continuer à insister, essayer de découvrir ce qui contrariait Callie ? Mais, à force de se montrer trop curieuse, elle risquait de la braquer. Peut-être était-il préférable de laisser la situation en l'état, en espérant que Callie se sentirait à l'aise pour revenir et discuter à nouveau.

— D'accord, chérie. Je vais te ramener à la maison.

Darren

Darren était en chasse. Assis à une table de l'hôtel *Oaks*, il était à l'affût de la moindre célibataire disponible dans les parages sur Tinder. Il avait absolument besoin d'en dégoter une pour demain soir. Charlotte et Steph voulaient l'emmener dîner pour le remercier, et cela devait aussi être l'occasion pour elles d'évoquer des détails de leur arrangement. « Viens avec ta nouvelle nana », avait ajouté Charlotte à la fin de son dernier message. C'était probablement une cause perdue. Même s'il réussissait à draguer une fille, les probabilités de la convaincre de l'accompagner à un dîner entre couples le lendemain soir étaient faibles. Mais il se devait au moins d'essayer.

Si Charlotte ne connaissait pas déjà toutes les femmes de son entourage, il aurait sollicité une amie ou même fait appel à une de ses belles-sœurs afin de le tirer d'embarras. Enfin, peut-être pas quand même – il ne se voyait pas demander à Mimi ou Andrea de jouer ce rôle. Depuis le temps, il les considérait comme des sœurs à part entière.

Il avait également son ordinateur portable ouvert sur la table face à lui, un document Word vierge sur l'écran. De temps en temps, il jetait un coup d'œil par-dessus son téléphone à l'écran blanc vide et avait l'impression que la machine le narguait. Il s'interrogea : le fait d'avoir un ordinateur portable le rendait-il plus attirant ?

De qui se moquait-il ? Aucune chance qu'il soit frappé par l'inspiration ici… Il regarda de nouveau son téléphone et hésita sur une brune au sourire espiègle. Elle lui rappelait Charlotte. Il fit un *swipe* vers la gauche.

Il se demandait si tout allait bien pour Doggo à la maison. Pour l'instant, c'était ainsi qu'il l'avait baptisé : Doggo. Il ne pouvait pas encore se résoudre à lui donner un vrai nom, pas avant d'être certain que quelqu'un n'allait pas débarquer pour le réclamer.

Une ombre traversa la table, et il se retrouva nez à nez avec une femme tenant deux bières à la main.

— Ça va ressembler à un plan drague, commença-t-elle, et j'avoue que c'est aussi parce que j'essaie de te draguer. Mais j'avais commandé une bière pour mon pote, et il m'a complètement laissée tomber. Maintenant, je me retrouve avec deux bières et j'aurai l'air d'une alcoolo ou d'une vieille fille incurable si je reste assise au bar toute seule avec ces deux verres. Tu en veux un ?

Darren sourit. Rien de plus sexy qu'une fille qui a confiance en elle. Elle avait des cheveux blonds négligemment noués en un chignon désordonné et d'énormes boucles d'oreilles rose vif.

— Avec plaisir, répondit-il.

Elle lui sourit à son tour, et il remarqua ses fossettes. Il se déplaça légèrement et lui fit signe de le rejoindre. Elle posa les boissons puis se glissa sur la banquette à côté de lui.

— Il était temps ! reprit-elle. Tu étais la sixième personne à qui je proposais cette bière. Elle s'est probablement éventée.

Il s'esclaffa, avant de goûter la première gorgée d'un air suspicieux.

— Ça ira, confirma-t-il. Numéro six, hein ? Qu'est-ce que tous les autres mecs avaient de plus que moi alors ?

— Oh, pas grand-chose. Plus beaux, mieux sapés, plus de charme. Tu sais, les trucs de base, quoi.

— Je suis surpris d'avoir passé le casting.

Ce badinage improvisé lui plaisait beaucoup.

— Si tu n'avais pas accepté, je serais restée plantée toute seule au bar.

Ses yeux brillaient d'une lueur suggérant qu'elle avait vraiment envie de s'asseoir à côté de lui. Et puis elle se rapprocha un peu plus. Elle ne perdait pas de temps. Encore mieux.

— Je m'appelle Darren, déclara-t-il en se disant qu'ils devraient au moins connaître leurs noms respectifs avant de flirter davantage.

— Moi, c'est Sage.

— Joli prénom.

— Jusqu'à ce que tu apprennes que c'est le diminutif de Sagittaire.

— Ah bon ? Comme pour le signe astrologique ?

— Eh ouais. Et, pire encore, je suis née en août, donc ce n'est même pas mon signe astrologique. Je suis Lion.

Darren se mit à rire.

— Alors comment est-ce arrivé ?

— Mes parents s'appellent Maureen et Graeme. Apparemment, maman a toujours détesté grandir avec un nom aussi ennuyeux. Et puis elle s'est retrouvée dans le monde des hippies et n'en est jamais sortie. Donc, me voilà. Sagittaire pour le prénom, Lune pour le second prénom.

— J'adore ! s'exclama Darren, en trinquant son verre contre le sien. C'est le nom le plus mignon que j'aie jamais entendu.

— Tu ne dirais pas ça s'ils avaient choisi Balance. Imagine si j'avais dû me débrouiller avec un nom pareil dans un quartier gangréné par la drogue…

Darren pouffa de rire.

— Je pense que tu aurais su tirer ton épingle du jeu. Tes parents ne seraient pas fans de mon nom, alors. Difficile de faire plus commun que Darren.

— Oui, mais c'est un classique, pas vrai ? Dazzou. Le parfait petit nom australien.

— C'est vrai.

— De toute façon, inutile de t'inquiéter de ce que mes parents pensent de ton nom. Je n'ai pas vraiment l'intention de te ramener chez eux pour te les présenter.

Ils savouraient leur bière tout en poursuivant leur conversation. Darren remarqua qu'elle était assez tactile. Elle posait sa main sur son bras ou pressait sa jambe contre la sienne pendant qu'ils parlaient. À leur troisième tournée, il décida de jouer cartes sur table.

— Tu es consciente d'avoir été directe à propos de cette bière en trop dont tu devais te débarrasser ? Je vais être franc, moi aussi.

— Vas-y, l'encouragea-t-elle.

— J'ai un dîner demain soir avec une ex et sa nouvelle copine. J'ai besoin de venir accompagné parce que je leur ai menti en leur faisant croire que j'avais rencontré une fille. Est-ce que tu accepterais d'interpréter ce rôle ?

Elle resta bouche bée, puis :

— Sans déconner ?

Il fit la grimace.

— Euh, oui… Je sais, je sais, c'est beaucoup demander. Mais je suis vraiment désespéré.

— Je vais te dire, commande-nous une autre tournée, et je vais y réfléchir.

— Pas de souci. Prends le temps qu'il te faudra.

Darren se leva de table, et Sage le héla :

— Tu peux aussi demander un bol de frites ou autre chose ? Je meurs de faim !

Il sourit puis hocha la tête.

Quelques minutes plus tard, il revint à la table avec leurs boissons et un numéro de commande pour leurs plats.

— J'ai rajouté des ailes de poulet, pour adoucir l'affaire.

— Très bien. Alors, commençons par le commencement… Où se passe le dîner de demain soir ?

— Au bar à tapas sur Keely Street.

— OK, c'est tout près, je n'aurai pas à parcourir des kilomètres. Pourquoi tu as fait croire que tu avais quelqu'un ?

— Euh… parce que je suis un lâche et une tête de nœud.

— J'apprécie ta franchise. Question suivante : est-ce que c'est une façon détournée d'essayer de me revoir, ou tu as vraiment besoin de ce rencard d'un soir ? Parce que les relations durables, ça ne m'intéresse pas. Je préfère m'en tenir à quelque chose de léger.

— Ça me convient parfaitement. La légèreté, c'est super. C'est juste pour un seul rencard…

— Mais qu'est-ce qui se passera quand ton ex s'attendra à te voir débarquer avec ta petite amie la prochaine fois ?

— Je lui dirai qu'on a rompu.

— Hmm. Ton ex et sa compagne… elles sont sympas ? Intéressantes ? Est-ce que je vais passer un bon moment avec elles ?

— La semaine dernière, elles m'ont soûlé à coups de shots de tequila. Ça répond à ta question ?

— Ça pourrait. J'aime les gens qui tiennent bien l'alcool. OK, j'en suis. Je n'ai rien de prévu pour demain soir, alors pourquoi pas ?

Elle se pencha vers lui et l'embrassa, longuement et langoureusement.

— Qu'est-ce que j'ai fait pour mériter ça ? s'étonna-t-il quand elle finit par s'écarter de lui.

— Au bon endroit, au bon moment, rétorqua-t-elle en haussant les épaules.

Il se demanda s'il devait lui révéler pourquoi il était censé dîner avec Charlotte et Steph, mais se ravisa. Il semblait avoir rencontré la licorne d'entre toutes les femmes. Sexy, assurée et prête à l'aider pour ce dîner de couples dont la seule perspective suffisait à le mettre mal à l'aise. Il pouvait attendre pour lui livrer cette information, autant ne pas forcer sa chance.

Andrea

La principale raison pour laquelle Andrea avait décliné l'invitation à la soirée précédant les vacances de Noël était la suivante : Violet pourrait avoir besoin d'elle. Elle avait pourtant conscience que c'était une mauvaise raison. Pour l'amour du ciel, elle n'était pas la mère de cette enfant ! Tony disait vrai, elle ne pouvait pas continuer à se mêler ainsi des affaires des autres. Hier, après l'école, elle s'était attardée devant l'appartement de Heather pour écouter à la porte et s'assurer que tout allait bien. Une voix avait résonné dans son dos. « Je peux vous aider ? »

Elle avait vu Heather sortir de l'ascenseur, main dans la main avec Violet. Elles avaient l'air d'un duo mère-fille tout ce qu'il y avait de plus normal.

Andrea avait marmonné un mot d'excuses avant de s'éclipser, honteuse.

Voilà comment elle s'était retrouvée dans un bar avec un groupe de professeurs pour fêter « la fête de Noël non officielle ». Celle à laquelle le proviseur et les chefs de service n'étaient pas conviés. Ce qui signifiait que tout était permis. Il n'y avait pas d'animosité envers les membres de la direction, mais disons qu'il n'était guère aisé de se détendre complètement quand ils traînaient dans les parages.

Elle était au bar, en train de commander une tournée, quand elle avait aperçu un visage familier à l'autre extrémité de la salle. Son beau-frère, Darren, assis sur une banquette en compagnie d'une superbe blonde.

Andrea sourit. Ils avaient l'air très complices, et elle était ravie pour lui. Il ne semblait pas avoir eu beaucoup de chance en amour depuis Charlotte. En temps normal, Andrea serait allée le saluer, mais elle jugea préférable de ne pas le déranger dans ces circonstances.

Elle récupéra le plateau de boissons puis s'en retourna auprès de ses amis.

— Qui était-ce que tu lorgnais comme ça ? demanda Kelly dès qu'elle arriva à leur table.

— De quoi tu parles ? Je ne regardais personne.

— Si, je t'ai vue couver du regard un beau mec.

— Quoi ? Non ! C'est mon beau-frère !

— Eh ben ! Il est drôlement mignon… Tu es sûre d'avoir misé sur le bon cheval ?

— Hé !

Kelly éclata de rire.

— Je plaisante ! Tony est génial. Je dis juste… Waouh, son frère !

Andrea gloussa malgré elle.

— Ouais, c'est bon, on se calme. J'ai comme l'impression qu'il a déjà quelque chose sur le feu.

— D'accord, mais si ça ne marche pas entre eux, je compte sur toi pour me le présenter !

— Certainement pas. Tu le croquerais à pleines dents avant de le recracher. Et il a déjà eu le cœur brisé.

Andrea savait que Kelly collectionnait les amants depuis sa séparation avec son mari. Il n'y avait rien de mal à cela, elle ne tenait juste pas à ce que Darren s'ajoute à la liste de ses conquêtes sans lendemain.

— Pff, soupira Kelly. Tu en as d'autres, des beaux-frères canon ?

— Le deuxième est casé.

Greg, un professeur de théâtre, vint s'asseoir à côté de Kelly.

— Qui est casé ? s'enquit-il.

— Andrea taille un costard à ses beaux-frères, répondit Kelly.

— Pas du tout ! Pete a quatre enfants, dont des jumelles de six mois !

Greg but une longue gorgée de son vin puis agita ensuite son petit doigt en direction du ventre d'Andrea, tout en lui lançant un clin d'œil exagéré.

— Est-ce qu'il n'y aurait pas un petit secret qui commence à se développer là-dedans ?

Andrea sentit tout son corps se contracter en même temps que Kelly manquait de s'étouffer de rire.

— Tu plaisantes, Greg ? On ne fait pas ce genre de remarque à une femme !

Andrea afficha un sourire crispé.

— Hum, marmonna-t-elle. Super approprié, Greg.

— Quoi ? protesta-t-il en se servant maladroitement un autre verre de vin. Qu'est-ce qui m'empêche de poser la question ? On est quelques-uns à y penser.

Manifestement, Greg avait un peu trop bu.

Andrea se leva.

— Je vais me contenter d'aller au petit coin, articula-t-elle, en prenant acte du regard compatissant de Kelly avec un léger signe de tête.

Une fois dans les toilettes, elle se tint de profil devant le miroir et observa sa silhouette. Elle s'était fait plaisir en partageant un plateau de fromages avec ses boissons et n'avait pas remarqué que son ventre était ballonné. De toute évidence, elle avait mangé un aliment qu'elle avait du mal à digérer. Elle tira sur son chemisier, et se passa une main sur l'estomac. Avec son petit gabarit, le moindre ballonnement lui donnait vraiment l'air d'être enceinte. D'habitude, cela ne la dérangeait pas et, pendant un moment, elle se demanda si elle n'avait pas réagi de manière excessive, mais Kelly déboula derrière elle.

— Putain de Greg ! s'exclama Kelly. C'est le roi pour mettre les pieds dans le plat. Ça va ?

Andrea sourit.

—Oui, ça va, murmura-t-elle avant un silence. Tu dois sans doute penser que je ne peux pas avoir d'enfants ou que je suis complexée par mon corps, mais honnêtement, ce n'est pas le cas et…

Kelly l'interrompit.

—Non, ça ne regarde que toi ! Mais surtout, ma grande, tu n'as pas l'air enceinte du tout.

Andrea baissa de nouveau les yeux sur son ventre. Si, elle en avait tout l'air… Kelly était gentille. Mais il y avait quelque chose de si intrusif dans la façon dont Greg l'avait questionnée à l'instant. Elle luttait pour retenir ses larmes.

Kelly dut s'en apercevoir, car elle serra Andrea dans ses bras.

—C'est un con, affirma-t-elle. Je pourrais retourner là-bas et lui jeter mon verre à la figure.

Andrea répondit par un petit rire sanglotant.

—Non, ne pleure pas, marmonna-t-elle. Ce serait gaspiller ce délicieux merlot.

Elles desserrèrent leur étreinte, et Andrea s'essuya les joues d'un revers de manche.

—Tu sais ce qui est bête ? demanda-t-elle.

—Dis-moi, chérie ?

—C'est que Tony et moi avons décidé de ne pas avoir d'enfants, d'accord ? Et j'étais plutôt d'accord avec ça. Mais le fait est qu'une partie de moi a toujours pensé qu'on pourrait revenir sur ce choix. Une partie de moi s'est toujours dit qu'un jour il prendrait le temps de reconsidérer les choses. Un jour, il me dirait : « Andrea, pourquoi tu ne veux pas avoir d'enfants ? » Et alors je lui raconterais tout. Tout sur mes angoisses de devenir comme ma mère, et puis… et puis…, bredouilla-t-elle en dévisageant Kelly. Oh, bon sang… Pourquoi je te déballe tout ça… Je suis vraiment désolée… Je crois que j'ai trop bu.

—Ne sois pas désolée ! On n'est peut-être pas si proches que ça, toi et moi, mais ça ne veut pas dire que je ne peux pas t'écouter, la réconforta Kelly. Et tu croyais que ton mari te rassurerait sur le fait que tu ne deviendrais pas comme ta mère, pas vrai ?

Andrea hocha la tête.

— Je sais... C'est idiot. C'est juste qu'il est au courant pour mon enfance, pour ma mère. Je me suis dit qu'il en tirerait les conclusions tout seul.

— Je vois, compatit Kelly. Je sais ce que c'est que d'espérer que son compagnon dira exactement ce qu'on a envie d'entendre. Le problème, c'est que les mecs ne lisent pas dans nos pensées. Donc, si on ne se confie pas à eux, ils n'ont pas la moindre idée de ce qui se passe. Crois-en mon expérience de femme qui a déjà traversé un vilain divorce, d'accord ?

— Bien dit. En vérité, je ne me souviens plus très bien du moment où on a pris cette décision, Tony et moi. Tout ce que je sais, c'est que c'est gravé dans le marbre.

— Tu en es sûre ? Si tu veux te laisser une chance de repenser à la possibilité d'avoir des enfants, est-ce que tu ne devrais pas lui en parler ?

— Je ne sais pas vraiment ce que je veux. Mais quand cet idiot de Greg m'a posé la question, il y avait une partie de moi qui avait envie de pouvoir répondre oui. Je rêverais d'annoncer un heureux événement. Mais c'est tellement ridicule... Je ne sais même pas d'où me vient cette idée stupide.

— Probablement de tes ovaires, affirma Kelly. Le corps des femmes est très doué pour prendre les commandes aux moments les moins opportuns.

— Saleté d'horloge biologique... J'ai sans doute attendu trop longtemps de toute façon. J'ai presque quarante ans.

Kelly secoua la tête.

— Il est encore temps, assura-t-elle. Si c'est quelque chose dont tu as vraiment envie, je suis certaine qu'il n'est pas trop tard. Tu sais ce que je pense ?

— Quoi ?

— Pour commencer, je pense qu'il nous faut plus d'alcool et qu'on devrait trinquer à la santé de Greg. Et ensuite, une petite conversation avec Tony s'impose…

— Je sais, acquiesça Andrea. Tu as raison.

Darren tendit son portable à l'inconnu.

— Je vous laisse prévenir les secours, articula-t-il. Je dois aller voir ma mère.

Il se précipita vers la Volvo démolie, puis se pencha du côté conducteur.

— Maman, maman ? Tu m'entends ? Est-ce que ça va ?

Son menton reposait sur sa poitrine. Il n'arrivait pas à savoir si elle respirait. Il entendit l'autre automobiliste parler au téléphone derrière lui.

— Quatre voitures, disait-il. Ça a l'air vraiment grave. Oui… l'autoroute M1, à quelques kilomètres de la sortie pour Gosford.

Darren se retourna pour chercher son regard.

— La sortie pour Peats Ridge Road, corrigea-t-il.

— Oh oui, oui, désolé. La sortie pour Peats Ridge Road, rectifia le bonhomme en éloignant l'appareil de sa bouche pendant un moment. Elle m'a dit que son mari n'était plus là, précisa-t-il à Darren en désignant le siège passager. J'ai peur qu'il n'ait été éjecté de la voiture, il faut qu'on regarde.

Darren se redressa.

— C'est quoi, ce bordel ? Ma mère était seule au volant. Mon père est mort il y a un an.

8

Jill

Soir de Noël – un an plus tôt

— Donc, je lui ai téléphoné pour lui annoncer qu'il y avait une carte de retrait de colis pour lui, et tu sais ce qu'il m'a répondu ? Il m'a dit : « Pourriez-vous passer à la poste et le récupérer pour moi ? » Non mais, quel culot !

— Eh bien, pourquoi tu t'en occuperais ? Ils n'ont pas fait grand-chose pour nous.

— Parce que c'est ce qu'on fait entre voisins. Et permets-moi de rectifier : ils n'ont jamais *rien* fait pour nous, mon cher.

Ils s'étaient rendus dans un café pour le petit déjeuner et traînaient devant leurs tasses, à l'écart de la foule qui se pressait dans les boutiques pour effectuer les derniers achats de Noël.

Frank plongea sa cuillère dans la mousse de cappuccino, la positionna comme une catapulte, puis la lança à travers la table sur Jill.

— Je n'ai pas changé ma façon de parler depuis cinquante ans, et ce n'est pas maintenant que je vais le faire, femme !

Jill attrapa une serviette pour essuyer la tache sur son chemisier, mais elle sourit. Jamais elle ne l'admettrait ouvertement, mais ce genre d'enfantillages la faisait fondre. Elle avait l'impression de redevenir une adolescente, même si elle n'aurait sans doute pas aussi bien pris la plaisanterie s'il s'était agi de son chemisier en soie.

Ses parents avaient toujours détesté la façon dont Frank s'exprimait. Sans parler de ses manières à table. Le fait qu'ils désapprouvaient cette relation était l'une des raisons pour lesquelles Jill avait fréquenté Frank en premier lieu. Ayant grandi sur l'Upper North Shore, les parents de Jill n'étaient guère enthousiastes à l'idée qu'elle fricote avec un garçon de l'Ouest. Ils n'avaient jamais cessé de le considérer avec condescendance, même après qu'il avait créé sa propre entreprise dans le bâtiment.

En fin de compte, il avait amassé un plus gros patrimoine que celui des parents de Jill, et pourtant, chaque fois qu'il leur rendait visite, ils s'adressaient à lui comme à un misérable garçon de ferme qui risquait de leur voler l'argenterie. Il en avait été ainsi jusqu'à leur mort. À son crédit, Frank faisait abstraction de leurs remarques désobligeantes et ne répliquait jamais.

Après avoir rencontré de telles réticences de la part de ses beaux-parents, Frank avait toujours été déterminé à traiter les petites amies de ses propres fils avec bienveillance et respect. Mimi et Andrea avaient été accueillies à bras ouverts dans la famille. Tout comme Charlotte, la petite amie de Darren. Ils croisaient les doigts pour que leur benjamin ne tarde pas trop à la demander en mariage.

—Tu ne vas quand même pas aller chercher ce colis pour eux ? s'indigna Frank.

—Eh bien, je ne pouvais pas refuser.

—Bien sûr que si ! On est à la veille de Noël. Tu as bien assez à faire. Comment se fait-il que tu passes ton temps à te démener pour les autres ?

—Je suis trop gentille, c'est comme ça. J'ai proposé de récupérer leur courrier pendant leur absence.

—De quels voisins parle-t-on, déjà ? Des jeunes sur notre gauche ?

— Ce serait bien que tu te souviennes de leur nom de famille, ça fait cinq ans qu'ils vivent à côté de chez nous.

— Ne me dis pas que Wayne et Barb ont déménagé il y a déjà cinq ans…

— Eh si…

— Je ne vois pas pourquoi il a fallu qu'ils s'installent dans une fichue maison de retraite.

— Ne t'avise pas de leur dire ça. Ils appellent ça une « résidence senior ». Et Barb affirme qu'ils sont très heureux là-bas.

— C'est des conneries. Wayne adorait cette maison.

— Wayne n'arrivait plus à monter l'escalier.

— Des conneries, je te dis, répéta Frank.

— Je pense qu'on devrait y aller, déclara Jill, consciente que son mari ne lui donnerait pas raison. Nous devons encore passer à la poste, récupérer le jambon chez le boucher et acheter un dernier cadeau pour Tara, et il faut qu'on se mette en route à 16 heures.

— Mon chou, tu rêves, ma parole !

— On y arrivera si on se dépêche.

— Pour les courses, peut-être, mais pas pour l'autoroute. L'incendie du Mount White, tu te souviens ? L'autoroute sera certainement fermée cet après-midi.

— Non, impossible… Si l'autoroute est fermée, on peut tirer une croix sur notre Noël en famille.

— Mais non… Les enfants ont un plan de secours. On peut se réunir chez Tony et Andrea.

— On ne va pas fêter Noël dans un appartement. C'est trop petit ! On va aller dans notre nid de Nords Wharf comme d'habitude. Ce ne sera pas un vrai Noël si on ne le célèbre pas là-bas.

— Mon chou, ce sera toujours Noël, où qu'on soit.

— Mais si on n'est pas au Nid de Robin… Frank, tu sais à quel point il est important pour moi de passer Noël là-bas…

— Oui, ma chérie, capitula son mari avec un sourire triste. Je le sais.

— Et voilà ! s'exclama Frank en retirant une main du volant pour pianoter sur la radio.

Quelques heures plus tard, ils faisaient route vers le nord.

— Tu as entendu ça ? Ils ont fermé l'autoroute juste derrière nous. On était probablement les derniers à passer. On est baisés.

— Je t'en prie, pas de grossièretés !

— Putain de merde ! s'écria Frank, pour le plaisir de la provoquer.

— On n'est pas… *baisés*, reprit Jill avec gravité. Si les enfants sont passés avant la fermeture, on sera tous ensemble à Nords Wharf.

— Tu prends tes rêves pour la réalité. Tu crois vraiment qu'ils étaient déjà en route ? Darren n'a jamais été à l'heure dans sa vie. En ce moment même, Pete doit encore être en train de charger le coffre avec les affaires des filles ; quant à Tony… eh bien, il est un peu plus ponctuel. Avec un peu de chance, Andrea et lui seront des nôtres. Maintenant, on va se retrouver coincés là-bas pendant que les autres seront à Sydney. J'ai bien peur que tes projets de Noël tombent à l'eau, mon amour…

— Ils ont dû passer, rétorqua Jill en feignant la confiance.

— Bon sang, tu es têtue, femme.

— Je ne suis pas têtue, je suis positive. J'ai une attitude de battante. Je suis optimiste et résolue. Je suis…

— D'accord, d'accord, l'interrompit-il en riant avant de lui tapoter la cuisse. J'ai compris. En fait, je peux te dire quelque chose ?

— Oui.

— Ça ne me dérangerait pas de me réveiller seul avec toi demain matin… Je sais, je sais, reprit-il en agitant sa main vers son visage et en laissant la voiture légèrement dévier alors que Jill commençait à protester. Je blasphème, là… C'est la pire chose que je puisse dire. Ne pas vouloir réveillonner avec les enfants et les petits-enfants… Bien sûr que j'ai envie de les voir, mais ça ne te manque pas l'époque où on était juste toi et moi ?

—Allons, on passe notre temps tous les deux, maintenant.

—Oui et non. Je sais qu'ils sont occupés avec leur famille et que nous sommes souvent seuls au quotidien. Mais quand il s'agit des grands événements, des fêtes familiales, il y a du monde partout, du bruit, de l'agitation, et je n'arrive pas à me concentrer sur ce qu'ils disent de toute façon.

—Alors achète un appareil auditif. Je n'arrête pas de te le répéter, ça va t'aider.

—Mes oreilles n'ont rien à voir avec ça, femme ! C'est eux !

Jill rigola.

—Oh oui. L'enfer, c'est les autres, n'est-ce pas ?

—Non. C'est eux. Ils parlent tous en même temps. Imagine-toi te réveiller le matin de Noël en entendant seulement les bruits du bush. Savourer ton thé au lit sans être traînée au salon parce que les filles refusent d'attendre pour ouvrir leurs cadeaux, et que grand-mère et grand-père se doivent d'assister au déballage des paquets.

—Les regarder ouvrir leurs cadeaux, je trouve justement que c'est le moment le plus agréable de la journée. Cette expression sur leurs visages ne vaut-elle pas la peine de se lever de bonne heure ?

Frank poussa un soupir.

—C'est à prendre ou à laisser.

—Ça, c'est des conneries ! s'esclaffa Jill.

Elle ne jurait pas souvent, et Frank s'amusait de la voir employer ces mots-là.

—Ouais, d'accord, concéda-t-il. C'est un peu des conneries. Mais si jamais par malheur ils n'arrivaient pas jusqu'à Nords Wharf, considérons que c'est notre jour de chance, d'accord ?

Jill sourit.

—Si tu veux.

Ils gardèrent le silence pendant quelques minutes, puis semblèrent réaliser le problème au même moment.

— Est-ce qu'il ne commence pas à y avoir…

— Plus de fumée, compléta Frank. On est de plus en plus cernés.

Tout alla très vite. L'instant d'avant, ils y voyaient à plusieurs centaines de mètres devant la voiture ; la seconde d'après, ils se retrouvaient engloutis dans un épais nuage noir.

— D'où est-ce que ça vient, bon sang ? s'écria Frank en freinant brusquement.

— Tu ne peux pas t'arrêter ici ! On est sur l'autoroute, c'est dangereux !

— Qu'est-ce que tu veux que je fasse ? Je n'y vois rien du tout.

Elle décela une note d'appréhension dans sa voix, et cela l'effraya plus que cette épaisse fumée qui tourbillonnait autour de la voiture. Frank ne cédait pas facilement à la peur.

— Roule tout doucement, suggéra-t-elle. La prochaine sortie ne devrait pas être très loin.

Frank décéléra, et tandis que le véhicule avançait en douceur vers la file de gauche, ils furent tous deux pris d'une quinte de toux.

— La fumée entre dans la voiture ! s'exclama Jill.

— Sans blague, Sherlock…

— Ne te moque pas de moi !

Il y avait une touche d'hystérie dans la voix de Jill. Elle ferma toutes les arrivées d'air conditionné.

— Je crois qu'on est bloqués, soupira Frank.

— Qu'est-ce qu'on fait maintenant ? On appelle les secours ?

— Attends une minute. Peut-être que ça va disparaître aussi vite que c'est venu. Je ne vois pas de flammes, et toi ?

— Je ne crois pas. Je ne suis pas sûre.

Ils se remirent à tousser, et Jill remarqua que la respiration de Frank se faisait plus saccadée.

— Ta toux commence à m'inquiéter, nota-t-elle.

— J'ai la même que toi.

— Non, tu es tout essoufflé, Frank. Où est ta Ventoline ? Dis-moi que tu en as une sur toi.

— Pas besoin de Ventoline.

— Et tu dis que je suis têtue… Tu en as pris une, oui ou non ? Elle est dans ton sac ?

Il se remit à tousser, mais cette fois, sa toux était plus sifflante. Il était à bout de souffle. Bien que les bouches d'aération soient fermées, la fumée s'engouffrait dans l'habitacle. Les yeux de Jill se mirent à la picoter et l'arrière de sa gorge à brûler.

— Pour l'amour du ciel, Frank. Il y a une Ventoline dans ton sac ? Tu en as besoin, là !

Il la regarda de travers, et la terreur se lisait sur ses traits.

— C'est possible, répondit-il enfin. Dans le coffre.

— Je vais te la chercher, dit-elle, la main sur la portière.

Il lui saisit le bras avec une poigne de fer.

— Tu délires ! Tu ne sors pas d'ici. Je vais chercher cette saleté de Ventoline moi-même.

À présent, ils sentaient tous les deux la fournaise. Il y avait un incendie à proximité, et la menace approchait à toute allure.

— Pas possible, protesta Jill. Tu ne peux pas sortir d'ici.

— Eh bien, je ne te laisserai pas y aller, rétorqua-t-il sans la lâcher.

Mais une nouvelle quinte de toux s'empara de lui, et sa prise faiblit. Elle profita de l'occasion pour ouvrir la portière de la voiture, dégager son bras et sortir dans le panache de fumée. Elle claqua la porte derrière elle, prenant soin de laisser pénétrer le moins d'air vicié possible. La chaleur l'enveloppa comme une couverture lourde et épaisse. Ne voyant plus rien, elle ne savait comment se diriger pour atteindre le coffre. Elle avait les yeux qui coulaient, ses narines et sa gorge la brûlaient.

Quelle idiote… Elle aurait dû se protéger le visage. Elle se mit à tâtonner le long de la carrosserie. Elle tira sur le haut de son col pour le remonter sur son nez et sa bouche. Le métal était brûlant sous ses doigts. Elle chercha à tâtons le loquet du coffre. Quand elle le trouva, elle essaya d'appuyer sur le bouton, mais elle était à bout de forces. Elle se sentait très affaiblie. Elle n'avait pas remarqué à quel point elle peinait soudain à respirer.

À présent, sa vision se troublait, et ses jambes s'engourdissaient. Elle tenta une nouvelle fois d'actionner le coffre, sans succès. Elle ferma les yeux pour se protéger de la fumée et maintint un bras sur son nez et sa bouche pendant qu'elle essayait, encore et encore. Finalement, elle sentit le bouton céder, et le coffre s'ouvrit. Elle trébucha en arrière alors que le hayon se soulevait et, quand il fut assez haut, elle s'effondra sur les bagages, ses doigts tâtonnant la toile, le cuir, les fermetures Éclair. Pas moyen de remettre la main sur le bon sac, ni sur la Ventoline qui ne se trouvait peut-être même pas à l'intérieur.

Deux bruits lui parvinrent coup sur coup.

Elle reconnut d'abord la voix de Frank, à l'avant de la voiture.

—Jill, mon ange, tu vas bien ? Dis-moi que tu es en vie !

Elle parvint à articuler une réponse étranglée.

—Je suis… là.

Au loin, elle perçut les hurlements d'une sirène. Un camion de pompiers arrivait. Ils allaient être sauvés.

9

Jill

Samedi 12 décembre

Cher Frank,

J'ai encore traîné au lit jusqu'à une heure avancée de la matinée, tu pourras difficilement me le reprocher. Je n'arrive toujours pas à dormir. Alors je suis restée allongée et me suis reposée, en m'imaginant que tu étais toujours là avec moi. J'ai imaginé le vrombissement de la tondeuse dans le jardin. Je t'ai revu en train de bricoler le moteur de ta vieille Holden Commodore dans le garage. Je me suis souvenue de ces moments où tu passais la tête dans la chambre en t'exclamant : « Pour l'amour du ciel, femme, sors de ce lit… Tu es à la retraite, tu n'es pas morte ! »

Oui, sauf que maintenant, c'est toi qui es mort, mon chéri.

Et tu ne reviendras pas, n'est-ce pas ?

C'est idiot de te poster ces lettres, pas vrai ? Tu sais où je les envoie ? Au Nid de Robin. C'est tellement bête, comme si tu étais là-bas en train de te la couler douce. Comme si à Noël, quand j'arriverais, tu serais là à m'attendre. Mais tu n'y seras pas, pas vrai ? Parce que tu es parti. Pendant ces premiers mois, je n'arrêtais pas de me dire : « Bon, ça suffit maintenant. Tu peux arrêter d'être mort.

Tu peux revenir. J'ai fait mon deuil et j'en ai assez, donc tu peux revenir, bon sang. »

Mais non, tu n'es pas revenu. Tu ne voulais pas. Peu importent les larmes que je versais. Peu importent mes sanglots, mes hurlements et mes jurons. Rien ne t'a fait revenir. Je continue à te poser des questions comme si un jour tu allais me répondre et m'apporter toutes les solutions. Par exemple, ce fichu mail : « Il faut que tu saches ». Qu'est-ce que je suis censée faire de ça, Frank ? J'aurais dû le supprimer à l'instant où je l'ai reçu. Cette fille n'a pas le droit de me dire ce que j'ai à savoir. Mais, pour je ne sais quelle raison, je n'ai pas effacé ce message, et il continue de me trotter dans la tête. Je vais devoir faire en sorte d'arriver à la maison la première pour Noël. Je vais m'empresser de récupérer le courrier avant qu'ils ne découvrent toutes ces lettres. Ils vont penser que je suis devenue folle s'ils les trouvent. Lettre après lettre, toutes adressées à toi. Qu'est-ce que je vais en faire ? Les ouvrir et les lire ? Les déchirer ? Les brûler ?

Chaque fois que j'écris les mots « Nid de Robin » sur le recto de l'enveloppe, je songe à ce jour où j'ai fait faire la plaque pour la maison. Je n'étais pas sûre de ce que tu en penserais en la voyant. J'avais peur que tu ne sois contrarié. Mais, au lieu de ça, tu l'as effleurée du bout des doigts et tu as souri. Les garçons ignorent toujours pourquoi j'ai choisi ce nom. Je me demande si je le leur dirai un jour.

Plus la veille de Noël approche, plus il m'est difficile de respirer. Plus il m'est difficile de me secouer. Plus j'ai du mal à cacher mon chagrin.

Je sais que c'était ma faute, mon amour. Je sais que c'est mon entêtement qui t'a tué. J'aurais dû t'écouter. Je sais que tu serais encore là aujourd'hui si je ne m'étais pas cramponnée à ces traditions idiotes. Et tous les Je vous salue Marie *du monde n'y changeront rien. Ce qui est arrivé est arrivé, et rien ne pourra racheter mes péchés.*

Mais tu sais ce que toi, tu aurais pu faire ? Tu aurais pu t'accrocher. Tu aurais pu tenir bon, quelques minutes de plus. Ou bien tu aurais pu garder ta Ventoline sur toi, juste là, dans cette satanée poche avant où tu rangeais toujours ton stylo à bille. Ou en mettre une dans la boîte à gants. En garder une à portée de main.
Tu aurais pu te battre. Tu aurais pu les laisser te sauver. Ils sont venus, Frank ! Ils sont venus nous sauver. Et je pensais que tout irait bien. Je me suis dit que ça allait nous servir de leçon. Je me suis dit : Imagine ce que les enfants vont penser quand on leur racontera ce qui a failli nous arriver.
Mais non. Ils n'ont pas réussi à te réanimer, parce que tu n'étais déjà plus parmi nous.
Sais-tu que j'ai toujours une Ventoline dans mon sac à main désormais ? Depuis ce jour… J'en ai toujours une sur moi, au cas où. Je vérifie qu'elle est bien là chaque fois que je dois quitter la maison. C'est idiot, non ? C'est trop tard à présent. Je consulte régulièrement l'application « Feux de brousse » et l'appli météo aussi. C'est à cause du vent que nous nous sommes retrouvés pris au piège. Il a tourné subitement, poussant l'incendie dans notre direction.
Enfin, de toute façon, je me cherche des excuses, j'essaie de trouver un moyen de rejeter la responsabilité sur quelqu'un d'autre. Mais toi et moi, on connaît la vérité, pas vrai ?
Rien de tout cela n'a été décisif. La vérité, c'est que c'est moi qui ai insisté pour prendre l'autoroute.
Il n'y a pas d'autre manière de voir les choses.
C'est moi qui t'ai tué.

Mimi

Avant même d'avoir ouvert les yeux, elle sentit son cerveau palpiter comme s'il essayait de sortir de son crâne. Battant des paupières, elle essaya de déglutir, mais sa langue était pâteuse et sa gorge sèche. Bon sang, mais qu'est-ce qu'elle s'était infligé ?

La soirée de la veille lui revint par flashs. Elle et Leesa ricanant comme des gamines sur leurs transats, éclusant la bouteille de champagne avant de passer au gin ; Leesa remplissant les verres sans compter. Il y avait eu quelques tournées de shots, c'était certain. « Pas besoin de doser, chérie, personne ne prend le volant. »

Mimi se retourna, et les pulsations dans sa tête se transformèrent en un lourd martèlement. Elle appuya les paumes sur ses yeux. Elle ne se souvenait pas du reste de la soirée. Comment était-elle rentrée chez elle ? Où était Tara ? Était-elle aussi revenue à la maison ? Non, elle avait fait une soirée pyjama chez Leesa. À quel moment était-elle rentrée ?

— Bonjour, la Belle au bois dormant !

Mimi garda ses mains sur ses paupières et ne parvint à émettre qu'un son rauque. Elle sentit son estomac se nouer. Faisant abstraction des coups à l'intérieur de son crâne, elle sauta du lit et se précipita vers la salle de bains pour vomir.

— C'est à ce point, hein ? héla Pete depuis la chambre. Ta première gueule de bois depuis plus d'un an…

Après avoir vidé son estomac et s'être lavé le visage, Mimi retourna en titubant dans la chambre et s'effondra sur le lit, ignorant le regard moqueur de Pete.

— Ça t'amuse de me voir souffrir ?

— Le jour du golf, en août, tu te souviens ?

— Ah.

Quelques mois auparavant, Pete était rentré à la maison passablement éméché après une journée de golf avec ses frères. Mimi lui en avait furieusement voulu de s'être soûlé alors qu'elle était à quelques jours de son terme. Le lendemain, elle avait pris un malin plaisir à le regarder cuver sa gueule de bois.

— Je t'avais promis qu'un jour j'aurais ma revanche.

— Ouais, eh bien, ma jubilation était justifiée ce jour-là. Tu te rappelles sans doute que j'ai accouché deux jours plus tard.

— Chut... Ne me gâche pas tout. J'attendais que tu te réveilles pour te poser une question : de quoi te souviens-tu quand tu es rentrée à la maison hier soir ?

— Oh non... De rien. Pourquoi ? Qu'est-ce que j'ai fait ?

Pete frappa dans ses mains – à vrai dire, il les joignit comme un enfant ravi.

— Mon Dieu, ça doit être lamentable...

— Tu es prête ? Edna a dû te sortir d'un bosquet de rhododendrons et t'escorter jusqu'à notre porte d'entrée.

— Oh, putain, c'est pas vrai ?

— Oh que si !

Edna, leur voisine de soixante-dix ans, s'était déjà plainte deux fois des pleurs bruyants des jumelles, trois fois du fait que Callie et ses amies cueillaient des fleurs sur ses rhododendrons lorsqu'elles passaient devant son allée, et un nombre incalculable de fois du fait que Tara apprenait à jouer du tuba. Pour la défense d'Edna, tout le monde avait imploré Tara de renoncer à ses cours de musique l'année dernière.

— Tu m'as envoyé un SMS vers 23 heures pour me prévenir que tu rentrais à pied. Je t'ai proposé de venir te chercher, mais tu m'as écrit un message tout en majuscules me disant que tu voulais marcher. Apparemment, tu es tombée dans le jardin d'Edna et tu n'as pas réussi à te relever.

— Je suis morte de honte… Je n'oserai plus jamais la regarder en face.

— Non, c'est sûr. Elle m'a fait savoir que Flower Power vendait des rhododendrons pour remplacer celui que tu as écrasé.

— Moi, je l'ai écrasé ? Allons, je sais que j'ai pris du poids après la naissance des jumelles, mais quand même… !

Pete pouffa de rire.

— Je crois que c'est plutôt le fait de t'être débattue pour essayer de te relever. J'aurais aimé voir ça ; je t'imagine coincée sur le dos comme une tortue géante.

Mimi se pencha vers lui avant de pointer un index vers son visage.

— N'utilise jamais le mot « géante » pour me décrire, plus jamais, compris ?

Il s'empara de son doigt et l'embrassa.

— Tu sais que je te trouve complètement renversante, hein ?

— Je crois que je vais devoir retourner vomir.

Cette fois, il la guida jusqu'à la salle de bains.

— Qu'est-ce qu'on a de prévu aujourd'hui ? demanda Pete en posant devant Mimi un friand au bacon et aux œufs de chez Pinky's takeaway.

Assise à la table de la cuisine, elle se massa les tempes en remerciant le ciel que Pete ait emmené les jumelles faire une promenade dans leur poussette au coin de la rue. Il était revenu avec deux bébés endormis et – cerise sur le gâteau ! – un friand bacon et œufs. Elle ne méritait pas cet homme.

— Oh, merde ! soupira-t-elle. Je devais filer chez Aldi à la première heure ce matin pour voir les accessoires de vélo en promo pour Tara. Il est quelle heure ?

— Euh… midi.

—Je suis une mère affreuse ! gémit-elle en s'emparant du friand avant d'en mordre une énorme bouchée.

—Non, pas du tout. J'aurais pu y aller, moi.

—Ha. On sait tous que c'est moi qui fais les courses de Noël dans cette maison. Tu te souviens de l'incident de l'iPhone 8 ?

—Bien sûr que oui. Entre toi, Callie et Tara, comment pourrais-je oublier ? Tu penses que tous les équipements de vélo seront vendus ?

—C'est probable. Mais je devrais quand même aller vérifier.

—Tu veux que je m'en occupe ?

—Honnêtement, je préférerais y aller moi-même et te laisser ici avec les jumelles, si ça ne te dérange pas…

—Non, pourquoi ça me dérangerait ? Je peux me détendre sur le canapé et jouer à la Xbox. Quand est-ce que Tara rentre à la maison ?

—Bonne question. Je ne me souviens pas de ce que j'ai convenu avec Leesa.

Au même moment, la sonnette retentit.

—Quand on parle du loup, murmura Pete en sautillant avec beaucoup trop d'énergie et d'enthousiasme. Je vais ouvrir !

Mimi se leva de table et suivit Pete jusqu'à la porte, emportant avec elle le friand.

Elle fut soulagée de découvrir Leesa aussi débraillée qu'elle. Elle portait des lunettes de soleil démesurées et, lorsqu'elle aperçut le friand dans la main de Mimi, elle manqua de s'écrouler sur le seuil en s'y accrochant.

—Donne-moi ça ! ordonna-t-elle. Il m'en faut une bouchée.

Tara se faufila entre ses parents.

—Les jumelles sont réveillées ? demanda-t-elle.

—Ouaip, elles sont allongées sur leur couverture dans le salon, dit Pete.

—Tu ne t'attends pas à ce que je te le rende, hein ? balbutia Leesa en prenant une bouchée du friand.

— Si, si bien sûr, rétorqua Mimi en tentant de reprendre le friand à son amie avant que Pete n'intervienne.

— Arrêtez, je vais vous le couper en deux.

Elles le suivirent dans la cuisine, et Callie apparut dans l'escalier.

— Est-ce que c'est une odeur de bacon que je sens ? marmonna-t-elle.

— Elle est en vie ! s'exclama Pete. J'ai cru qu'on ne te verrait pas de la journée.

— Et alors ? Maman vient juste de se lever. Je peux avoir du bacon ?

— Oui, vérifie si on en a dans le frigo et on le mettra à frire. Je pense que ces deux-là vont en avoir besoin de toute façon, ajouta Pete en désignant d'un signe de tête Mimi et Leesa, affalées autour de la table.

— C'est quoi, leur problème ? interrogea Callie.

— Gueule de bois, expliqua Pete.

— Pete ! Ne lui dis pas ça !

— Pourquoi ? protesta Callie. Tu crois que ça va m'inciter à boire ? Ne t'en fais pas. Aucune chance que j'aie envie d'avoir une aussi sale tronche que toi en ce moment.

— Wow, merci, ironisa Mimi.

— Il faut voir le bon côté des choses, fit remarquer Pete.

— En voilà une éducation solide, déclara Leesa en donnant un grand coup de coude à son amie.

Un peu plus tard, après le départ de Leesa, Mimi s'approcha timidement de la porte de la chambre de Callie. Elle avait semblé d'assez bonne humeur tout à l'heure, et Mimi avait envie d'en profiter. Elle frappa et attendit.

— Oui ?

Ouf, c'était un bon début. Elle n'avait pas l'air agacée.

Mimi poussa la porte et passa la tête à l'intérieur. Callie était assise à son bureau, sur son ordinateur. L'une de ses youtubeuses préférées s'agitait sur l'écran en face d'elle, pinçant les cordes d'une guitare et chantant tristement devant la caméra avec de grands yeux de biche.

— Je vais sortir pour essayer de dégoter un panier de vélo pour Tara. Tu veux venir avec moi ?

Callie tapa sur la barre d'espacement pour mettre en pause la chanteuse, qui se figea, la bouche en forme de O parfait.

— Tu n'étais pas censée t'en occuper ce matin ?

— Si, mais je suis plus ou moins restée au lit pour faire la grasse matinée.

Callie esquissa un demi-sourire.

— Oups, fit-elle tout en regardant son ordinateur en gardant le silence un moment, comme si elle réfléchissait.

Mimi retint son souffle : *S'il te plaît, dis oui, s'il te plaît.* Mais bientôt elle vit les épaules de Callie s'affaisser.

— Non, merci, m'an. Je préfère rester à la maison.

Alors qu'elle tournait les talons, une pensée vint à l'esprit de Mimi. Elle n'avait pas entendu Callie chanter depuis des mois. Même depuis qu'elle avait renoncé à se produire en public, elle ne pouvait s'empêcher de chantonner sous la douche ou de fredonner ses gammes lorsqu'elle s'asseyait devant la télévision. Mimi n'arrivait pas à croire qu'elle avait mis si longtemps à réaliser que la voix sublime de sa fille avait déserté leur maison, remplacée par les gémissements des jumelles.

Franchement, Mimi, quel genre de mère es-tu ?

Darren

Il rejoignit Sage à l'entrée du restaurant et hésita : devait-il l'embrasser pour lui dire bonjour ? Elle était superbe dans une robe imprimée qui lui arrivait aux genoux, et ses cheveux blonds se balançaient en une longue natte lâche dans son dos. Hier soir, il avait fini par la ramener chez lui pour une nuit aussi torride qu'exquise, avant qu'elle ne s'éclipse au petit matin sans dire au revoir.

Il s'était demandé si elle viendrait ce soir, mais il n'avait aucun moyen de l'appeler pour confirmer. Ils n'avaient pas échangé leurs numéros de téléphone. Si elle n'avait pas honoré leur rendez-vous, il aurait été obligé d'avouer à Charlotte et Steph qu'il n'avait rencontré personne. Or, Sage était là, comme prévu.

Finalement, il se contenta d'un maladroit baiser sur sa joue.

— Merci, je te dois une fière chandelle, murmura-t-il.

— C'est pas grand-chose, répondit-elle. Juste un dîner gratos avec un beau gosse. Mais après, c'est fini, hein ? Ne t'attends pas à ce que je continue à faire semblant d'être ta petite amie auprès de ta famille ou de tes amis, d'accord ?

— Absolument pas. C'est juste ce soir pour me permettre de sauver la face. Mais, euh… il y a un truc que j'aurais probablement dû t'expliquer à propos de ce soir.

— Ah. Nous y voilà…

— La raison de ce dîner, c'est que mon ex et sa nouvelle copine veulent que je leur fasse un don de sperme. Ça pourrait donner lieu à une conversation gênante.

Sage éclata de rire.

— C'est tout ? Je croyais que tu allais m'annoncer que vous étiez tous échangistes, ou que ton ex est toujours amoureuse de toi ou un truc du genre…

Il ne parvint pas à dissimuler le trouble qui l'envahit.

— Ah. Elle est effectivement toujours amoureuse de toi ?

— Non, pas le moins du monde.

Sage hocha la tête.

— Je comprends mieux maintenant. Alors c'est toi qui es toujours amoureux d'elle, pas vrai ?

— Désolé, admit-il avec une grimace.

— Inutile de t'excuser, dit Sage. J'aurais dû me douter que c'était l'explication la plus logique. Pour quelle autre raison aurais-tu tenu à ce point à lui prouver que tu as tourné la page ?

— OK, cool… Tu sais que tu es, genre, vraiment unique, hein ?

— Ouais, je sais. Allez, on y va. C'est parti pour le spectacle ! s'exclama-t-elle en lui prenant la main pour l'entraîner vers la porte, avant de s'arrêter. Attends, je suis d'accord avec le don de sperme, ou il va falloir me convaincre ?

Il éclata de rire.

— Comme tu le sens.

— Ça marche !

Darren remarqua deux choses en entrant et en s'approchant de la table où Charlotte et Steph étaient déjà installées. Premièrement, Steph était surprise de le voir avec une femme à ses côtés, et deuxièmement, Charlotte ne l'était guère. Son regard avait manifestement vacillé. Se pourrait-il qu'elle soit jalouse, ou projetait-il ses propres sentiments sur elle ?

La gêne se dissipa une fois qu'il eut fait les présentations, et que Sage et lui se furent assis. Sage détendit l'atmosphère en faisant aux filles le même récit que la veille à propos de son prénom, ce qui fit rire Charlotte et Steph.

Ils commandèrent des boissons et une sélection de tapas à partager, puis Steph joua directement cartes sur table :

— Donc, Sage, ça ne te pose aucun problème cet… « arrangement » ? demanda-t-elle.

Sage sourit.

— Oh, écoutez, c'est un truc nouveau pour moi… Mais, franchement, les choses sont encore toutes récentes entre Daz et moi. Et puis, qui suis-je pour me mettre en travers du chemin d'un couple qui veut fonder une famille ? Pour être honnête, je trouve génial qu'il fasse ça.

Darren fut impressionné par l'aisance avec laquelle elle se glissait dans la peau de sa petite amie. Il n'aurait pas pu rêver de meilleure candidate pour endosser ce rôle.

Charlotte acquiesça.

— C'est vrai, il est génial. Nous lui en sommes tellement reconnaissantes. Merci de lui avoir permis de le faire.

— Ohé, intervint Darren. Il peut parler de sa propre voix ! Je n'ai besoin de la permission de personne. Il se trouve que c'est moi qui prends les décisions.

— Bien sûr ! reprit Charlotte. Désolée.

Elle avait l'air plus contrite qu'il ne l'aurait imaginé, et il s'en voulut. Il avait parlé sur le ton de la plaisanterie. Mais il s'apercevait que Charlotte était encore nerveuse et se demanda si elle craignait qu'il ne change d'avis. Alors il comprit ce que cela signifiait : il ne pouvait vraiment plus faire machine arrière ; pas sans lui briser le cœur, ce à quoi il ne pourrait se résoudre.

— Il y a donc quelques détails que nous devrons régler avec toi, déclara Steph. Le truc, c'est qu'on n'a pas les moyens de passer par une clinique ou ce genre d'établissement : c'est trop cher. Donc on doit envisager une autre solution.

Darren manqua de s'étrangler avec sa boisson.

— Bordel de merde. Tu veux que je couche avec toi ?

— Non !

Darren poussa un soupir de soulagement, tandis que Sage volait à son secours.

— Et moi qui craignais que la conversation ne devienne bizarre !

Tous se mirent à rire.

— On aurait besoin que tu nous fournisses un échantillon de sperme, reprit Charlotte, et ensuite on inséminera Steph à la maison… Tu sais, avec ce système de poire. Je veux dire, pas avec une vraie pipette. Il existe un modèle particulier de seringue qui…

Darren agita les mains en l'air.

— OK, je ne tiens pas à en savoir plus. Épargnez-moi les précisions.

— Eh bien, poursuivit Steph, une autre chose que tu dois savoir, c'est que pour mettre toutes les chances de notre côté, nous devons bien nous synchroniser sur mon cycle. Et l'échantillon doit être… frais. Donc il se peut que l'on ait à faire appel à toi très prochainement pour effectuer rapidement une première tentative.

— Pas de souci. Ce n'est pas comme si mon emploi du temps n'était pas flexible.

— Oh, et il faudrait aussi que tu fasses un petit bilan médical. Charlotte m'a dit qu'il n'y avait pas de maladies génétiques majeures dans ta famille, mais ce serait quand même bien qu'on puisse en avoir le cœur net.

— Pas de problème. Mes horaires de boulot sont souples, donc je peux m'organiser pour ça.

— Au fait, tu en es où dans l'écriture de ton prochain roman ? interrogea Charlotte.

Il regarda du coin de l'œil et fut soulagé de constater que Sage ne réagissait pas au fait qu'il était écrivain. Leur conversation n'avait pas dépassé le stade du flirt la nuit précédente, et ils n'avaient même pas évoqué leur métier. Cette fille lui plaisait.

— Ça avance, déclara-t-il.

— Vraiment ? C'est génial. Ça veut dire que tu as surmonté le choc après cette abominable critique ? insista Charlotte avant de se tourner vers Sage. Il t'a raconté ? Le *SMH* a massacré son bouquin, et ça a vraiment sapé sa confiance en lui. Il a fait un blocage pendant des jours et des jours.

Charlotte pivota alors vers Darren sans laisser à Sage la possibilité de répondre.

— Alors tu vas bientôt accoucher d'un nouvel opus ? s'enquit-elle.

— Ça va venir.

— C'est excitant. Ton agente doit être ravie. Elle a toujours adoré ton travail.

— Oui, bien sûr.

— Je suis vraiment fière de toi. Je sais que celui-ci t'a donné beaucoup de fil à retordre, assura Charlotte avec un regard appuyé. Tu sais que tu as beaucoup de talent, hein ? Tu as toujours été doué.

Darren s'aperçut que Steph et Sage se retrouvaient exclues de la conversation. Sage avait les yeux rivés sur son verre tout en triturant sa paille nerveusement.

Il décida de changer de sujet. Il se tourna vers Steph et s'efforça de se souvenir avec précision de ce qu'elle faisait dans la vie. Un job en rapport avec la gestion de projet pour une compagnie maritime, se remémorait-il vaguement.

— Rien d'intéressant de mon côté, éluda-t-elle avant même qu'il ne pose la question.

— Ah.

— Et toi, tu bosses dans quel secteur ? demanda Steph en s'adressant à Sage.

Darren se surprit à se tourner vers elle avec intérêt, essayant de deviner sa profession. Il ne serait pas étonné d'apprendre qu'elle était comédienne, vu la façon dont elle avait endossé son rôle de petite amie ce soir.

—Je suis danseuse de ballet, répondit-elle.

—Vraiment ? s'exclama Darren, incapable de s'en empêcher.

Charlotte lui lança un regard amusé.

—Tu l'ignorais ?

—Euh… je veux dire, je le savais, bien sûr…

Sage prit la situation en main.

—Il est surpris, car je n'ai pas l'habitude de me décrire ainsi. Je suis généralement trop gênée d'en parler ouvertement parce que je n'ai intégré une compagnie que récemment. De la même façon, je suppose, que Darren aurait été embarrassé de se présenter comme écrivain lorsqu'il a été publié pour la première fois.

—C'est vrai, j'ai aussi connu ça…

Ils furent alors interrompus par deux serveurs qui arrivèrent à leur table avec un assortiment de tapas.

La conversation se poursuivit, ponctuée des plats à partager, de commentaires sur la qualité du chou-fleur frit ou de suggestions pour commander une autre assiette de boulettes de bœuf. Tout au long de la discussion, Sage les régala d'anecdotes sur sa formation de danseuse pendant son enfance, et sur le fait qu'elle n'avait jamais imaginé pouvoir faire de sa passion une carrière.

Quand la soirée fut terminée, une fois que Charlotte et Steph furent parties, Darren prit la main de Sage et l'embrassa.

—Tu as été incroyable ce soir, déclara-t-il.

—Merci. C'était amusant, en fait, d'être quelqu'un d'autre… Passer une soirée à faire semblant.

—Oui, c'était sympa, hein ?

—Bref, merci pour le dîner. Bonne chance avec cette histoire de don, murmura-t-elle en retirant sa main de la sienne avant de commencer à pivoter sur ses talons.

—Attends, attends, je n'ai pas ton numéro.

—On avait dit juste une soirée, tu te souviens ?

—Oui, mais… Et si on avait envie de se revoir ? On ne sait jamais…

Sage fit la grimace.

— Nan, je ne crois pas que ce soit une bonne idée. Mais c'était cool de faire ta connaissance, assura-t-elle en s'éloignant de nouveau, avant de s'arrêter. Et fais-moi plaisir, avant de faire ce don, prends le temps d'y réfléchir, d'accord ? Ne fais pas ça pour de mauvaises raisons.

Elle disparut avant que Darren ne puisse répondre, s'engouffrant dans un Uber qu'elle avait réservé sans même qu'il s'en aperçoive. Il resta planté devant le restaurant, songeant aux dernières paroles qu'elle lui avait dites.

« Ne fais pas ça pour de mauvaises raisons. »

Était-ce le cas ? Pourtant, Sage le connaissait à peine. Et dire qu'il ne la reverrait plus… Ce qui était mieux, évidemment. Elle était seulement censée jouer le rôle de sa petite amie le temps d'une soirée.

Heureusement que Doggo l'attendait à la maison.

10

Jill

Dimanche 13 décembre

Jill sourit à la fillette à côté d'elle dans l'ascenseur. L'enfant lui rendit son sourire et, presque aussitôt, sa mère la tira par la main et la ramena vers elle. La petite baissa les yeux, ce qui surprit Jill. Elle essaya de croiser le regard de la mère, espérant lui faire comprendre qu'elle ne lui voulait aucun mal mais s'efforçait seulement de se montrer amicale, mais la jeune femme détourna la tête. Un instant plus tard, les portes de l'ascenseur s'ouvrirent, et la mère et sa fille sortirent pour remonter le couloir. Jill leur emboîta le pas, puis les dépassa pour rejoindre l'appartement de Tony et Andrea.

Elle frappa à la porte et, après quelques secondes, Andrea vint ouvrir.

— Jill ! Je ne savais pas que tu devais passer. Nous étions justement…

Tony apparut derrière elle, les clés à la main, et Jill devina qu'ils s'apprêtaient à sortir. Comment avait-elle pu être aussi stupide pour croire qu'elle pourrait passer boire une tasse de thé à l'improviste ?

— Désolée, commença Jill. Je n'aurais pas dû…

— Non, ça tombe bien ! assura Andrea. Nous sortons prendre un brunch, viens avec nous.

Jill observa Tony, se demandant s'il était aussi enthousiaste qu'Andrea à cette idée. Mais cela n'avait pas l'air de l'ennuyer.

—Comment as-tu franchi le portillon de sécurité en bas, maman ?

—Oh, deux personnes sont entrées au même moment. Une mère et sa petite fille. Vos voisines, j'imagine, dit-elle en réalisant qu'il devait s'agir de l'enfant pour laquelle Andrea se faisait du souci.

Peut-être cela expliquait-il l'attitude de la mère dans l'ascenseur… À moins qu'elle ne soit antipathique avec tout le monde ?

—Heather et Violet, confirma Andrea.

Elle semblait vouloir ajouter quelque chose, mais Jill la vit regarder Tony du coin de l'œil, puis afficher un sourire radieux.

—Ça ne te dérange pas de ressortir avec nous ? proposa-t-elle plutôt.

—Pas du tout, protesta Jill. Mais je ne veux pas m'imposer. Vous n'êtes pas obligés de m'emmener.

—Ne sois pas ridicule, reprit Andrea.

Ils marchèrent tous les trois jusqu'à un café voisin avec vue sur la mer. C'était le genre d'endroit que Jill n'aurait pensé à réserver que pour une grande occasion, mais Tony lui expliqua qu'ils s'y rendaient tous les week-ends pour le brunch. Il fallait reconnaître que l'emplacement était idéal ; la brise venue du large rendait le soleil plus doux.

Jill avait remarqué qu'Andrea était moins bavarde que d'habitude pendant leur petite balade. Elle se demanda si quelque chose la tracassait.

—Comment ça va à l'école ? s'enquit-elle une fois qu'ils furent attablés. J'ai toujours trouvé que les enfants n'étaient pas au mieux de leur forme pendant les dernières semaines avant les vacances de fin d'année.

Andrea acquiesça.

—Oh oui, c'est sûr, ils perdent en concentration. En fait, c'est précisément pour cette raison que Tony m'a proposé de venir demain pour parler d'écriture à mes élèves d'anglais de dernière année. Il me fallait une activité originale pour les occuper.

— C'est vrai ? fit Jill en se tournant vers Tony. Tu devrais chercher des conseils auprès de Pete. Il a fait plusieurs interventions en milieu scolaire.

— Pete s'adresse à des enfants de primaire, objecta Tony. Je saurai me débrouiller.

— Oui, mais il peut toujours te donner quelques astuces. Il fait ça depuis très longtemps maintenant, et il a mis au point une excellente présentation. Pourquoi ne pas lui demander son avis ?

Ce fut si furtif que Jill faillit ne pas le voir, mais un rictus mauvais passa sur le visage de Tony.

— Je te dis que ça ira.

— Je n'en doute pas, assura Jill d'une voix apaisante.

Elle repensa à la remarque de Pete la semaine dernière, quand il lui avait affirmé que Tony avait toujours été son préféré. Dommage qu'il n'ait pas été là pour assister à cet échange. Elle n'aurait guère été surprise si, à ce moment précis, Tony lui faisait le reproche inverse. Depuis qu'il avait révélé avoir écrit un roman, Tony semblait souvent sur la défensive, comme s'il redoutait une comparaison entre lui et ses frères. Aurait-elle dû, d'une manière ou d'une autre, déceler son intérêt pour l'écriture quand il était plus jeune ? Avait-elle encouragé l'amour de la langue chez Pete et Darren, tout en le négligeant complètement chez Tony ?

Elle en avait assez de nourrir ces doutes constants au sujet de ses fils. Elle avait beaucoup réfléchi à ce que lui avait dit Pete la semaine précédente. Et elle avait fini par comprendre pourquoi Pete pensait qu'elle favorisait Tony. Ce n'était pas du favoritisme qu'il avait repéré. Mais une forme de surprotection. En tant qu'aîné, elle l'avait traité différemment, s'inquiétant plus pour lui. Elle avait toujours éprouvé une anxiété à l'idée de couper le cordon avec lui.

Mais elle avait ses raisons.

Andrea

Tony tourna la page, secoua son journal, puis le plia et le lissa. Andrea savait qu'il avait l'habitude de lire les nouvelles pendant leur brunch, mais elle avait quand même été surprise de le voir ouvrir son quotidien alors que Jill se trouvait avec eux. C'était un peu comme lui manquer de politesse. Tous trois avaient terminé de manger, et Tony s'était emparé du journal sur le support près du comptoir, après avoir commandé un second café allongé.

Andrea se sentait coupable. Il était clair que Jill était passée les voir parce qu'elle avait besoin de compagnie. Andrea avait du mal à se représenter la douleur de perdre le partenaire de toute une vie dans des circonstances aussi tragiques. Elle se demandait souvent s'ils ne devaient pas parler davantage de Frank. Bien sûr, Andrea ne le connaissait que depuis peu de temps, mais durant cette brève période, elle avait appris à l'apprécier. C'était un homme généreux et avenant. Le genre de beau-père que tout le monde rêverait d'avoir. Le genre de père qu'elle aurait aimé avoir aussi. Quel dommage qu'elle n'ait pas eu l'occasion de le côtoyer plus. Mais elle ne savait jamais s'il était déplacé d'évoquer son souvenir. Si elle se mettait à parler de lui, comment Jill et Tony allaient-ils réagir ?

Quoi qu'il en soit, Andrea n'avait pas l'impression d'avoir été de très bonne compagnie durant le brunch. Son esprit n'avait cessé de vagabonder du côté de sa conversation avec Kelly de la veille au soir.

Jill sembla interpréter le fait que Tony se plonge dans le journal comme un signal l'incitant au départ, et elle récupéra son sac à main.

— Je vais vous laisser tous les deux. Je me suis assez imposée comme ça.

— Tu n'es pas obligée de partir ! s'exclama Andrea. Tu es sûre que tu ne veux pas une autre tasse de thé ?

— Non, ça ira. J'ai encore beaucoup à faire aujourd'hui.

Tony posa son journal.

— Ça m'a fait plaisir de te voir, maman. Je suis content que tu sois passée.

Jill fouilla dans son sac et en sortit son portefeuille.

— Et si l'addition était pour moi ? lança-t-elle.

— Certainement pas, refusa Tony. On s'en occupe.

Andrea fut soulagée que Tony se rachète ainsi. Elle se leva avec Jill.

— Je vais te raccompagner à ta voiture, murmura-t-elle. Et laisser Tony déguster son café.

Elles retournèrent vers l'immeuble en silence, jusqu'à ce qu'Andrea demande prudemment :

— Jill, comment tu te sens ? Je sais que ça doit être difficile à l'approche de la date anniversaire. Je regrette qu'on n'ait pas été de meilleure compagnie pour toi aujourd'hui.

Jill jeta un regard à Andrea.

— C'est gentil, répondit-elle, mais je vais bien. Vous avez été adorables tous les deux.

— Non, ce n'est pas vrai, protesta Andrea avec une pointe d'amertume. J'étais dans mes pensées, et Tony s'est mis à lire ce fichu journal ! J'ai souvent envie de te parler de Frank… J'ai envie de te dire qu'il me manque. Je sais que je ne l'ai pas connu très longtemps, mais c'était un homme merveilleux. Je ne sais jamais si je peux…

Jill s'arrêta de marcher et serra Andrea dans ses bras.

— Merci, murmura-t-elle.

Quand elle s'écarta de sa belle-fille, ses yeux étaient embués.

— Tu sais, ces cartons que j'avais besoin de ranger dans les combles ?

Andrea hocha la tête.

— J'avais fini par emballer certaines des affaires de Frank, mais je n'arrivais pas à me résoudre à les donner. C'est idiot, non ? Les mettre de côté, comme s'il pouvait revenir et en avoir besoin. J'ai l'impression d'être une imbécile.

— Mais non… c'est tout à fait compréhensible. Tu es libre de garder les affaires de Frank aussi longtemps que tu le souhaites.

Elles se remirent en marche.

— Et toi ? reprit Jill. Qu'est-ce qui te préoccupe aujourd'hui ?

Andrea glissa ses mains dans ses poches et détourna le regard, absorbée par ses pensées. Soudain, les mots sortirent sans qu'elle puisse s'en empêcher.

— Tu crois que Tony pourrait changer d'avis quant au fait d'avoir des enfants ?

La surprise sur le visage de Jill était évidente, mais elle laissa bientôt place à de la compassion.

— Je me suis souvent demandé qui était derrière cette décision de ne pas fonder de famille.

À présent, ce fut au tour d'Andrea d'être abasourdie.

— Il n'en a jamais discuté avec toi ?

— Non. Je crois que j'ai essayé de lui poser la question quand il m'a semblé que ça devenait sérieux entre vous, mais il a éludé. Et puis j'avais l'impression que c'était votre choix à tous les deux, affirma Jill avant de se plonger dans le silence.

Quand elle reprit la parole, sa voix était plus douce encore.

— Tu as changé d'avis ?

— Je ne sais même pas, répondit Andrea. Désolée, je ne devrais pas te parler de tout ça. Je te place dans une position délicate.

— Pas du tout, la rassura Jill. Je suis contente que tu te confies à moi. Je sais que tu n'as pas une relation très… affectueuse avec ta mère.

— C'est un euphémisme, fit remarquer Andrea en riant.

Elles rejoignirent la voiture de Jill, garée sur l'un des emplacements extérieurs réservés aux visiteurs, et restèrent debout à côté du véhicule.

— J'aimerais pouvoir te donner une réponse à propos de Tony, dit Jill, mais je ne sais pas ce qui se cache derrière sa décision de ne pas avoir d'enfants. Tout ce que je peux te suggérer, c'est d'en discuter avec lui. Si tu n'es plus sûre de ce que tu veux, il est important d'en parler. Il ne faut pas que tu aies de regrets. Crois-moi.

— Je sais, soupira Andrea. C'est juste que je ne suis pas certaine de la façon dont je vais aborder le sujet. Je crois que ça va vraiment le déstabiliser.

De l'autre côté du parking, Andrea repéra un visage familier.

— En fait, Jill, ça te dérange si on reparle de tout ça une autre fois ? Je viens d'apercevoir quelqu'un à qui je dois parler depuis longtemps...

— Pas de souci, répondit Jill en hochant la tête.

Elles se dirent au revoir et, une fois que Jill fut installée au volant de sa voiture, Andrea tourna les talons et courut vers l'homme qui venait d'arriver. Il s'agissait du chauffeur de Violet, et il était seul. Elle tenait à avoir au moins un autre avis quant au bien-être de la fillette avant de lâcher l'affaire, comme elle l'avait promis à Tony.

— Excusez-moi ! héla Andrea en s'approchant.

Il se retourna et lui adressa un sourire chaleureux.

— Je peux vous aider ?

— Hum, je l'espère. Ça peut paraître un peu bizarre, mais je sais que vous travaillez pour Heather et je me demandais si...

L'expression de l'homme changea, et il se mit à rire.

— Moi, *travailler* pour Heather ? répéta-t-il. Non, pas exactement...

— Oh. Désolée. Je croyais... que vous étiez son chauffeur.

— C'est comme ça qu'elle parle de moi ? s'exclama-t-il en levant les yeux au ciel. Je suis pompier, pas chauffeur. Non pas qu'il y ait quoi que ce soit de mal à ça. Je ne veux pas avoir l'air snob.

Andrea était confuse. Il n'était pas le chauffeur de Heather, et pourtant il conduisait Violet à l'école tous les jours. Pourquoi ferait-il une chose pareille ? Elle le dévisagea avec des yeux ronds comme des soucoupes.

— Êtes-vous le père de Violet ? murmura-t-elle.

— Ah, je ne suis pas… non… mais c'est compliqué, répondit-il. Désolé, mais ça vous dérangerait de me dire pourquoi vous êtes…

Andrea s'aperçut qu'elle était en train d'interroger cet homme sans même s'être présentée.

— Oh, excusez-moi ! Je n'aurais pas dû me mettre à vous questionner ainsi. Je suis la voisine de Heather. J'ai fait connaissance avec Violet et je voulais savoir si vous…

Andrea s'interrompit, embarrassée. Cela devenait plus difficile maintenant qu'il y avait cette ambiguïté bizarre autour de la relation de cet homme avec Heather et Violet. Mais il était là à attendre, alors elle devait cracher le morceau.

— Si vous avez eu des inquiétudes au sujet de Violet, reprit-elle.

— Ah, soupira-t-il. Cela dépend. Vous avez deux heures à perdre ? marmonna-t-il en consultant sa montre. D'ailleurs, moi je n'ai pas le temps dans l'immédiat. Je vais être en retard pour le boulot. Écoutez, je pourrais prendre votre numéro et poursuivre cette conversation avec vous un peu plus tard ?

— Oui, bien sûr. Je m'appelle Andrea, au fait.

— Moi, c'est Shaun, dit-il en lui tendant la main.

Il avait une poignée de main franche et l'air très avenant, cela plut à Andrea.

Ils échangèrent leurs numéros de téléphone et, avant de se retourner, il la regarda droit dans les yeux.

— Je suis content de ne pas être le seul à me soucier de Violet. Je pense qu'elle a besoin d'être très entourée. Merci.

11

Darren

Lundi 14 décembre

— Regarde-toi ! lança Darren en s'accroupissant pour accueillir Doggo alors qu'il émergeait de l'arrière-boutique. Qui c'est, le beau gosse ? Qui c'est, le beau chien-chien ?

Les poils hirsutes de l'animal avaient été raccourcis jusqu'au dernier, et son pelage était désormais propre et lustré. La toiletteuse lui avait également laissé une boule de poils sur l'extrémité de la queue, ce qui était peut-être un choix un peu audacieux étant donné qu'il n'était pas un caniche, mais cela seyait bien à Doggo.

La femme devant lui s'éclaircit la voix, et Darren cessa de papouiller son chien pour se relever.

— Désolé, je n'avais pas réalisé à quel point il serait relooké. C'est une vraie métamorphose !

— Oui, eh bien… Peut-être que, la prochaine fois, vous n'attendrez pas aussi longtemps avant de le faire toiletter.

Darren serra la mâchoire, s'apprêtant à contre-attaquer, mais avant qu'il ne puisse protester, une femme plus jeune surgit de derrière le comptoir.

— Claudia ! Il n'a pas traîné du tout ! C'est le type qui a trouvé un chien errant et l'a recueilli.

Claudia rougit.

— Oh, désolée. Je n'aurais pas dû tirer de conclusions hâtives.

— C'est bon, affirma Darren avant de faire une pause puis d'ajouter avec un peu de raideur : vous vous êtes bien occupée de lui.

Ce n'est qu'en sortant du salon qu'il se souvint qu'il avait prévu de passer au cabinet médical pour le bilan de santé auquel Charlotte et Steph lui avaient suggéré de se soumettre. Il avait eu l'intention de s'y arrêter pendant que Doggo était au toilettage, mais au lieu de cela, il avait fait une longue balade, se persuadant que la marche lui permettrait de se vider l'esprit. Que les idées pour son livre lui tomberaient dessus. Ce ne fut pas le cas.

Tant pis, il devrait trouver un autre créneau pour son check-up. Charlotte et Steph venaient de lui faire leur demande ce week-end, elles n'allaient sûrement pas l'appeler tout de suite pour un don, quand même ?

En tout cas, l'essentiel était que Doggo avait été pris en charge. Il n'aurait pas été à l'aise sous toute cette fourrure. L'été s'annonçait caniculaire. Ce n'était peut-être qu'une vue de l'esprit, mais il lui semblait que la démarche du chien avait changé depuis qu'il était passé entre les mains de la toiletteuse, comme s'il bombait le torse.

— Je sais exactement ce que tu ressens, dit Darren en le regardant. Ça me fait pareil quand je sors de chez le coiffeur. Cette dégaine assurée, c'est bien toi, mon pote !

Il leva les yeux à temps pour apercevoir une femme d'un certain âge le fixer d'un air amusé. Il lui fit un signe de tête poli, pas du tout gêné d'être surpris en train de discuter avec un chien.

— Qu'est-ce qu'on fait aujourd'hui, Doggo ? On va au parc ?

Son téléphone se mit à vibrer dans sa poche, et il s'en saisit pour voir le nom de Tony s'afficher sur l'écran. Voilà qui était inhabituel. Tony et lui s'entendaient assez bien, mais il était rare que Tony l'appelle à l'improviste.

— Quoi de neuf, mon vieux ? dit Darren en s'arrêtant à l'ombre d'un arbre pour répondre à l'appel.

— J'ai un petit service à te demander. Je vais aller parler de mon travail d'écriture aux élèves d'Andrea. Tu as déjà fait ce genre de présentations, toi, n'est-ce pas ?

— Oui, une ou deux fois.

— Est-ce que tu aurais des notes que tu pourrais m'envoyer par mail ? J'aurais besoin de quelques mots d'introduction pour me mettre le pied à l'étrier.

— Oui, je devrais avoir quelques trucs archivés. Pas un discours rédigé, juste quelques indications.

— C'est bon, parfait.

— OK, je te transfère ça dans la foulée.

— Merci, c'est sympa.

Darren raccrocha puis fouilla dans son compte Dropbox sur son portable. Il trouva un document qui devrait fournir à Tony quelques conseils de base et le lui envoya par mail. Tony n'était pas du genre à réclamer de l'aide. En général, il préférait passer pour quelqu'un de complètement autonome. Darren était content de se sentir utile auprès de son frère aîné, pour une fois.

— Bon, on fait quoi maintenant ?

Il pourrait passer chez Pete. Mais Pete ne ferait que le harceler sur le fait qu'il devrait être en train d'écrire. Il parcourut mentalement la liste de ses amis, se demandant si l'un d'entre eux aurait un moment pour bavarder un peu. Mais on était en semaine, ils travaillaient tous. Parfois, Jono ou Raj pouvaient s'éclipser et s'accorder une pause-déjeuner, mais il fallait les prévenir à l'avance.

Il se surprit à regretter de ne pouvoir montrer la nouvelle coupe de Doggo à Sage. Elle avait été très impressionnée par le chien quand il l'avait ramenée chez lui vendredi pour leurs ébats d'un soir. Elle aurait été épatée de constater à quel point il était beau maintenant. Mais samedi soir, après le dîner, elle avait disparu dans son Uber sans un regard. Il savait qu'elle n'aspirait à rien de sérieux, mais il aurait aimé la revoir. À présent, il n'avait aucun moyen de la contacter.

Il s'aperçut qu'il était en train de marcher en direction du *Oaks*, le pub où il l'avait rencontrée. Il ne s'avouait pas qu'il espérait la croiser, mais se disait qu'il n'aurait rien contre une bonne bière. Il voulait surtout éviter de rentrer chez lui pour échapper à l'angoisse de la page blanche.

Il se souvint de sa conversation avec Pete sur le fait que le chien était un atout pour draguer, mais il n'était pas vraiment d'humeur à aborder des inconnues.

— Prions pour que le *Oaks* accepte les animaux, murmura-t-il à son compagnon alors qu'ils marchaient.

Par chance, le *Oaks* était très accueillant envers les chiens, à condition qu'ils restent assis en terrasse. Doggo s'était installé à l'ombre de la table de Darren, la langue pendante, haletant jusqu'à ce qu'un serveur apporte une gamelle d'eau fraîche ainsi que la Corona de son maître.

Il n'était là que depuis cinq minutes quand une voix dans son dos s'exclama :

— Darren ?

Il se retourna, tout sourire. Ce n'était pas Sage, mais Claudia, la toiletteuse chez qui il venait de récupérer Doggo. Celle qui avait vu en lui un maître négligent.

— Désolée, vous vous appelez bien Darren ? demanda-t-elle.

— Oui, salut.

— Écoutez, je tiens à m'excuser pour tout à l'heure. Je n'aurais vraiment pas dû tirer des conclusions hâtives. C'est bien ce que vous avez fait, recueillir un chien errant au lieu de le placer en refuge. Je vous admire vraiment pour ça.

Darren haussa les épaules.

— Ce n'est pas grand-chose.

— Si, si, ça l'est. Je sais pertinemment que le refuge du quartier est saturé en ce moment. S'il avait fini là-bas, qui sait ce qui aurait pu lui arriver. C'est si difficile de trouver des gens qui acceptent d'adopter des chiens adultes.

— Merci.

— Je peux vous poser une question ? Comment se fait-il que vous ne lui ayez pas encore donné de nom ? Jane, au salon de toilettage, m'a dit que « Doggo » n'est que son surnom.

Darren baissa les yeux, un peu gêné.

— Eh bien… J'ai peur que ses propriétaires d'origine se manifestent et…

— Et vous ne voulez pas l'avoir baptisé et adopté s'il vous faut le restituer à ses maîtres par la suite ?

— Oui, quelque chose comme ça.

— C'est vraiment très mignon.

— Ou très lâche.

— Non, mignon, répéta-t-elle avec fermeté.

Elle s'apprêtait à s'éloigner de sa table, mais se ravisa.

— Je peux pas me joindre à vous pour quelques minutes ? Jane était censée me rejoindre ici, mais elle a eu un empêchement…

Darren sourit. On pouvait considérer qu'elle s'était rattrapée de sa première gaffe. Et, maintenant qu'il posait sur elle un regard différent, il la trouvait plutôt à son goût.

— Bien sûr, installez-vous.

Andrea

— Callie ! Callie ! Attends-moi !

Andrea dut se mettre à courir pour rattraper sa nièce. Cela faisait une semaine qu'elle la ratait chaque soir à l'arrêt de bus, culpabilisant après la promesse qu'elle avait faite à Mimi. Ce fut donc un soulagement de l'apercevoir tandis qu'elle se rendait à la bibliothèque cet après-midi-là.

Callie finit par se retourner alors qu'Andrea la rattrapait devant l'entrée de la bibliothèque.

— Oh, bonjour, tante Andrea ! Désolée, je ne t'avais pas entendue.

Andrea était à bout de souffle et vaguement dubitative : impossible que Callie ne l'ait pas entendue, elle l'avait interpellée à quelques mètres seulement, et le bâtiment était quasiment désert, la plupart des élèves étant rentrés chez eux à cette heure-ci. Il lui sembla que Callie avait une petite voix, ce qui était inhabituel. Peut-être que Mimi avait raison de s'inquiéter.

— J'ai l'impression de ne pas t'avoir croisée à l'école depuis des lustres. Comment ça va ?

— Ça va. Mais je suis en retard pour mon groupe d'étude, expliqua Callie en esquissant un signe de tête en direction de la porte de la bibliothèque.

— Un groupe d'étude ?

Voilà qui était étonnant, en fin de trimestre.

— Oh ! Désolée… Je ne veux pas te mettre en retard, bredouilla Andrea. Est-ce qu'on pourrait se voir un de ces jours, Callie ? Peut-être prendre un verre ensemble après l'école ? Comme je te disais, ça fait un bail… Ça me manque de ne plus t'avoir comme élève.

Callie scruta Andrea sans ciller.

— En fait, je ne préfère pas, merci, répondit-elle d'une voix glaciale.

Puis elle tourna sur ses talons et franchit le seuil de la bibliothèque.

Andrea resta plantée là, à fixer la porte fermée. Qu'est-ce qui se passait ? Callie l'avait toujours appréciée, c'était une tante « cool », disait-elle. Même au lycée, où il aurait été parfaitement raisonnable pour l'adolescente de l'ignorer, par gêne d'avoir un lien de parenté avec une enseignante. Elle affirmait souvent à Andrea qu'elle était *vraiment* l'une des profs les plus formidables de l'école. Une des profs que la plupart des élèves étaient heureux d'avoir. « Ils adorent la façon dont tu leur parles », lui avait assuré Callie. « Et la façon dont tu les écoutes. Tous les profs ne sont pas comme ça, certains pensent que leurs élèves n'ont rien d'intéressant à dire. » Qu'est-ce qui l'avait amenée à changer d'avis si soudainement ? Avait-elle un nouveau groupe d'amis qui estimait qu'elle ferait mieux de prendre ses distances avec sa tante ? Et, quand bien même ce serait le cas, pourquoi paraissait-elle lui en vouloir ? Aucun de ses camarades n'avait assisté à leur conversation.

Andrea finit par se diriger vers la bibliothèque. Elle balaya la pièce du regard. Comme elle l'avait prévu, il n'y avait aucun groupe d'étude. Et Callie avait disparu de la circulation. Elle avait dû traverser la salle et s'éclipser de l'autre côté.

Il faudrait qu'Andrea retente sa chance avec sa nièce à un autre moment. Qu'est-ce qui n'allait pas ? Andrea avait-elle fait quelque chose qui la contrariait ?

Au moins, l'intervention de Tony auprès de ses élèves s'était très bien passée aujourd'hui. Elle s'attendait à ce qu'il leur raconte son parcours, comment il était devenu écrivain, ce genre d'anecdotes, avant que les lycéens ne lui posent quelques questions. Au lieu de cela, il avait préparé un exposé très complet qui avait donné lieu à une discussion passionnante au sein de la classe. Il avait expliqué aux élèves le concept de la mort de l'auteur chez Roland Barthes, avait débattu avec eux des adaptations d'œuvres littéraires au cinéma, et les avait initiés à la notion d'intertextualité. Les élèves avaient réagi avec enthousiasme et semblaient impressionnés par le succès de Tony.

Tony lui-même avait paru agréablement surpris de la façon dont la rencontre s'était déroulée.

— Peut-être que je devrais faire plus d'interventions de ce genre, avait-il plaisanté en partant, avant de l'attirer contre lui pour l'embrasser à pleine bouche devant ses élèves.

Elle s'était sentie affreusement gênée. Plusieurs lycéens avaient applaudi et sifflé, d'autres avaient grimacé de dégoût ou fait mine de vomir. Quand elle s'était écartée de lui, embarrassée, il avait ri comme s'il savait exactement ce qu'il faisait.

— Désolé, madame Robinson, avait-il chuchoté avec des airs séducteurs.

Il lui avait également proposé d'aller dîner dans un endroit spécial ce soir. Il était clair qu'il était sur un petit nuage. Andrea avait accepté. Elle espérait avoir assez de temps pour passer voir Violet cet après-midi. Malgré la promesse qu'elle avait faite à Tony, les inquiétudes de Shaun la confortaient dans son intuition. Il ne l'avait pas encore appelée. Pourvu qu'il lui fasse signe bientôt… Il lui avait semblé si attentionné et sincère… Elle avait senti qu'elle jouait comme lui un rôle important dans la vie de Violet, et elle était curieuse de découvrir quel était son lien avec la fillette.

Mimi

— Maman, je peux te demander un truc ?

Mimi posa le livre qu'elle bouquinait sur la table basse puis se retourna vers Callie. Elle s'efforça de se composer une voix neutre pour lui répondre ; si sa fille était enfin prête à parler, elle ne voulait pas tout gâcher en ayant l'air trop enthousiaste.

— Bien sûr, tout ce que tu veux.

— Tu pourrais m'emmener faire un tour en conduite accompagnée ? Je voudrais pouvoir passer le permis le jour de mes dix-sept ans.

Oh. Pas exactement la conversation que j'espérais…

— Je croyais que tu n'aimais prendre le volant qu'avec papa, répondit Mimi avec circonspection.

— Tant pis si tu ne veux pas…

Bon sang, cette enfant était à fleur de peau ces derniers temps. Mimi s'empressa de la rassurer.

— Ce n'est pas ce que je disais. Tu m'as prise de court, c'est tout. Allez, prends tes affaires. On y va.

— OK… Merci, maman.

La voix de Callie demeura neutre malgré le fait que Mimi venait d'accepter de la sortir. Peut-être auraient-elles l'occasion de papoter en voiture.

Callie partit enfiler ses chaussures, et ce n'est qu'en se levant que Mimi aperçut le verre de vin à moitié vide sur la table basse, à côté du livre qu'elle avait posé. Merde. Elle avait complètement oublié qu'elle était en train de déguster quelques verres pendant sa pause-lecture. Même si ce n'était pas elle qui conduisait, elle n'était pas censée être en état d'ébriété. Combien de verres de vin avait-elle bus ? Trop pour superviser la conduite de Callie ?

Sa fille réapparut avec ses chaussures, les clés en main.

— Prête ? lança-t-elle.

Mimi hésita un instant, cherchant une excuse. Mais si elle lui avouait la vérité et lui annonçait qu'elle n'était pas en mesure de l'accompagner, Callie serait affreusement déçue. Elle avait tendance à s'emporter pour la moindre contrariété ces derniers temps, et Mimi ne voulait pas la mettre en colère.

Peut-être que ce n'était pas si grave. Elle n'avait sans doute bu qu'un ou deux verres, après tout…

— C'est bon, répondit-elle. Je suis prête.

Andrea

Juste un coup d'œil de deux minutes, histoire d'être sûre, et ensuite elle pourrait se détendre pour le dîner de ce soir. Andrea demeura immobile devant la porte, tendant l'oreille. Heather était-elle rentrée ? Après quelques secondes, ne distinguant aucun bruit, elle frappa et recula d'un pas. La porte s'ouvrit sur une Heather rayonnante portant un tablier à carreaux bleu et blanc, couvert de farine, une spatule à la main.

Le visage de la jeune femme s'assombrit en la voyant.

— Vous désirez ? dit-elle sèchement.

Violet apparut derrière sa mère, visiblement ravie, la joue tachée de glaçage au chocolat.

— Salut, Andrea ! s'exclama-t-elle.

— Oh, salut, Violet. Tu fais de la pâtisserie ?

— Vous êtes venue me demander si je cuisinais ? s'enquit Heather en se déplaçant légèrement au-devant de sa fille pour lui barrer le passage.

— Quoi ? Oh… euh, non. J'aurais simplement voulu vous demander si vous pouviez me dépanner d'un peu de sucre.

Ce fut la première idée qui lui vint à l'esprit. Heather n'était pas dupe – une tasse de sucre, quel foutu cliché. Si Andrea admettait qu'elle était venue pour surveiller Violet, sa mère se mettrait dans tous ses états. Peut-être même que cela gâcherait le rare moment de joie qu'elles passaient ensemble. Elle n'aurait jamais dû toquer à la porte. Tony avait raison : elle ne devait plus se mêler de la vie de ses voisines.

— Mais je vois que vous êtes occupée, alors ne vous inquiétez pas pour le sucre, reprit Andrea, en battant en retraite.

— OK, super, grommela Heather.

Andrea remarqua deux choses lorsque la porte se referma sur elle. L'air arrogant de Heather, et l'expression décontenancée de Violet.

Mimi

Quand elle aperçut les lumières rouges et bleues au loin, son sang se glaça. Un poste de contrôle d'alcoolémie à l'endroit précis où la police s'installait souvent le vendredi soir ou parfois le samedi matin, pour coincer les personnes qui avaient trop bu la veille et ne s'étaient pas rendu compte qu'elles n'avaient pas décuvé avant de prendre la route. Allaient-ils effectuer un test sur Callie et sur elle ? Ou juste Callie en tant que conductrice ? Que fichaient-ils là un lundi soir ? Qui picolait un lundi ?

Moi, je suppose, pensa-t-elle, en colère contre elle-même.

— Reste calme, se murmura-t-elle.

— Mais je suis calme, rétorqua Callie. Je sais comment fonctionne un test d'alcoolémie.

Mimi ne prit pas la peine de lui expliquer qu'elle se parlait à elle-même. Si seulement Callie l'avait écoutée quand elle avait essayé de la convaincre de quitter l'autoroute du Pacifique à Greenwich Road…

— Faisons le circuit près de Riverview, avait-elle suggéré.

— Pas question, j'y suis déjà passée plusieurs fois. J'ai besoin de plus de pratique sur les grands axes, avait argumenté Callie.

Elles n'échapperaient pas au test d'alcoolémie. Mimi était mortifiée à l'idée d'être prise ainsi en défaut : la mère indigne qui accompagnait sa fille pour des leçons de conduite alors qu'elle était en état d'ivresse. L'éthylomètre serait-il positif ? Un ou deux verres, pas plus, elle en était presque sûre.

Les trois voitures qui les précédaient furent invitées à s'arrêter pour passer les alcootests. Et puis, l'impensable se produisit. Le policier qui se trouvait sur le bas-côté recula d'un pas et leur fit signe de circuler avec un léger hochement de tête. Mimi aurait pu lui sauter au cou. Mais il aurait sans doute détecté l'odeur de vin sur elle… Son soulagement était si palpable qu'il n'échapperait sans doute pas à Callie.

OK, se dit-elle alors qu'elles poursuivaient leur route, une bonne dizaine de kilomètres en dessous de la limite de vitesse, *ça, c'était ton dernier avertissement, Mimi. Tu vas faire en sorte que ce genre de situation ne se reproduise plus jamais.*

Cela dit, il n'était pas impossible que son test se soit révélé négatif. Après tout, elle ne ressentait pas tellement les effets de l'alcool. Elle se demandait juste quelle quantité elle en avait ingurgitée. Peut-être n'avait-elle pas besoin d'arrêter de boire pendant une semaine ; après tout, quel mal y avait-il à se détendre avec un verre de vin le soir ? Ce qu'elle devait faire, c'était rester vigilante sur les doses consommées de sorte qu'elle en ait le cœur net la prochaine fois que Callie lui demanderait de prendre le volant avec elle.

— Maman, est-ce que tu m'écoutes ?

Oups, Callie s'adressait à elle, mais elle ne l'avait pas entendue, se laissant absorber par ses pensées. Elle voulait profiter de cette virée en voiture pour parler avec sa fille et, au lieu d'amorcer la discussion, elle l'ignorait. Quelle mère fantastique elle était !

— Désolée, chérie, qu'est-ce que tu disais ?

— Je disais que j'allais bifurquer à droite pour pouvoir tenter cette série de ronds-points. Je dois m'habituer à mettre le clignotant quand je sors du giratoire. Toi et papa, vous ne le faites jamais.

— Oui, parce que ça ne sert à rien, c'est une perte de temps.

— Maman… C'est la loi !

— Ce n'est pas parce que c'est la loi que c'est une bonne idée.

— Maman !

— Désolée, désolée… Oui, tu as raison, je devrais essayer de m'y mettre. OK, place-toi sur la voie de droite, tu es prête à tourner.

Callie actionna le clignotant, vérifia son rétroviseur latéral, son angle mort, puis s'engagea en douceur. Mimi se demanda si Callie n'était pas déjà meilleure conductrice qu'elle. Elle était certainement plus douée que Mimi au même âge, qui avait échoué quatre fois à l'examen du permis de conduire. Et, chaque fois qu'elle changeait de voie, elle paniquait à l'idée qu'une autre voiture ne surgisse de nulle part, alors elle braquait le volant et appuyait sur l'accélérateur d'un coup sec, faisant généralement une brusque embardée avant de redresser sa trajectoire. Une fois, l'examinatrice s'était cogné la tête contre la vitre du passager lors d'une de ces manœuvres. Elle avait suggéré d'une voix un peu crispée : « On va en rester là pour aujourd'hui, d'accord ? »

Callie quitta l'autoroute du Pacifique, et elles s'approchèrent du premier des six ronds-points de leur itinéraire.

— Ralentis un peu, suggéra Mimi. Comme ça, tu es sûre que ton côté droit est libre quand tu t'insères sur le rond-point.

— C'est bon, y a personne.

Mimi se surprit à appuyer sur un frein imaginaire alors qu'elles traversaient le rond-point. Pourtant, la voie était dégagée. Callie avait une conduite souple, et elle avait enclenché le clignotant avant la sortie. Mais Mimi trouvait qu'elle s'était engagée à trop vive allure sur le giratoire.

— N'oublie pas que c'est moi qui suis censée t'apprendre à conduire.

— Oui, mais je sais ce que je fais. Je veux juste remplir mon quota d'heures pour pouvoir passer le permis dès que possible.

Elle aborda le deuxième rond-point à la même vitesse et le traversa sans encombre.

— Callie, je te demande de tenir compte de mon conseil et de ralentir. Je sais que tu fais attention aux véhicules qui sont autour, mais les voitures peuvent débouler de n'importe où. Si tu roules un peu moins vite, tu sauras mieux appréhender ce type de situation.

— Détends-toi, je maîtrise.

— Alors je sers à quoi, au juste ? s'emporta Mimi. À attester qu'au moins une personne dans cette voiture possède son permis ?

— Exactement ! approuva Callie, comme si elle n'avait pas perçu le sarcasme dans le ton de sa mère.

Elles se dirigeaient vers le troisième rond-point. Callie était bien trop en confiance au volant, et elle avait même accéléré.

— Callie, reprit Mimi, la voix tendue, ralentis, s'il te plaît. Je ne plaisante pas. Tu vas prendre ce virage trop vite.

— Mais non !

— Mais si ! Ralentis !

Elles s'apprêtaient à s'insérer sur le rond-point quand Mimi la vit. La voiture s'était engagée à toute allure sur le giratoire par la droite, comme elle l'avait redouté. Callie comprit son erreur trop tard. Mimi attrapa le frein à main et le releva de toutes ses forces. Le véhicule s'arrêta net après un dérapage des roues arrière. L'autre automobiliste poursuivit sa traversée du rond-point, et Callie et Mimi restèrent figées, le souffle coupé.

— Maman, commença-t-elle, je suis tellement…

— Dehors ! lâcha Mimi. C'est moi qui nous ramène à la maison.

Callie ne dit pas un mot de plus et s'installa sur le siège passager. Puis elles roulèrent tranquillement vers la maison. Cinq minutes avant d'arriver à destination, Mimi se gara.

— Dehors ! répéta-t-elle.

— Quoi ? Tu me fais rentrer à pied ?

— Non. Tu reprends le volant. Tu dois te remettre en selle. Mais avec une seule règle : à partir de maintenant, tu vas m'écouter, compris ?

Mimi ne tenait pas à contrarier sa fille, mais elle n'allait pas non plus se laisser marcher sur les pieds, encore moins quand il s'agissait de leur sécurité.

—D'accord, je t'écouterai..., dit Callie avec un hochement de tête.

—Promis ?

—Je suis vraiment désolée.

Mimi se tut un moment, essayant de trouver la meilleure chose à répondre. Elle était soulagée que Callie ne s'en prenne pas à elle et entendait profiter du fait qu'elle se montre plus raisonnable.

—Moi aussi. J'aurais dû t'emmener plus souvent conduire au lieu de laisser papa le faire à chaque fois. Et je n'aurais pas dû me détendre et agir comme si tu étais déjà une conductrice expérimentée. Tu es bien meilleure que je ne l'étais à ton âge, et c'est pour ça que je ne t'ai pas encadrée comme j'aurais dû le faire. Mais nous commettons tous des erreurs, et je ne veux pas que cet incident te donne l'impression que tu n'es pas à la hauteur. Tu as les capacités pour réussir et tu es douée. Il faut juste que tu sois plus prudente.

Callie sourit.

—Merci, maman.

Elle se pencha de l'autre côté du siège et serra Mimi dans ses bras. Mimi se sentit décontenancée quelques instants avant de lui rendre son étreinte. Elle avait l'impression de retrouver sa fille, alors elle lui murmura à l'oreille :

—Je suis toujours là pour toi. Tu le sais, n'est-ce pas ? Je serai toujours là quand tu en auras besoin.

Elle sentit le buste de Callie se soulever comme si elle s'apprêtait à parler, mais l'adolescente s'écarta d'elle et se détourna.

—Je sais, acquiesça-t-elle à voix basse.

Callie se gratta distraitement le haut de la cuisse, et Mimi posa une main sur la sienne.

—J'ai remarqué que tu te grattes souvent ces derniers temps, est-ce que ton eczéma est revenu ?

—Non, dit Callie. Ce n'est rien.

Puis Callie sauta de la voiture, prête à reprendre le volant, et Mimi ne put s'empêcher de songer qu'elle était une nouvelle fois en train de la perdre.

Darren

Cela faisait plusieurs heures à présent que Claudia et Darren enchaînaient les tournées, et son amie Jane se faisait toujours attendre. Claudia n'avait pas l'air de s'en inquiéter. Il se demandait si elle ne lui aurait pas envoyé discrètement un message l'informant qu'elle avait finalement d'autres projets.

Si tel était le cas, son intuition était exacte : les chiens s'avéraient être un atout certain en matière de flirt. C'était juste qu'il n'avait pas prévu de draguer la toiletteuse de Doggo. Il n'avait pas non plus prévu de picoler autant un lundi. Il s'était d'abord dit que Claudia était venue prendre sa pause ici, et qu'elle retournerait au travail ensuite. Mais elle lui avait expliqué avoir terminé son service et n'être attendue nulle part. Le tout accompagné d'un regard éloquent.

Elle n'était pas aussi directe que Sage le soir où il l'avait rencontrée, mais il était clair qu'elle souhaitait aller plus loin. Qu'est-ce qui lui arrivait en ce moment ? Il n'avait pas eu une seule ouverture avec une femme depuis Charlotte, et voilà qu'en l'espace d'une semaine il faisait deux conquêtes.

La question était de savoir s'il avait envie de ramener Claudia chez lui. Une partie de son esprit dérivait encore vers Sage.

C'était ridicule. Sage avait clairement exprimé ce qu'elle voulait ou, plus précisément, ce qu'elle ne voulait pas. Il devait à tout prix l'oublier.

Il dévisagea Claudia.

— Tu as envie d'aller ailleurs ? proposa-t-il.

— Avec plaisir.

Darren se retourna vers Jill. Était-elle en état de choc au point d'avoir perdu la mémoire ? Pourquoi avait-elle dit à ce type que Frank était dans la voiture avec elle ? Peut-être que c'était dans la confusion du moment, et qu'elle allait reprendre ses esprits. Elle leva le menton, et Darren s'approcha pour la stabiliser.

— Calme-toi, maman. Tout va bien se passer.

— C'est ma faute, marmonna-t-elle.

— Ne t'en fais pas pour ça maintenant. Peu importe qui est responsable de l'accident.

— Non, pas l'accident… Le mail…

Bon sang, elle perdait les pédales, il n'avait pas la moindre idée de ce qu'elle racontait. Il entendait encore l'homme au téléphone derrière lui ; il était en train de décrire les blessures de Jill.

— Une femme âgée, elle a certainement une commotion cérébrale. Non, elle est consciente.

Puis Darren l'entendit ajouter :

— Je ne sais pas pour les autres, je ne suis pas encore arrivé aux autres véhicules.

Darren était tellement obnubilé par la santé de sa mère qu'il n'avait pas pensé que d'autres personnes pouvaient avoir besoin de son aide.

Il s'éloigna de la Volvo de Jill et balaya du regard le carnage autour de lui.

Et n'en crut pas ses yeux.

12

ANDREA

Mardi 15 décembre

Impossible d'ignorer les voix haut perchées dans le hall. D'autant que celle de Heather était reconnaissable entre toutes.

— Oh, c'est pas vrai ! s'écriait-elle. Tu es une vraie garce.

Elle ne semblait pas en colère, son ton était plutôt enjoué. Mais elle parlait fort. Et il était tard. Déjà minuit passé. Tony était au lit, dormant à poings fermés. Mais Andrea n'avait pas réussi à trouver le sommeil. Sentant une migraine couver, elle s'était installée dans le salon, dans la pénombre, sirotant une tisane en essayant de se détendre.

Ce dîner s'était révélé… intéressant.

Tony avait été de si bonne humeur après le débat avec ses élèves… Ils s'étaient rendus dans un agréable restaurant de Cockle Bay Wharf, où il lui avait suggéré le menu dégustation à sept plats avec autant de vins pour en faire ressortir les saveurs. Un sacré festin pour un lundi soir. Andrea avait réussi à passer chez Heather avant le dîner sans que Tony ne s'en aperçoive, et elle avait décidé de rester à distance de Violet désormais. Cette femme faisait de la pâtisserie avec sa fille. Elle ne pouvait pas être si mauvaise, après tout. Et si Shaun s'inquiétait vraiment, il l'aurait recontactée sans tarder…

La situation s'était gâtée au cours du repas, quand elle avait résolu de suivre les conseils de Kelly et de Jill, et de faire part à Tony de ses réflexions sur la possibilité de fonder une famille.

— Je sais que nous avons tiré une croix là-dessus il y a longtemps, mais on pourrait peut-être reconsidérer l'idée d'avoir un enfant ? avait-elle lâché tandis qu'ils dégustaient leur cinquième plat.

Tony s'était figé, sa fourchette en suspens devant sa bouche ; elle avait vu sa pomme d'Adam tressaillir alors qu'il déglutissait.

— Eh ben, je ne m'attendais pas à ça…

— Je sais, désolée… J'aimerais juste qu'on puisse en rediscuter ensemble.

— D'accord, avait-il dit en hochant la tête avant de lui lancer un regard perçant. Je sais d'où ça te vient.

— Ah bon ?

— Oui. C'est parce qu'à force de jouer à la maman avec Violet, tu as fini par éprouver des regrets.

Andrea sursauta à son ton. À ses mots. Il était mesquin. Il ne s'était jamais comporté ainsi avec elle avant. Et c'était la deuxième fois qu'il réduisait au fait de « jouer à la maman » l'attention qu'elle portait à leur petite voisine livrée à elle-même. Il y avait quelque chose de tellement condescendant dans cette formulation…

Elle but une longue gorgée de son vin.

— Hum… non, à vrai dire, rétorqua-t-elle. Ce n'est pas de ça qu'il s'agit.

— D'accord, alors de quoi s'agit-il ?

— Tu sais quoi ? Oublie ce que je viens de dire, ça vaut mieux.

En un instant, son visage se métamorphosa, et il se pencha au-dessus de la table pour lui prendre la main.

— Je suis vraiment désolé. Je n'aurais pas dû te parler comme ça. J'ai été pris de court et je me suis emporté. C'était immature de ma part.

Andrea se mordilla l'intérieur de la joue. Pendant un moment, elle voulut lui répliquer de les garder, ses excuses. Mais ensuite elle se radoucit devant la culpabilité réelle qu'elle devinait au fond de ses yeux.

— Excuses acceptées. Et, juste pour info, ça n'a rien à voir avec Violet. Je sais que je donne l'impression de vouloir me substituer à sa mère, mais ce n'est pas le cas. Je m'inquiète simplement pour cette enfant, affirma Andrea avant d'hésiter. De la même façon que j'aurais aimé que quelqu'un se soucie de moi.

Tony lui tenait toujours la main, et maintenant il la serrait.

— J'aurais dû y penser... Je suis un imbécile.

— Pas du tout. J'aurais dû me confier à toi. Il est évident que je n'ai pas surmonté toutes les épreuves de mon enfance. C'est sans doute pour ça que je t'ai dit que je ne voulais pas d'enfants quand on s'est rencontrés. À cause de ma mère. Parce que j'avais peur...

— ... peur de devenir comme elle ? compléta Tony.

Andrea hocha la tête, les yeux humides, mais elle se mordit fort la lèvre. D'habitude, elle n'avait pas la larme facile, et elle avait été surprise de pleurer devant Kelly l'autre soir. De plus, l'endroit était mal choisi pour se mettre à sangloter.

— Tu ne seras jamais comme ta mère, assura Tony. Tu ne m'as pas tout dit de votre relation, je sais que tu n'aimes pas en parler. Mais, malgré le peu que je sais, tu n'as rien à voir avec ta mère. Tu es toi-même : une enseignante épatante, une tante géniale, une épouse formidable.

Il se tut, et Andrea perçut une hésitation dans son regard. Il lui disait enfin toutes les choses qu'elle avait souhaité entendre. Mais il n'avait pas terminé.

Elle esquissa un petit sourire.

— Pourquoi ai-je l'impression qu'il va y avoir un « mais » ?

Il laissa échapper un long et lent soupir.

— Je ne veux pas qu'il y ait un « mais », vraiment pas. C'est juste que... même si je suis persuadé que tu ferais une mère merveilleuse, je ne sais pas si moi, je serais capable d'être père. Je n'arrive pas à m'expliquer pourquoi.

— Je comprends. Je m'en veux de te demander ça alors qu'on avait déjà pris cette décision. D'ailleurs, je ne sais plus à quel moment exactement nous l'avons fait. Je veux dire, je sais que, quand on s'est mis ensemble, on s'était dit « probablement pas ». Mais à quel moment on a décidé que c'était définitif ?

Tony haussa les épaules.

— Je ne sais pas, je pensais juste que nous étions sur la même longueur d'onde depuis le début. Et, sans vouloir te blesser… nous ne sommes pas vraiment dans notre prime jeunesse. Il me semblait qu'on avait réussi à trouver notre équilibre à deux depuis des années sans qu'il soit question d'enfants. Tu n'es plus heureuse ?

Andrea fut décontenancée par la question… et plus encore quand la réponse ne lui vint pas instantanément. Était-elle malheureuse ? Elle songeait à toutes les facettes de Tony qui s'étaient révélées depuis qu'ils s'étaient mariés. À sa remarque cruelle de tout à l'heure sur le fait qu'elle « jouait à la maman ».

Mais ensuite elle pensa à sa façon posée d'aborder les problèmes, comme il était précisément en train de le faire. Le mariage n'était pas toujours une partie de plaisir ; une bonne relation de couple, c'était le fruit d'efforts mutuels, non ? Alors, tout bien considéré, est-ce qu'elle était malheureuse ?

— Non, murmura-t-elle, ce n'est pas ça. Je suis toujours heureuse. Je me demandais simplement si j'avais fait le bon choix sur la question des enfants. Ou plutôt si je n'avais pas pris cette décision pour de mauvaises raisons. C'est tout. Mais je veux toujours être avec toi.

Tony sourit.

— Que penses-tu de ça ? Je sais qu'il ne nous reste plus beaucoup de temps si nous voulons avoir des enfants, mais pourrais-tu me laisser un petit délai pour y réfléchir ? Peut-être… je ne sais pas, je ne dis pas oui, mais je pourrais peut-être me réconcilier avec la possibilité de devenir père. Laissons l'idée faire son chemin, et on en reparle d'ici quelques mois si ça te va ?

— Bien sûr. Ça me va très bien.

Pendant le reste du dîner, ils évoquèrent des sujets plus légers. Tony était un peu moins volubile qu'il ne l'avait été en sortant de sa rencontre avec les lycéens, mais de manière générale, la communication était redevenue assez fluide entre eux.

Après que Tony avait été se coucher et qu'elle avait senti les signes annonciateurs d'une migraine, Andrea s'était assise et avait repensé à leur conversation. Tony n'avait pas dit oui, mais il ne lui avait pas opposé un refus catégorique. Ce qui lui convenait, car elle n'était pas certaine de vouloir des enfants. C'était probablement la meilleure issue possible. Ils allaient prendre le temps d'y réfléchir, la porte n'était pas complètement fermée. Peut-être aurait-elle dû profiter de l'occasion pour parler de leur vie sexuelle ? Ou plus précisément de leur absence de vie sexuelle. Mais bon, chaque chose en son temps. Il valait mieux avancer pas à pas.

Elle fut tirée de ses pensées par des éclats de voix qui venaient du palier. Elle entrouvrit la porte d'entrée juste assez pour jeter un coup d'œil dans le couloir.

— Non, tu es une garce ! Tu es la plus garce de nous toutes ! vociférait une autre femme.

Heather était à moitié titubante dans l'ascenseur, en compagnie de deux acolytes. Toutes les trois semblaient complètement défoncées, en minijupe, perchées sur des talons vertigineux. Andrea continua de les épier tandis qu'elles se dirigeaient vers l'appartement de Heather et que celle-ci peinait à insérer les clés dans la serrure. Son trousseau lui échappa des mains, et l'une de ses amies l'envoya valser d'un coup de pied en éclatant de rire quand elle se pencha pour le ramasser.

— Essaie de les récupérer maintenant, espèce de garce !

Heather tomba par terre en ricanant, puis Andrea vit la porte d'entrée s'ouvrir depuis l'intérieur. Une jeune fille apparut. Andrea l'entendit chuchoter :

— Euh… bonsoir, madame Pickerell.

— Oh, dit Heather, en levant les yeux vers elle. Vous êtes toujours là ?

La jeune fille s'avança dans le couloir.

— Violet s'est endormie… Je vais y aller.

Elle traversa le palier à la hâte puis s'engouffra dans l'ascenseur.

Au moins, Heather avait fait appel à une baby-sitter. Andrea était sur le point de refermer sa porte quand elle entendit Heather couiner à nouveau.

— Putain de merde, s'écria-t-elle, c'est ma mini-moi ! Ma mini-garce ! Mini-garce, comment ça va, hein, ma poupée ?

Andrea sentit le feu lui monter au cou. De toute évidence, Violet ne dormait plus. Andrea était malade d'entendre sa mère employer des mots pareils avec elle. On était bien loin de l'image de la maman parfaite du début de soirée, qui semblait tout droit sortie d'un manuel pour femmes au foyer des années 1950, en train de cuisiner avec son tablier à carreaux.

Elle regarda Heather se traîner à quatre pattes dans l'embrasure. Une des deux femmes posa un talon aiguille sur ses fesses pendant qu'elle rampait.

— Allez, hue ! espèce de pétasse : on a besoin d'un autre verre !

— Ou d'un petit remontant, lança l'autre femme en sortant un sachet de poudre de son sac à main.

La chaleur envahit le visage d'Andrea à présent. Ces trois sorcières allaient entrer dans cet appartement ivres, défoncées, et allaient continuer à se droguer devant Violet. C'en était trop. Elle devait intervenir.

Elle ouvrit complètement sa porte et traversa le couloir jusqu'à l'appartement de Heather. Elle atteignit la porte de sa voisine au moment où elle allait se refermer et la poussa. Heather était par terre, sa jupe remontée, et elle gloussait. L'une de ses comparses était déjà avachie sur le canapé, et la troisième était occupée à fouiller dans son sac. Aucune des trois n'avait remarqué la présence d'Andrea. Violet se tenait près de la porte, et l'expression de résignation qui se lisait sur son visage brisa le cœur d'Andrea.

Elle saisit la main de la fillette.

— Hé, ma puce, murmura-t-elle. Tu veux venir dormir chez moi ce soir ?

Les yeux de Violet cherchèrent sa mère, puis elle fit signe à Andrea de s'approcher.

— J'aimerais bien, chuchota la petite. Mais parfois, quand maman rentre à la maison après ses soirées spéciales, je dois la surveiller. Au cas où elle serait un peu malade.

— C'est ce qu'elle t'a demandé ? interrogea Andrea.

Violet hocha la tête.

— Eh bien, ce soir ta maman est avec deux amies, alors peut-être qu'elles pourraient la surveiller cette fois-ci, pas vrai ? Comme ça, tu pourrais te reposer cette nuit.

Violet esquissa un léger sourire.

Heather se retourna au sol et sembla enfin remarquer l'intrusion d'Andrea.

— Oh, salut ! bredouilla-t-elle. Regardez, les filles, c'est cette grosse garce dont je vous parlais. La grosse vache qui fourre son nez partout. Bonjour, grosse vache, meuh ! Ha, ha, qu'est-ce que je suis drôle !… Qu'est-ce que tu fous dans mon appartement, sale fouineuse ?

À ces mots, elle tendit la main vers la cheville d'Andrea.

— Je ramène Violet chez moi, répliqua Andrea, faisant de son mieux pour garder une voix ferme.

Elle commençait à craindre le pire : Heather et ses deux amies n'étaient pas dans leur état normal, elles auraient pu lui sauter dessus, toutes griffes dehors.

Andrea dégagea sa cheville de la prise faible de Heather, passablement éméchée.

Sa voisine la fusilla du regard, et pendant un moment Andrea craignit qu'elles n'en viennent aux mains, mais Heather finit par baisser les yeux.

— Très bien. Si tu veux. J'en ai rien à faire.

Au même instant, la femme qui fouillait dans son sac en sortit une carte de crédit qu'elle posa sur la table basse.

— Oui, aligne-moi ça, grommela Heather en se retournant vers Andrea. Va te faire foutre, sale fouineuse. Et tu peux aller te faire foutre aussi, sale petite traîtresse.

Les derniers mots s'adressaient à Violet que sa mère regardait d'un air mauvais.

L'enfant avait les larmes aux yeux, et Andrea s'empressa de l'entraîner hors de l'appartement.

Dans le couloir, Andrea s'agenouilla devant la fillette et la prit dans ses bras.

— Ne fais pas attention à ce qu'elle dit, déclara-t-elle calmement. Elle n'est pas dans son état normal. N'y pense même pas. Je vais te ramener chez moi, et tu pourras dormir dans le lit géant de notre chambre d'amis. Et si tu veux, tu peux avoir Monkey avec toi ce soir ; je t'ai déjà parlé de Monkey ?

— Non, hoqueta Violet.

— Monkey, c'était ma peluche préférée quand j'étais petite. En grandissant, je n'ai jamais pu me résoudre à me séparer de lui. Alors je l'ai gardé. Et il m'a suivie dans mes déménagements, quand j'ai voyagé à l'étranger, et quand je me suis mariée. Et, maintenant, il est installé sur le siège de la fenêtre de mon salon pour pouvoir admirer la vue. Mais il aurait probablement besoin d'un bon câlin. Tu veux bien t'occuper de lui ce soir ?

— Oui !

Jill

Cher Frank,

Je n'arrive pas à arrêter de t'écrire. Je continue à me dire que c'est inutile. Ces lettres ne vont pas se retrouver par magie entre tes mains. Mais le problème, c'est que j'ai toujours un tas d'histoires à te raconter, et tu n'es plus là pour les entendre. Alors je continue à faire semblant.

Il est 2 heures du matin, et je suis allongée dans le lit à essayer de trouver le sommeil depuis 23 heures. Trois heures passées à scruter le plafond dans la pénombre, en pensant à toutes les choses que j'ai ratées au cours de ma vie – mes erreurs, mes failles, mes péchés. Peut-être que je m'endormirais plus facilement si j'arrivais à faire le vide, mais je ne parviens pas à me résoudre à éteindre ces lumières. J'en ai besoin pour ne pas me laisser happer par l'obscurité.

Parfois, dans la journée, j'arrive à surmonter le manque de sommeil. Je réussis à me maintenir éveillée en buvant des litres de thé. Mais, d'autres fois, je suis comme un zombie et je ne sais pas comment j'arrive à tenir debout.

J'ai ouvert le mail. J'ai lu la première ligne : « Jill, j'ai déjà essayé de te dire ça une fois. » Et je me suis dit : « Pour qui elle se prend ? » Alors je l'ai refermé.

Demain, je vais déjeuner avec Mimi et Andrea. C'est Andrea qui a tout organisé. C'est gentil de sa part, n'est-ce pas ? Je crois que nos belles-filles essaient de veiller sur moi. Mais moi, je m'inquiète pour elles.

Pauvre Andrea ! J'aurais aimé qu'elle me parle plus tôt, mais sachant qu'elle avait une relation difficile avec sa mère, je n'ai jamais voulu m'imposer. Je ne voulais pas qu'elle croie que j'essayais de la remplacer. Mais j'aurais dû faire plus d'efforts. Parce que maintenant je me fais du souci ; et si c'était trop tard pour elle ? Et si c'était la faute de Tony ? J'ai tenté de lui demander une fois pourquoi il ne voulait pas d'enfants, mais il a refusé d'aborder le sujet avec moi, alors je n'ai pas insisté. Était-ce lâche de ma part ?

Et Mimi. Est-ce qu'elle tient le coup avec ses jumelles ? Ou est-ce qu'elle essaie juste de donner le change ? Quand je pense qu'elle m'a interpellée, pour me révéler que Callie n'allait pas bien et que je l'ai ignorée ! Apparemment, son intuition était fondée. Maintenant, je ne sais pas quoi faire. Dois-je aller voir Mimi, lui avouer que Callie est venue me voir, qu'elle s'est confiée à moi ? Est-ce que cela reviendrait à trahir la confiance de Callie ?

Tony… Revenons-en à Tony. Notre aîné. Mon précieux fils. Celui pour qui je me suis toujours fait un sang d'encre. Tu sais pourquoi, n'est-ce pas ? Tu sais pourquoi j'avais tellement peur de le perdre. C'est pour cela que tu ne m'as pas empêchée de le couver autant quand il était petit.

Sauf que, maintenant, de quoi suis-je responsable ?

Et sur quoi ai-je fermé les yeux ?

Andrea

— Je peux savoir à quel moment tu avais l'intention de me parler de cette petite fille qui dort dans notre chambre d'amis ?

Andrea ouvrit les yeux et cligna plusieurs fois des paupières, le temps que les mots remontent jusqu'à son cerveau.

— Ah oui, répondit-elle dès qu'elle comprit ce à quoi Tony faisait référence. Désolée, j'étais persuadée que je me lèverais la première.

Elle avait mis du temps à s'endormir la nuit dernière. Elle s'était sentie si mal à cause de cette migraine naissante, et puis elle s'était fait un sang d'encre pour cette pauvre Violet. Alors, quand le sommeil était enfin arrivé, elle avait sombré.

— Pourquoi ? Pour la faire sortir en douce avant que je me rende compte de sa présence ?

— Pas du tout ! Pour pouvoir te prévenir. J'ai de bonnes raisons de l'avoir mise à l'abri ici.

— Ça, je m'en doutais. Que s'est-il passé ?

Andrea s'assit et lui relata à voix basse les événements de la veille pour ne pas prendre le risque de réveiller Violet.

— Tu sais ce que j'aurais fait si j'avais surpris cette scène ?

— Quoi donc ? marmonna Andrea, sur la défensive.

Tony lui expliquerait sans doute qu'elle aurait dû rester en dehors de ça, ou appeler les autorités plutôt que de ramener l'enfant chez eux.

— Exactement la même chose que toi, murmura Tony.

Le corps d'Andrea se détendit.

— Il était temps que tu sois de mon côté.

— Oui, oui. Je dois admettre que je n'imaginais pas que la situation était aussi préoccupante. La façon dont elle s'est comportée hier soir est indigne. Je suis désolé que tu aies eu à assister à ça.

— Eh bien, moi, je suis soulagée d'avoir tout vu, sans quoi je n'aurais pas pu tirer Violet de cet enfer.

— C'est vrai... Qu'est-ce qu'on va faire, maintenant ?

— Pour l'instant, je vais aller chez elle pour récupérer son uniforme, puis je la préparerai pour l'école et je l'emmènerai retrouver son chauffeur.

— Tu veux que je t'accompagne au cas où ça barderait avec Heather ?

— Non, c'est bon. Je saurai me débrouiller avec elle.

— D'accord. Si tu as besoin de moi, tu me le dis.

Andrea embrassa Tony ; elle n'arrivait pas à croire à quel point elle se sentait soulagée maintenant qu'il semblait de son côté. Elle s'extirpa du lit puis se dirigea vers la chambre d'amis pour voir si Violet dormait encore.

Andrea s'était attendue à une altercation en se rendant chez sa voisine. Elle avait imaginé que Heather lui hurlerait dessus, qu'elle lui en voudrait d'avoir ramené sa fille chez elle pour la nuit. Mais elle n'avait pas anticipé une telle réaction.

Heather venait de s'excuser.

Heather venait de la remercier.

Heather avait l'air navrée et reconnaissante et... déprimée. Profondément déprimée.

Andrea avait aidé Violet à se préparer pour l'école et l'avait confiée à Shaun, le pompier qui lui tenait lieu de chauffeur. Celui-ci avait cherché son regard alors qu'il prenait Violet par la main et lui avait dit à voix basse : « Merci, je vous appelle bientôt. » Ça lui avait fait du bien de savoir qu'il avait toujours l'intention de la contacter.

À présent, elle était face à Heather. Ses deux comparses d'hier soir s'étaient volatilisées. Elle avait les cheveux mouillés après sa douche et s'était enveloppée dans un peignoir. C'était la première fois qu'Andrea la voyait sans maquillage, et elle paraissait plus jeune. Plus vulnérable. Plus douce. Un gros bouton pointait sur son menton et, d'une certaine manière, cela lui donnait l'air plus humaine.

— Je sais ce que vous pensez de moi, maugréa Heather, les yeux rivés sur le tapis. Mais le fait est que… euh… Vous ne me connaissez pas vraiment. Je sais que j'ai commis des erreurs.

Andrea avait du mal à reconnaître la femme qui avait traité de mini-garce sa fille de six ans la nuit dernière. Elle avait également du mal à éprouver une quelconque compassion.

Heather releva le menton et fixa Andrea droit dans les yeux.

— Je sais que je suis une mère merdique, lâcha-t-elle. Ce n'est pas ce que je veux, ni pour elle ni pour moi.

— Bon, dit Andrea, je crois que vous devriez commencer par ne pas consommer de drogue devant votre fille.

Heather baissa le regard.

— Je n'ai pas besoin de votre condescendance, marmonna-t-elle.

— Et moi, je n'ai pas besoin que vous continuiez à vous moquer de moi. Je pourrais vous dénoncer aux services sociaux, après ce qui s'est produit. Pour être franche, c'est probablement ce que je devrais faire.

— J'ai renoncé à prendre de la coke hier soir. Après votre départ, j'ai réalisé ce que j'avais dit à ma propre fille. Mes soi-disant copines étaient là en train de ricaner, et tout à coup, je les ai détestées autant que je me déteste. Je les ai virées et je me suis débarrassée de la drogue avant d'aller dormir.

Elle tordit l'ourlet de son peignoir entre ses mains, puis reprit la parole :

— Alors ne faites pas ça. Ne me dénoncez pas aux services sociaux, implora-t-elle avant que sa voix ne se brise. S'il vous plaît. Accordez-moi une autre chance.

— Ce n'est pas la première fois que ça arrive.

— Je sais. Mais je vous assure, je fais de mon mieux. J'ai envie d'être une bonne mère pour Violet. Et si vous voulez continuer à nous surveiller, je ne vous en voudrai pas. Je sais que vous vous préoccupez de Violet. C'est tout ce qui compte, en fait, et je m'en accommoderai, même si vous m'intimidez.

Andrea haussa un sourcil.

— *Moi*, je vous intimide ?

— Oui. Avec vous, j'ai l'impression de ne jamais être à la hauteur.

— Tout ce que je veux, c'est que Violet soit heureuse. Je serais ravie de pouvoir vous venir en aide.

Heather releva le visage et croisa les yeux d'Andrea.

— Merci, murmura-t-elle.

Darren

Il répondit au téléphone, mais la voix à l'autre bout du fil était si survoltée qu'il peinait à la comprendre.

— Charlotte ? Qu'est-ce que tu dis ? Tu peux répéter ça plus lentement ?

— Désolée. Je suis surexcitée ! Steph est en pleine ovulation. Est-ce qu'on peut passer récupérer un échantillon ?

— Oh ! Euh…

— Désolée. Je tombe mal ? Je suis tellement obnubilée par ça en ce moment…

— Non, non, ce n'est pas ça. C'est juste que… je ne m'attendais pas à ce qu'on entre aussi vite dans le vif du sujet.

Il devina Charlotte qui soupirait à l'autre bout de la ligne.

— Je sais. Pour être honnête, Steph préférait qu'on patiente jusqu'à son prochain cycle pour te laisser le temps d'y réfléchir, mais j'avais trop hâte et je lui ai dit que tu serais d'accord. Je suis navrée, ça va trop vite pour toi, pas vrai ?

Il détestait entendre la déception dans sa voix.

— Bien sûr que non. Pas du tout. Laisse-moi juste… m'organiser.

— J'imagine que tu n'as pas encore eu l'occasion de passer au centre médical pour ton check-up, hein ?

Darren fronça les sourcils pendant une seconde, puis il reprit un ton optimiste.

— Bien sûr que si, tout va bien.

— Génial. Oh, et tu as pensé à demander des flacons stériles quand tu étais là-bas ?

— Ah, oui. Laisse-moi le temps de les retrouver.

— OK, super, on arrive.

Darren raccrocha le téléphone et se frotta le visage avec ses mains. Dans quel pétrin s'était-il fourré ? Et pourquoi avoir menti à Charlotte ? Il était tout à fait compréhensible qu'il n'ait pas encore eu le temps d'aller chez le docteur. Il aurait dû le lui dire, tout simplement. Cela ne devrait pas avoir d'importance, ce n'était pas comme si le médecin allait lui diagnostiquer un quelconque problème de santé.

Il devait se dépêcher avant l'arrivée de Charlotte et Steph. Se mettre dans l'ambiance. Évidemment, il tenait à ce que le don soit prêt quand elles débarqueraient. Parce qu'il ne pourrait pas faire ça dans la chambre pendant qu'elles seraient assises dans le salon à l'attendre. Putain, c'était bizarre.

Il lui fallut dix bonnes minutes avant de parvenir à se concentrer sur sa « mission » ; finalement, Pornhub sur son téléphone l'y aida. Puis, alors qu'il commençait tout juste à s'atteler à la tâche, le chien réussit à pousser la porte de la chambre et s'aventura près de lui.

— Non, mon pote, nous n'aurons pas ce genre de relation, maugréa-t-il en le conduisant hors de la pièce avant de refermer la porte d'un coup de pied.

Il était sur le point d'atteindre l'orgasme quand la panique le saisit : il avait oublié le flacon. Merde, quel contenant pourrait-il utiliser à la place ? De toute évidence, il n'avait pas de récipient approprié pour recueillir son échantillon. Il enroula une serviette autour de sa taille avant de se précipiter dans la cuisine, où il dégota un vieux pot de confiture. Voilà qui devrait faire l'affaire.

Quand on frappa à la porte, il avait heureusement terminé. Le bocal était dans un sac en papier kraft – il était mal à l'aise à l'idée d'exposer sa semence à la vue de tous.

Il ouvrit la porte sur une Charlotte rayonnante et s'écarta pour la laisser entrer. Pendant un moment, son humeur s'égaya. Pas de Steph ! Elle devait attendre chez elle que sa compagne lui livre l'échantillon. Sauf qu'elle apparut dans le couloir. Il lui fit un signe de tête maladroit, incapable de la regarder dans les yeux, conscient qu'ils savaient tous les deux ce qu'il venait de faire.

— Bien, cool. Donc… Bon ben, je vais chercher le truc. Comme ça, vous ne perdez pas de temps.

— En fait, on peut rester un peu ? demanda Charlotte sans le quitter du regard.

— Bien sûr, entrez.

L'expression de Steph oscillait entre le sourire et la grimace. Il comprenait ce qu'elle ressentait.

Charlotte se retourna, puis le dévisagea, dans l'expectative.

Il l'interrogea du regard.

— On peut avoir un café ?

— Oh ! Oui, bien sûr.

— Seulement pour moi. Steph arrête la caféine pour l'instant. Merci, mon cœur !

Darren sentit les muscles de sa nuque se contracter alors qu'il se dirigeait vers la cuisine. Bon sang, il aurait aimé qu'elle arrête de l'appeler ainsi. Il avait lancé la machine à café quand il entendit un cri venant du salon.

— Quoi ? Qu'est-ce qui ne va pas ? demanda-t-il en passant la tête par la porte.

— Désolée, s'excusa Charlotte, j'ai été surprise. Tu as un chien maintenant ?

— Oh oui, en quelque sorte…

— Comment ça, « en quelque sorte » ? s'enquit Steph.

Il s'appuya contre le chambranle en attendant que la cafetière fasse son office, puis il expliqua dans quelles circonstances il avait recueilli Doggo.

— Ça ne m'étonne pas tant que ça, dit Charlotte. Tu n'as jamais pu en avoir un quand on était ensemble.

— Oh oui, c'est vrai, murmura-t-il en retournant dans la cuisine.

Il avait complètement oublié l'allergie de Charlotte. Il avait voulu adopter un chien au début de leur relation, mais Charlotte était allergique. Ça ne lui avait même pas traversé l'esprit quand il avait rencontré le chien dans le parc.

— Tu veux que je le mette sur le balcon pendant que tu es là ? héla-t-il en prenant deux mugs dans le placard, choisissant machinalement le préféré de Charlotte avec l'affreux motif léopard.

Il n'avait jamais aimé cette vieille tasse, mais il n'avait pas pu se résoudre à la jeter.

— Non, non, répondit Charlotte. Ça ira si je ne m'approche pas trop.

Alors qu'il versait du lait et du sucre dans le café de Charlotte – il buvait le sien corsé et noir –, il se demanda dans quelle mesure sa séparation avec Charlotte influait sur son attachement à ce chien. Était-ce sa façon d'accepter le fait que la jeune femme ne reviendrait pas ? Ou une sorte de provocation à retardement ?

Bien sûr, lorsqu'il retourna au salon avec les deux cafés, il arriva juste à temps pour voir l'animal sauter sur les genoux de Charlotte.

— Doggo, descends ! ordonna-t-il.

— Je le tiens, dit Steph en lui faisant signe de venir sur ses genoux.

Le chien ne se fit pas prier.

— Comment as-tu accompli ce prodige ?

Darren passa le café à Charlotte et souffla sur sa tasse pour la refroidir.

— Il n'obéit à aucune de mes instructions ! Il n'a même pas voulu me rapporter la balle que je lui lançais…

— Les chiens m'aiment bien, répondit Steph, ravie.

— Bref, reprit Charlotte. Nous avons un service à te demander. Est-ce que Steph pourrait utiliser ta chambre pour… faire ce qu'il y a à faire maintenant ?

Darren manqua de s'étouffer avec sa boisson.

— Tu veux t'inséminer ici ? Je croyais que tu ramènerais l'échantillon chez vous.

— On aimerait bien, assura Charlotte. C'était prévu comme ça au début, mais les parents de Steph et son frère ont débarqué de Melbourne. Ils logent tous chez nous, alors disons qu'on manque un peu d'intimité. Sur le trajet en venant ici, j'ai commencé à me dire que ce serait peut-être la solution la plus simple. Steph doit agir assez rapidement ; une fois à l'air libre, les spermatozoïdes ne sont viables qu'une heure environ. Désolée, ça doit te paraître un peu bizarre… Ça t'ennuie ?

Darren se mordit l'intérieur de la joue.

— Aucun souci, murmura-t-il.

Au même moment, une voix dans sa tête lui grommelait : *Putain, mais pourquoi avoir accepté un truc pareil ? Cette histoire devient de plus en plus dingue. La nouvelle copine de ton ex est sur le point d'aller dans ta chambre pour s'inséminer avec ton sperme, pendant que toi et ton ex serez assis dans le salon à déguster un café. Dans quoi tu t'es encore foutu ?*

Steph se leva et, pendant un moment, ils se dévisagèrent tous les trois d'un air gêné jusqu'à ce que Darren ait compris le message.

— Ah oui, le flacon !

Il posa son mug sur la table basse puis s'empara du sac en papier kraft sur la console près de la porte d'entrée et le leur tendit.

— Euh… amuse-toi bien, marmonna-t-il avant de rougir alors que Steph fronçait les sourcils. Désolé, j'ai dit le premier truc qui me passait par l'esprit, et il se trouve que c'était nul…

— C'est bon, répondit Steph, en se penchant vers lui pour chuchoter doucement : c'est vraiment bizarre pour moi aussi.

Darren sourit.

— Merci, Steph.

Pour être honnête, il n'avait pas vraiment considéré que, de son point de vue à elle, la situation était tout aussi tordue. Il se demanda un instant si Charlotte l'avait poussée à accepter l'idée de se servir de lui pour ce don ; si Steph n'aurait pas préféré trouver un donneur un peu moins impliqué dans leurs vies.

Steph se dirigea vers la chambre, puis deux secondes plus tard, elle repassa la tête par la porte.

— Vraiment ? s'esclaffa-t-elle. Un pot de confiture à la fraise ?

— Oh oui, désolé. Est-ce que ça ira ? Je n'ai pas réussi à remettre la main sur les bons flacons, mentit-il.

— Darren ! gloussa Charlotte. De la confiture ?

— Au moins, ce n'était pas de la mayo !

Charlotte lui lança un coussin à la figure, qu'il attrapa tandis que Steph secouait la tête.

— Sacré toi… Ça fera l'affaire, conclut-elle en disparaissant dans la chambre.

— Ah, je devrais peut-être mettre de la musique ou la télé ? suggéra Darren.

— Quoi, tu penses que ça évitera les tares ? plaisanta Charlotte en le couvant du regard.

— Bon sang, Chacha !

Celle-ci éclata de rire.

— Désolée, je ne fais que te taquiner. Eh, rassure-moi : ce pot de confiture était propre au moins, hein ?

— Oui, oui, il était propre…

Il alluma la stéréo et choisit au hasard une de ses playlists, puis s'assit sur l'autre canapé et tapota la place à côté de lui à l'intention du chien, qui l'ignora avant de s'éloigner.

— Il n'est pas encore dressé…

— Je vois, commenta Charlotte. Comment il s'appelle ?

— Pour l'instant, Doggo. Je lui trouverai un vrai nom quand je serai sûr de le garder.

Ils furent alors interrompus par un cri, et Darren se retourna juste à temps pour se rendre compte que le chien avait réussi à pousser la porte de sa chambre. Il aperçut Steph, à moitié nue, les jambes en l'air sur son lit.

— Oh, non, putain, mais c'est pas vrai ! s'exclama Darren en détournant aussitôt le regard.

Charlotte se leva d'un bond et courut fermer la porte.

— Je suis vraiment navré ! s'écria Darren, les mains sur son visage. Je n'ai rien vu, rien du tout.

C'était un mensonge éhonté, mais il ne sut pas quoi dire d'autre.

— Je vais peut-être rester là et m'appuyer contre le battant, bredouilla Charlotte.

— Bonne idée, approuvèrent Steph et Darren à l'unisson.

Le chien trottina jusqu'à Darren et sauta sur le canapé, où il se pelotonna à côté de lui en le scrutant de son regard innocent.

Un vrai petit bâtard.

Andrea

— Le pinot gris Oyster Bay ? murmura le serveur en présentant la bouteille d'un geste assuré.

Andrea hocha la tête.

— C'est bien ça, confirma-t-elle.

Elle n'avait jamais compris tout ce décorum autour du vin au restaurant. Lecture de l'étiquette, service d'une gorgée de dégustation… Comme si quelqu'un allait refuser une bouteille… Mais bon, il devait bien exister quelques rabat-joie qui n'estimaient pas le breuvage à la hauteur de leurs espérances.

Elle se souvint d'ailleurs que Tony avait déjà renvoyé une bouteille de rosé français lors d'un de leurs premiers rendez-vous, et elle s'en voulut de porter un jugement aussi tranchant. Elle ne l'avait pas considéré comme un casse-pieds quand il avait agi ainsi. Elle l'avait trouvé courageux de faire remarquer au serveur que le vin était bouchonné et de demander qu'on la leur remplace.

— Vous pouvez servir, déclara Andrea alors que l'homme venait à peine d'en verser quelques gouttes dans son verre.

Le serveur acquiesça, puis s'exécuta avant de replacer la bouteille dans le seau à glace.

Mimi et Jill étaient toutes les deux en retard, et Andrea s'était dit qu'elle n'arriverait pas à patienter sans boire un premier verre. Elle en avait besoin après les récents événements. Mimi et elle étaient à l'initiative de ce déjeuner ; elles s'étaient donné pour mission de veiller sur Jill. Le mardi, Andrea n'avait pas cours l'après-midi et, alors qu'elle consacrait habituellement ce temps à corriger ses copies, la perspective de la fin de l'année l'avait poussée à s'accorder quelques heures d'oisiveté.

Elle sentit son téléphone sonner dans sa poche et le sortit, s'attendant à recevoir un message de Mimi ou de Jill s'excusant de leur retard. Mais rien de tel : il s'agissait de Shaun.

> « Désolé de ne pas vous avoir contactée plus tôt après vous avoir croisée ce week-end. J'ai été très pris. Merci beaucoup d'être intervenue auprès de Violet hier soir. On dirait que vous avez été là pour elle au moment où elle en avait besoin. On peut se voir et en parler tranquillement ? Vous seriez dispo pour un verre vendredi soir ? En tout bien tout honneur. »

Elle nota un vague frémissement au creux de son ventre. C'était bizarre. Sans doute était-elle juste impatiente d'en apprendre plus sur les liens entre Shaun, Heather et Violet. Et pourtant… Une invitation à boire un verre un vendredi soir… ça ne ressemblait pas un peu à un rendez-vous galant ? Devait-elle préciser à Shaun qu'elle était mariée ? À peine cette idée lui effleura-t-elle l'esprit qu'elle se sentit stupide. Un type comme Shaun ne s'intéresserait pas à elle. Faisant fi de ses appréhensions, elle lui répondit que cela lui convenait parfaitement, et il lui indiqua un bar où ils pourraient se rejoindre.

Elle était contente d'avoir quelque chose à faire ce week-end. Avec l'école qui se terminait cette semaine, elle aurait trouvé un peu déprimant de passer son vendredi soir seule à la maison. Tony avait prévu de se rendre à un pot de Noël avec ses éditeurs, et elle était déçue de ne pas y avoir été conviée.

Quand elle releva les yeux, elle aperçut Mimi, un bébé en écharpe contre sa poitrine, qui tentait de se frayer un chemin vers elle entre les tables.

— Euh… Mimi ? héla Andrea alors que celle-ci arrivait à destination. N'aurais-tu pas oublié une de tes jumelles ?

— Très drôle ! s'esclaffa Mimi. Non, James est restée à la maison avec Pete. Diviser pour mieux régner ! Une jumelle chacun. À partir de maintenant, James est à lui et Elliot est à moi. Si jamais on se sépare, on fera comme dans *À nous quatre*, de Disney.

— Comment ça ?

— Je plaisante ! James était d'humeur un peu ronchonne, c'est pour ça que je l'ai laissée avec Pete.

Mimi détacha Elliot de sa poitrine, puis la confia à Andrea avant de s'asseoir et de rajuster son chemisier, où s'étalait une tache de salive à l'endroit où Elliot avait posé sa tête.

— Tout va bien ? demanda-t-elle. Tu n'as pas l'air dans ton assiette.

— Je sais, désolée, marmonna Andrea. Je suis un peu distraite. Encore des soucis avec Heather, ma voisine. J'ai fini par proposer à Violet de dormir chez nous la nuit dernière ; je n'avais pas le choix, vu ce qui se tramait dans son appartement.

— Ah bon ? Que s'est-il passé ?

Andrea fit à Mimi un résumé des événements de la veille tout en berçant la petite Elliot qui s'agitait doucement dans ses bras.

— En effet, la situation paraît grave, approuva Mimi une fois qu'Andrea eut terminé son récit.

— Oui, mais il y a quand même un rebondissement positif : quand j'y suis retournée ce matin, Heather s'est excusée. Elle m'a affirmé vouloir changer, arrêter la drogue pour de bon et devenir une meilleure mère. Elle m'a même assuré que ça ne la dérangeait plus que je m'implique dans la vie de Violet.

— Sans blague ! Tu parles d'un revirement.

— T'as vu ça ?

— Félicitations, ma chère ! On dirait que tu as réussi à la convaincre. Tu sais quoi ? ajouta Mimi. Je sais que tu ne veux pas d'enfants, mais je dois avouer que tu ferais une excellente maman, vu la façon dont tu t'es occupée de cette gamine.

Andrea ne sut à quoi cela était dû –si c'était la gentillesse des paroles de Mimi ou la surprise de se l'entendre dire si peu de temps après qu'elle s'était aperçue que peut-être le fait de devenir parent n'était pas encore définitivement enterré –, mais elle éclata instantanément en sanglots.

—Oh non! Je suis désolée, j'ai dit une bêtise?

—Non, non, protesta Andrea en secouant la tête. Au contraire, c'était adorable. Disons que je pleure de joie... en quelque sorte...

Comme elle reniflait, Mimi fouilla dans son sac dont elle dégota un mouchoir en papier qu'elle lui tendit.

—Tu veux que je récupère Elliot? suggéra Mimi.

—Non, ça ira, répondit Andrea en prenant une profonde inspiration. C'est que je me suis mise à cogiter ces temps-ci, à me demander si je n'avais pas commis une erreur... si je n'avais pas tiré une croix un peu trop tôt sur la possibilité d'avoir des enfants.

À ces mots, Mimi écarquilla les yeux.

—Je n'en avais pas la moindre idée!

—Je sais bien... J'ai évoqué la question avec Tony hier soir. Et, même si on n'a pas vraiment pris de décision, disons que le sujet est de nouveau sur la table.

—Bonne nouvelle!

—Eh bien, je ne sais pas si je formulerais les choses ainsi. Comme je te le dis, c'est de nouveau d'actualité, mais nous sommes loin d'avoir tranché. Nous allons tous les deux prendre le temps d'y réfléchir.

Mimi hésita un instant.

—Je ne veux pas jouer les oiseaux de mauvais augure, mais que se passera-t-il si vous ne tombez pas d'accord au terme de votre période de réflexion?

Andrea fit une grimace.

—Je n'en sais rien.

— Je peux te poser une question ? Qu'est-ce qui a motivé votre choix de ne pas avoir d'enfants ? Je veux dire, à l'origine... Je ne peux pas m'empêcher de me le demander. Tu es tellement géniale avec les gamins, avec tes élèves comme avec tes nièces, fit remarquer Mimi d'une voix nerveuse, craignant sans doute d'être une belle-sœur trop intrusive.

Andrea soupira. Même si Tony connaissait son enfance, elle avait toujours évité d'en révéler les détails au reste de sa famille. Elle ignorait à vrai dire pourquoi, peut-être était-ce le désir de projeter une certaine image aux yeux des autres... Une image de maîtrise absolue. Mais peut-être que si elle s'était plus confiée au sujet de son passé, de ses angoisses, elle ne se serait pas retrouvée dans cette situation. Elle n'aurait pas pris conscience si tard qu'elle avait envie de fonder une famille.

Elle regarda Mimi en face, et répondit abruptement.

— C'est à cause de ma mère.

Puis elle baissa les yeux vers Elliot et caressa ses mèches de cheveux soyeuses.

— Je sais que je ne t'ai jamais beaucoup parlé de mes parents, reprit-elle d'un ton adouci. Vous savez tous que mes relations avec eux sont plutôt distantes. Mais, si tu veux tout savoir, mon enfance a été absolument horrible. Mon père était absent, et ma mère ne s'occupait pas du tout de moi ni de mon frère aîné. Celui-ci a quitté la maison dès qu'il a été majeur, et il n'a plus jamais donné de nouvelles depuis.

Mimi se pencha vers elle, le visage plein de compassion.

— Mon Dieu. C'est terrible. Je suis vraiment navrée.

— C'est comme ça... Ma mère m'a toujours fait comprendre que j'étais un fardeau. Elle était plus intéressée par le fait de me reprocher mon existence, d'avoir fichu sa vie en l'air, que de m'aimer réellement.

— Était-elle... alcoolique ? Ou est-ce qu'elle se droguait ?

— Non, son addiction à elle, c'était les jeux d'argent. Donc il ne restait pas grand-chose pour les dépenses du quotidien ; acheter de quoi manger, par exemple. J'ai moi aussi quitté le foyer dès que j'ai pu. J'ai essayé de retrouver mon frère, mais il n'a pas souhaité qu'on reste en contact. Je pense que je lui rappelais trop ma mère et qu'il voulait totalement couper les ponts. Quoi qu'il en soit, j'ai trouvé un boulot, une colocation, et j'ai réussi à entrer à l'université, en me promettant d'avoir une meilleure vie que celle que j'avais eue avec elle. Mais j'ai toujours été terrifiée à l'idée que, si je devenais mère, je risquais de me comporter comme elle. Même si j'ai réussi à avancer, ce que j'ai vécu pendant mon enfance a longtemps eu un impact très négatif sur mes relations. Jusqu'à ce que je rencontre Tony, je n'étais sortie qu'avec des hommes qui n'en valaient pas la peine. Des gars qui me traitaient mal parce que c'était ce à quoi j'étais habituée. Tony m'a fait l'effet d'une bouffée d'air frais après ces expériences.

Andrea finit par lever les yeux d'Elliot pour chercher le regard de Mimi.

—Voilà pour ma réjouissante histoire, conclut-elle. Pas mal, hein ?

Mimi se redressa et contourna la table pour passer un bras autour d'Andrea.

—Je ne sais pas quoi dire…

—Tu n'as pas besoin. Merci de m'avoir écoutée.

—C'est normal. N'hésite pas à me dire si je peux t'aider. Mais n'oublie pas que tu n'es pas ta mère. Tu n'as absolument rien à voir avec elle. Si tu te décides à avoir des enfants, je suis sûre que tu seras une maman géniale.

—Merci, dit Andrea dans un souffle en essayant de nouveau de retenir ses larmes.

Mimi semblait vouloir lui poser plus de questions, mais elle se tut quand Andrea leva les yeux et aperçut Jill. Elle s'efforça de se ressaisir. Elle ne pensait pas être capable de revivre tout cela en ce moment, avec Jill en plus.

—Voilà Jill, murmura-t-elle. Je préfère que ça reste entre nous…

— Pas de problème, tu peux compter sur moi.

— Regarde-la… Je parie qu'elle va te demander où est passée l'autre jumelle dans exactement deux secondes…, chuchota Andrea à Mimi en voyant Jill s'approcher de leur table, les yeux rivés sur la bouteille de vin.

— Il faut que quelqu'un me serve un verre, lança cette dernière, avant de se laisser choir sur la troisième chaise en posant son regard sur Elliot dans les bras d'Andrea. Mais, attendez… Il manque une jumelle ?

Mimi

Entre Jill et Andrea, il n'y avait aucune chance qu'elle se ridiculise en picolant lors du déjeuner d'aujourd'hui au point de devoir se faire ramener à la maison par sa belle-mère, telle une ado honteuse après un kir de trop. Sa belle-mère comme sa belle-sœur se jetèrent sur le vin, et c'est à peine si Mimi put se servir un verre. Non pas qu'elle ait eu l'intention d'en consommer plus d'un aujourd'hui. Elle faisait désormais très attention à ce qu'elle buvait quand elle savait qu'elle devait conduire.

Manifestement, Andrea avait besoin d'un remontant après s'être confiée au sujet de son enfance et de ses appréhensions. Et en plus de ces soucis, à présent qu'elle commençait à envisager la possibilité de fonder une famille, son mari lui réclamait du temps pour réfléchir… Qu'allait-il se passer s'il lui opposait un refus ? Pas étonnant que cette pauvre femme ait eu envie de noyer son chagrin. Cela dit, ni l'une ni l'autre ne comprenait la raison qui motivait Jill à se réfugier ainsi dans l'alcool. Lorsqu'elles lui avaient demandé ce qui n'allait pas, elle avait balayé leurs inquiétudes d'un revers de main en les assurant que tout allait bien.

Mimi avait décidé de ne pas lui mettre la pression. Après tout, il restait moins de deux semaines avant Noël. À l'approche de l'anniversaire de la mort de son mari, elle aurait sans doute tendance à forcer un peu sur la boisson, elle aussi. Pendant ce temps, Andrea continuait à talonner Jill dans sa course à qui viderait la bouteille de vin en premier. Le mieux que Mimi puisse faire était de leur servir plusieurs verres d'eau pour leur épargner la migraine du lendemain.

Ce n'est que quand Jill fit signe au serveur pour commander une troisième bouteille que Mimi tenta d'inciter Jill à la confidence.

— Tout va bien, Jill ? Tu sais que tu peux nous parler, hein ?

Jill dévisagea Mimi, puis son regard tomba sur Elliot qui était de nouveau dans les bras de celle-ci, profondément endormie.

— Vous trouvez toutes les deux que je suis une bonne mère ? demanda-t-elle alors.

Mimi se pencha vers elle.

— Bien sûr ! affirma-t-elle.

Au même moment, Andrea s'esclaffa.

— Tu plaisantes, tu es une maman formidable !

— Pourquoi cette question ? insista Mimi.

Jill se servit un nouveau verre de vin, et en but une longue gorgée avant de répondre.

— Oh, j'en sais rien… Juste des trucs qui me trottent dans la tête.

— Qu'est-ce qui se passe ? Tu n'as pas l'air dans ton assiette…

Mais le visage de Jill se rembrunit.

— Ce n'est rien, juste des bêtises. Mais il y a une chose que je dois te dire. Callie est venue me voir la semaine dernière après l'école. Je ne savais pas si je devais t'en parler, si cela ne risquait pas d'aggraver la situation. Je ne veux pas trahir sa confiance, mais il me paraît quand même important que tu sois au courant. Il y a en effet quelque chose qui ne va pas, quelque chose qui la rend triste. Tu as raison, elle traverse une période difficile.

— Oh, soupira Mimi.

Andrea porta sa main à sa bouche.

— J'ai oublié de te dire que j'ai finalement trouvé l'occasion de discuter avec Callie, moi aussi. C'était hier, mais avec les derniers rebondissements de la vie de ma petite voisine, j'ai l'impression que ça remonte à plusieurs jours. Bref, ça ne s'est pas bien passé.

— Merde, vraiment ?

— Oui. C'était comme si elle m'en voulait, mais je ne sais absolument pas ce qu'elle me reproche.

— Et qu'est-ce qu'elle t'a dit, Jill ?

— Pas grand-chose. Mais elle pleurait, et j'ai senti qu'il y avait un truc qu'elle essayait de me dire, sans savoir comment s'y prendre.

À présent, Mimi avait envie de pleurer.

Si Callie refuse de parler à ses parents, à sa grand-mère et à sa tante, à qui donc se confie-t-elle ?

Darren

— Je n'imaginais pas avoir de tes nouvelles si vite.

— Ah bon, pourquoi ça ?

Darren s'assit sur son canapé et posa ses pieds sur la table basse. Il avait téléphoné à Claudia sur un coup de tête. Après avoir aperçu le vagin de la nouvelle copine de son ex au moment même où elle s'apprêtait à y injecter sa semence, il avait éprouvé l'envie de se changer les idées.

— Parce que j'ai eu l'impression que tu voulais juste un truc d'un soir quand je suis partie de ton appartement ce matin.

Bon sang, et si Claudia avait encore été là quand Charlotte l'avait appelé pour lui demander de passer. La situation aurait été franchement embarrassante.

— Qu'est-ce qui te fait croire ça ? Je t'ai demandé ton numéro, non ?

— Oui, mais tu ne m'as pas proposé de rester pour le petit déjeuner, hein ? Je me suis dit que tu n'avais pris mes coordonnées que par politesse.

— Quoi ? Mais je t'ai offert le petit déjeuner !

— Tu m'as montré la cuisine, ça ne compte pas…

— Ah. Désolé, je suis un peu maladroit. Au moins, maintenant tu sais que je le voulais vraiment, ton numéro.

— Alors, qu'est-ce que je peux faire pour toi ?

— Je me disais que tu aurais peut-être envie qu'on se retrouve pour boire un verre.

— Un verre ?

Il perçut la déception dans sa voix et comprit qu'elle espérait probablement qu'il l'inviterait à sortir pour un vrai rendez-vous. Peut-être pour un dîner.

Darren se redressa puis retira ses pieds de la table basse.

— Je veux dire… Que penserais-tu d'un dîner ? Ce soir ?

— Ça m'a l'air sympa, répondit-elle avec soulagement. Tu as une idée du lieu ?

Il aurait vraiment dû mieux organiser tout ça. Alors il proposa le premier endroit qui lui vint à l'esprit : le bar à tapas où il avait emmené Sage rencontrer Charlotte et Steph.

— J'adore ce resto ! Tu veux qu'on se rejoigne là-bas ?

— Non, non. Donne-moi ton adresse, et je viendrai te chercher à 19 heures si ça te va ?

— Parfait !

En raccrochant le téléphone, il se demanda s'il avait vraiment hâte d'être à ce soir. En toute franchise, la réponse était non. Il cherchait simplement un moyen de faire diversion à la tournure que sa vie avait prise. Mais il ne se sentait pas vraiment prêt à jouer le jeu d'un vrai rencard. Devoir se mettre en valeur, faire la conversation et flirter. Tout ce qu'il voulait, c'était du sexe.

Et, plus précisément, une partie de jambes en l'air avec Sage. Mais qu'est-ce qui clochait chez lui ?

Mimi

Passant de boutique en boutique avec la poussette d'Elliot, Mimi se laissait gagner par la morosité. Elle avait renvoyé Jill et Andrea chez elles dans un Uber chacune, et à présent elle essayait de faire ses achats de Noël. Mais elle avait du mal à se concentrer. Au début, elle était assez fière d'avoir su rester sobre malgré les trois bouteilles de vin qui s'étaient succédé sur la table au cours du déjeuner. À présent que Jill et Andrea s'accordaient à dire que Callie n'allait pas bien, Mimi regretta de ne pas avoir descendu quelques verres. Elle en voulait un peu à Jill de ne pas lui avoir dit plus tôt que Callie était venue la voir. Sa belle-mère savait qu'elle se faisait du souci, elle aurait dû l'avertir tout de suite.

Sans doute était-ce pour cela qu'en passant devant la cave du quartier elle eut l'impression de mériter une petite récompense. Une bouteille de gin à garder au frais pour se concocter quelques cocktails à l'occasion… Plus raisonnablement que le soir de sa cuite avec Leesa, où elle avait atterri dans les rhododendrons d'Edna, bien sûr, juste assez pour se détendre. Par exemple, cet après-midi pour se féliciter de ne pas avoir bu de vin au déjeuner.

Et, quelques heures plus tard, une voix dans sa tête lui avait soufflé que ce n'était pas la meilleure idée alors qu'elle versait le gin dans la bouteille de limonade à moitié vide. Mais une autre voix, plus convaincante, lui avait assuré que c'était bien, que ce serait plus pratique. Cela la dispenserait d'avoir à préparer le cocktail chaque fois qu'elle voudrait prendre un verre.

Personne ne boirait dans cette bouteille ; elle était la seule à la maison à aimer les sodas édulcorés. Si elle faisait le mélange dans la bouteille de limonade, ce n'était pas par goût du secret, juste pour éviter les reproches de son mari s'il la voyait se servir un cocktail de temps en temps. S'il lui demandait ce qu'elle buvait, elle ne mentirait pas.

Aujourd'hui, elle n'allait s'offrir qu'un petit verre, elle garderait le reste pour vendredi.

Inutile d'aller chercher les problèmes là où il n'y en avait pas, en somme.

Soir de Noël

Darren regarda les autres voitures.

Mais c'était quoi, ce bordel ?

N'était-ce pas la Lexus de Tony, là, renversée sur le côté ? Et le 4x4 de Mimi ?

Ce n'était pas possible… Il s'éloigna de la voiture de Jill pour se concentrer sur les autres véhicules accidentés. Non, il ne rêvait pas. Il s'agissait bien de Pete et Mimi. Ce qui signifiait que les jumelles devaient se trouver à l'arrière.

Quant à la quatrième voiture… C'était la décapotable d'Andrea. Elle était inconsciente, affalée sur le siège conducteur.

Mais que s'était-il passé ? Comment toute sa famille s'était-elle retrouvée impliquée dans ce cauchemar ?

Que devait-il faire à présent ? Vers qui se tourner ?

C'est alors qu'il entendit les cris s'élever dans la nuit. Un hurlement guttural. Une lamentation où vibraient la douleur et l'angoisse.

13

Darren

Mercredi 16 décembre

Darren était de mauvaise humeur quand le docteur Clermont l'appela pour sa consultation. Son rendez-vous avec Claudia la veille au soir avait tourné au fiasco. Et c'était entièrement sa faute. Il n'aurait jamais dû l'inviter à dîner ; il savait qu'elle ne lui plaisait pas vraiment. Manifestement, son manque d'intérêt s'était traduit par une conversation laborieuse, et Claudia s'était peu à peu agacée au fil de la soirée. Finalement, elle avait prétexté un appel téléphonique d'urgence et l'avait laissé tomber juste avant le dessert.

Il s'était retrouvé devant des tartelettes au citron meringuées et des fraises arrosées de liqueur, à scruter la table où il s'était assis avec Sage le soir où elle s'était fait passer pour sa petite amie. Il devait absolument se sortir cette femme de l'esprit. Elle avait été claire : elle préférait en rester là. Alors pourquoi perdait-il son temps à penser à elle ?

Et voici qu'à présent ce rendez-vous chez le médecin constituait une autre perte de temps, temps qu'il aurait pu consacrer à son livre. Or, il se sentait coupable d'avoir menti à Charlotte et tenait à faire ce check-up pour soulager sa conscience.

Bien sûr, en réalité, même s'il était assis devant son ordinateur, il ne parviendrait pas à écrire une seule ligne, et cela n'avait rien à voir avec le sujet du moment. Il était en colère contre la terre entière, et prêt à s'en prendre à n'importe qui. D'autant que l'anniversaire de la mort de son père qui arrivait ne faisait sans doute qu'aggraver la situation. Et, à l'approche de Noël, il lui était de plus en plus difficile de tenir sa peine à distance. Son père lui manquait vraiment, bon sang...

Il suivit le docteur Clermont dans son cabinet, et elle l'invita à s'asseoir, lui souriant chaleureusement en s'installant à son bureau.

— Qu'est-ce qui vous amène aujourd'hui ? s'enquit-elle.

— J'ai besoin d'un check-up. Je m'apprête à faire un don de sperme à une amie.

Il s'était efforcé de déclarer cela d'un air décontracté et confiant, mais bien sûr sa voix avait déraillé sur le mot « sperme ». Parfois, il avait l'impression qu'il resterait toujours au fond de lui ce garçon de quatorze ans maladroit.

— Ah, je vois. C'est très généreux de votre part.

Il haussa les épaules.

— Ce n'est pas grand-chose.

— Je suis sûre que ça compte pour votre amie. Très bien, commençons par vos antécédents médicaux.

Le docteur Clermont se mit à le questionner quant à ses problèmes de santé passés, qui étaient minimes : une hernie quand il était ado et de l'eczéma quand il était enfant. Elle l'interrogea alors sur les maladies dans sa famille, sa vie affective actuelle et son activité sexuelle, puis lui demanda s'il avait consulté un avocat.

Il n'avait pas anticipé que les questions seraient aussi nombreuses. Elle était en train d'imprimer une ordonnance pour ses analyses de sang et d'urine quand elle se pencha brusquement en avant et lui demanda, les yeux plissés :

— Ce grain de beauté sur le côté de votre cou... Ça fait longtemps qu'il est là ?

Darren était décontenancé. Elle devait avoir un œil de lynx, car il n'avait même pas remarqué qu'elle l'observait.

— Je ne sais pas. Pourquoi ?

— La couleur est suspecte. Ça ne vous ennuie pas que je le regarde de plus près ?

— Non, je vous en prie.

Darren se tourna de profil pour lui permettre de l'examiner. Elle finit par déclarer fermement :

— Je vais faire une biopsie. En gros, il s'agit de prélever un petit échantillon pour l'envoyer au labo, d'accord ?

— Euh… là, tout de suite ?

— Oui, le plus tôt sera le mieux.

Darren sentit ses épaules se crisper. Ayant grandi sous le caniculaire climat australien, il s'était laissé surprendre à attraper des coups de soleil à plusieurs reprises lorsqu'il était petit. Et, même en sensibilisant la population au fait que l'exposition aux rayons UV était dangereuse, on pensait toujours que le cancer de la peau n'arrivait qu'aux autres.

Il pivota pour chercher son regard.

— Je devrais m'inquiéter ?

— Pas pour l'instant, répondit le docteur Clermont, d'une voix adoucie. Attendons les résultats.

— D'accord.

Darren n'était pas rassuré. Tout ça n'était censé être qu'un contrôle de routine, une simple formalité.

— Avant de faire ce prélèvement, une dernière question quant à votre bonne action. L'amie à qui vous faites ce don, vous êtes très proches ?

Darren se tortilla sur son siège.

— Ce don est pour mon ex et sa nouvelle compagne.

— Votre ex ?

L'attitude posée du docteur Clermont vacilla un instant, puis elle rajusta ses lunettes.

— Je vois… Et vous n'éprouvez aucune réticence à faire ce don ? Ce n'est pas une décision anodine.

— En effet.

— Il me paraît important que vous parliez à un psychologue de ce que vous vous apprêtez à faire, même si vous pensez que ce n'est pas « grand-chose ». Surtout compte tenu de votre relation avec la personne qui bénéficiera de ce don.

— Compris, marmonna Darren.

— Bien, retournons à ce grain de beauté.

Lorsque Darren quitta enfin le cabinet médical, il avait l'esprit assailli de pensées : cancer de la peau, Sage, documents juridiques… Sans oublier l'image de ses spermatozoïdes en train de faire leur œuvre dans le corps de Steph en cet instant même. À vrai dire, il se sentait un peu nauséeux.

Mimi

Sans doute Mimi aurait-elle dû tâter le terrain. Vérifier l'humeur de sa fille dans un premier temps. Certes, il y avait eu cette altercation pendant leur dernière sortie de conduite accompagnée – mais cette mésaventure s'était achevée sur une note apaisée. Mimi avait espéré retrouver la complicité qu'elle avait avec Callie. Peut-être sa fille finirait-elle par lui révéler ce qui l'avait tant bouleversée le jour où elle était venue voir Jill.

Au lieu de cela, son innocente proposition de l'emmener de nouveau faire un tour en voiture après l'école s'était soldée par une crise de larmes : celles de Mimi, pas celles de Callie.

Tara s'assit sur un tabouret de la cuisine et passa ses mains dans le dos de Mimi : sa tentative de massage de réconfort.

— Tu veux que j'aille lui parler pour toi ? demanda Tara.

Mimi se mit à rire.

— Tu es trop gentille, murmura-t-elle. Mais non. Tu vas seulement t'en prendre plein la figure, toi aussi. Désolée... Je ne devrais pas pleurer comme ça devant toi.

— Pourquoi pas ? Tu dis toujours que les larmes peuvent nous faire du bien.

— C'est vrai. Mais ça te met dans une situation compliquée vis-à-vis de ta sœur, et ce n'est pas juste.

Mimi n'avait pas eu l'intention de fondre en larmes. Entre son choc face à la réaction de Callie et ses paroles tranchantes, elle n'avait pas pu se retenir.

Callie avait franchi la porte à sa descente du bus scolaire, et Mimi avait fait tinter les clés de la voiture devant elle presque aussitôt.

—Qu'est-ce que tu dirais d'une leçon de conduite avec ta maman préférée ? avait-elle lancé avec enthousiasme.

—Préférée ? s'était moquée Callie. Tu crois vraiment que j'ai envie de conduire avec toi ? Je *déteste* que tu sois ma mère et je *déteste* cette famille.

Mimi avait été déconcertée. C'était une gifle en plein visage, comme si ce moment spécial dans la voiture où elles s'étaient montré leur affection n'avait jamais existé. Puis Callie avait poussé un grognement rageur, envoyé valser son sac à dos à travers la pièce avant de monter à l'étage, où elle avait claqué la porte de sa chambre avant d'allumer la musique à plein volume.

Pete apparut dans l'embrasure de la porte.

—Qu'est-ce qui s'est passé ? demanda-t-il.

—Callie a fait pleurer maman, expliqua Tara.

Mimi s'essuya les yeux.

—Non, c'est moi qui suis bête. De toute évidence, elle a passé une mauvaise journée à l'école, et ça m'est retombé dessus. Je ne devrais pas le prendre aussi personnellement.

—Pas du tout. Elle a vraiment été méchante, papa, assura Tara en tapotant le dos de Mimi plus fort que jamais. Je pense que tu devrais la gronder.

—Euh..., marmonna Pete d'un air hésitant. Il faut que j'aille régler ça ?

—Je ne crois pas que ce soit une bonne idée dans l'immédiat, protesta Mimi. On ferait peut-être mieux de lui laisser du temps pour se calmer.

Pete poussa un soupir.

—OK, j'irai la voir plus tard.

Ils entendirent les pleurs d'une des jumelles qui avait terminé sa sieste de l'après-midi, et Pete et Tara se précipitèrent aussitôt vers la cage d'escalier.

— On va te les chercher, annonça Tara. Détends-toi.

— Tara, reprit Mimi, est-ce que par hasard tu pourrais ne jamais grandir, s'il te plaît ?

Elle lui jeta un bref regard en coin.

— Je peux toujours essayer !

Pete et Tara disparurent à l'étage, et Mimi resta seule dans la cuisine. On était seulement mercredi. Comment ça, seulement mercredi ? Comment allait-elle pouvoir tenir jusqu'à vendredi ?

Un verre. Juste un verre de ma bouteille de limonade arrangée, histoire de me relaxer un peu…

Andrea

Andrea savait qu'elle avait tort, mais la curiosité était trop forte. Tony était sous la douche et, fait inhabituel, il avait laissé son ordinateur ouvert. Le document Word s'affichait juste là, sur l'écran.

Il avait dû le laisser ainsi en pensant qu'elle ne rentrerait pas de sitôt. Elle était allée à l'autre bout du couloir rendre visite à Heather et Violet, prévenant Tony que cela lui prendrait un certain temps. Après sa discussion de la veille avec Heather et la confession de la jeune maman qui disait avoir besoin d'aide, Andrea avait tenu à s'assurer que ces paroles étaient suivies d'effets, et que les addictions de Heather ne reviendraient pas au galop. Elle avait emporté un paquet de biscuits au chocolat, et s'était armée d'un sourire aussi radieux qu'amical au moment de frapper à la porte.

Heather n'avait visiblement pas été ravie de découvrir Andrea sur le seuil.

—Je me disais que nous pourrions partager quelques biscuits autour d'une tasse de thé, avait suggéré Andrea.

Heather s'était écartée pour la laisser entrer. Elles étaient restées là, plantées maladroitement au milieu du couloir, les bras de Heather croisés tandis qu'elles bavardaient, Violet les observant avec un optimisme prudent.

Mais, quand Andrea avait tenté de rejoindre le salon, Heather lui avait arraché les biscuits des mains en lui lançant :

—Désolée, mais on ne peut pas remettre ça à une autre fois ? Je suis un peu fatiguée.

Andrea était ainsi rentrée chez elle. Déçue de ne pas avoir eu de vraie conversation avec sa voisine, mais pleine d'espoir d'avoir entendu Heather évoquer une visite prochaine. Sans doute cela était-il de bon augure.

Quand elle avait découvert l'ordinateur allumé et entendu le bruit de la douche, elle n'avait pas pu résister. Tony ne lui avait même pas dévoilé l'idée de base de l'intrigue de son livre, et tout ce qu'elle voulait, c'était y jeter un rapide coup d'œil, voir à quoi ça ressemblait.

Elle se glissa dans le fauteuil de son mari et vérifia le numéro de la page pour être sûre de revenir au bon endroit après avoir parcouru le document. Puis elle fit défiler l'écran jusqu'au début du fichier, dont elle lut le titre.

« *Suffocation, le retour*, par Tony Lewis. »

D'accord… intéressant. Donc il s'agissait de la suite de son premier roman. Titre un peu racoleur, mais passons…

Elle se mit à survoler le texte à toute vitesse avant que Tony ne sorte de la salle de bains. Mais, au bout d'une minute ou deux, elle dut s'arrêter, revenir en arrière et relire.

Qu'est-ce que c'était que ce torchon ? Cela n'avait rien à voir avec son roman précédent ! Évidemment, elle ne s'attendait pas à ce qu'il soit finalisé, ce n'était qu'un premier jet, mais on était loin des qualités littéraires de *Suffocation*. Les effets de style étaient grossiers, les descriptions maladroites, les dialogues ne tenaient pas la route. Ce devait être une mauvaise plaisanterie. Peut-être avait-il laissé ce document ouvert exprès, devinant qu'elle allait y jeter un œil ? Elle fit défiler les pages, mais c'était toujours la même prose. Et il y avait trop de matière ici pour qu'il s'agisse d'un leurre. Elle lut une description de personnage qui attira son attention : « L'inspectrice Bonnie était toute en jambes. Ses seins étaient une invitation à y enfouir le visage. Ses yeux bleu saphir surplombaient des lèvres rouge rubis. »

Andrea manqua de s'étouffer. *Suffocation* était un livre intelligent. Les personnages étaient bien campés, et l'écriture à mille lieues de ces clichés éculés. Que s'était-il passé ? Elle se mit à lire davantage, mais s'aperçut que l'eau avait cessé de couler. Elle fit rapidement défiler le document, remettant le curseur à l'endroit précis où elle l'avait trouvé. Puis elle se précipita vers la porte d'entrée, l'ouvrit puis la referma en claquant.

— Andrea ? appela Tony.

— C'est moi ! répondit-elle.

Un moment plus tard, il apparut dans l'embrasure de la salle de bains, une serviette nouée autour de la taille.

— Tu reviens plus tôt que prévu.

— Je sais, Heather m'a dit qu'elle était trop fatiguée pour que je reste.

— Désolé, chérie… C'est dommage.

Elle vit les yeux de Tony s'égarer du côté de l'ordinateur. Puis il s'en approcha pour le refermer doucement.

Soir de Noël

Le bon samaritain, le premier automobiliste à s'être arrêté sur les lieux de l'accident, fut soulagé d'apprendre que le mari de la conductrice n'avait pas été éjecté de la voiture. La scène devant lui était déjà assez traumatisante. L'idée d'avoir à partir à la recherche d'une victime supplémentaire, peut-être même un cadavre, le terrifiait.

Et, à l'autre bout du fil, son interlocuteur du service des urgences ne cessait de lui poser des questions auxquelles il se sentait incapable de répondre convenablement.

Le deuxième type à s'être arrêté, celui qui lui avait affirmé qu'il s'agissait du véhicule de sa mère, lui avait demandé de rester auprès d'elle, de veiller sur elle pendant qu'il réfléchissait à la prochaine voiture à qui porter secours.

— Monsieur, vous disiez qu'il manquait un passager dans l'un des véhicules ? répéta l'homme au téléphone.

— Oh, bredouilla-t-il. Non, désolé, c'était une erreur… Personne n'a été éjecté.

Cette fois, cependant, sa réponse était inexacte.

14

Mimi

Vendredi 18 décembre

Avec un délicieux sentiment de légèreté, Mimi se faufila sur le côté de la rangée, passant devant de nombreux parents et grands-parents déjà installés sur leurs sièges. Pete avait conduit pour que Mimi puisse faire ce qu'elle et les autres mamans avaient toujours rêvé de faire en plaisantant : assister à un interminable spectacle scolaire après avoir un peu picolé.

Pour être honnête, elle ne savait pas vraiment à quel point ses copines étaient sérieuses lorsqu'elles faisaient cette blague chaque fois qu'elles assistaient à une représentation de la chorale au centre commercial ou à une remise de prix sans fin lors de laquelle votre enfant ne recevait aucune récompense. D'habitude, chacune y allait de sa blague hilarante sur le fait qu'il leur faudrait au moins une flasque d'alcool pour tenir le coup. Et, bien que Mimi n'ait pas poussé le bouchon jusqu'à venir avec sa flasque ce soir, elle s'était servi quelques verres d'affilée de sa « limonade » avant de quitter la maison.

En se préparant sa deuxième bouteille ce matin, elle s'était demandé si elle n'avait pas vidé la première un peu trop vite. Surtout que son projet initial était de ne rien boire avant le week-end. Mais cette semaine avait été particulièrement dure. Et elle s'était aperçue que, cette fois, le ratio était de deux tiers de gin pour un tiers de limonade plutôt que l'inverse, mais c'était seulement parce qu'elle avait descendu sa première mixture un peu trop vite. En faisant un mélange plus dosé, elle consommerait probablement moins de verres.

De toute façon, ces quelques verres allaient lui rendre la performance musicale de ce soir beaucoup plus supportable. Et elle avait le droit de nourrir de telles pensées parce que Tara n'allait se produire sur scène que pendant deux minutes, jouant du triangle au tout dernier rang de son groupe. Pendant les deux heures et cinquante-huit minutes restantes (si le ciel était avec eux, cela ne dépasserait pas les trois heures), ils assisteraient aux prestations de chant, de danse ou de musique des élèves des autres écoles, et Mimi pouvait se permettre d'être à moitié pompette pour ces parties-là du spectacle.

De plus, ils avaient trouvé une baby-sitter pour les jumelles, Callie était chez une amie, et après le concert, Tara se rendait à une soirée pyjama avec une de ses camarades. Donc Mimi était en quasi-vacances de parentalité.

Elle se laissa tomber sur une chaise en plastique, et Pete atterrit lourdement à côté d'elle, s'asseyant sur l'ourlet de sa jupe.

—Tu empiètes toujours sur la place des autres, murmura Mimi en tirant le vêtement de dessous ses fesses.

—C'est parce que ces chaises sont faites pour des culs d'enfants, rétorqua Pete sans se donner la peine de chuchoter.

—Chut, souffla-t-elle en ricanant. On ne peut pas dire « cul » devant tous ces élèves…

Il lui donna un coup de coude en réponse.

—C'est toi qui manques de discrétion en parlant si fort.

—Non, pas du tout.

—Mais si. Tu as l'air ivre. En fait… tu *sens* l'alcool, femme ! Prends-toi une pastille à la menthe, pour l'amour du ciel.

Oh oh, il était au courant pour sa bouteille de limonade ? Elle avait eu l'impression qu'il la surveillait de près alors qu'elle se servait à boire avant de quitter la maison.

— Tu t'es pris un petit verre de vin en cachette ?

Ah.

— Euh, ouais, c'est ça… désolée.

— Pas besoin de t'excuser… sauf pour le fait de ne pas m'en avoir proposé.

— Je sais, je suis une sale égoïste.

— La pire d'entre toutes.

— Je n'arrive pas à croire que ta mère n'ait pas voulu s'asseoir avec nous.

— Ne m'en parle pas ! Elle a repéré ce siège isolé au premier rang et elle s'est transformée en vautour. Genre : « Merci, maman, fais comme si on n'existait pas. »

Le public autour d'eux commença à se taire alors qu'un professeur montait sur scène pour présenter le premier acte : la chorale des CM1 de l'école publique Gordon East qui allait interpréter « A Million Dreams ».

Oh ! se dit Mimi, *j'adore cette chanson !* Tara et elle avaient regardé *The Greatest Showman* ensemble trois fois dès sa sortie en DVD. Mimi se cala dans son siège pour profiter du concert en même temps que de son agréable ébriété. La chorale des CM1 fut suivie par deux filles de sixième de St Thomas qui exécutèrent une danse liturgique, puis par la fanfare du Sacré-Cœur (qui défila sur la scène).

Mimi resta assise pendant la majeure partie du spectacle, les paupières mi-closes, en attendant le tour de Tara.

Ensuite, les danseurs de salon de l'école publique de North Sydney se produisirent sur « A Million Dreams ».

Charmant, encore sa chanson préférée.

— Et maintenant, voici le groupe de swing de l'école publique de Fort Street qui va nous interpréter « A Million Dreams ».

Cette fois, de nombreux petits rires traversèrent le public. Quand cette même chanson fut annoncée pour la quatrième fois, les parents rirent aux éclats, et Mimi commença à se lasser. Ses cuisses devenaient poisseuses de sueur, et elle ne cessait de remuer inconfortablement sur sa chaise.

Enfin vint le tour de l'école publique Mowbray, et le groupe des CE2 s'installa sur la scène. Mimi se redressa en s'efforçant de repérer Tara, mais on la distinguait à peine au dernier rang. Cependant, Mimi fit en sorte de diriger son attention spécifiquement sur le triangle et nota que Tara faisait un travail rythmique remarquable. Elle ne manquerait pas de la féliciter pour son sens du tempo tout à l'heure.

Lorsque le groupe de Tara quitta la scène, Mimi se demanda s'il ne serait pas tout à fait inapproprié pour elle et Pete de s'éclipser et d'attendre dehors, plutôt que de se farcir le reste du spectacle. Elle était à deux doigts d'émettre cette suggestion quand elle entendit le présentateur annoncer un nom familier.

— Nous accueillons maintenant Callie Lewis et Jordan Zhang de Redmond High, qui vont nous interpréter « Salo » en duo.

Mimi se retourna pour interroger Pete du regard.

— C'est quoi, ce bordel ?

Il semblait aussi surpris qu'elle.

— Il n'y a pas une deuxième Callie Lewis à Redmond, quand même ? demanda-t-il.

Elle secoua la tête.

— Ça m'étonnerait vraiment.

Ils regardèrent leur fille monter sur la scène au côté d'un jeune homme, puis rejoindre le centre de l'estrade sous les projecteurs.

L'estomac de Mimi fit des pirouettes ; Callie n'avait pas chanté en public depuis des années… Elle avait toujours adoré la tessiture de sa fille. Elle avait été très déçue lorsque Callie avait refusé de participer à la comédie musicale de l'école en classe de quatrième. Tout comme le professeur de théâtre, qui comptait sur elle pour l'un des rôles principaux.

Quand avait-elle décidé de se produire à nouveau en public ? Et pourquoi ne leur avait-elle rien dit de son projet ?

L'intro à la guitare acoustique se mit à résonner dans la salle, et Mimi pressa sa paume sur sa poitrine en voyant le garçon prendre la main de Callie, la serrer brièvement avant de la relâcher. Callie lui offrit un sourire doux en retour. En voilà une interaction magnifique… mais qui était ce jeune homme ? Mimi n'avait jamais entendu parler de lui auparavant.

Jordan fut le premier à entonner la chanson. Sa voix était puissante et suave. Mimi avait du mal à croire qu'il avait seize ans, comme Callie. Pendant ce temps, sa fille se balançait lentement, les yeux rivés sur son partenaire alors qu'elle attendait son tour.

Finalement, Callie porta le micro à ses lèvres et se mit à chanter. Mimi saisit la main de Pete et retint son souffle alors que la voix de leur fille s'élevait avec les premières paroles de sa partie du duo.

Putain de merde.

Sa voix était encore plus belle que dans le souvenir de Mimi. Callie avait toujours chanté juste, mais son timbre avait gagné en intensité désormais. Mimi n'avait pas les connaissances musicales pour définir précisément ce dont il s'agissait, mais elle était capable de reconnaître la beauté quand elle envahissait ses oreilles. C'était à la fois plein d'âme et de délicatesse. Mimi débordait de fierté.

Ma fille chante comme une déesse !

Pete lui serra la main, et elle détourna son regard de Callie suffisamment longtemps pour observer son mari. Il avait les yeux qui brillaient.

— Elle est incroyable, marmonna-t-il.

— Je sais.

Ils reportèrent leur attention sur la scène, et Mimi sentit que le reste du public était aussi envoûté par ce duo qu'eux. Les voix de Callie et Jordan se complétaient à la perfection.

À la fin de la chanson, un tonnerre d'applaudissements retentit dans l'assistance. Mimi faillit se lever d'un bond, mais se retint. Tous deux étaient d'excellents chanteurs, mais ces ovations étaient un peu exagérées pour des représentations en milieu scolaire. Elle était peut-être ivre, mais elle n'avait pas perdu le contrôle de ses sens.

La prestation de Callie et Jordan clôturait la soirée de gala. Le principal termina par un discours assez bref, puis les lumières se rallumèrent, et le public se leva.

Mimi se tourna vers Pete.

— Pourquoi a-t-elle gardé sa performance secrète ?

— Aucune idée. Peut-être qu'elle avait le trac.

— Mais pourquoi nous dissimuler un truc pareil ? On est ses parents !

Pete haussa les épaules.

— Prérogative d'ado.

— Vous nous aviez caché les talents de Callie, hein ? s'esclaffa un parent que Mimi reconnut vaguement.

Ils se retrouvèrent à l'extérieur de la salle, avec des centaines d'autres familles qui attendaient de récupérer leurs enfants. Mimi s'efforça de glousser gentiment et de hocher la tête avec désinvolture, sans révéler le fait qu'elle n'était pas au courant que Callie devait chanter ce soir. Elle n'avait pas encore repéré ses filles parmi les élèves qui se répandaient dans les préaux et le quadrilatère.

Elle effleura le coude de Pete.

— Tu les vois ?

— Non, murmura-t-il. Mais il y a maman.

Ils fendirent la foule pour saluer Jill, qui était absolument rayonnante de joie.

— Callie n'était-elle pas incroyable ? s'exclama-t-elle quand ils furent réunis. *Je savais* qu'elle serait merveilleuse.

Mimi pivota vers elle.

— Tu savais qu'elle allait chanter ce soir ?

Jill baissa les yeux, et sa voix faiblit.

— Eh bien… Elle ne m'en a parlé que très récemment.

Mimi entrouvrit la bouche pour répondre, mais Pete la devança.

— Voilà nos filles !

Il pointa du doigt la foule de parents et d'enfants, et Mimi redressa la nuque pour apercevoir Tara et Callie qui se dirigeaient vers eux. Ils se rejoignirent, et Mimi regarda tour à tour ses deux filles. Elle avait envie de s'extasier devant la voix de Callie, mais à l'origine, ce soir, c'était Tara la vedette… Alors elle se pencha et serra sa cadette dans ses bras.

— Fabuleux ce tintement sur ton triangle ! s'exclama-t-elle.

Tara l'étreignit, puis s'éloigna.

— Merci, maman, mais tu as entendu Callie ? Elle a été géniale !

— Je sais. Elle a été épatante, approuva Mimi en se tournant vers son aînée qui baissait la tête, embarrassée. Pourquoi tu ne nous as pas dit que tu allais chanter ? demanda Mimi. Ma chérie, ta voix a tellement mûri ! C'était absolument sublime !

Callie se mordilla la lèvre inférieure.

— Merci. Désolée de n'avoir rien dit. Jusqu'au dernier moment, je n'étais même pas sûre d'aller jusqu'au bout.

Mimi se retint de lui faire remarquer : « Mais tu avais mis ta grand-mère dans la confidence. »

— Eh bien, je suis très fière de toi ! C'était une performance magnifique.

— Vingt sur vingt, renchérit Pete en lui tapant dans les mains pour la féliciter.

Mimi vit Callie échanger un regard rapide avec Jill. Un éclair de connivence semblait passer entre elles, mais Mimi n'arrivait pas à déterminer ce dont il s'agissait.

Puis Callie ajouta à voix basse :

— J'aurais aimé que grand-père soit là…

— Moi aussi, assura Jill. Il aurait été envoûté par ta voix.

— Je suis d'accord, acquiesça Pete d'un ton un peu rauque en s'essuyant un œil d'un revers de manche.

— Et son petit ami était très bien aussi, commenta Tara qui ne perçut rien de ce moment poignant en famille.

Mimi se souvint de la tendresse furtive entre Callie et Jordan au début de leur prestation. Elle avait été tellement conquise par la voix de Callie qu'elle en avait presque oublié cette complicité. Elle tenta de paraître désinvolte lorsqu'elle reprit la parole.

— Alors… Jordan est ton petit ami ?

Callie repoussa Tara.

— Pas du tout, nia-t-elle. C'est un garçon et c'est mon ami. Tara ne fait pas la différence.

— Moi si !

Mimi ne put s'empêcher d'éprouver un certain soulagement. Cela ne lui posait aucun problème que Callie ait un amoureux, mais elle aurait cependant eu du mal à digérer cette nouvelle cachotterie.

— Bref, dit Callie, ça vous dérange si je file ? Je dois retrouver Peyton.

— Déjà ?

Mimi aurait aimé poursuivre cette conversation. Elle aurait voulu lui parler de sa décision de chanter à nouveau en public. Découvrir où elle avait puisé cette confiance en elle, alors qu'à tous autres égards, elle donnait l'impression de s'être retirée du monde. Elle voulait la questionner au sujet de Jordan. Mais si Tara avait raison et qu'il était vraiment son petit ami ? Et si ce n'était pas le cas… Callie aurait-elle envie qu'il le devienne ? Quand sa fille avait-elle cessé de lui parler ? De se confier à elle ?

— Oui, je suis censée dormir chez elle ce soir, tu te souviens ? Oh ! La voilà. Peyton, attends ! héla Callie. Je peux y aller, maman ?

— Bien sûr, dit Mimi.

Pas moyen de la retenir. Même si elle insistait, Callie ne s'ouvrirait pas à elle.

Callie donna une brève accolade à Jill.

— Merci d'être venue, grand-mère.

Puis elle se pencha vers Tara et lui murmura quelques mots qui la firent pouffer de rire. Elle se tourna alors brièvement vers Mimi et Pete.

— À demain, leur lança-t-elle.

Mimi remarqua avec regret que, apparemment, Callie n'avait la capacité de ne prendre qu'une seule personne dans ses bras.

Et puis elle s'éclipsa.

Andrea

Ce fut une accumulation de détails qui la poussèrent à trahir la confiance de son mari. Au cours des dernières quarante-huit heures, le manuscrit de Tony n'avait plus quitté son esprit. Elle ressassait sans cesse ces lignes qu'elle avait lues, s'efforçant de comprendre pourquoi son travail était si différent de son premier roman. Parfois, elle se rassurait en se disant que c'était normal pour un brouillon. L'instant d'après, elle avait changé d'avis. Non. Il était impossible de transformer ce torchon en un texte se rapprochant de près ou de loin de *Suffocation*. Un élément lui échappait.

Mais ce matin, alors qu'elle rangeait son bureau en vue des vacances d'été, elle avait remarqué la dissertation d'une élève de niveau A+ coincée entre plusieurs dossiers. Elle se souvint de son entretien avec les parents de l'adolescente, au cours duquel elle leur avait brandi la rédaction.

— Je suis navrée, avait-elle déclaré, mais je ne peux tout simplement pas relier ce devoir avec tout ce que Sasha m'a rendu cette année.

Le père s'était montré perplexe.

— Qu'essayez-vous de dire ?

Mais Andrea avait perçu un éclair de résignation dans les yeux de sa femme.

— Elle veut dire que ce n'est pas Sasha qui a écrit ça, avait conclu la mère. Notre fille a demandé à quelqu'un de faire cette rédaction à sa place.

Alors qu'Andrea parcourait la copie ce matin, la vérité la frappa : la différence entre les deux livres de Tony était tout aussi évidente que celle entre le travail habituel de Sasha et cette dissertation.

« Elle veut dire que ce n'est pas Sasha qui a écrit ça. »

Mais on parlait là d'une lycéenne qui trichait à l'occasion d'un devoir... Elle ne pouvait quand même pas aboutir à la même conclusion pour son mari ? Cela n'avait aucun sens. Si le nouveau livre de Tony reflétait la véritable qualité de son travail, comment aurait-il pu faire rédiger *Suffocation* par un tiers ? Qui écrirait un tel roman et laisserait une autre personne le publier sous son nom ? Et pourquoi Tony ne s'arrangerait-il pas avec cet auteur aussi pour le suivant ?

Peut-être qu'une pièce du puzzle lui manquait... Peut-être qu'elle se trompait complètement, qu'elle tirait des conclusions aussi hâtives qu'injustes. Tout au long de la journée, elle s'était demandé si elle devait le confronter. Admettre qu'elle avait lu son manuscrit, et lui faire part de ses inquiétudes quant à sa qualité. Finalement, elle ne put s'y résoudre. Elle avait besoin d'en savoir plus avant d'aborder le sujet avec lui. Il lui fallait enquêter davantage. Elle avait donc attendu qu'il s'absente pour rejoindre ses éditeurs. Il lui restait une demi-heure avant de sortir à son tour retrouver Shaun. En annonçant à Tony qu'elle devait prendre un verre avec Shaun, elle avait craint qu'il n'éprouve une certaine jalousie à l'idée qu'elle se rende à un rendez-vous en tête à tête avec un autre homme. Mais, au contraire, il avait semblé plutôt ravi qu'elle ait ses propres projets pour la soirée.

Tu vois, s'était-elle dit. *Même Tony sait que tu ne serais pas le genre de Shaun...*

Une fois Tony parti, elle s'était dirigée vers son iPad. Elle n'avait plus la possibilité de regarder son ordinateur, il l'avait protégé par un mot de passe. Mais l'iPad ne contenant pas son manuscrit, il ne le verrouillait pas par un code. Et, cette fois, ce n'était pas le document qu'elle voulait parcourir. Mais ses mails. Elle tenait à passer en revue sa correspondance avec ses éditeurs. Voir s'il leur avait fourni des extraits de son nouveau livre, et s'ils avaient émis des réserves similaires aux siennes. Ou peut-être même remonter jusqu'au mail où il leur avait soumis la première version de *Suffocation*. Vérifier la qualité de ce travail. Tout et n'importe quoi, du moment que cela pourrait l'aider à comprendre.

Elle savait qu'en consultant ses messages privés elle dépassait les bornes, mais elle avait désespérément besoin d'une réponse. Elle s'assit sur le canapé avec la tablette et ouvrit sa boîte de réception. Puis elle se mit à faire défiler les mails.

Rapidement, elle tomba sur des échanges de messages entre Tony et ses éditeurs, mais aucun ne lui permit de faire la lumière sur ce mystère. Apparemment, ces derniers ne connaissaient pas non plus les détails de son deuxième livre. Dans certains mails, ils lui réclamaient un synopsis, mais Tony leur avait répondu par la négative, en prétextant ne pouvoir encore partager ses notes sur l'intrigue, car il écrivait sans savoir exactement où le livre allait, mais en les assurant du fait qu'il était sur la bonne voie et qu'il était satisfait de ce qu'il avait produit jusqu'à présent.

Vraiment? songea Andrea. *Tu es satisfait de ce machin?*

Elle remonta plus loin encore dans les archives. Jusqu'à la période avant que *Suffocation* ne soit soumis à un agent. Et c'est là qu'elle le vit. Une case « objet » rédigée en gras qui avait attiré son attention. Le message datait de la fin de l'année dernière. Un ancien mail du père de Tony. Environ une semaine avant Noël.

Expéditeur : Frank Lewis
Objet : ton avis sur mon texte

Elle ouvrit le message, qu'elle lut à toute vitesse.

« Salut, mon grand,

Je peux te demander un service ? Je me sens un peu bête de te raconter ça, mais je me suis dit que j'avais envie de m'essayer à l'écriture. C'est probablement n'importe quoi, mais comme tu es le plus critique de mes fils, j'ai pensé que ce serait mieux de te montrer ce texte en premier. Je sais que tu seras franc avec moi si ce n'est pas bon. Je pense que Pete ou Darren auraient tendance à me ménager. Ta mère m'a souvent répété qu'elle pensait que tes frères tenaient leur créativité de moi parce que j'ai toujours aimé raconter des histoires, mais c'est peut-être des bêtises. Quoi qu'il en soit, je n'en ai parlé à personne d'autre, alors j'apprécierais que tu gardes ça pour toi. Tiens-moi au courant de ce que tu en penses.

Merci d'avance,
Papa »

Le sang d'Andrea se glaça quand elle cliqua sur la pièce jointe.

Faites que ce ne soit pas ça... Je vous en prie, mon Dieu, faites que ce ne soit pas ça.

Le titre apparut sous ses yeux : « *Suffocation* – Frank Lewis. »

Lorsqu'elle pénétra dans le petit bar de la ville et qu'elle aperçut Shaun assis à une table dans un coin, en train de l'attendre, cette étrange palpitation lui noua de nouveau le ventre. Que lui arrivait-il ? Certes, elle trouvait cet homme attirant. Mais qui ne serait pas attiré ? Il était beau. Bien bâti. Avenant et attentionné. Ça ne voulait rien dire. Et le fait que Tony et elle n'avaient pas couché ensemble depuis une éternité n'arrangeait pas la situation. Donc sa libido s'était réveillée – ce qui n'avait rien d'étonnant.

De plus, elle était déstabilisée et à cran après sa découverte choquante de la trahison de Tony envers son père. Évidemment qu'elle avait l'estomac noué… Elle se sentait confuse et bouleversée. Elle avait peur que son mari ne soit pas l'homme qu'elle avait cru qu'il était.

Elle devait se ressaisir et se concentrer sur la raison de sa présence ici. Violet. Rien de plus. Pourvu que ces quelques verres l'aident à se tranquilliser et à oublier tout le reste pour le moment.

Mais ensuite elle avait atteint la table. Shaun s'était levé et l'avait accueillie avec un sourire chaleureux et un baiser sur la joue. Un contact lors duquel ses lèvres avaient semblé s'attarder un peu trop longtemps sur sa peau. Une seule pensée lui traversa l'esprit.

Je suis dans le pétrin.

Darren

Assis sur le sable frais, les coudes posés sur ses genoux, Darren observait un morceau de sa planche de surf cassée à côté de lui. Sans doute l'autre moitié serait-elle rejetée plus loin sur la plage. La mer était d'un noir d'encre devant lui, mais il entendait les vagues continuer à s'écraser, toujours implacables. Il se demanda quelle heure il était. Peut-être autour de 21 heures ?

— Si j'étais toi, je n'irais pas là-bas maintenant, mon pote, lui avait crié un autre surfeur alors qu'il courait vers le rivage cet après-midi, sa planche sous le bras.

— Moi, j'y vais, avait répliqué Darren en essayant d'afficher un air assuré.

Pas question qu'il se laisse dicter sa conduite aujourd'hui.

— Tu ne diras pas que je ne t'avais pas prévenu, avait conclu le surfeur.

Bon, d'accord, le mec qui avait cherché à le mettre en garde n'avait pas exagéré. Darren n'était pas assez expérimenté pour affronter des conditions aussi difficiles. Il avait surfé deux, peut-être trois vagues avant que l'océan ne commence à se déchaîner et à le malmener. Ensuite, sa planche de surf lui avait été arrachée des mains. Sans doute s'était-elle déchiquetée sur les rochers ; il n'était pas resté pour regarder ce qui lui arrivait, il était trop déterminé à revenir en vie sur la plage. Au moins, il était un bon nageur, sinon il se serait retrouvé en morceaux sur les rochers lui aussi.

— C'était vraiment idiot, se murmura-t-il.

Il aurait mieux fait de sortir picoler avec ses potes plutôt que de venir surfer. Lorsque Raj lui avait envoyé un message pour lui proposer d'aller boire un verre cet après-midi en ville, il avait hésité avant de répondre. Il avait un petit bandage blanc sur le côté de son cou, là où le médecin avait effectué son prélèvement. Les gars s'en seraient probablement aperçus, ils lui auraient demandé ce qu'il s'était fait. Or, il n'avait aucune envie de leur expliquer. Ils auraient haussé les épaules, lui rétorquant qu'il n'avait pas lieu de s'inquiéter. Mais, pour une raison quelconque, ce n'était pas ce qu'il avait envie d'entendre.

Quels autres sujets de conversation auraient-ils pu aborder? D'habitude, il y avait Charlotte. « Tu es encore accro à elle ? » De nouveau, il n'aurait pas eu envie de répondre. Peut-être qu'il était encore amoureux d'elle, peut-être pas… Peut-être qu'il était accro à quelqu'un d'autre maintenant. De toute façon, aucune chance pour qu'il avoue à ses copains qu'il n'arrêtait pas de penser à une nana avec qui il n'avait eu qu'une aventure d'un soir. Et il n'avait aucune envie non plus de leur parler de son don de sperme à Charlotte et Steph.

Finalement, il se leva et épousseta le sable de sa combinaison de plongée.

— Reprends-toi, tête de nœud ! maugréa-t-il.

De retour chez lui, il se changea et envoya un message à Raj pour s'assurer que la soirée n'était pas terminée.

La fête est plus folle que jamais, mon pote !

Il était sur le point de passer la porte pour les rejoindre, quand il s'arrêta et pivota sur ses talons. Il entra dans la cuisine, ouvrit le placard au-dessus de la gazinière, s'empara de la tasse au motif léopard, puis la jeta dans la poubelle. Ensuite, il regagna la porte à grands pas et sortit.

15

Mimi

Mercredi 23 décembre

Jamais Mimi n'avait eu l'intention de mentir à ce sujet. Et certainement pas de tenir quelqu'un d'autre pour responsable. Mais le problème, c'était la réaction de Jill. Mimi en éprouva aussitôt une vive honte.

Les derniers jours s'étaient écoulés dans un tourbillon d'achats de Noël et d'organisation du voyage familial annuel à Nords Wharf. À l'approche des fêtes, la réalité du premier anniversaire de la mort de Frank était devenue plus palpable, et tout le monde était sur les nerfs. Mimi avait été quelque peu choquée de se rendre compte qu'elle avait vidé une autre bouteille de son mélange de gin et de limonade. Mais elle s'était dit que ce n'était pas du luxe, puis avait de nouveau rempli la bouteille du frigo. Callie refusait toujours de lui parler, et Mimi en avait assez : son attitude lui faisait peur. Cette fois, le ratio avait favorisé encore un peu plus le gin.

Si seulement elle avait fait plus attention quand Jill était allée au frigo… Elle aurait dû se souvenir que sa belle-mère aimait la limonade light. Mais elle était occupée à attacher Elliot dans la poussette double, prête à emmener les jumelles en promenade, et le temps qu'elle relève la tête, Jill avait porté le verre à ses lèvres… L'instant d'après, elle recrachait sa boisson dans l'évier.

— Mais qu'est-ce qu'il y a là-dedans ? s'écria-t-elle en s'essuyant la bouche.

Mimi se redressa. Elle essayait de trouver une réponse quand Jill la devança.

— Ça a un goût… d'alcool ?

Jill avait l'air révoltée. C'est alors que Mimi désigna sa propre fille en victime sacrificielle.

— C'est la limonade de Callie, lâcha-t-elle.

Un peu comme un petit frère qui dénonce sa grande sœur aux parents.

Évidemment, elle aurait dû dire la vérité, admettre que c'était sa bouteille. Expliquer que c'était simplement une question pratique. Que personne d'autre ne buvant de limonade light, elle s'était préparé un mélange pour avoir sa boisson prête à l'emploi. Mais Jill paraissait tellement horrifiée que les mots ne lui venaient pas. Alors, à la place, Mimi modifia l'expression sur son visage. Elle feignit d'être aussi surprise que sa belle-mère.

— Tu es… tu es sûre que c'est de l'alcool ? bredouilla-t-elle.

— Goûte donc, dit Jill en lui présentant le verre.

Mimi but une gorgée et s'efforça de ne pas laisser transparaître le contentement que lui procurait le gin qui lui descendait le long de la gorge. Au lieu de cela, elle fronça les sourcils.

— Oh, euh, ouais. Je crois que tu as raison.

Jill récupéra le verre et en prit une autre gorgée.

— C'est fort, ajouta-t-elle. Il n'y en pas juste une petite rasade, là… Mimi, tu crois que c'est ça que nous cache Callie ces derniers temps ? Ce serait la raison pour laquelle elle est si agitée ? Déprimée ?

Mimi hésita. Elle était vraiment à court d'inspiration. Heureusement que Pete était sorti avec Callie et Tara. Ils étaient allés voir Darren pour présenter aux filles son nouveau chien. Apparemment, il comptait sur ses nièces pour l'aider à lui choisir un nom.

James se mit à pleurnicher depuis la poussette, et Mimi sauta sur cette diversion.

— Commençons la balade pour que les jumelles se calment, et ensuite on pourra parler tranquillement.

— Bonne idée, approuva Jill en s'emparant de la bouteille de limonade. Je la vide dans l'évier ?

— J'imagine que oui, balbutia Mimi en essayant de masquer la déception sur ses traits alors qu'elle regardait son breuvage disparaître au fond de la canalisation.

Darren

— On peut l'emmener en promenade ? demanda Tara en implorant son oncle du regard.

— Je suis d'accord, mais c'est à ton père de décider, répondit Darren en se tournant vers son frère.

Pete pointa Callie du doigt.

— Tu surveilles ta petite sœur et tu t'occupes du chien, compris ?

Callie roula des yeux, mais elle avait l'air ravie. Les deux nièces de Darren n'avaient pas cessé de caresser Doggo depuis qu'elles avaient franchi la porte. Darren leur confia la laisse, elles la lui attachèrent puis sortirent sans un regard en arrière.

— C'est chouette de voir que Callie n'est pas obnubilée par son portable pour une fois, nota Pete quand ils furent seuls.

— Peut-être qu'il vous faut vous aussi un chien.

— Ouais, ça a assez peu de chances d'arriver. La maison affiche complet. Bon, raconte-moi ce que disait ce mail.

Darren s'effondra sur le canapé et se passa les mains dans les cheveux. Le message d'Elizabeth, son agente littéraire, lui était parvenu ce matin-là, et il ne savait pas à qui en parler. À présent, il dégaina son téléphone, ouvrit le mail puis le montra à Pete.

— Lis-le toi-même, marmonna-t-il.

S'ensuivit un silence pendant que Pete parcourait le message, puis il finit par reprendre la parole.

— Ouais, d'accord, ce n'est pas l'idéal.

Darren se mit à rire.

— C'est un euphémisme ! Si je ne leur livre pas le roman d'ici mars, je devrai rembourser mon avance. Je suis foutu.

— Bon, certes, c'est pas génial. Mais ce n'est pas non plus insurmontable.

— Pete ! Tu ne comprends pas. Je n'ai rien écrit ! Pas une seule ligne.

— Mais tu as des idées, non ? Attends, s'interrompit Pete. Tu viens de recevoir un message Facebook. Tiens, regarde.

Il lui rendit le téléphone.

Darren cliqua sur le message, et ces deux mots en majuscules en objet lui sautèrent aux yeux : « CHIEN PERDU !!! »

Son corps se crispa alors qu'il parcourait la suite du message.

« Bonjour, Darren,

J'ai lu votre message sur la page Facebook des animaux perdus, et il semble que vous ayez recueilli mon chien adoré, Freddie ! Je suis tellement soulagée, je n'arrivais pas à y croire quand j'ai vu la photo que vous avez postée, je pensais que je ne le reverrais jamais. Pourriez-vous m'appeler au numéro ci-dessous pour que l'on puisse se voir ? J'ai hâte de le retrouver. Vous venez de m'offrir sans le savoir mon plus beau cadeau de Noël.

Merci beaucoup !
Tia »

Darren eut envie de frapper le mur. Il regrettait d'avoir publié ces messages sur Facebook. Il aurait dû se douter qu'un putain de cinglé se manifesterait pour réclamer ce clébard. Doggo était mieux auprès de lui. Le vétérinaire n'avait-il pas suggéré qu'il avait manqué de soins ? Il avait le poil trop long et hirsute.

Sous-alimenté, il était aussi infesté de puces. Et il errait dans ce parc, perdu et seul.

Alors pourquoi Tia ne l'avait-elle pas recherché ? Pourquoi n'avait-il pas vu d'affiches de chiens perdus ou de posts Facebook le concernant ? Cette fille ne méritait pas de le récupérer.

Son pouce survola l'icône de la corbeille au-dessus du message. Il pouvait faire comme s'il ne l'avait jamais reçu. Il se pouvait qu'il l'ait accidentellement effacé... Il pourrait peut-être fermer son profil, supprimer les publications Facebook, et faire comme si...

Mais il se savait incapable d'agir ainsi. Et si cette Tia avait une bonne explication à toutes ces questions ? Et si elle était vraiment attachée à son chien et qu'il lui manquait ? Peut-être manquait-elle aussi à Doggo ?

Il éloigna son doigt du bouton « supprimer » et jeta le téléphone sur le canapé à côté de lui.

— C'est à propos du clebs, annonça-t-il à Pete. On dirait que quelqu'un compte le réclamer.

Pete poussa un soupir déçu.

— Mon vieux, je suis désolé, dit-il en posant une main sur l'épaule de Darren. Ça va aller ?

Le jeune homme se mit à trembloter au contact de son frère.

— Pas vraiment.

— Tu sais que c'est une bonne chose, hein, de réunir un chien et son maître ? Tu as fait ce qu'il fallait.

— Ouais, ben, je me sens mal. Et en plus...

— Quoi, en plus ?

Darren se tut. Il était sur le point de parler à Pete du grain de beauté dans son cou. Il avait ôté son bandage, alors on ne voyait plus rien. De toute façon, ses camarades ne l'avaient même pas remarqué quand il les avait rejoints vendredi soir. Mais le médecin n'avait toujours pas appelé pour lui donner les résultats, et plus il attendait, plus il se persuadait que les nouvelles allaient être mauvaises. Il changea d'avis et, à la place, il lâcha :

— J'ai rencontré quelqu'un.

Il ferma les yeux un instant. Pourquoi diable venait-il de prononcer ces mots alors qu'il aurait pu dire un millier d'autres choses ?

Et aussi, j'ai pas fermé l'œil de la nuit, merde. Et j'ai une migraine à en crever. Et j'attends de savoir si la copine de Charlotte est enceinte de moi.

Cette dernière phrase aurait fait un bon lancement de conversation.

Il n'avait même pas pensé à Sage… enfin, presque pas. Il avait eu envie de lui montrer Doggo après son toilettage, mais n'avait pas pu. À présent, il était sur le point de perdre son chien aussi.

— Ah ouais ? s'enquit Pete, les yeux brillants.

Mais Darren secoua la tête.

— Ce n'est pas une bonne nouvelle. J'ai rencontré cette femme, mais il s'avère que je ne l'intéresse pas.

Pete l'interrogea du regard.

— On n'y peut pas grand-chose, malheureusement.

— Ha. J'en ai juste marre de tout en ce moment.

— Tu sais ce que tu devrais faire ?

— Dis-moi ?

— Sers-t'en. Sers-toi de tout ça ! Canalise ce que tu ressens dans ton écriture. Il faut que tu classes l'affaire et que tu arrêtes de déconner. Sors-toi cette fichue Sagittaire de l'esprit et écris !

Darren tressaillit.

— Comment tu sais son nom ?

— Hein ?

— Cette femme que j'ai rencontrée, comment connais-tu son nom ?

— Quoi ? Je ne parlais pas de ta conquête. Mais de l'auteure de la critique. Du *SMH*.

— Mais c'est un mec ! Le papier était signé S. Carter.

— Tu parles de stéréotypes sexistes, mon vieux… S. Carter n'est pas un homme. C'est une femme ! Elle signe avec l'initiale de son prénom parce qu'elle le déteste : Sagittaire.

Jill

Ce n'est qu'au fil de la promenade que Jill avait découvert le pot aux roses. La voix chuintante de Mimi lui avait mis la puce à l'oreille. Cette bouteille n'appartenait pas à Callie. Il s'agissait de celle de Mimi. Et, pour une raison quelconque, elle l'avait cachée. Et planquer de l'alcool, ce n'était jamais bon signe. Jill s'était doutée dès le début que Mimi serait mise en difficulté avec les jumelles. Pourquoi n'avait-elle pas insisté pour lui proposer davantage son aide ? Bref, elle avait décidé de ne pas la confronter à son mensonge pour l'instant. Manifestement, Mimi n'était pas prête à en parler, et Jill se refusait à la brusquer. Après tout, elle-même pratiquait la politique de l'autruche, vu qu'elle n'avait toujours pas rouvert ce mail. Elle savait qu'elle finirait par le lire. Mais cela pouvait attendre, au moins après Noël. Pour le moment, elle devait garder un œil sur Mimi. Peut-être qu'une fois à Nords Wharf elles auraient l'occasion de discuter.

De retour chez elle, Jill avait posé sa valise sur son lit et commencé à y ranger ses vêtements soigneusement pliés quand on sonna à la porte. Quand elle alla ouvrir, elle trouva Andrea, plantée sur le perron, le regard étrange et triste.

— Qu'est-ce qui se passe, Andrea ? demanda aussitôt Jill. Qu'est-ce qui t'arrive ?

— C'est Tony, murmura la jeune femme. Il m'a menti… En fait, il nous a menti à tous.

Andrea

Elles s'étaient assises et avaient parlé pendant plus d'une heure. Leurs tasses de thé avaient refroidi. L'assiette de biscuits que Jill avait déposée devant elles était restée intacte. Au début, Jill était incrédule. Persuadée qu'il s'agissait d'un malentendu. Mais Andrea avait fini par la convaincre, et elle s'était rangée à l'évidence… Tony avait volé le livre de son père.

— Mais comment Frank a-t-il pu écrire un roman sans que je sois au courant ? avait répété Jill à plusieurs reprises.

— Je n'ai pas la réponse à cette question, avait murmuré Andrea. Mais peut-être était-ce par pudeur ? Il avait peur de l'échec, et c'est pourquoi il a gardé tout ça pour lui. Je suis sûre qu'il avait pour projet de te le faire lire un jour.

Le plus difficile fut de décider comment réagir à cette nouvelle. Devaient-elles interroger Tony ? Fallait-il tout révéler à Pete et Darren ? Devaient-elles chercher un moyen d'offrir à Tony l'opportunité d'avouer son méfait ?

Finalement, elles tranchèrent : elles ne feraient rien pour le moment et en discuteraient plus avant à la maison de vacances. Jill avait besoin d'un peu de recul pour réfléchir à tout cela.

Elles s'attardèrent sous le porche de Jill, le temps de se dire au revoir. Andrea se recroquevilla et frissonna malgré la chaleur du soleil de cette fin d'après-midi. Une légère brise l'enveloppait, mais au lieu de la trouver rafraîchissante, elle avait l'impression de grelotter.

— Tu veux un cardigan, ma grande ? proposa Jill.

— Je crois que c'est surtout mon cœur qui a besoin d'être réchauffé…

— Ça ne m'étonne pas.

— Tu ne m'en veux pas d'être venue t'annoncer ça, Jill ? Je suis vraiment navrée, je ne savais pas quoi faire d'autre.

— Absolument pas, affirma Jill. Tu as fait ce qu'il fallait. C'est mon fils, et j'ai le droit de savoir.

— Tu te souviens que je t'avais demandé si tu pensais que Tony serait prêt à avoir des enfants ?

— Oui.

— J'en ai parlé avec lui, juste avant de découvrir cette… information. Il m'a dit que ça ne le dérangeait pas d'y réfléchir, expliqua Andrea en baissant les yeux avant de chercher de nouveau le regard de sa belle-mère. Maintenant, je ne sais plus où j'en suis. J'ai l'impression que je vis avec un étranger. Quel genre d'homme fait une chose pareille ? Qui vole son défunt père ?

Jill fuit son regard, observant la rue tranquille devant elle. Son visage affichait une expression indéchiffrable. On aurait dit qu'elle était sur le point de lui faire une confidence, puis elle sembla se raviser. Enfin, elle se retourna vers Andrea.

— Honnêtement, je n'en sais rien, marmonna-t-elle. Mais nous allons trouver une solution.

— D'accord, je ferais mieux d'y aller. Il faut que je passe voir Heather et Violet. Je n'ai pas réussi à la joindre ces derniers jours.

— Bonne chance, dit Jill.

Andrea rentra chez elle, frustrée de n'avoir pas réussi à se décider quant à l'opportunité de confronter Tony. Mais sans doute était-il normal que Jill ait besoin de temps pour digérer la nouvelle. Le problème était que tout cela avait déjà fait son chemin dans l'esprit d'Andrea ces derniers jours. Tony ne tarderait sûrement pas à se rendre compte de son malaise. Elle n'était pas assez bonne actrice pour dissimuler complètement de telles émotions. Par « chance », elle avait sa propre culpabilité pour rééquilibrer les comptes…

16

Mimi

Jeudi 24 décembre

— Tu as vérifié les niveaux d'huile et du liquide de refroidissement ?

— Oui, même si la voiture est passée à la révision la semaine dernière, j'ai tout vérifié deux fois.

— Et le garagiste était certain qu'il n'y avait pas besoin de changer les pneus ?

Pete sourit.

— Oui, à cent pour cent. Qu'est-ce qui t'arrive ?

— Ça va faire un long trajet pour Callie, c'est tout… Et il fera nuit aussi.

Jill avait suggéré que tout le monde parte assez tard pour éviter les embouteillages de Noël de l'après-midi. Elle tenait à s'assurer que d'autres véhicules ne s'inséreraient pas dans leur convoi.

— Certes, mais on sera juste là, à ses côtés, donc tout va bien. Ne stresse pas.

Mimi se retourna et vit Callie traîner sa valise du bas des marches de l'escalier jusqu'à la porte d'entrée.

Elle lança un regard à sa mère.

— Tu crois que je n'y arriverai pas ? demanda-t-elle.

Mimi ferma les yeux.

Évidemment, il avait fallu qu'elle descende au moment où ils parlaient d'elle.

—Je pense que tu en es tout à fait capable. Tu es une super conductrice. Je m'assurais seulement que la voiture était prête, c'est tout.

Pete passa de Mimi à Callie, puis lui souleva sa valise.

—Voilà, je m'occupe de te la sortir. Vu le poids, je suppose que tu as pris assez d'affaires pour tenir jusqu'au Noël de l'année prochaine ?

—Très drôle, papa…

Andrea

Andrea relut le petit mot dans sa main. Elle n'en avait pas parlé à Tony. Au lieu de cela, elle lui avait menti en prétextant avoir un cadeau de dernière minute à acheter avant leur départ. Que ce serait mieux s'il prenait la route sans elle et qu'elle les rejoindrait avec sa propre voiture. Elle avait besoin qu'il parte en premier, car elle avait eu une idée, et savait qu'il ne serait pas très enthousiaste à ce sujet.

Tony avait hésité avant d'accepter de s'organiser ainsi ; il était clair qu'il avait envie de lui demander ce qui n'allait pas ces derniers jours. Mais, même si elle et Jill ne s'étaient pas mises d'accord d'attendre un peu avant d'aborder le vol du livre de Frank avec Tony, ce n'était pas le bon jour pour passer à l'action. Pas le jour de l'anniversaire de la mort de son père.

Finalement, Tony avait cédé et s'était résigné à partir devant, sans elle. Tout le monde savait combien Jill tenait à ce que ses fils se retrouvent à la station-service avant l'autoroute pour pouvoir faire le trajet ensemble.

Andrea était soulagée d'avoir remarqué avant Tony le petit mot glissé sous leur porte, avec sa grande écriture soignée et ses fautes d'orthographe.

« Cher Andrea,

S'il te plait, je peux passé Noël avec toi ? Aujourd'hui, maman ma dit que le Père Noël n'exister pas. Mais moi je sait qu'il existe parce que je me suis assize sur ses genous dans un magazin. Alors

peut-être qu'il viendrat quand même si je suie chez toi. Et sa me manque de ne pas avoir Donkey qu'en je vais me couché.
Bisoux,
Violet »

Ces formulations affectueuses l'avaient fait chavirer, et elle comprit qu'elle se devait d'intervenir. Elle commençait à se demander si sa voisine ne lui avait pas menti en affirmant vouloir changer. Peut-être était-ce simplement un moyen de la dissuader d'alerter les services sociaux… Depuis qu'Andrea avait essayé de s'inviter avec son paquet de biscuits la semaine dernière, Heather semblait l'éviter. Or, elle ne pouvait pas laisser Violet passer Noël ainsi. Elle arriverait peut-être à convaincre sa mère d'accepter son idée.

Darren

« N'oublie pas de prendre la sortie Doyalson Road, sinon tu te retrouveras sur la route de Newcastle. Mieux encore, dépêche-toi de démarrer pour pouvoir nous rattraper. Je t'aime. »

Darren serra les dents en lisant le message. Depuis combien de temps se rendaient-ils dans cette maison de famille ? Il savait bien quelle sortie prendre. Il ne l'avait ratée qu'une fois… il y a *des années* de cela. Il dut faire preuve de beaucoup de retenue pour ne pas répondre : « Et si je zappais toute cette mascarade cette année ? »

Bien sûr, il n'en ferait rien. C'était le premier anniversaire de la mort de leur père. Darren avait un tas de soucis, mais il n'allait pas se comporter comme un salaud avec sa mère, même s'il aurait préféré rester seul ces jours-ci.

Il allait devoir partir un peu après les autres, car il attendait que Tia vienne récupérer son chien. Il avait prévu de lui demander de lui montrer des photos d'elle avec Freddie avant de le lui confier, juste pour s'assurer qu'elle en était la véritable propriétaire.

Au début, il n'avait pas compris pourquoi sa mère était contrariée par le fait qu'il ne pourrait pas faire partie du convoi comme elle l'avait prévu.

Pete avait dû le lui expliquer :

— L'année dernière, on avait tous conduit séparément, et maman et papa se sont retrouvés isolés… C'est pour ça que c'est si important pour elle.

Et puis Darren s'était senti bête de ne pas avoir fait le lien… Bien sûr, son attitude était logique. Mais, malheureusement, il avait déjà accepté que Tia vienne chercher son chien. Il avait alors promis qu'il ferait son possible pour ne pas arriver trop en retard. Mais, au moins, Jill ne serait pas seule pour voyager. Pete et Tony étaient tous les deux à l'heure pour la retrouver à leur lieu de rendez-vous avant de prendre l'autoroute.

Il pianota une réponse au message de sa mère.

« Ne t'en fais pas, merci pour la piqûre de rappel. Je t'aime aussi. »

Il s'accroupit devant Doggo et le gratta autour des oreilles.

— Tu n'as pas une tête à t'appeler Freddie, je dis ça comme ça… Et tu te serais bien amusé à Nords Wharf… Cette Tia a intérêt à te promener souvent et à te nourrir comme un pacha.

Doggo renifla son visage, puis lui lécha la joue.

— Merci, c'est gentil, mon pote. Tu sais que tu es le seul à être au courant du merdier dans lequel je me suis fourré ? Et maintenant tu vas juste me laisser me dépatouiller avec ça.

Le chien continua de le lécher.

— Tu pues de la gueule, tu sais ça ?

La mauvaise nouvelle potentielle était arrivée sous la forme d'un appel téléphonique quelques heures plus tôt. Et c'était l'une des raisons qui expliquaient son humeur maussade. Il avait failli ne pas répondre, voyant qu'il s'agissait d'un numéro inconnu. Mais il avait malgré tout fini par décrocher.

— Bonjour, Darren. Ici Angela, du cabinet médical de Fig Street.

Et voilà. Les résultats à propos de ce grain de beauté sanguinolent dans son cou.

— Le docteur Clermont m'a demandé de vous fixer un rendez-vous de suivi. Quand êtes-vous disponible pour revenir ? avait poursuivi la réceptionniste de sa voix froide.

— Pourquoi ? avait-il maugréé. Y a-t-il un problème avec ma biopsie ?

— Malheureusement, je ne dispose pas de cette information. Mais nous allons vous organiser une consultation, et le docteur Clermont sera en mesure de vous répondre.

Il avait pris rendez-vous, frustré de constater qu'à cause de Noël il ne pourrait pas revoir le médecin avant la fin de la semaine prochaine. Il aurait préféré qu'on lui donne ses résultats par téléphone au lieu de le laisser mariner ainsi.

Même si en réalité, compte tenu de sa poisse des derniers jours, il ne serait pas étonné d'avoir un cancer de la peau.

Doggo continuait de haleter contre son visage.

— Tu as vraiment une haleine de chacal, vieux ! Mais j'imagine que Tia pourra t'offrir un détartrage maintenant.

Le vétérinaire avait suggéré un bon nettoyage des dents du chien quand Darren lui avait amené, mais après avoir payé ses vaccins, son check-up et son toilettage, l'onéreuse procédure dentaire en question ne rentrait pas dans son budget.

Et, d'après le mail qu'il avait reçu de son agente l'autre jour, ce n'était manifestement pas près d'être dans ses moyens : aucune chance qu'il soit en mesure de livrer un manuscrit d'ici mars. Deux mois pour écrire un livre qui se résumait pour l'instant à un malheureux document Word vierge, c'était impossible. D'autant qu'il n'avait pas la moindre idée, motivation ni même inspiration.

En plus, il se devait de découvrir si Sage était effectivement la critique littéraire qui avait rédigé ce fichu article. Bien que cela lui paraisse plus que probable. Car Sagittaire, ce n'était pas banal, comme prénom… Alors lui avait-elle menti en prétendant être danseuse de ballet ?

En moins de quatre semaines, il venait de mettre en l'air sa carrière, perdre son chien, et s'était très probablement laissé duper par la femme pour qui il commençait à en pincer vraiment. Sans compter qu'il avait consenti un don de sperme qu'il avait, en toute franchise, fait à contrecœur. Normal qu'il n'ait pas été étonné d'apprendre que son médecin demandait à le voir.

— Où elle est, d'ailleurs, ta soi-disant propriétaire ? On pourrait croire que si tu lui manques désespérément, elle serait au moins à l'heure.

Si elle ne se pointait pas dans les dix prochaines minutes, il pourrait peut-être charger Doggo à l'arrière de la voiture et l'emmener à Nords Wharf…

Évidemment, c'est au moment où cette idée lui vint à l'esprit que l'on frappa à la porte.

Jill

Il n'y avait pas un seul feu de brousse signalé en ce moment entre chez elle et la maison de vacances. Et pourtant, Jill avait vérifié et revérifié l'application « Feux de brousse » encore et encore ce matin.

Son amie Marjory lui avait téléphoné l'autre jour pour savoir comment elle abordait ce prochain séjour.

— Tu es sûre que tu ne veux pas modifier tes projets ? lui avait-elle demandé. Je suis certaine que tes enfants ne t'en voudraient pas.

Mais Marjory ne comprenait pas. Jill devait refaire ce voyage. Elle devait arriver saine et sauve cette fois. C'était la seule façon pour elle de trouver la voie de la rédemption.

Et d'ailleurs, Marjory ignorait pourquoi il était si important pour Jill de passer Noël chaque année au Nid de Robin. Personne d'autre n'était au courant. Depuis la disparition de Frank, Jill était la seule à savoir.

Jill sortit sa valise pour la charger dans le coffre de la voiture, et consulta une fois de plus l'application d'alerte aux incendies. Toujours rien.

Tout allait bien se passer.

Tant qu'ils restaient ensemble…

Et peut-être qu'une fois parvenue à destination elle réussirait enfin à dormir un peu.

Andrea

Malgré sa détermination à ne pas laisser Violet passer un mauvais Noël, Andrea avait le trac lorsqu'elle frappa à la porte de Heather. Elle allait faire preuve de nuance dans la façon dont elle présenterait son invitation. Et ferait en sorte que Heather adhère à sa proposition.

Or, il s'avéra qu'elle n'aurait pas dû s'inquiéter. Ce fut Violet qui lui ouvrit. Son visage s'illumina quand elle découvrit Andrea.

— Tu as reçu mon message ?

— Oui, bien sûr. Où est ta maman, ma puce ?

Les yeux de Violet scrutèrent le sol.

— Sortie, murmura-t-elle.

— Quand t'a-t-elle dit qu'elle serait de retour ?

Andrea avait beau se sentir pleinement résolue, elle n'en demeurait pas moins consciente qu'elle se devait d'abord de parler à Heather.

Violet se mordilla la lèvre inférieure, les yeux toujours fixés sur ses propres pieds.

— Pas avant demain.

— Attends, quoi ? Tu en es sûre ? Elle t'a dit qu'elle ne rentrerait pas de *toute* la nuit ? Le soir de Noël ?

Violet hocha le menton.

— Elle s'est fâchée contre moi parce que je lui ai dit que je ne la croyais pas pour le Père Noël. Elle m'a répondu que je verrais bien par moi-même quand je me réveillerais demain et qu'il n'y aurait pas de cadeaux, parce qu'il n'y aurait pas eu de maman pour me les donner.

Andrea eut l'impression que des flammes lui envahissaient le corps, la consumant de l'intérieur. Comment Heather avait-elle osé traiter son enfant ainsi ? Comment avait-elle osé la laisser toute seule le soir de Noël ?

Cette femme n'était pas faite pour être mère.

Andrea s'accroupit face à sa petite voisine.

— Ma chérie, je suis vraiment désolée qu'elle t'ait raconté toutes ces choses. Mais je vais arranger ça. Tu disais que tu voulais dormir chez moi ce soir ?

Violet acquiesça d'un signe de tête.

— Voilà, écoute, je pars en vacances dans une maison près d'un joli lac pour Noël. Tu as envie de venir avec moi ?

Une voix au fond d'elle-même lui soufflait qu'elle franchissait une limite. Qu'emmener Violet sur la côte, cela relevait du kidnapping, et qu'elle devait trouver une autre solution, un autre moyen de rendre ce Noël magique pour la fillette. Mais la rage qu'elle ressentait envers Heather noyait en elle toute tentative de rationalité. De plus, Heather avait elle-même déclaré à Andrea qu'elle acceptait sa présence et son aide. Violet finit par relever les yeux pour chercher le regard d'Andrea.

— Oui, s'il te plaît, bredouilla-t-elle avant de se jeter sur Andrea pour une étreinte qui la fit presque basculer en arrière.

Depuis le temps qu'elle connaissait Violet, la manifestation la plus physique de son affection s'était limitée à tenir la main d'Andrea. Cette étreinte inattendue la conforta donc dans l'idée qu'elle était en train d'agir comme il le fallait.

— OK, va mettre quelques habits dans ton sac à dos, et je vais écrire un mot à ta mère.

Darren

Quand il ouvrit la porte, il écarquilla les yeux.

— Qu'est-ce que tu fabriques ici ?

Sage le dévisagea sans ciller.

— Ça, c'est une bonne question.

— Comment ça ?

— Je ne sais pas vraiment pourquoi j'éprouve le besoin de faire ça… mais il y a un truc que je dois te dire.

Darren comprit aussitôt à quoi elle voulait faire référence.

— Tu n'es pas danseuse de ballet, hein ?

Sa bouche s'arrondit de surprise, puis elle hocha la tête.

— Comment tu as deviné ?

Il ne répondit rien. Au lieu de cela, il soutint son regard et demanda :

— Sage, tu ne serais pas la fameuse S. Carter ?

Elle eut le mérite de ne pas détourner les yeux, et sa voix ne flancha pas non plus quand elle admit :

— En personne.

Il ne savait pas s'il était furieux, anéanti, ou s'il s'en fichait tout simplement. Les déconvenues s'accumulaient, et il en avait assez.

— Écoute, reprit Sage. J'ignorais qui tu étais quand je t'ai rencontré au pub ce soir-là. Et plus tard, quand j'ai appris que tu étais écrivain et que je me suis rendu compte que j'avais chroniqué ton bouquin, je me suis dit qu'il valait mieux qu'on ne se revoie plus.

Il resta immobile, s'efforçant de comprendre ce qu'il ressentait, à présent qu'il savait la vérité. Il se sentait… Trahi ? Dupé ? Mais par rapport à quoi, au juste ?

Finalement, il reprit la parole.

— Merci d'être venue me l'annoncer, murmura-t-il. Mais pourquoi ? Qu'est-ce qui t'a poussée à le faire ?

— Je n'en sais rien. C'est comme si je t'avais dans la peau ou quelque chose comme ça. Je me suis mise à culpabiliser. Et j'avais envie de te revoir.

— Tu veux dire que maintenant tu envisages une relation, ou un truc dans le genre ? Je croyais que seules les aventures sans lendemain t'intéressaient ?

— C'est le cas ! C'était… Je ne sais pas… Je suis juste perdue. Jouer le rôle de ta petite amie ce soir-là, comme je te l'ai dit, c'était rigolo de me faire passer pour quelqu'un d'autre. Peut-être que j'aimerais te revoir… Est-ce que ça te dirait ?

Darren poussa un soupir.

— Oh, alors comme ça, tu as envie d'aller plus loin maintenant ? En y réfléchissant bien, il n'y a aucune chance que ça fonctionne. Il faut voir les choses en face. Tu as détesté mon bouquin, et il se trouve que l'écriture, c'est toute ma vie. C'est moi. Et comme tu as dénigré ma façon d'écrire, c'est un peu embarrassant, tout compte fait, d'envisager une relation avec toi. Tu ne crois pas ?

— Écoute, je ne sais même pas si c'est ce que je te propose, d'accord ? C'est juste que je t'aime bien. Ou plutôt, je t'apprécie. Alors j'avais besoin de te parler. Pour te dire la vérité. Je regrette que tu te sois senti blessé par mon article, mais ça n'avait rien de personnel.

— Oui, eh bien, désolé, mais moi je l'ai pris de façon très personnelle ! Comme je te l'ai dit, mon bouquin, c'est ma vie.

C'est alors qu'une femme s'approcha d'eux après être sortie de l'ascenseur. Elle était grande, les cheveux blonds attachés en queue de cheval, et très maquillée.

— Darren ? bredouilla-t-elle.

Sage se tourna vers la nouvelle venue, puis vers lui.

— Ah, je vois…

— Sage, attends, ce n'est pas ce que tu crois.

— C'est bon, j'ai compris, marmonna Sage en agitant la main tandis que l'autre femme les dévisageait tous les deux. Toi et moi, on n'a jamais été ensemble, tu es libre de fréquenter qui tu veux.

— Non, je veux dire, elle est là pour le chien !

— Oh ! s'exclama Sage, tu as retrouvé le propriétaire de Doggo ?

Darren hocha la tête.

— J'en ai bien l'impression.

Le visage de Sage se décomposa.

— Darren, je suis vraiment désolée, balbutia-t-elle en tournant les talons. Mais je ferais mieux d'y aller de toute façon. Je te laisse régler toute cette histoire…

— Sage, attends ! s'écria Darren.

— Tiens, murmura-t-elle en sortant une carte de sa poche arrière qu'elle lui tendit. Si tu as envie qu'on se parle un de ces jours, voici mon numéro. Mais tu as sans doute raison, ça ne pourra jamais marcher.

À ces mots, elle rebroussa chemin et s'éloigna à vive allure dans le couloir.

Pendant ce temps, la nouvelle venue s'avançait.

— Désolée, dit-elle à Darren, j'arrive au mauvais moment ?

— Non, non, c'est bon. Vous êtes Tia, c'est ça ?

— Ouaip.

Darren s'écarta pour la laisser entrer. Doggo s'était pelotonné sur le canapé, manifestement inconscient du drame qui se jouait à quelques mètres de lui.

En le voyant, Tia ouvrit les bras en grand et s'écria : « Freddie ! Viens là, mon beau ! »

L'animal leva les yeux, puis inclina le museau sur le côté, observant Tia avec un regard que Darren qualifierait de suspicieux. Puis il se redressa lentement, sauta du canapé et trottina jusqu'à elle. Pas vraiment l'attitude d'un chien se languissant de sa maîtresse perdue depuis de longues semaines.

Tia s'agenouilla et se mit à le serrer dans ses bras.

— Oh, bon sang, vous n'imaginez pas à quel point je suis heureuse de retrouver ce coquin ! Il m'a tellement manqué. Merci de l'avoir recueilli.

Darren s'aperçut qu'en s'accroupissant pour l'enlacer, elle venait d'attacher une laisse au collier de Doggo sans qu'il ne remarque rien.

— Combien je vous dois ? demanda-t-elle.

— Hein ? Mais rien ! Je l'ai trouvé et je me suis occupé de lui. Je ne faisais pas ça pour de l'argent.

— D'accord, eh bien, si vous êtes sûr...

Elle commençait déjà à se diriger vers la porte.

— Attendez ! l'arrêta Darren. Comment puis-je savoir qu'il s'agit vraiment de votre chien ? Et depuis quand exactement l'avez-vous perdu ? Vous savez qu'il était dans un sale état quand je l'ai recueilli... Et comment avez-vous réussi à le reconnaître sur la photo que j'ai postée – l'image n'était pas très nette.

— Oui, c'est vrai, il n'était pas facile à identifier, mais un propriétaire sait reconnaître son chien. Et puis, maintenant que je me retrouve face à lui, je suis certaine que c'est bien mon Freddie !

— Mais depuis quand a-t-il disparu ? Pourquoi n'ai-je trouvé aucun message signalant sa disparition ?

— Honnêtement, ça faisait un sacré bout de temps. J'avais perdu tout espoir. Et j'habite à Marrickville. Je ne sais pas comment il a atterri si loin de chez lui, mais c'est pour ça que vous n'avez pas vu d'affiches : je ne me serais jamais attendue à ce qu'il finisse ici.

— Avez-vous des preuves qu'il s'agit de votre chien ? insista-t-il. Des photos que vous pourriez me montrer ?

Le visage de Tia vira au cramoisi, son sourire se figea, et elle le toisa d'un regard froid.

— Vous vous fichez de moi ? Vous me réclamez une preuve ? C'est mon chien ! J'ai vécu un cauchemar à me demander où il était et s'il allait bien. Et que faites-vous de la façon dont il a couru vers moi quand il m'a vue ?

— Il ne s'est pas précipité vers vous.

— Vous plaisantez ? Heureusement que je ne vous ai pas donné la récompense, vous ne la méritez pas. Je suis là, à remuer ciel et terre pour essayer de retrouver mon chien… Qu'est-ce qui me dit que ce n'est pas vous qui me l'avez volé en premier lieu ?

— Quoi ? Pourquoi diable l'aurais-je kidnappé pour ensuite publier un post annonçant que j'avais recueilli un chien errant ?

— Peut-être pour essayer de vous faire du fric avec des récompenses ?

— Je n'en ai pas voulu, de votre stupide argent !

— Écoute, mec, tu me soûles, je me casse d'ici. T'es qu'un connard, tu me la joues à l'envers après tout ce que j'ai traversé.

Tia se dirigea vers la porte, mais Darren lui emboîta le pas.

— Attendez, vous ne m'avez pas montré une seule photo.

Il chercha à la rattraper par le bras, mais elle se retourna d'un bond et lui hurla dessus.

— N'essaie même pas de penser à me toucher ! Si tu poses une main sur moi, j'appelle les flics et je leur dis que tu me séquestres dans ton appartement.

Désemparé, Darren retira sa main. Tia ouvrit la porte et fit passer le chien. Puis elle traversa le couloir avec Doggo. Le malheureux s'imaginait probablement qu'il allait faire une belle promenade ; il ne se retourna même pas vers Darren. Mais, une fois à l'ascenseur, Doggo jeta un regard derrière lui, inclina le museau et aboya.

Une seconde plus tard, ils avaient disparu.

Andrea

— On peut abaisser la capote si tu veux, proposa Andrea. Pour sentir le vent dans nos cheveux pendant qu'on roule sur l'autoroute.

Violet et elle venaient de monter dans la voiture garée sur le parking couvert et s'apprêtaient à se mettre en route. Le soleil se couchait, mais avec le thermomètre qui avait dépassé les trente degrés aujourd'hui, la soirée s'annonçait chaude. La Mercedes d'Andrea datait de la fin des années 1990, un modèle plutôt désuet, mais elle y était attachée, à sa vieille décapotable. Même lorsque Tony lui avait proposé de lui acheter une nouvelle Land Rover haut de gamme, elle avait refusé. Elle tenait trop à sa Mercedes.

— Oui, s'il te plaît, répondit Violet depuis la banquette arrière. Il fait chaud ici.

— Regarde ça ! s'exclama Andrea en appuyant sur le bouton. Plutôt cool, hein ?

Elles regardèrent toutes les deux la capote se rétracter, puis se replier entièrement.

Violet hocha la tête, et Andrea se mit à reculer de sa place de parking. Son cœur se serra. Avait-elle vraiment le droit de faire ça ? D'emmener une enfant qui n'était pas la sienne ? Risquait-elle de se faire arrêter pour kidnapping ? Cela dit, elle avait laissé un mot. Et, franchement, n'était-elle pas en train de protéger une fillette sans surveillance ? Peut-être pourrait-elle faire valoir cet argument si elle conduisait directement Violet au poste de police. Mais elle n'avait pas fait ce choix. Donc oui, elle risquait d'être accusée d'enlèvement.

Mais pas question de laisser Violet seule le soir de Noël. Elle tenait à lui offrir un réveillon magique avec une vraie famille, comme elle le méritait. Alors, tant pis, elle assumerait les conséquences de ses actes plus tard.

Finalement, elle ne s'était mise en route qu'une vingtaine de minutes après Tony et, sachant qu'il s'arrêterait à la station-service pour rejoindre le reste de sa famille, acheter des en-cas et faire le plein, il était probable qu'elle le rattraperait sur l'autoroute.

Mimi

— J'ai comme l'impression qu'on est les premiers !

Pete nettoyait le pare-brise avec une raclette tandis que sa femme remplissait le réservoir. Callie et Tara étaient parties à la boutique, et les jumelles étaient bien réveillées dans la voiture, leurs petites mains s'agitant en l'air et leurs jambes donnant des coups de pied saccadés. Alors que la pompe à essence sonnait le déclic de la fin du plein, Mimi remarqua que James était sur le point de pleurer. Pourquoi les bébés s'offusquaient-ils tant dès que la voiture se retrouvait à l'arrêt pendant cinq minutes ?

— Ça ne nous ressemble pas d'être à l'heure. Je me sens étrangement fière, marmonna Mimi en rangeant le tuyau de la pompe à essence sur son socle avant d'ouvrir la portière du passager arrière pour faire des roucoulements apaisants auprès de James.

— D'habitude, c'est Tony qui se pointe le premier, nota Pete en finissant de laver le pare-brise avant de se diriger vers le côté de la voiture où Mimi essayait toujours de consoler leur bébé.

— Quand on parle du loup…

Mimi désigna d'un signe de tête l'entrée de la station-service alors que la Lexus rutilante de Tony faisait son apparition, les derniers rayons du soleil se reflétant sur son capot. Il se gara derrière eux.

— Voilà maman aussi, annonça Pete alors que la Volvo de Jill suivait Tony et se rangeait près de la porte de la boutique.

— Tant mieux, parce qu'on doit y aller avant que cette petite ne perde la tête, s'esclaffa Mimi tout en surveillant Elliot dont la lèvre inférieure commençait à trembloter. Enfin, j'ai voulu dire, il faut redémarrer avant que ces deux chipies-là ne perdent la tête…

Jill

Jill resta assise au volant pendant un moment après s'être garée à la station-service. Elle avait salué joyeusement Mimi et Pete en arrivant, mais à présent elle avait du mal à sortir de la voiture. À leur faire face.

Est-ce que quelqu'un va dire quelque chose ? Vont-ils reconnaître l'importance de cette journée ? De ce trajet ? Ou bien vont-ils éviter le sujet par crainte de me contrarier ? Bien sûr, ils ont tous d'autres soucis à gérer que le souvenir de Frank.

Mimi et sa bouteille secrète de limonade.

Mimi et ses problèmes relationnels avec Callie.

Callie et cette tristesse qu'elle dissimulait.

Andrea et ce qu'elle avait découvert à propos de son mari.

Tony et sa terrible trahison.

Tony, ce fils qui n'était peut-être pas la personne qu'elle croyait.

Certes, tous pouvaient ressentir la douleur du deuil de Frank, mais chacun avait aussi d'autres soucis en tête.

Jill afficha un sourire sur son visage, puis s'extirpa de sa voiture.

En se dirigeant vers ses fils et sa belle-fille, elle se surprit à fixer Tony. Elle s'était juré que, comme c'était l'anniversaire de la mort de Frank, elle ne devrait en aucun cas aborder le sujet du livre volé. Il valait mieux attendre. Mais, alors qu'elle le dévisageait, elle commença à se demander si elle n'avait pas tort. Si ce n'était pas au contraire le moment idéal pour elle de le défier. Si elle ne devait pas à Frank d'affronter leur fils aujourd'hui.

Alors elle prit sa décision.

Mimi

Elle avait une main posée sur la poitrine d'Elliot, essayant de la consoler tout en se contorsionnant dans la voiture.

Allez, allez, on se dépêche !

Il fallait une éternité pour se mettre en route. D'abord, Jill avait pris Tony à part pour discuter à voix basse. Mimi n'avait aucune idée de ce dont ils parlaient, mais leur conversation lui avait semblé particulièrement intense. Puis tout le monde avait disparu à l'intérieur de la boutique pour payer l'essence et les friandises.

Enfin, Callie sortit de la boutique, et Mimi décela une pointe de compassion sur son visage quand l'adolescente la vit en train de réconforter les jumelles.

Bonté divine, elle me considère vraiment comme un être humain !

Callie se dirigea vers l'autre portière passager, l'ouvrit et se pencha pour essayer de calmer James.

— Merci, ma chérie.

Callie leva les yeux vers sa mère, puis se concentra sur sa petite sœur.

— C'est bon, marmonna-t-elle.

Mimi fronça les sourcils. Que venait-elle de lire dans ses yeux à l'instant ? Était-elle exaspérée de devoir l'aider avec les jumelles ? Ou autre chose ? Un sentiment qui ressemblerait plus à… du désespoir ?

Elle était sur le point de lui demander si tout allait bien, si elles pouvaient juste se *parler*, quand Tara sortit en courant de la boutique pour les rejoindre.

—Hé! s'exclama Mimi. Regarde d'abord des deux côtés, mademoiselle! On est dans une station-service, il y a des voitures partout.

—J'ai regardé, protesta Tara.

—Moi, je ne t'ai pas vue regarder.

La fillette l'ignora.

—Devine quoi? reprit-elle. Je vais dans la voiture d'oncle Tony!

—Ah bon? Et est-ce qu'oncle Tony est d'accord? dit Mimi.

Au même instant, Callie lui répondait: «Non, tu n'iras pas.»

Tara dévisagea tour à tour sa sœur, puis sa mère.

—Si, j'irai! affirma-t-elle à Callie avant de se tourner de nouveau vers sa mère. Il m'a invitée!

—Tu ne peux pas, insista Callie.

—Pourquoi pas? demanda Tara.

—Oui, pourquoi pas? renchérit Mimi, intriguée.

—Parce qu'elle vient de s'acheter toute une cargaison de chocolats. Et elle va en mettre partout sur ses sièges en cuir hors de prix, grommela Callie en lançant un regard méprisant à sa cadette. Quand tu t'empiffres de chocolats, tu en mets partout. Un vrai bébé... C'est un énorme gâchis, et c'est dégoûtant.

—Callie! s'écria Mimi.

La tristesse se lisait sur le visage de Tara. Il était étonnant de constater combien deux sœurs arrivaient toujours à se frapper là où ça faisait le plus mal. Mimi savait que Tara détestait qu'on la traite de bébé, surtout à présent qu'elle se sentait si mature en s'occupant des jumelles. Elle savait aussi qu'il y avait une part de vérité dans ce que Callie venait de dire, et que les vraies plaisanteries étaient les plus blessantes. D'une manière ou d'une autre, Tara se débrouillait toujours pour laisser le chocolat fondre sur ses mains pendant qu'elle le mangeait, finissant par s'en barbouiller le menton et les joues comme un enfant de deux ans avec un cornet de glace. C'est ce que Mimi aimait chez elle: cette petite gourmande était tellement accro au chocolat qu'elle faisait abstraction de tout le reste. Elle avait de qui tenir.

En fin de compte, la seule réplique que Tara trouva fut un retentissant : « Tu es méchante, je te déteste ! », avant de tourner les talons pour courir vers la boutique – une fois de plus sans vérifier s'il y avait des voitures.

— Callie, tu étais obligée de faire ça ?

Sa fille releva le menton.

— Quoi ? maugréa-t-elle. Je n'ai fait que dire la vérité.

Mimi regarda Tony sortir de la boutique alors que Tara était sur le point d'y entrer. Tous deux restèrent debout à bavarder un instant.

— Maman…, dit Callie.

— Quoi encore ? lâcha Mimi.

— Laisse tomber, murmura l'adolescente.

Mimi poussa un soupir. Elle était à deux doigts de fondre en larmes. Elle n'avait pas voulu laisser cette note d'impatience se glisser dans sa voix, mais elle était déçue que Callie ait contrarié Tara, et elle avait désespérément envie de redémarrer pour que les jumelles se calment.

— Callie, je ne voulais pas…, commença-t-elle.

Mais Tony et Tara apparurent sur le flanc de la voiture.

— Je *vais* avec oncle Tony ! chantonnait Tara avec entrain.

Callie claqua sa portière.

— Moi aussi, je vais avec oncle Tony, annonça-t-elle.

Ce dernier acquiesça d'un signe de tête, puis sourit.

— On fait comme ça, confirma-t-il.

— Oh, ça ne te dérange pas ? Callie, tu devais prendre le volant, non ? T'entraîner à conduire de nuit sur l'autoroute. Et si Tara partait avec Tony, on pourrait en profiter pour discuter un peu toutes les deux.

— De quoi tu voudrais parler ? grommela Callie en contournant leur voiture pour se diriger vers la Lexus de Tony.

Entre-temps, James avait fondu en larmes après le grand fracas de la portière.

Merci encore, Callie.

Jill et Pete sortirent alors de la boutique et les rejoignirent. Mimi observa Jill puis Tony, qui était appuyé contre son capot. S'évitaient-ils tous les deux ? Elle eut envie de leur demander de quoi ils venaient de discuter, mais sa curiosité allait devoir attendre.

— Il faut vraiment qu'on y aille, héla Mimi. Les jumelles sont en train de perdre patience.

— Je suis prêt, répondit Pete. L'essence est payée.

— Très bien, dit Jill. Restons groupés.

Elle regagna son véhicule, et Mimi se retourna vers ses filles, qui patientaient entre leur voiture et celle de Tony.

— Bien, reprit Mimi. Il est temps d'y aller. Dernière vérification. Qui monte avec qui ?

— Moi, je vais avec oncle Tony, déclara fermement Tara.

— Moi aussi, dit Callie.

— Mais… et ta conduite accompagnée ? bredouilla Mimi, tentant désespérément de convaincre Callie de rester avec elle.

— Pourquoi tu ne prends pas ton magnet d'apprenti conducteur ? suggéra Tony en lançant ses clés à sa nièce. Tu pourrais prendre le volant de ma voiture.

17

Andrea

Jeudi 24 décembre

Andrea avait tenté d'entretenir la conversation avec Violet pendant les quinze premières minutes du trajet, mais elle avait fini par se taire : il était bien trop difficile de discuter normalement, entre la petite voix de Violet qui s'efforçait de se faire entendre depuis la banquette arrière et le rugissement du vent à cause de la capote abaissée. De toute façon, Violet semblait satisfaite de rester assise tranquillement à contempler le jour qui déclinait.

Le problème avec ce silence, c'était qu'il offrait à Andrea trop de temps pour réfléchir… Tony… et ce fichu roman volé. Une question lancinante lui trottait dans la tête depuis plusieurs jours.

Comment a-t-il pu faire ça à son propre père ? Et s'il a pu faire une chose pareille, de quoi d'autre est-il capable ?

Il s'agissait là de l'homme à qui elle avait demandé de fonder une famille avec elle. Et, dans quelques mois, ils étaient censés refaire le point sur le sujet. S'il revenait vers elle en lui disant : « Bonne idée, lançons-nous ! », en aurait-elle toujours envie ? Était-il raisonnable d'envisager un bébé dans ces conditions ?

Et puis, elle devait gérer sa propre culpabilité. Mais elle chassa rapidement cette pensée de son esprit. Elle avait commis une erreur. Il valait mieux faire comme si de rien n'était.

Et puis, il y avait Violet. Et cette ligne rouge qu'elle venait de franchir en l'emmenant sur la côte. Plus elle y réfléchissait, plus elle prenait la mesure de son erreur.

Tu risques de te faire arrêter. Tu risques de perdre ton travail. Ce boulot que tu adores.

Elle aurait dû renoncer à cette escapade, et simplement rester avec Violet chez elle. Ainsi, la petite n'aurait pas fêté Noël toute seule, et Andrea n'aurait pas enfreint la loi.

Sans doute allait-elle devoir faire demi-tour. Dommage qu'elle n'ait pas repris ses esprits avant de s'engager sur l'autoroute. Maintenant, elle devrait attendre la prochaine sortie avant de pouvoir rebrousser chemin. Le plus difficile serait d'expliquer à Violet qu'elle ne pouvait finalement pas l'emmener en vacances pour Noël, qu'au lieu de cela elle la ramenait dans son appartement froid, auprès de sa mère aussi cruelle qu'insensible.

Le simple fait de s'imaginer célébrer le réveillon dans l'appartement de Heather, en attendant qu'elle débarque ivre ou camée le lendemain pour la mettre dehors, lui donnait la chair de poule. Elle voyait déjà Violet se réveillant au matin de Noël en attente d'affection, de cadeaux et de festivités. Elle se représentait sa déception au moment où sa mère la couvrirait de sarcasmes et railleries.

Elle ne pouvait pas lui infliger ça. Qui savait ce qui arriverait par la suite à Violet ? Si Heather n'était pas sérieuse dans sa volonté de changer, alors Violet risquait de se retrouver prise en charge par les services sociaux. Andrea allait rouler jusqu'à la maison de vacances et en assumerait les conséquences, quelles qu'elles soient. Cela valait la peine d'offrir à Violet une telle expérience.

Andrea observa la fillette dans le rétroviseur. Difficile de dire si elle avait l'air heureuse ou non.

— Tout va bien ? s'enquit Andrea.

Elle vit Violet hocher la tête.

— Chérie, reprit Andrea en élevant encore la voix pour se faire entendre malgré le vent. Tu connais le numéro de portable de ta maman ?

Violet parut soudain nerveuse.

— Pourquoi ? demanda-t-elle.

— Je me disais juste que je pourrais lui téléphoner… pour lui expliquer tout ça.

— Mais tu lui as laissé un mot.

— Je sais. Mais ce serait mieux si j'avais sa permission.

Violet secoua la tête.

— Je ne le connais pas.

— Qu'est-ce que tu dis ?

La voix de Violet avait été emportée par le vent.

— J'ai dit que JE NE LE CONNAIS PAS !

Andrea fut surprise. Elle n'avait jamais entendu Violet hausser la voix.

— D'accord, acquiesça Andrea, ce n'est pas grave. Aucun problème.

Elle regarda à nouveau dans le rétroviseur et s'aperçut que Violet paraissait gênée par son propre accès de colère. Elle se rongeait furieusement les ongles, et Andrea se demanda ce qui pouvait la tracasser.

Mimi

Elliot continua à pleurer pendant les vingt premières minutes du trajet, qui parurent vingt heures à Mimi. Ou vingt fichues journées. Et d'une manière ou d'une autre, miracle, James s'était endormie – comme si les pleurs de sa sœur avaient sur elle l'effet d'une berceuse apaisante. Mimi aurait aimé réagir ainsi au son des pleurs de ses bébés. Au lieu de cela, elle était sur les nerfs et avait un mal de crâne lancinant. Quand Elliot finit par lâcher prise et s'endormir, Mimi se dit que le silence aurait des airs de paradis. Mais, au contraire, elle eut l'impression de suffoquer, comme s'il régnait une tension entre elle et Pete, même s'il n'y avait absolument aucune raison à ce malaise. Tout allait bien entre eux deux.

Peut-être était-ce à cause de la façon dont Callie l'avait rembarrée avant de quitter la station-service.

— Ça t'ennuie si on s'arrête pour échanger le volant quand on prendra la bretelle ? murmura Pete après un long silence.

— Pourquoi ? demanda Mimi. On sera presque arrivés une fois sortis de l'autoroute.

— Je sais, mais je suis carrément crevé… C'est sur la dernière ligne droite d'un trajet qu'on risque de s'endormir.

Mimi remua sur son siège, essayant de trouver une bonne excuse, qui lui permettrait d'éviter de conduire sans passer pour une égoïste. En vérité, il n'était pas question qu'elle prenne la relève. Pas après les quelques verres qu'elle avait vidés juste avant de quitter la maison. Cela dit, ce n'était pas comme si elle ne tenait pas l'alcool. Elle ne se sentait pas ivre. Sauf que, après cet épisode lors duquel elle avait emmené Callie conduire et évité de justesse le contrôle d'alcoolémie, elle s'était promis de ne plus jamais courir un tel risque. En plus, les jumelles se trouvaient à l'arrière. Se mettre au volant alors qu'elle était au-dessus de la limite réglementaire serait totalement irresponsable.

Qu'est-ce qui était le pire ? Laisser un conducteur épuisé au volant ? Ou prendre elle-même la route en dépit du fait qu'elle était potentiellement au-dessus de la limite autorisée, alors qu'elle *se sentait* parfaitement sobre ?

Elle n'avait pas prévu de boire aujourd'hui. Mais Callie lui avait lancé cette remarque sur le fait qu'elle ne la trouvait pas assez bonne conductrice, et la bouteille avait semblé l'appeler. Ce qui était prévu, c'était que Callie soit au volant sous la surveillance de Pete, et que Mimi reste à l'arrière avec Tara et les jumelles : il n'y avait donc aucune contre-indication à ce qu'elle s'accorde un petit verre... Juste un petit remontant pour l'aider à se détendre avant un long trajet en voiture avec quatre enfants à bord.

Évidemment, sa bouteille de limonade secrète avait disparu, grâce à Jill qui l'avait vidée dans l'évier hier. Et, pour être honnête, elle s'était demandé s'il ne s'agissait pas là d'un autre signal d'alarme. Une raison d'arrêter de cacher du gin dans le frigo. Mais le problème, c'était qu'elle en avait toujours envie. Elle ne voulait pas renoncer à ce moyen de se détendre. À ce moyen de s'évader. Et donc elle l'avait cachée dans le garde-manger et s'en était servi un petit verre.

Elle ne devait en boire qu'un seul. Mais elle l'avait avalé si aisément... Alors elle s'en était versé un deuxième. Et puis, comme d'habitude, il lui avait fallu plus de temps que prévu pour mettre tout le monde hors de la maison, puis dans la voiture, pour ranger tous les sacs et les planches de surf, sans oublier la glacière... Donc elle avait trouvé l'occasion de revenir en douce pour un autre. Elle s'était mis une bonne dose pour celui-là. Et puis un dernier avant de fermer la maison – un pour la route. Celui-là lui avait procuré une sensation agréable, mais de courte durée.

C'est ainsi que les choses semblaient évoluer ces jours-ci. Elle avait développé une telle tolérance à l'alcool que, pour obtenir un quelconque effet bénéfique, elle était obligée d'enchaîner plusieurs verres d'affilée. Mais cette ébriété s'évanouissait toujours trop vite et la laissait dans un état d'irritation, avec des maux de tête, la bouche pâteuse et de nouveau l'esprit clair.

— Tu es vraiment fatigué à ce point ? demanda Mimi.

— Assez, oui, répondit Pete. Je veux dire, c'est moi qui me suis levé pour les jumelles cette nuit. À 3 heures, puis encore à 5 heures.

— C'est pas possible, puisqu'elles ont dormi et zappé leur biberon de 3 heures.

— Ah. Non, c'est faux. C'est toi qui ne t'es pas réveillée à 3 heures.

— Pourquoi tu ne m'as rien dit ?

Pete haussa les épaules.

— Je me gardais ça en joker pour le moment où j'en aurais le plus besoin…

— Mais je ne les ai même pas entendues !

— Comme je te disais, tu as dormi d'une traite. En fait, tu as ronflé toute la nuit.

— C'est pas vrai. Je ne ronfle pas.

— Oh que si, tu ronfles. Comme un train de marchandises. Pose la question à Tara, elle t'a entendue.

— Tara aussi s'est levée ?

— Oui. Pour être tout à fait franc, c'est elle qui est venue me réveiller, sinon j'aurais probablement continué de dormir en les laissant pleurer toutes les deux. Nous sommes d'excellents parents.

— Mais pourquoi est-elle allée te réveiller plutôt que moi ?

— Elle m'a dit qu'elle avait essayé de te réveiller en premier, mais que tu avais roulé de l'autre côté du lit, alors elle a laissé tomber et elle est venue me voir.

— Eh ben… Je n'en avais aucune idée, bredouilla Mimi, mal à l'aise.

Cela la contrariait que Tara n'ait pas réussi à la tirer du sommeil. Elle avait partagé une bouteille de vin avec Pete lors du dîner hier soir, puis, après qu'il était allé se coucher, elle s'était offert quelques gins de son côté.

— Alors ? reprit Pete.

— Alors quoi ?

— Alors, ai-je rempli les conditions requises, Milady ? Acceptez-vous de prendre le volant à ma place ?

— Oh. C'est vrai. Euh…

Elle hésitait. Qu'était-elle censée faire dans un pareil cas de figure ? Avouer qu'elle avait picolé et affronter le jugement de Pete pour s'être abaissée à boire en plein milieu de la journée, ou bien continuer à se mentir en prétendant qu'elle se sentait parfaitement sobre ?

Darren

Il avait plus probablement une demi-heure de retard sur le reste de la famille que les quinze minutes qu'il avait annoncées une fois qu'il s'était enfin mis en route. Une partie de lui avait toujours envie de prendre la direction opposée pour s'enfuir, éviter tout le monde. Mais il ne pouvait pas faire ça à sa mère. Il ne pouvait qu'imaginer ce qu'elle devait ressentir en ce premier anniversaire…

Il n'arrêtait pas de penser à Sage. Au fait qu'elle avait débarqué à l'improviste. Il se demandait quelle tournure aurait pris leur conversation si Tia n'était pas arrivée. Il avait envie de lui téléphoner pour parler un peu. Parce que… Et s'il y *avait* moyen que ça fonctionne entre eux ?

Elle ne le connaissait pas quand elle avait rédigé cet article. Et quand ils avaient couché ensemble, encore une fois, elle ignorait qu'elle était celle qui avait détruit sa confiance en ses qualités d'auteur, et donc sa carrière. Alors comment pouvait-il lui en vouloir ? Elle était critique littéraire, avec sa propre opinion. Elle avait tous les droits d'écrire ce qu'elle voulait sur son roman. C'était lui, l'idiot qui avait pris tout ça à cœur, qui avait laissé ces mots prendre le contrôle de son cerveau au lieu de ne plus y penser.

Et s'il n'était qu'un pauvre con, imbu de sa personne ? Et si lui et son écriture ne formaient pas une seule et même entité, comme il l'avait prétendu avec tant de suffisance ?

En toute honnêteté, il avait envie de lui proposer de sortir avec lui. Pour un vrai rendez-vous galant. Il avait envie de lui dire que ça n'avait aucune importance si elle n'aimait pas son style, parce que lui, il l'aimait bien.

Mais il s'était alors rappelé plusieurs détails de poids.

Premièrement, elle n'était toujours pas sûre d'aspirer à une vraie relation.

Deuxièmement, leur histoire était basée sur des mensonges… ou tout au moins sur des demi-vérités.

Troisièmement, sa vie était actuellement en lambeaux, donc il n'était pas spécialement un bon parti.

Il tourna sur l'autoroute du Pacifique, puis constata avec soulagement qu'il y avait moins de trafic que d'habitude. Sa mère avait eu raison de partir en début de soirée pour éviter les bouchons. Peut-être ne serait-il pas aussi en retard sur les autres qu'il ne l'avait pensé… Il se demanda comment allait Doggo, de retour chez sa propriétaire. Était-il heureux ? Est-ce qu'il lui manquait ? Puis il se sentit bête de se poser une telle question. C'était un chien. Un animal. Il avait probablement oublié Darren dès l'instant où il avait quitté son champ de vision.

Son téléphone se mit à sonner, interrompant sa playlist Spotify. Il pressa le bouton du kit mains libres sur son volant.

—Allô ?

—Salut, c'est moi, Sage.

Elle semblait essoufflée, sa voix ne résonnait pas de son timbre modulé habituel. Aussitôt, il s'inquiéta pour elle.

—Sage ? Comment tu as eu mon numéro ? Qu'est-ce qui se passe ? Qu'est-ce qui t'arrive ?

—Je suis avec lui. J'ai récupéré Doggo pour toi.

—Quoi ? Mais qu'est-ce que tu racontes ? Il vient juste de rentrer chez sa maîtresse.

—Je sais… Attends… Laisse-moi juste…

Il entendit aboyer, puis les murmures de Sage qui calmait le chien.

—Sage ! Qu'est-ce que c'est que cette histoire ?

— Désolée, je m'assurais qu'il allait bien… et je reprenais mon souffle… pour pouvoir t'expliquer.

Darren la laissa prendre plusieurs respirations profondes, attendit, puis elle reprit la parole.

— Je l'ai suivie… Cette femme qui est venue le chercher chez toi. J'avais ce pressentiment étrange à son sujet… une intuition. Un de mes collègues du journal a bossé sur un article à propos de trafiquants qui volent des chiens pour organiser des combats clandestins. Parfois, ils s'introduisent dans des jardins et les enlèvent… mais, parfois, ils se font passer pour des propriétaires d'animaux et récupèrent les chiens perdus.

— Attends, tu veux dire que…

Le cœur de Darren se serra. Ses jointures devinrent toutes blanches alors qu'il agrippait le volant. Il ne put terminer sa phrase.

— Je sais. Je sais, c'est horrible. Horrible. Mais c'est bon, je l'ai sauvé pour toi. J'ai suivi cette femme après qu'elle a quitté ton immeuble, au coin de la rue, jusqu'à une camionnette. J'ai su que j'étais sur une piste dès que j'ai vu les deux gars sortir du fourgon et s'emparer de la laisse. Elle était sur le point de leur remettre Doggo, et eux de lui filer de l'argent.

Darren avait envie de se frapper pour sa bêtise. Il s'était douté qu'il y avait quelque chose de pas net chez cette femme, qu'il n'aurait pas dû lui confier Doggo… Il s'en voulut. Si Sage n'avait pas été là… la seule idée de ce qui aurait pu arriver à son chien…

— Qu'as-tu fait ? Comment tu l'as éloigné d'eux ?

À présent, il pensait à Sage, et au fait qu'elle s'était peut-être mise en danger pour récupérer son chien… que quelqu'un aurait pu la blesser. Qu'il n'avait pas été à ses côtés pour la soutenir.

— C'est une longue histoire, et tu es en route. Mais sache qu'il est en sécurité avec moi, que je suis contente de me balader avec un spray lacrymogène et que les flics ont la plaque d'immatriculation de ces trous du cul. Je vais m'occuper de lui jusqu'à ce que tu rentres de vacances.

— Putain de merde, Sage ! Tu es géniale. Je t'adore !

Les mots étaient sortis avant qu'il ne puisse les retenir. En toute franchise, c'était la vérité. Pour l'instant, il adorait cette femme, parce qu'elle avait sauvé son chien et que c'était le genre de phrase qu'on dit à un ami quand il fait quelque chose d'incroyable pour vous… mais il ne l'adorait pas d'une *autre* façon ! Comment allait-elle prendre cet excès de zèle ?

Il y eut un silence pendant un moment, puis elle rit.

— Tu parles à moi ou au chien ? demanda-t-elle.

Il rit aussi, soulagé.

— Alors, comment tu as eu mon numéro ?

— Je suis journaliste, tu te souviens ? J'ai mes sources…

— Impressionnant… Sage, est-ce que je peux t'inviter à dîner à mon retour ? Pour te remercier ?

Il s'ensuivit une longue pause, et quand elle répondit, il put déceler le sourire dans sa voix.

— Volontiers.

Andrea

Violet était toujours aussi réservée. Mutique. Mais, là, son silence était différent. Chaque fois qu'Andrea la regardait dans le rétroviseur, son inquiétude grandissait. Quelque chose n'allait pas. Peut-être regrettait-elle d'être venue avec Andrea ? Peut-être avait-elle peur ?

Andrea avait vraiment commis une terrible erreur. Elle devait se racheter.

— Violet ? demanda-t-elle en élevant la voix pour se faire entendre par-dessus le rugissement du vent. Tu veux que je te ramène chez toi ?

Elle observa la réaction de l'enfant dans le miroir, vit son visage passer de la surprise à la tristesse, puis au soulagement.

— D'accord, dit Andrea. On peut prendre la prochaine sortie, puis faire demi-tour.

Elle la ramènerait chez elle avant que Heather ne trouve le petit mot qu'elle avait laissé. Et, ensuite, elle s'occuperait de Heather de la meilleure façon possible : en prévenant les autorités. Pas en kidnappant sa fille.

Violet hocha la tête. Puis elle reprit la parole, et Andrea dut se concentrer pour l'entendre.

— Qu'est-ce qu'il y a, ma puce ?

— Je dis que je t'ai raconté un mensonge.

— Comment ça ?

— Maman n'a pas dit qu'elle me laisserait seule toute la nuit.

Oh non.

— Ah bon ? Et qu'est-ce qu'elle t'a dit ?

— Elle m'a dit qu'elle allait faire une sieste pendant un petit moment.

— Attends… Tu es en train de m'annoncer que ta maman était encore à la maison quand je t'ai emmenée ?

— Oui…

— Violet ! Pourquoi tu m'as dit qu'elle était sortie ?

La voix de sa petite voisine était larmoyante.

— Parce qu'elle était méchante avec moi… Et toi, tu es toujours gentille, alors je voulais rester avec toi à la place.

C'est à ce moment précis que le téléphone d'Andrea se mit à sonner.

Mimi

— Je ne peux pas conduire ! lâcha-t-elle.

Puis elle serra les dents en attendant que Pete lui demande une explication.

— Ne t'en fais pas. Si tu n'as pas envie, ce n'est pas la fin du monde.

Oh. Pour le coup, c'était inattendu. Mais, plutôt qu'être soulagée, elle ressentit autre chose… de la déception ? Voilà qui était étrange. Elle hésita.

— Tu ne veux pas savoir pourquoi ?

— Je me dis que tu dois être fatiguée, toi aussi.

— Mais c'est toi qui t'es occupé des filles la nuit dernière… Pas moi. Pourquoi serais-je fatiguée ? Pourquoi, moi, j'aurais le droit d'être fatiguée ?

Il lui lança un regard de biais.

— Je ne sais pas, peut-être que tu n'as pas aussi bien dormi que je le pensais, murmura-t-il avant de faire une pause. Est-ce que tout va bien ?

— Non ! Ça ne va pas. Je ne vais pas bien. Je suis affreuse ! Je suis une horrible, horrible mère qui dort pendant que ses bébés pleurent la nuit, et qui ne peut pas prendre le volant pour soulager son mari aussi génial que fatigué parce que je suis une putain d'ivrogne !

Pete laissa échapper un éclat de rire.

— Mimi, qu'est-ce que tu racontes ? Tu n'es pas une ivrogne !

— Mais si ! Tu ne comprends pas ? C'est pour ça que je ne peux pas conduire maintenant, parce que j'ai descendu une demi-bouteille de gin avant de partir ! C'est pour ça que je ne me suis pas réveillée cette nuit, parce que j'ai vidé cinq verres avant de me coucher ! Tu n'as pas remarqué ? Tu n'as pas senti mon haleine ? Tu ne t'es pas demandé pourquoi je me sers constamment à boire avec cette bouteille de limonade ? Tu n'es pas inquiet ? Tu ne te demandes pas ce qui cloche chez moi, bordel ?

—Attends, quoi ? Tu t'es enfilé une demi-bouteille de gin aujourd'hui ?

—Eh bien… non, j'exagère. Mais bon, j'en sais rien, j'ai pas mal picolé. Et maintenant je ne peux pas conduire. C'est grave. C'est irresponsable. Ce n'est pas normal. Tu trouves ça normal, toi ? Tu ne crois pas qu'il y a un truc qui déconne chez moi ? asséna Mimi d'une voix qui devenait hystérique.

—D'accord, on peut se calmer un peu ? Je pense que tu t'emportes. Une mauvaise nuit et une gueule de bois ne font pas de toi une alcoolique, ma chérie.

—Tu ne m'écoutes pas ! Je ne te parle pas d'une mauvaise nuit. C'est pire que ça, c'est… c'est… je ne sais pas… C'est moi qui m'évade… j'essaie de fuir ma vie.

—Attends, la bouteille de limonade ? Tu as planqué de l'alcool dans une bouteille du frigo ?

—Mais oui ! C'est ce que j'essaie de t'expliquer : j'ai un problème. Je bois et je me cache pour ça, je picole et je mens. Je fais porter le chapeau à notre fille adolescente. Il y a quelque chose qui ne tourne pas rond chez moi, sanglota-t-elle en enfouissant le visage dans ses paumes.

—Tu fais porter le chapeau à Callie ? Je n'y comprends rien.

Elle écarta ses doigts et le regarda avec culpabilité.

—Ta mère a bu dans ma bouteille hier. Je lui ai menti et je lui ai fait croire que c'était celle de Callie.

—Tu n'as pas fait ça ?

—Si.

— D'accord, d'accord, je vois… C'est moins anodin que ce que je pensais, et je suis désolé, je ne voulais pas minimiser tes propos, ni me montrer méprisant. Je croyais que tu te sentais mal après quelques nuits difficiles et que tu avais besoin que je te rassure.

Maintenant, il tendit une main vers elle et la posa sur sa cuisse.

— Et, oui, le mensonge n'est pas génial, en fait, c'est plutôt nul, parce que j'ai toujours cru qu'on se disait tout. Sauf la fois où tu as essayé de me faire gober que ce caleçon de cycliste m'allait bien…

— Pete !

— Pardon ! Je m'égare. Mais voilà la bonne nouvelle : tu viens de me dire la vérité, ce qui signifie qu'on va pouvoir arranger la situation. Parce que ça signifie que tu veux de l'aide. Tu tiens à ce que les choses s'arrangent. Donc on va affronter ça ensemble. Et on va commencer par déterminer exactement ce que tu essaies de fuir, d'accord ?

Mimi poussa un long soupir. Elle avait dit la vérité. Ils allaient régler le problème. Tout allait s'arranger désormais. Et cette horrible période de sa vie finirait par n'être qu'un lointain souvenir. Un petit écueil durant lequel son existence avait commencé à prendre une tournure sombre, où cela aurait pu dégénérer. Où elle aurait vraiment pu partir en vrille, faire quelque chose d'affreux, quelque chose qu'elle aurait pu regretter pour le reste de ses jours. Mais, au lieu de ce scénario catastrophe, ils allaient la sauver.

Son portable se mit à sonner.

Le nom de Jill apparut sur l'écran. Mimi observa l'appareil avec surprise. Jill n'avait pas l'habitude de téléphoner tout en conduisant. Elle disait trouver le kit mains libres trop compliqué d'utilisation.

— C'est ta mère, murmura Mimi avant de répondre à l'appel. Allô, Jill ? Est-ce que tout va bien ?

— Mimi, je crois que j'ai compris ce qui ne va pas avec Callie.

— Quoi ? Qu'est-ce que tu veux dire ?

— Je… je crois que ça a un rapport avec Tony.

18

Jill

Jeudi 24 décembre

La première fois qu'un événement inhabituel s'était produit avec Tony, Jill avait fermé les yeux. Après tout, ce n'était qu'un enfant. Il ne savait pas ce qu'il faisait. Il croyait que c'était un jeu. On était au beau milieu de l'hiver, et elle avait autorisé ses trois fils à inviter des amis après l'école. Ils étaient tous allés jouer dans leurs chambres respectives.

Mais, au bout d'une demi-heure à peine, Tamara, la petite camarade de Darren, était venue la voir.

— Madame Lewis, avait-elle dit, je n'aime pas le jeu auquel on joue.

— Oh non, Darren ne te laisse pas jouer quand c'est ton tour ?

Par son métier, Jill était rodée à la diplomatie de cour de récréation.

— Pas Darren. Tony. Il n'arrête pas de m'écraser, et ça ne me plaît pas.

— Il t'écrase ? Bon sang, mais à quoi jouez-vous ? Où est Darren ?

— Tony a dit à Darren qu'il ne pouvait pas entrer. Je ne sais pas comment s'appelle ce jeu, c'est lui qui l'a inventé.

Plus tard, Tony avait expliqué à sa mère le jeu en question.

— J'étais le gentil chevalier. Elle, c'était la méchante sorcière : il fallait que je l'empêche de s'enfuir.

— Et comment tu t'y es pris ?

— J'ai dû me coucher sur elle pour qu'elle ne puisse pas s'échapper.

Jill avait pris soin d'expliquer à Tony que ce jeu n'avait pas plu à Tamara. Et que ce n'était pas bien de se coucher sur quelqu'un en le plaquant au sol, surtout quand cette personne était beaucoup plus petite et plus jeune que soi.

Tony avait dit d'accord, et ils en étaient restés là. Jill n'avait pas parlé de l'incident à Frank.

Or, quelques années plus tard, elle avait reçu un appel téléphonique de l'école de ses fils. Tony était impliqué dans une dispute, et Jill était convoquée au plus vite. En tant que directrice d'établissement, cela lui avait fait tout drôle de se retrouver de l'autre côté du bureau.

Il s'était avéré qu'une élève s'était plainte que Tony lui avait frappé la cuisse dans le bus scolaire ce matin-là. Pire encore, Tony avait douze ans, alors que sa camarade n'en avait que neuf.

Quand Jill avait essayé d'en parler à Tony, il lui avait répondu que c'était parce qu'elle lui avait déchiré sa carte de basket préférée. Mais sa version des faits avait évolué quand Jill avait retrouvé ladite carte intacte dans son cartable.

— Elle a été méchante avec moi, maman, s'était-il défendu. Elle m'a insulté.

Finalement, Jill avait réussi à obtenir la vérité.

— Je lui ai dit qu'elle me plaisait, avait-il admis. Je lui ai demandé d'être ma petite copine, et elle m'a dit d'accord. Mais, quand j'ai essayé de l'embrasser, elle m'a repoussé. Alors je l'ai tapée.

On ne pouvait pas accuser Jill d'avoir fait preuve de laxisme. Elle avait réprimandé Tony, lui expliquant que son comportement n'était pas acceptable. Elle lui avait rappelé qu'on ne pouvait pas essayer d'embrasser quelqu'un sans sa permission, que le fait de se sentir rejeté ne constituait jamais une excuse pour faire du mal à autrui. Elle lui avait asséné ce vieux mantra : « Un garçon ne doit jamais frapper une fille. » Bien sûr, personne ne devrait jamais frapper qui que ce soit, mais il était parfois difficile de ne pas s'en remettre à ces conventions parentales profondément ancrées.

Cela étant, elle avait considéré l'incident comme une erreur de jeunesse, à un âge où l'on fait des choix immatures. Même si une voix lui avait soufflé qu'il était un peu étrange que son fils désire qu'une élève beaucoup plus jeune que lui devienne sa petite amie.

Et, cette fois encore, elle n'avait rien dit à Frank. Elle le savait très sensible aux maltraitances que les garçons pouvaient infliger aux filles, et il se serait montré beaucoup plus dur qu'elle avec Tony, donc elle s'était tue. D'autant qu'elle avait géré la situation. Tony avait besoin d'amour et de soutien, pas d'un coup de pied au derrière.

Au fil des ans, ces événements s'étaient reproduits. De petits incidents. Chaque fois assez anodins pour être ignorés. Des amours de lycée qui finissaient mal.

« C'était une vraie garce, maman. »

« Tony ! Ne parle pas comme ça ! »

Darren lui avait parlé d'une rumeur qu'il n'avait jamais pu s'expliquer : les filles de sa classe surnommaient Tony « le plus flippant des frères Lewis ». Jill n'avait jamais envisagé la possibilité que « flippant » était à interpréter dans *ce sens-là*. Elle avait juste considéré son fils comme un peu maladroit.

À la fin de son adolescence, elle avait trouvé ce magazine sous son matelas... Elle savait qu'il n'était guère inhabituel pour un ado de collectionner des revues porno. Avec tout ce qu'elle avait confisqué au fil des ans chez ses élèves du secondaire, elle n'avait guère été surprise. Mais ce qui était étrange, c'étaient ces pages déchirées d'un catalogue Kmart insérées entre celles du magazine. D'un côté de la feuille, des femmes adultes en tenue de lingerie. De l'autre côté, des petites filles en robes d'été.

Elle n'avait pas fait le rapprochement… Elle n'avait jamais songé que son fils ait pu lorgner l'autre côté de la page. Ou peut-être qu'une partie d'elle s'en était doutée, mais que la chose était trop affreuse à envisager. Alors elle s'était dit qu'elle se trompait, et elle avait fait comme si elle n'avait jamais rien vu.

Puis il y avait eu Edie. La première petite amie sérieuse de Tony, alors qu'il atteignait la trentaine. Et, pendant un moment, il semblait que tout était rentré dans l'ordre. Jill s'était dit qu'elle n'aurait plus jamais à s'inquiéter d'entendre les gens traiter son fils aîné de « taré » ou de « flippant ». Edie était charmante. Intelligente. Jolie. Si une femme comme elle avait pu tomber amoureuse de Tony, alors elle n'avait aucun souci à se faire pour lui. Quand ils avaient rompu au bout de deux ans, Jill avait été terriblement déçue. Et puis, un jour, elle avait croisé Edie dans un magasin.

— J'ai été désolée d'apprendre que vous vous étiez séparés, lui avait dit Jill.

Edie lui avait lancé un regard perçant, avant de lui suggérer de demander à Tony la vraie raison de leur séparation.

— Tu es aveugle quand il s'agit de lui, pas vrai ? avait-elle rétorqué. À tes yeux, il est parfait. Essaye donc de lui parler de ses sites Internet favoris, et vois ce que ton Tony chéri a à te raconter à ce sujet.

Jill s'était éloignée de la jeune femme. Quelle conversation étrange ! Tony lui avait affirmé qu'ils avaient rompu parce que Edie préférait se concentrer sur sa carrière. Qu'elle n'était pas prête à s'installer avec un homme.

Jill n'avait jamais parlé à Tony de son altercation avec Edie dans ce magasin. Et elle ne lui avait jamais demandé non plus à quels sites Internet Edie avait bien pu faire allusion. Peut-être était-ce parce qu'elle redoutait la réponse.

Elle n'avait pas repensé à Edie depuis des années. Pas jusqu'à ce début de mois de décembre, quand ce mail lui était parvenu.

Expéditeur : Edie_Simmons398@gmail.com
Objet : Il faut que tu saches

Ce mail qu'elle s'était refusée à lire… Comment pouvait-elle lui envoyer un message à l'improviste avec pour seul but de le dénigrer à nouveau ? Pourtant, deux choses lui avaient mis la puce à l'oreille aujourd'hui, et elle avait pris conscience qu'elle n'avait plus le choix.

La première étant sa conversation avec Tony quand elle l'avait pris à part pour lui parler de son livre.

— Sois honnête avec moi, Tony, avait-elle dit. As-tu volé le roman de ton père ?

L'expression sur son visage lui avait suffi… Elle avait sa réponse. Or, au lieu de s'excuser, au lieu de lui donner des explications, son fils lui avait rétorqué de lâcher l'affaire. Il lui avait déclaré que ce qui était fait était fait, et qu'il était trop tard pour faire machine arrière.

— Comment as-tu pu faire ça ? avait-elle insisté. À ton propre père ? Il t'aimait ! Il te faisait confiance. Andrea m'a avoué que vous envisagiez d'avoir des enfants… Imagine ta réaction si ton fils te faisait un coup pareil ?

Il ricana :

— Voilà un scénario plutôt improbable vu que j'ai subi une vasectomie.

Ces mots lui avaient fait l'effet d'une nouvelle gifle en plein visage. Tony avait dû réaliser qu'il en avait trop dit, car il s'était avancé vers elle, et elle s'était alors rendu compte qu'il était beaucoup plus grand qu'elle.

— Pas un mot de tout ça à Andrea, avait-il articulé à voix basse. Je la laisse garder espoir pour le moment, compris ? Contente-toi de la boucler.

Elle savait qu'elle n'avait aucune raison d'avoir peur de son fils. Elle était sa mère, elle pouvait parfaitement le remettre à sa place. Sans doute aurait-elle dû lui dire qu'il lui avait brisé le cœur en trahissant son père. Mais son ton tranchant lui faisait froid dans le dos, et elle n'avait pas trouvé les mots.

Et puis la deuxième chose s'était produite.

Après le rendez-vous à la station-service, juste avant de reprendre la route, Jill était remontée dans sa voiture et avait regardé dans le rétroviseur. Elle ignorait que Callie et Tara devaient faire le trajet avec Tony. Mais, en observant ses deux petites-filles monter avec lui, elle avait croisé le regard de Callie.

Un regard où se devinait la terreur.

Et les paroles que Tony avait prononcées quand elle l'avait confronté à ses actes lui étaient revenues en pleine figure.

« Contente-toi de la boucler. »

Et ensuite, les mots de Callie, le jour où elle était passée chez elle en larmes.

« Je me la boucle. »

Les deux phrases se bousculèrent dans son esprit. L'expression sur les traits de Callie. La terreur dans ses yeux. L'angoisse dans sa voix quand elle avait sangloté, inconsolable, chez Jill.

Qui t'a dit de la boucler, Callie ? Qui t'a dit ça ? Et pourquoi ?

Pourquoi n'avait-elle pas insisté davantage ce jour-là ?

Alors tout lui était revenu… Chaque incident au fil des ans. Elle les avait passés au crible et, en creusant un peu plus, elle s'était mise à assembler le puzzle. Elle avait commencé à y voir clair.

Elle avait enfin compris.

Tony n'était pas l'homme qu'elle croyait.

Aussitôt, elle s'était démenée pour récupérer son téléphone et ouvrir son mail. Elle l'avait lu à toute vitesse. Une fois au bout du message, il était trop tard pour intervenir. Les voitures de Pete et Tony sortaient déjà de la station-service.

Elle s'était à son tour réengagée sur l'autoroute, s'efforçant de réfléchir à un moyen d'arranger la situation… Et lentement, curieusement, Frank s'était matérialisé sur le siège passager à côté d'elle.

— *Pourquoi tu ne m'as jamais parlé de tout ça, mon amour ?*

Sa voix était douce, contrairement à ce qu'elle redoutait.

— Parce que je n'ai jamais été sûre de rien. J'étais inquiète… mais je croyais que ce n'était que… des pensées contre nature. Je croyais qu'il s'en était débarrassé. Je n'ai jamais imaginé qu'il pourrait vraiment…

— *Tu aurais quand même dû te confier à moi. On forme une équipe, toi et moi, pour toujours.*

— Ça me faisait peur… C'est quand même notre fils. Et je ne savais pas ce que tu pourrais y faire.

Frank s'était approché et avait effleuré ses doigts sur le volant.

— *Si, tu le sais. Tu sais ce que j'aurais fait.*

— Tu aurais fait ce qu'il fallait.

— *Jill, nos petites-filles sont-elles en danger ?*

Les larmes coulaient sur le visage de Jill. Jusqu'à lui embuer la vue.

— Peut-être. Il se peut que Tony ait… Il n'est pas impossible qu'il ait déjà fait du mal à Callie.

Frank lui serra la main.

— *Fais ce qu'il faut, sois courageuse.*

Alors elle téléphona à Mimi.

Mimi

Mimi sentit son estomac se nouer jusqu'à la nausée. Quand elle reprit la parole, sa voix était devenue dure.

— Jill ! s'exclama-t-elle. Qu'est-ce que ça veut dire ?

— Je ne… Je ne suis pas…

Jill trébuchait sur chaque mot.

— Jill ! s'écria Mimi en coupant court à ses hésitations. Il faut que tu sois franche avec moi, tout de suite !

Elle sentit que Pete lui jetait un regard en biais, choqué par le ton sur lequel elle venait de s'adresser à sa mère, mais tant pis. Il s'agissait de sa fille, elle se devait de découvrir la vérité.

— Je ne crois pas que Callie et Tara devraient rester seules avec lui dans sa voiture.

— Pourquoi ? Qu'est-ce qu'il a fait ?

— Il se pourrait qu'il ait…

— Jill, pour l'amour du ciel, parle-moi !

— Je n'arrive pas… Je ne peux pas le dire. Ne m'oblige pas à prononcer ces mots.

— Oh, mon Dieu, Jill. Est-ce que tu veux dire que…

Jill laissa échapper un sanglot, et la ligne fut coupée. Mimi resta figée pendant un moment, respirant péniblement alors qu'elle tentait de comprendre ce que sa belle-mère venait de suggérer. Elle n'était quand même pas en train de lui laisser entendre que Tony serait capable de faire du mal aux filles. C'était le frère de Pete ! Leur oncle ! Et pourtant, l'allusion était claire… Pourquoi

Jill aurait-elle inventé cette histoire ? Ce n'était pas son genre. Cela n'aurait aucun sens.

Mimi se retourna sur son siège.

— Où est la voiture de Tony ? articula-t-elle.

— Je pense qu'ils sont derrière nous, pourquoi ? Qu'est-ce qui se passe ?

Mimi pivota vers son mari.

— On ne peut pas laisser les filles avec lui.

Callie

Au moment même où Tara avait déclaré vouloir monter dans la voiture de Tony, Callie avait su qu'elle ne pouvait laisser une chose pareille se produire. Pas toute seule. Elle avait failli tout avouer à sa mère à cet instant-là. Sauf qu'elle n'avait pas su comment… elle n'avait pas su quoi dire.

Et puis il y avait cette angoisse – et si personne ne la croyait ? Tony allait nier. Il la traiterait de menteuse. Et si toute sa famille la prenait désormais pour une garce, une manipulatrice ? La seule solution, c'était donc d'aller avec Tara. Histoire de ne pas la laisser seule.

Car tout avait basculé quelques mois auparavant. Les jumelles venaient de naître, et Andrea avait proposé à Callie et Tara de venir passer du temps chez elle pour que Pete et Mimi puissent se retrouver seuls avec les bébés.

— Vous pourrez vous baigner dans la piscine de notre résidence, avait suggéré Andrea.

Callie était enthousiaste, excitée. Elle adorait être invitée chez Andrea et Tony, et leur appartement au bord du port était génial.

L'incident était survenu lorsque Callie était sortie du bassin, et qu'elle était montée se changer. Tara voulait continuer à nager, alors Andrea était restée la surveiller.

Callie ne s'était pas inquiétée quand son oncle l'avait accompagnée dans la chambre d'amis. Elle s'était dit qu'il devait avoir besoin de prendre quelques affaires et qu'ensuite il la laisserait. Or, au lieu de cela, il avait fermé la porte derrière lui et s'était dressé face à elle, la toisant sans dire un mot. Assez longuement pour qu'elle commence à se sentir mal à l'aise.

Et puis il s'était approché d'elle. Instinctivement, elle avait reculé d'un pas.

— N'aie pas peur, avait-il murmuré. Ce n'est que moi.

— Oncle Tony, avait-elle bredouillé. Qu'est-ce que tu… qu'est-ce que tu fais ?

— Je pense que tu sais ce que je fais.

Il s'était avancé vers elle, et elle s'était cogné l'arrière des jambes contre le lit. Elle avait tenté de le contourner, mais il avait posé ses mains sur ses bras.

— J'ai vu la façon dont tu me regardes, avait-il susurré.

Déconcertée, elle avait secoué la tête.

— Non, je ne te regarde pas… pas comme ça… Je ne veux pas…

Il l'avait poussée sur le lit.

— Oh que si, tu en as envie, avait-il rétorqué en se plaquant sur elle. Alors je vais te donner exactement ce que tu veux maintenant.

À ce stade, elle s'était mise à pleurer, à se débattre.

— Ne fais pas ça ! S'il te plaît ! Lâche-moi !

Puis ils avaient entendu le claquement de la porte d'entrée de l'appartement, et Tony s'était écarté d'elle. Il s'était penché rapidement et avait chuchoté à son oreille :

— Tu as intérêt à la boucler si tu ne veux pas que tout le monde sache que tu es une garce.

Puis il avait quitté la pièce.

Callie était restée seule dans la chambre d'amis, le cœur battant à tout rompre, une sensation d'oppression dans la poitrine alors qu'elle s'efforçait de ralentir sa respiration.

Elle n'arrivait pas à comprendre. C'était son oncle. Pourquoi s'était-il jeté sur elle ainsi ? Qu'avait-elle fait de mal ?

Une seule idée, lancinante, occupait alors son esprit: c'était sa faute. Elle avait dû le provoquer d'une manière ou d'une autre. Était-ce sa façon d'être? De lui parler? De s'habiller? Bon sang, pourquoi avait-elle mis ce fichu bikini au lieu d'un maillot de bain une pièce? Elle aurait dû faire attention, elle se devait d'être plus prudente.

À partir de ce jour-là, elle avait fait en sorte de ne plus jamais se retrouver seule avec Tony.

À présent que Callie conduisait sur l'autoroute dans la pénombre, elle luttait pour se concentrer sur la route. Le savoir juste à côté d'elle lui glaçait le sang, lui nouait l'estomac. Elle n'arrêtait pas de se gratter le cou, la poitrine, les bras, de plus en plus fort. Ses ongles s'enfonçaient dans sa chair. Tout son corps lui hurlait de s'éloigner le plus possible de lui, mais il n'y avait aucun moyen de le tenir à distance. Et chaque fois qu'il remuait sur son siège, elle sursautait.

Elle priait pour qu'il n'ose rien tenter contre sa sœur et elle, dans cette voiture.

—Tu es une excellente conductrice, la félicita Tony. Très douce.

Callie ne répondit rien.

—Elle a grillé un stop avec papa une fois, lança Tara depuis la banquette arrière.

Tony se retourna.

—Dis donc, toi, tu te moques de ta grande sœur?

Callie le vit adresser un clin d'œil à Tara, et elle eut envie de lui arracher les yeux.

—Oui, s'esclaffa la fillette.

Ne plaisante pas avec lui, eut envie de crier Callie. *C'est un gros dégueulasse.*

—Au fait, Tara, reprit Tony, toujours tourné vers l'arrière. J'ai entendu dire que tu faisais d'excellents massages du dos à tes parents. Tu pourrais m'en faire un quand on sera à Nords Wharf? J'ai les épaules un peu tendues.

Callie sentit la bile lui monter à la gorge.

Elle s'écria : « Pas question ! » en même temps que Tara répondait : « Ouais, bien sûr ! »

Tony pivota vers l'avant et tapota la cuisse de sa nièce du bout des doigts.

— Est-ce que ça va, ma grande ? demanda-t-il. Tu m'as l'air un peu stressée.

Elle voulut repousser sa main, mais ne sut comment s'y prendre sans effrayer Tara. Les larmes lui brûlaient le fond des yeux.

— Ça va.

Elle pensa à Jordan. À ce charmant Jordan qui avait cherché à l'embrasser pour la toute première fois la semaine dernière, après le spectacle musical. Il l'avait retrouvée dehors après qu'elle avait dit au revoir à sa famille, alors qu'elle était sur le point de rentrer avec Peyton. Après qu'elle avait murmuré à Tara que oui, en fait, c'était son petit ami, mais qu'elle ne devait rien dire, par pitié ! Ce qui avait fait rire sa sœur.

Jordan qui lui avait tendrement pris la main pour l'entraîner à l'écart de Peyton.

— On peut parler… juste une seconde avant que tu t'en ailles ? avait-il demandé.

Peyton avait souri et s'était éloignée pour leur laisser un peu d'intimité.

Jordan, si doux et adorable, dont les traits n'avaient pas masqué leur surprise puis leur tristesse lorsque, quelques instants plus tard, elle l'avait repoussé.

— Ne me touche pas !

Jordan, qui était censé être son premier baiser… Toutes ses amies trouvaient hilarant qu'elle n'ait jamais embrassé un garçon. La plupart d'entre elles avaient embrassé leur premier garçon à l'âge de quatorze ou quinze ans. Certaines avaient eu plusieurs petits copains ! D'autres étaient même allées plus loin. Mais Callie avait attendu. Elle s'était dit que tout irait bien quand Jordan s'était penché vers elle. Elle s'était dit qu'elle saurait refouler tous ces souvenirs répugnants de Tony. Mais au lieu de cela, au moment où Jordan avait posé une main sur sa taille, un frisson avait traversé son corps. Et cela n'avait rien d'un sentiment agréable. Elle avait ressenti du dégoût.

Callie avait choisi de chanter ce soir-là, car elle pensait que cela constituerait un défi pour elle. L'idée lui était venue quand Peyton l'avait traitée de mauviette après qu'elle avait décliné la proposition de Jordan de faire un duo ensemble.

— Bon sang, mais pourquoi tu as refusé ? s'était lamentée Peyton. Si j'avais une voix comme la tienne, je voudrais que tout le monde l'entende. Allez, Callie, sois courageuse !

Ce mot avait résonné dans l'esprit de Callie des jours durant… Elle ne se sentait pas courageuse. Elle se sentait faible. Et impuissante. Et elle détestait ça.

Elle était retournée voir Jordan à l'école pour lui annoncer qu'elle avait changé d'avis et était partante. Et puis elle s'était directement précipitée aux toilettes des filles pour y vomir.

Sois courageuse, s'était-elle exhortée en s'asseyant devant la cuvette tout en s'essuyant la commissure des lèvres après sa nausée. *Sois courageuse. Alors peut-être… après avoir fait ça… tu n'auras plus peur de rien. Peut-être que tu pourras parler à quelqu'un… Peut-être que tu pourras le dire à maman.*

Sauf que, maintenant, sa relation avec Jordan était gâchée. Et elle ne se sentait pas courageuse. Mais alors pas du tout. Tout ça à cause de lui.

Tony se retourna une fois de plus pour bavarder avec Tara et, tandis qu'il avait le regard ailleurs, Callie balaya l'habitacle de la voiture des yeux, à la recherche d'un moyen de stopper son oncle s'il dépassait à nouveau les limites. S'il essayait de la toucher. Ou de toucher Tara.

Elle avisa l'allume-cigare de la console centrale. Tony ne la regardait toujours pas. Elle enclencha le bouton pour le mettre à chauffer.

Andrea

Andrea avait envie de pleurer. Quand elle avait décroché son téléphone, la voix hystérique de Heather l'avait assaillie :

— Où est ma fille, bordel ?

Elle avait désespérément tenté de lui expliquer ce qui s'était passé. Mais elle n'avait pas la moindre idée de l'effet qu'elle avait eu sur Heather : avait-elle réussi à la convaincre de ne pas appeler la police ? Elle lui avait assuré, encore et encore, qu'elle allait ramener Violet, qu'elle était consciente d'avoir mal agi, qu'elle avait seulement cherché à s'occuper de la petite... Qu'il y avait eu un malentendu avec Violet quant à l'endroit où se trouvait sa mère. Mais sa voisine n'avait pas décoléré, lui hurlant dessus.

Dès la prochaine bretelle, elle ferait demi-tour. La police l'attendrait-elle devant l'immeuble ?

Oh, bon sang, et s'il y avait déjà une alerte enlèvement lancée pour Violet ? Elle avait vraiment tout gâché. Elle n'aurait aucune crédibilité quand il s'agirait d'expliquer aux autorités que Heather avait négligé sa fille.

Il était temps de se placer sur la voie de gauche pour s'engager vers la prochaine sortie. Alors qu'elle vérifiait ses rétroviseurs avant de changer de file, elle aperçut une Lexus familière dans son miroir latéral. Était-ce la voiture de Tony ? Avait-elle comblé son retard sans même s'en rendre compte, et l'aurait-elle même dépassée ? Oui, elle reconnut le 4x4 de Pete et Mimi et, devant, la Volvo de Jill. Elle enclencha son clignotant pour pouvoir s'insérer entre eux.

Ils n'allaient rien comprendre quand ils la verraient emprunter la prochaine bretelle.

—Andrea ? dit Violet depuis le siège arrière, d'une voix si douce qu'elle l'entendait à peine.

—Oui, ma puce ?

—Pardon de t'avoir menti.

—Ne t'en fais pas, ce n'est pas ta faute... On va tout arranger.

—Tu peux prendre un de mes bonbons si tu veux ?

Andrea sourit en la regardant dans le rétro.

—Non, c'est bon, garde-les pour toi, murmura-t-elle en voyant la petite fille dévisser le couvercle d'un récipient et verser quelque chose dans le creux de sa main. Attends, reprit Andrea. Quel genre de bonbons est-ce que c'est ?

—C'est ceux de maman, répondit Violet.

Andrea scruta le rétroviseur, mais impossible de distinguer ce que Violet tenait entre ses doigts. Elle se retourna sur son siège pour mieux voir. Au moment où elle aperçut les petits comprimés blancs dans la paume de Violet, l'un d'eux tomba au sol, et l'enfant détacha immédiatement sa ceinture de sécurité.

—J'en ai perdu un, bredouilla-t-elle.

—Violet, attends...

La fillette porta sa main vers sa bouche, et Andrea se retourna pour tenter de lui intercepter le bras.

—Violet ! Non !

Pas moyen de l'atteindre, elle n'avait d'autre choix que de quitter la route des yeux pendant une fraction de seconde. Tandis qu'elle s'efforçait de saisir Violet, la voiture fit une embardée.

C'est alors qu'elle sentit une énorme secousse et qu'elle écrasa son pied sur la pédale de frein.

C'était trop tard.

Jill

Quand la voiture à sa droite entra en collision avec la sienne, Jill eut un bref moment de lucidité. C'était la fin. Tout était terminé. Le jour du Jugement dernier était arrivé, et Dieu revenait la chercher. Aucun Je vous salue Marie ne pourrait la sauver. Il n'y avait aucun moyen de reprendre le contrôle, pas à cette vitesse. Car elle ne maîtrisait plus rien. Tout ce qu'elle pouvait faire, c'était prier pour que sa famille qui la suivait réussisse à ne pas s'encastrer dans son véhicule.

Mimi

Tout sembla se passer au ralenti. Pete écarquilla les yeux. Il hurla en montrant du doigt la décapotable qui venait de percuter par la droite la voiture de Jill juste devant eux. Ils virent la Volvo de sa mère partir en vrille, et Pete pila sur le frein, mais en vain. Il n'y avait aucun moyen d'éviter l'accident.

Et puis tout devint noir.

Callie

C'était comme si le monde avait explosé juste sous ses yeux. À un instant, elle était en train d'élaborer une stratégie, s'efforçant de trouver un moyen de protéger Tara et elle-même de Tony, et la seconde d'après, la voiture de ses parents devant elle percutait celle de sa grand-mère, alors qu'elle-même était en train de foncer sur eux.

Elle se dit qu'au moment de la collision tout s'arrêterait. Mais non. Au lieu de cela, la Lexus décolla dans les airs. Et fit plusieurs tonneaux. Comme si quelqu'un s'était emparé du véhicule pour le placer dans un sèche-linge géant.

Elle ferma les yeux et attendit que tout s'arrête.

Darren

Le type sur le bas-côté n'avait pas besoin de lui faire signe de s'arrêter. Évidemment qu'il n'allait pas continuer sa route. La scène d'accident devant lui était atroce. Mais il n'aurait jamais pensé que sa propre famille était peut-être impliquée. Qu'un grain de sable aurait pu faire imploser leur convoi de voitures.

Après être revenu en titubant de la Volvo de sa mère, comprenant qu'il y avait trois autres véhicules accidentés à bord desquels se trouvaient ses proches, il se figea sur place pendant un moment.

Vers qui devait-il aller en premier ?

19

Mimi

Jeudi 24 décembre

— Mimi ! Mimi ! MIMI ! Tu m'entends ?

Impossible de se concentrer sur la voix : elle ne l'entendait pas à cause des cris. Mais ensuite l'homme la secoua, et elle referma ses lèvres… et les cris cessèrent. Le silence. Elle dit alors la première chose qui lui vint à l'esprit.

— Désolée !

Comme si ses bonnes manières s'étaient mises en pilote automatique, comme si on venait de la surprendre en train de faire quelque chose d'inconvenant en public : piquer une colère, hurler à tue-tête sans raison…

Sauf que là, il y avait une raison. Une très bonne même. Elle leva le visage pour découvrir Darren penché au-dessus de la voiture, les yeux remplis de terreur.

— Ça va aller, assura-t-il. Mais est-ce que tu peux bouger ? Tu peux te redresser ? J'ai besoin de ton aide.

— Je crois que oui, bredouilla-t-elle avant de se tourner sur le côté pour chercher Pete du regard.

Son mari avait une énorme bosse sur la tempe et une entaille au bras droit. Mais il était conscient, regardant droit devant lui avec une expression hébétée sur les traits. Elle s'apprêtait à lui demander s'il allait bien quand elle prit conscience d'un détail : le silence. Ils étaient enveloppés de silence. C'était étrange… pourquoi était-ce étrange ? Que voulait-elle entendre ? Ce fut à ce moment qu'elle reprit ses esprits. Pourquoi n'entendait-elle… aucun pleur ?

Aussitôt, elle pivota vers la banquette arrière. Vers ses bébés. Ses jumelles. Qu'est-ce qu'elle fichait assise là, alors qu'elle ne savait même pas si ses filles allaient bien ? Elles auraient dû pleurer… Elles auraient dû crier à pleins poumons. Son instinct maternel se manifesta enfin.

S'il vous plaît, faites qu'elles aillent bien. S'il vous plaît, faites qu'elles aillent bien.

— Les jumelles, articula-t-elle en sortant de la voiture, poussant Darren jusqu'à la portière arrière pour l'ouvrir d'un coup sec.

Elles étaient toujours attachées dans leurs coques et, par miracle, elles étaient toutes deux réveillées mais silencieuses. Elles l'observaient comme si de rien n'était. Comme si tout était parfaitement normal. Elle se mit à passer ses mains sur elles, à vérifier leurs petits corps, leurs bras, leurs jambes. Et elle fondit en larmes.

— Elles vont bien ! annonça-t-elle à Darren. Elles vont bien toutes les deux.

— Dieu merci ! souffla-t-il.

Ils entendirent toussoter du côté du siège conducteur, et Darren contourna la voiture au pas de charge.

Mimi se sentait coupable d'avoir à peine pris des nouvelles de Pete, mais sa priorité avait été ces deux petits êtres dont la vie ne dépendait que d'elle. Si elle les avait laissés tomber, elle n'aurait jamais pu se le pardonner.

Maintenant qu'elle savait que les bébés allaient bien, elle courut vers son mari. Il avait toujours l'air stupéfait et confus, et elle avait beau ressentir un élan d'amour et de compassion pour lui, elle ne put pas rester pour l'aider. Il était conscient… il était vivant. Et Darren était à ses côtés.

— Je vais trouver les grandes, dit-elle. Reste avec les jumelles.

Pete était groggy, mais il comprit.

— Vas-y, approuva-t-il en hochant la tête.

Mimi s'éloigna de la voiture en titubant et regarda autour d'elle, plissant les yeux à travers la pénombre pour s'efforcer d'appréhender correctement pour la première fois la scène qui l'entourait. D'un côté, la Volvo de Jill. Un inconnu à côté du véhicule avec un téléphone à l'oreille. Elle regarda de l'autre côté et découvrit la décapotable froissée – la voiture qu'ils avaient vue heurter Jill par le côté. Et puis elle la reconnut... C'était la Mercedes d'Andrea ! Avec sa belle-sœur affalée sur le volant. L'estomac de Mimi se révulsa. Andrea avait besoin d'aide.

Mais c'est seulement alors qu'elle l'aperçut : la Lexus de Tony, renversée sur le côté. La petite silhouette de Callie suspendue au siège du conducteur, retenue par la ceinture de sécurité. Elle se mit à courir.

Jill

Jill essayait toujours de comprendre. D'appréhender la situation. Elle tentait de reconstituer le fil des événements.

Elle se souvenait d'avoir quitté la station-service.

Elle se souvenait d'avoir décelé cette expression sur le visage de Callie. Ce regard de terreur qui l'avait remplie de culpabilité et lui avait brisé le cœur.

Elle regarda des deux côtés, puis se souvint d'avoir vu Frank assis à côté d'elle. Pendant un moment, elle fut confuse, elle avait le cerveau embrouillé. Mais ensuite les douze derniers mois se remirent en place dans son esprit. Non, Frank n'avait pas pu se trouver à ses côtés…

Et puis elle s'était souvenue d'avoir compris qu'elle devait réagir. Appeler Mimi.

Et puis.

Et puis…

La voiture l'avait percutée. Et l'heure du Jugement dernier avait sonné.

Or, ce n'était pas son heure, n'est-ce pas ? Parce qu'elle était toujours en vie. Et c'est alors qu'elle se mit à penser à sa famille. Car ils voyageaient tous en convoi, hein ? Tout le monde roulait juste à sa suite. Alors… où étaient-ils ? Elle avait aperçu Darren, brièvement, mais où était-il passé ? Et pourquoi personne d'autre ne s'était arrêté ?

C'est alors que les pièces du puzzle s'assemblèrent en un éclair. Impact après impact, chaque voiture s'était empilée sur les autres, après que la première avait fait une embardée sur sa Volvo. Sa famille ne s'était pas manifestée pour lui porter secours parce que sa famille avait été impliquée dans l'accident.

Il fallait qu'elle aille leur apporter son aide.

Darren

Il avait enveloppé le bras ensanglanté de Pete dans un tissu qu'il avait dégoté sur le siège arrière de leur véhicule. Blanc, avec de grandes marguerites jaunes. Il devait appartenir à une des jumelles. Ça faisait mal de voir cette tache rouge s'épanouir sur les fleurs. Pete était toujours sonné, mais il semblait plus alerte, et Darren comprit qu'il devait rejoindre la voiture suivante.

— Écoute, frangin, ce n'est pas que je veuille te laisser, mais… C'est Andrea, elle a l'air mal en point… et il n'y a toujours pas d'ambulance. Tu penses que ça va aller ?

Son frère releva la tête et le regarda dans les yeux.

— Ça ira. Je vais rester avec les bébés.

Hochant le menton, Darren s'éloigna du 4x4. Pendant une fraction de seconde, il hésita. Et s'il atteignait Andrea et la trouvait… morte. Elle paraissait si calme. Tellement… sans vie. Il était terrifié. Mais ses jambes se remirent en marche, et il courut vers la décapotable. Un coup d'œil aux dégâts sur la voiture lui fit pressentir qu'elle avait dû faire un tonneau. L'idée qu'elle ait pu rouler sur elle-même avec Andrea attachée à l'intérieur le fit presque vomir. Aurait-elle vraiment pu survivre à un choc pareil ? Et pourquoi était-elle seule, d'ailleurs ? Pourquoi Tony et elle avaient-ils pris des véhicules séparés ?

Lorsqu'il rejoignit la Mercedes, il posa doucement deux mains sur les épaules de sa belle-sœur, puis la fit se redresser, l'éloignant du volant. Au moment où il la déplaça, il se maudit. N'aurait-il pas mieux fait de la laisser complètement immobile ? Et si sa colonne vertébrale était endommagée, ne risquait-il pas d'aggraver ses blessures ?

— Andrea ? murmura-t-il. Andrea, tu m'entends ? S'il te plaît, s'il te plaît, réveille-toi.

Elle demeura inerte. Et il était incapable de dire si elle respirait. Où était cette satanée ambulance ?

Andrea

Assise à son bureau devant ses élèves, elle n'arrivait pas à se mettre à l'aise. Elle essaya de changer de position, mais son corps était trop lourd, ses membres refusaient de se mouvoir. Elle avait mal au cou. En fait, elle ne parvenait même pas à lever la tête, ce qui n'était pas bon signe. Pas bon du tout. Comment était-elle supposée garder un œil sur ce que ces gamins mijotaient ? Ils étaient capables du pire si on ne les surveillait pas.

Allez, concentre-toi, concentre-toi. Ouvre les yeux. Ouvre-les !

C'était aussi simple que cela. Mais ses paupières n'obéissaient pas ; c'était comme si on les avait scellées avec une colle épaisse. Elle tendit la main devant elle, peut-être réussirait-elle à trouver quelque chose sur son bureau pour l'aider à rouvrir les yeux. Mais, au fur et à mesure qu'elle tâtonnait, le meuble parut lui échapper, comme si on le lui arrachait, comme s'il s'envolait loin d'elle – ou bien était-ce elle qui s'envolait en arrière ?

Loin et pour toujours ?

Mimi

Le cœur battant à tout rompre, elle frappa sa main contre le pare-brise étoilé.

—Callie, Callie, tu m'entends ?

Sa fille ouvrit les yeux, qui se plongèrent dans ceux de Mimi. Elle commença à s'escrimer contre sa ceinture de sécurité, battant des jambes.

—Maman, aide-moi, aide-moi !

—Je suis là, c'est bon, je suis là.

Elle n'arrivait pas à voir à travers la vitre pour vérifier si Tara allait bien, et elle s'apprêtait à poser la question quand elle entendit une deuxième voix.

—Maman ? Maman ?

—Je suis là, Tara, ça va aller, bébé, je suis là. Je vais te sortir de là.

Mimi baissa les yeux vers le siège du passager avant. Tony était affalé contre la vitre, à terre. On aurait dit qu'il était inconscient. En le voyant, tout lui revint en mémoire. L'appel de Jill, juste avant l'accident. L'abominable allusion de sa belle-mère, même si elle avait refusé d'exprimer exactement le fond de sa pensée.

Qu'est-ce que ce monstre avait fait à sa fille ?

Elle se mit à donner des coups de pied au bas du pare-brise déjà fissuré, à l'opposé de l'endroit où Callie était suspendue sur le siège du conducteur et près de Tony.

—Tiens bon, dit-elle. Je vais te sortir de là, tiens bon…

En quelques secondes, le cadre du pare-brise se détacha, et elle réussit à s'accroupir, à le saisir avec ses mains – les rebords tranchants lui entaillant la peau – et à le découper jusqu'à ce qu'elle puisse s'y glisser. Elle se laissa tomber à quatre pattes et s'engouffra doucement à l'intérieur, avec des gestes de plus en plus précautionneux. Elle ne savait pas si la voiture était stable. Ne risquait-elle pas de la faire basculer sur le toit ? Son corps tout entier tremblait alors qu'elle se faufilait. Son visage se rapprocha de celui de Tony avant qu'elle ne puisse se retourner et se redresser délicatement à l'intérieur de l'habitacle, ses jambes frôlant le corps inerte de son beau-frère. La voiture ne broncha pas, et Mimi expira, elle avait réussi.

— Tara, articula-t-elle, je vais détacher ta sœur, puis je vais remonter et venir t'aider, d'accord ?

— OK, répondit-elle d'une petite voix apeurée.

— Tu es blessée ? Est-ce que tu as quelque chose… ?

Elle allait lui demander si elle avait quelque chose de cassé, mais elle ne put finir sa phrase. Elle se ravisa et répéta : « Tu es blessée ? »

— Je crois que ça va, affirma Tara.

Mais, encore une fois, sa voix était si frêle qu'elle frappa Mimi en plein cœur. Elle était tellement habituée à son petit timbre si grave, si assuré, tellement plus adulte que son âge.

Elle plaça ses bras autour de Callie pour la soutenir, puis appuya sur la boucle de la ceinture de sécurité. Elle sentit le poids du corps de sa fille, puis la soutint en lui abaissant les jambes jusqu'à ce qu'elle se tienne à côté d'elle sur la vitre brisée du côté passager. Entre Mimi, Callie et Tony, il y avait à peine la place de se mouvoir, et le corps tout entier de Callie tremblotait contre celui de Mimi.

— Tu vas bien, lui murmura Mimi, même si elle n'en avait aucune certitude.

De même, elle n'était pas sûre que Callie soit capable de s'extirper du véhicule dans cet état ; ses jambes la tenaient à peine debout.

— Tu vas t'en sortir, répéta Mimi plus fermement car il fallait que Callie la croie. Maintenant, je veux que tu t'accroupisses et que tu sortes par l'ouverture du pare-brise, là-bas… Ensuite, je vais m'occuper de Tara.

Callie hocha la tête et commença à se baisser, avant de s'arrêter.

— Maman… Il faut que je te dise quelque chose. Quelque chose à propos d'oncle Tony.

À ce moment-là, Mimi sut qu'il n'y avait aucun doute sur ce que Jill avait tenté de lui révéler.

— Il t'a fait du mal ? questionna Mimi.

— Il… il a essayé de…

La voix de Callie se brisa. Elle n'arrivait pas à le dire.

Mimi prit le visage de sa fille dans ses mains et la regarda dans les yeux.

— C'est bon, dit-elle. Tu n'as pas besoin de me raconter ça maintenant. On en reparlera, mais pour l'instant, il faut que je t'emmène en lieu sûr.

Elle vit que Callie avait compris et elle hocha la tête. Puis sa fille se laissa tomber, et Mimi se replia contre Tony pour permettre à Callie de sortir. Une fois que Callie se fut faufilée, Mimi se pencha et s'étira vers la banquette arrière.

Tara était recroquevillée dans un recoin. On aurait dit qu'elle avait rétréci de moitié, rien qu'à voir la façon dont elle s'était repliée sur elle-même de terreur.

— Ta ceinture de sécurité est toujours bouclée ? demanda Mimi.

Tara acquiesça.

— OK, accroche-toi, je vais te sortir de là.

Mimi se retourna, trouva le bouton puis la détacha.

— Est-ce que tu peux grimper jusqu'à moi ?

Tara secoua la tête.

— Je ne peux pas, murmura-t-elle. J'ai peur.

— C'est bon, dit Mimi. Je ne laisserai aucun mal t'arriver.

Elle s'avança entre les sièges avant pour pouvoir attraper Tara.

—Mets tes bras autour de mon cou. Je vais te tirer de là.

Tara esquissa un petit mouvement vers Mimi, et c'est alors qu'elle aperçut toutes les petites plaies sur son visage : elle eut envie de pleurer. Sa pauvre petite fille courageuse, couverte d'égratignures et assurant à Mimi qu'elle allait bien... C'était une guerrière. Et Mimi regretta comme jamais de l'avoir laissée partir dans une voiture autre que la sienne.

—Allez, reprit Mimi, accroche-toi à moi. Tu vas y arriver.

Tara obtempéra, et Mimi essaya de la faire passer à l'avant en douceur, pour ne pas la blesser. Tara laissa échapper un soupir.

—J'ai mal au poignet, gémit-elle.

—Reste forte. On y jettera un coup d'œil dès que tu seras dehors, la rassura Mimi.

Une fois que Tara se fut ressaisie, Mimi la fit s'accroupir, pour l'évacuer comme Callie.

Tara jeta un regard nerveux du côté de Tony, toujours inerte sur le siège passager.

—Est-ce qu'il va bien ? s'enquit-elle.

—Ne t'inquiète pas pour lui pour l'instant. J'irai le voir après. Mais, d'abord, il faut qu'on te fasse sortir.

Tara se mit à ramper dans le petit espace. Mimi était sur le point de lui demander ce qui n'allait pas, ce qui lui faisait mal, quand elle le vit. La main de Tony agrippant la jambe de Tara, la tirant en arrière. Il avait dû revenir à lui et l'avait attrapée dans sa confusion.

—Lâche-la ! cria Mimi en se penchant pour lui secouer l'épaule. Tony ! Lâche-la !

Sa poigne se relâcha, et la jambe de Tara disparut à travers le pare-brise. Elle était en sécurité.

Mimi vit que Callie attendait de l'autre côté, aidant Tara à se relever. Son cœur se gonfla de fierté qu'elle soit restée pour apporter son aide. Elle aurait compris que Callie s'éloigne de la Lexus en trébuchant pour s'effondrer un peu plus loin. Mais au lieu de cela, elle avait tenu bon pour être auprès de sa petite sœur.

— Rejoignez notre voiture, les filles, restez avec les jumelles et papa. Je reviens, d'accord ? héla Mimi.

Callie entoura Tara de ses deux bras.

— Maman, sors de là ! Et si… et si ça prenait feu ou… ou… si ça explosait ?

— Ça n'arrivera pas, rétorqua-t-elle fermement.

— Mais j'ai senti une odeur là-dedans… de l'essence peut-être ? S'il te plaît, sors de là !

— Je vais juste aider ton oncle. Ensuite, je sors et je vous rejoins, d'accord ?

Callie semblait déterminée à argumenter, mais Mimi l'interrompit.

— Callie, écoute-moi ! Il faut que tu ailles auprès des jumelles. Elles vont bien, mais elles ont besoin de toi. Vas-y !

Callie hocha la tête et, avec Tara, elle s'éloigna de la voiture.

Darren

Il n'était pas à la hauteur de la situation – sa formation en secourisme remontait à plusieurs années. Quand les renforts arriveraient-ils ? Devait-il la sortir de la voiture ? L'allonger pour commencer à la réanimer ? Ou bien n'était-il pas censé la déplacer ? Et s'il lui faisait plus de mal que de bien ? Pourquoi ne revenait-elle pas à elle ?

— Andrea, s'il te plaît, tu m'entends ? Ouvre les yeux, je t'en prie !

Il sentit une main lui effleurer l'épaule et, quand il se retourna, il découvrit sa mère debout derrière lui, respirant péniblement.

— Maman ! Qu'est-ce que tu fais ? Tu es blessée, il faut attendre les secours…

Elle secoua la tête.

— Je ne peux pas rester sans rien faire.

— Je ne sais pas comment m'y prendre, elle ne se réveille pas… Et je n'ai même pas encore été voir la dernière voiture.

— C'est bon. J'ai vu Mimi là-bas qui s'occupait d'eux, annonça-t-elle en baissant les yeux vers la silhouette inerte d'Andrea. Oh, mon Dieu, est-ce qu'elle est… ?

L'espace d'une seconde, elle parut flancher.

— Je ne sais pas. Et je ne sais pas quoi faire.

Jill parut retrouver son élan, comme si le fait que Darren soit perdu ne lui laissait pas d'autre choix que de se ressaisir.

— Il faut vérifier si elle respire, déclara-t-elle.

Jill se pencha dans la voiture, abaissant son oreille près du visage d'Andrea, puis resta immobile pendant plusieurs secondes.

— Je ne sens rien, murmura-t-elle après un moment. Et je n'entends rien du tout non plus. Si elle ne respire pas, il faut lui faire du bouche-à-bouche.

— Mais est-ce qu'on la sort de la voiture ? On l'allonge ?

— Non. On va juste reculer un peu le siège pour pouvoir incliner sa tête en arrière et le faire ici.

— Tu es sûre ? Comment sais-tu ce qu'il faut faire ?

— J'ai suivi un cours de premiers secours après la mort de ton père. Je ne voulais plus jamais me sentir aussi impuissante. Fais-moi confiance, je sais ce que je fais.

Darren fut soulagé : il était beaucoup plus facile de suivre les instructions d'une tierce personne que d'essayer d'agir tout seul. Il ouvrit la portière de la voiture, puis chercha à tâtons le levier situé sur le côté du siège pour leur permettre de le basculer légèrement en arrière.

Jill ajusta doucement la tête d'Andrea.

— Bon, Darren, déclara-t-elle, c'est toi qui vas la réanimer.

— Mais je ne...

Elle ne le laissa pas finir.

— J'ai le visage couvert de sang. Je ne peux pas lui prodiguer un bouche-à-bouche. Je vais te guider à chaque étape. Tu vas y arriver.

Darren acquiesça d'un signe du menton.

Mimi

Une nouvelle fois, Mimi se pencha pour regarder Tony. Il tendit une main vers elle.

— Aide-moi ! haleta-t-il.

Mimi saisit fermement son bras puis le repoussa.

— Dis-moi d'abord la vérité, lâcha-t-elle à voix basse, fulminant de rage alors qu'elle soutenait son regard.

Il parut confus.

— La vérité ? siffla-t-il. À quel sujet ?

— À propos de ce que tu as fait à Callie.

La lueur qui traversa ses prunelles confirma ses craintes. Il savait exactement de quoi elle parlait. Elle ne résista pas, elle se mit à le frapper. À le gifler, à le griffer ; elle tapait sans retenue, son corps et son visage.

— Qu'est-ce que tu as fait à ma fille ?! lui cria-t-elle.

Il lui attrapa les poignets, mais il était affaibli, et elle parvint à se dégager.

— Comment as-tu pu ? reprit-elle d'une voix pleine de sanglots. Ta propre nièce… Comment as-tu pu ?

Il secoua la tête.

— Je n'ai jamais voulu ça… C'était plus fort que moi… Je… je…

Mais il n'y avait aucune excuse à ce qu'il avait fait, il le savait.

— Je suis malade, lâcha-t-il finalement. J'ai besoin d'aide.

— Ce n'est pas d'aide dont tu as besoin, vitupéra Mimi, mais d'un long séjour en prison.

— Tu ne comprends pas ? Jour après jour, je me suis contenu. J'ai lutté contre ces pulsions. Tu crois que je ne sais pas que c'est mal ? J'en suis conscient ! Je ne voulais pas faire ça. Sauf que ce n'est pas ma faute, c'est une pulsion… C'est pour ça que j'essaie de dissuader Andrea de se lier avec notre petite voisine. Je ne voulais pas être tenté.

— Être tenté ? Par une enfant ? Mais c'est dégueulasse…

Elle avait envie de vomir.

— Mimi, je t'en prie. C'est pour ça que j'ai attendu, tu ne comprends pas ? J'ai attendu.

— Qu'est-ce que tu racontes ? ne put-elle s'empêcher de demander. Comment ça, tu as attendu ?

— Que Callie grandisse, tu comprends ? Je ne l'ai jamais touchée avant cette année, je te le jure.

Cette fois, Mimi crut qu'elle allait vomir pour de bon.

— Bon sang, tu es vraiment fier de toi ? Tu espères que je vais te féliciter ? Mais tu rêves ! Ça reste ta nièce, espèce de salopard ! Ce n'est qu'une gamine… Ne compte pas sur moi pour te sortir de là.

— Mimi ! Attends. Je… je… n'y arrive pas… J'ai quelque chose qui s'est planté en moi.

Elle regarda de plus près et remarqua une tache rouge sombre sur le bas de sa chemise, qui s'étendait sur le côté.

— S'il te plaît, implora-t-il en tendant une nouvelle fois la main vers elle. S'il te plaît… Aide-moi.

— T'aider ?

Elle était en état de sidération. Tout ce qu'elle avait envie de faire à cet instant, c'était le cogner, le punir ; elle voulait s'emparer de ce truc, quel qu'il soit, qui avait pénétré dans son flanc et puis le lui enfoncer davantage, contempler son visage se tordre de douleur. L'écouter hurler.

Elle attrapa sa main et la détacha de son autre poignet. Puis elle la serra, fort. Et garda ses yeux rivés aux siens tout en articulant sa réponse.

— Je ne te pardonnerai jamais pour ce que tu as fait. Tu vas payer le prix fort.

Il baissa les yeux.

— Tu… Il faut que tu comprennes, recommença-t-il.

Mimi s'accroupit et plongea son regard dans le sien avant de murmurer entre ses dents :

— Il n'y a rien à comprendre.

Puis elle s'éloigna de la voiture.

— Mimi ! Tu ne peux pas me laisser là. Mimi !

Jill

Elle guidait Darren pendant la réanimation cardio-pulmonaire, décomptant chaque compression et lui donnant ses instructions chaque fois qu'il soufflait dans la bouche d'Andrea.

Elle se tourna un instant pour s'apercevoir que Mimi rampait hors de la Lexus de Tony. Dieu merci... Cela l'avait stressée de la voir s'engouffrer à l'intérieur de la voiture coincée sur le côté... elle redoutait que le véhicule ne s'affaisse et que Mimi ne se retrouve blessée. Tony devait être sur le point de sortir à sa suite.

Au loin, elle entendit le bruit des sirènes. Enfin, les secours arrivaient... Les professionnels allaient prendre le relais, et tout rentrerait dans l'ordre.

— Tu te débrouilles bien, continue ! l'encouragea-t-elle. L'ambulance est presque là. Encore quelques minutes, et ils vont te remplacer.

Darren leva les yeux vers elle.

— Maman, tu sens cette odeur de fumée ?

Andrea

Elle flottait dans le néant. Elle avait la poitrine comprimée, mais ses membres lui semblaient relâchés, légers, libres. Une eau fraîche ruisselait sur sa peau. Elle leva une main et contempla les gouttelettes couler au bout de ses doigts. À force de les regarder fixement, elle aperçut quelque chose à l'intérieur. Des images. De minuscules scènes dans chacune d'elles.

Des petites mains d'enfant agrippées autour d'un flacon.

Des comprimés au creux d'une paume.

Son propre bras se tendant pour faire valser les cachets en l'air.

Les comprimés qui volaient, flottaient, retombaient.

Le visage d'une petite fille. Pétri de confusion et de peur.

Une ceinture de sécurité non bouclée.

Le fracas de la tôle.

Et maintenant la petite fille volait dans les airs. Tout comme les comprimés juste avant elle.

Ses propres mains, qui se tendaient. Essayant de la rattraper. Essayant de la sauver. Priant pour qu'elle ne soit pas blessée.

Cette sensation d'échec.

Violet… Violet, éjectée de la voiture.

Il faut que tu te réveilles, Andrea !

Soir de Noël

Il y a quelque chose d'assez extraordinaire de constater à quelle distance une enfant d'une vingtaine de kilos peut être projetée en l'air en étant éjectée d'une voiture. Et si cette enfant atterrit dans les buissons, perd connaissance, qu'il fait nuit et que c'est le chaos tout autour… il est très difficile pour quiconque de la repérer.

Surtout si personne n'est au courant de la disparition de cette enfant, d'ailleurs.

Voilà la situation dans laquelle Violet se trouvait alors que Darren pratiquait son massage cardiaque sur Andrea.

Alors que Jill s'efforçait de le guider tout au long de cette réanimation.

Alors que la voiture de Tony prenait feu.

Ainsi, tandis que le corps de Violet, âgée de six ans, convulsait en réaction aux médicaments qu'elle avait avalés, persuadée que la seule bêtise qu'elle avait faite se résumait à avoir volé quelques bonbons à sa mère, personne ne cherchait à la sauver.

20

Mimi

Soir de Noël

Elle ne vit pas la Lexus s'enflammer. Après s'être extirpée de la voiture, elle avait couru directement jusqu'à sa famille. Un inconnu, apparemment le premier conducteur à s'être arrêté sur les lieux, exerçait un point de compression sur le bras blessé de Pete, qui saignait à travers la fine mousseline qui l'enveloppait. Callie et Tara étaient blotties chacune contre une jumelle, et les réconfortaient.

— On ne savait pas s'il fallait les manipuler, dit Callie alors que Mimi approchait, ou s'il valait mieux les laisser dans leurs coques.

Les sirènes se faisaient de plus en plus stridentes, et deux autres véhicules s'arrêtèrent pour porter secours quand un automobiliste cria :

— Cette voiture est en feu ! Y a-t-il quelqu'un à l'intérieur ?

Mimi sentit ses épaules se raidir. Elle ne pouvait pas se résoudre à se retourner pour regarder. Mais elle vit Callie incliner le visage, puis s'emparer de son bras pour l'écarter du reste de la famille.

— Maman, c'est la voiture de Tony.

Mimi ferma les yeux. Oh non, qu'avait-elle fait ?

— Maman, insista Callie, est-ce qu'oncle Tony est sorti ?

Il y avait une hésitation dans sa voix.

— Euh… je ne suis pas sûre, souffla Mimi, refusant toujours de faire face à la scène.

Mais la lueur des flammes entrait dans sa vision périphérique. Serait-elle capable de vivre avec cela sur la conscience ?

Callie se rapprocha un peu plus, forçant Mimi à la regarder dans les yeux. Elle soutint son regard. À ce moment-là, Mimi comprit que Callie savait qu'elle avait abandonné Tony dans sa voiture. Sa fille se figea un instant, puis elle pressa la main de Mimi avant de reculer à nouveau.

Quand Mimi se retourna, elle vit Pete boitiller jusqu'à elles.

— Mimi ! haleta Pete d'une voix rauque mais désespérée. Tu sais si Tony est sorti de la voiture ? Il est introuvable. Dis-moi qu'il a réussi à se sortir de là…

Le sang de Mimi se glaça. C'était le frère de son mari, qu'allait-elle dire ?

Callie répondit pour elle.

— Il a dit à maman de venir nous aider et qu'il se débrouillerait, déclara-t-elle. Mais on n'a pas vu s'il y était parvenu… C'était tellement le chaos.

Le visage de Pete se tordit d'effroi, puis il se retourna et cria aux personnes qui venaient d'arriver sur les lieux :

— Il nous faut de l'aide, on ne sait pas si mon frère est toujours dans sa voiture !

Darren

Des gens couraient vers la Lexus, mais le feu avait pris en un éclair. Darren faisait son possible pour rester concentré sur la réanimation d'Andrea, même s'il avait l'esprit ailleurs. Sa poitrine lui brûlait. Il avait mal aux bras. Il n'avait jamais réalisé à quel point un massage cardiaque pouvait être physique. Il avait l'impression d'être tellement violent, à appuyer de tout son poids sur sa poitrine...

— Tu es sûre que Tony s'en est sorti ? demanda-t-il à sa mère.

— Sans doute, répondit-elle. Il se sera faufilé juste à la suite de Mimi.

— Mais alors, où est-il ? Je ne le vois nulle part.

Le reflet des gyrophares rouges et bleus illumina soudain le visage de Jill, et elle posa sa main sur son bras.

— Les secours sont là, Darren. Tout va bien se passer.

C'est alors qu'une voix s'écria.

— J'aperçois une silhouette ! Il y a encore quelqu'un dans cette voiture !

Jill

Les ambulanciers se frayèrent un chemin à travers le chaos, semant le calme sur leur passage. Car la confusion était extrême. Des inconnus avaient encerclé la voiture de Tony, mais personne ne parvenait à s'approcher suffisamment pour l'atteindre : tous étaient sans cesse repoussés par la chaleur des flammes. Darren se mit à sangloter tout en continuant à appuyer sur le torse d'Andrea. Jill n'arrivait pas à déterminer s'il pleurait pour la jeune femme, pour Tony ou pour les deux.

Mimi retenait Pete qui essayait de courir vers la voiture de Tony, et Tara hoquetait dans les bras de Callie. Les odeurs et les bruits étaient épouvantables. Des éclats de voix qui hurlaient et qui gémissaient. Sans parler des sirènes.

Les poumons de Jill s'étaient remplis de fumée, mais pas comme ce jour où le feu de brousse les avait encerclés, elle et Frank. Cette fois, elle se mêlait à l'odeur âcre du diesel et de l'essence.

C'est ma famille. Et le voilà, mon châtiment… C'est moi qui leur ai infligé tout ça ?

Deux camions de pompiers ainsi que plusieurs véhicules de police arrivèrent en renfort. Les pompiers sautèrent de leurs camions et déroulèrent les tuyaux. Une deuxième, puis une troisième ambulance suivirent. Trois secouristes s'arrêtèrent brièvement au cœur du site de l'accident, et Jill était sur le point de les appeler quand deux d'entre eux foncèrent vers la voiture d'Andrea.

L'un d'eux, une grande femme avec une queue de cheval, jeta un coup d'œil à Andrea. Jill devina dans son regard qu'elle évaluait rapidement la situation, mais son visage ne laissa rien transparaître.

— Vous vous débrouillez très bien, lança-t-elle à Darren.

Elle se tourna vers son coéquipier, à qui elle donna quelques instructions. Tous deux étaient à la fois réactifs et calmes, et l'homme se mit aussitôt à sortir son équipement de son sac. Puis elle posa une paume sur le dos de Darren.

— C'est bon, mon vieux, vous pouvez vous écarter maintenant, je prends le relais. Vous avez accompli un travail remarquable, mais on va prendre la relève.

Darren se redressa, tituba de quelques pas en arrière, puis s'effondra sur le sol, épuisé.

Le deuxième ambulancier passa une paire de ciseaux à sa partenaire, qui découpa le devant du chemisier d'Andrea, avant de tendre la main pour attraper une grande aiguille, qu'elle inséra dans la poitrine d'Andrea.

— Oh, mon Dieu ! s'écria Jill. Qu'est-ce que vous lui faites ?

— Je vais juste décomprimer sa cavité thoracique, répondit l'ambulancière d'une voix aussi détendue que si elle lui avait annoncé : « Je vais juste me commander un café au lait. »

Un troisième secouriste, un homme d'un certain âge au regard doux, apparut devant Jill.

— Madame, étiez-vous dans ce véhicule ? lui demanda-t-il.

Elle le dévisagea fixement, manifestement déconcertée par la question.

— Cette voiture, répéta-t-il, vous étiez à bord ?

Elle secoua la tête, avant de poser de nouveau les yeux sur Andrea. Les deux premiers ambulanciers étaient en train de poursuivre le massage cardiaque.

— Je conduisais celle-là, répondit-elle en désignant la Volvo.

Il glissa un bracelet autour du poignet de Jill avec une étiquette jaune.

— D'accord, pouvez-vous me rendre un service et aller vous mettre à côté de votre voiture, et ensuite quelqu'un va venir examiner vos blessures.

— Non ! Je ne suis pas…, commença Jill avant d'être éblouie par un projecteur qui inonda la scène de l'accident de lumière.

Elle se retourna pour découvrir de grands projecteurs installés tout autour du site. Elle fut d'abord aveuglée, puis ses yeux finirent par s'adapter. Au loin, elle devinait le crépitement rythmique d'un hélicoptère qui approchait.

Elle pivota les talons en direction de la voiture d'Andrea, et c'est alors qu'elle aperçut, là, éclairé désormais par les puissants projecteurs… Un petit sac à dos violet avec des imprimés de princesses Disney sur le devant. Il dépassait de sous la banquette derrière Andrea. Jill contourna les ambulanciers avec précaution, se pencha puis dégagea le sac.

Elle se retourna vers Darren, qui haletait bruyamment, appuyé sur ses coudes au sol.

— Darren, que faisait ce sac dans la voiture d'Andrea ?

Il la scruta d'un regard qui lui indiquait qu'il se moquait éperdument de savoir pourquoi elle transportait un petit sac à dos violet.

Jill ouvrit la fermeture Éclair puis commença à recenser son contenu.

— Des habits d'enfant, marmonna-t-elle. Un ours en peluche… Je ne comprends pas.

— Maman, tu es sérieuse ? Pourquoi tu te soucies de ce qu'Andrea trimballe dans sa voiture en ce moment ? C'est peut-être des cadeaux de Noël.

Jill lâcha le sac et déplia le petit tee-shirt blanc avec une étoile bleue géante sur le devant.

— J’ai déjà vu ça quelque part, murmura-t-elle.

— Qu’est-ce que tu racontes ?

— Dans l’immeuble de Tony et Andrea… la petite voisine dans l’ascenseur.

Jill s’éloigna de Darren et attrapa le secouriste le plus âgé par le coude.

— Je crois qu’il y avait une fillette dans cette voiture… Et je ne sais pas où elle est passée.

Mimi

La nouvelle se répandit rapidement : une fillette avait disparu, et tout le monde devait se mettre à sa recherche. Mimi ne comprit pas tout à fait qui était cette petite, ni en quoi elle était impliquée dans l'accident, mais seulement que la police essayait de se montrer rassurante tout en coordonnant des recherches acharnées pour avoir les meilleures chances de retrouver la malheureuse.

Mimi ne savait pas si c'était le fait d'apprendre qu'une enfant était en danger qui avait fait sortir Pete de ses gonds, ou s'il s'était simplement rendu compte qu'il n'était plus possible de sauver Tony, mais il cessa soudain de se débattre et s'effondra dans ses bras. Il y eut une petite explosion dans le moteur de la Lexus, et les gens qui tentaient de s'approcher suffisamment pour libérer Tony reculèrent, admettant finalement qu'il n'y avait plus d'espoir. Les pompiers avaient sorti leurs lances à incendie, mais il était trop tard.

Tony était mort.

Et c'était la faute de Mimi.

Darren

Une partie de lui voulait rester là où il s'était effondré à terre. Il était épuisé, physiquement et moralement. Les ambulanciers branchèrent des appareils respiratoires à Andrea et se préparaient à la transférer de sa voiture vers une civière. Darren était terrifié à l'idée qu'elle ne s'en sorte pas.

Et son frère était mort… Les pompiers avaient dompté les flammes, mais il n'y avait aucune chance que Tony ait pu survivre.

Or, la nouvelle de la disparition de cette petite fille le poussa à se relever.

— C'est la voisine de Tony et Andrea, lui expliqua Jill une fois que tout le monde s'était dispersé pour la rechercher. Je ne sais pas pourquoi, mais je pense qu'elle voyageait dans la voiture d'Andrea.

Darren se joignit donc aux recherches, à moitié persuadé que sa mère devait se tromper. Pourquoi Andrea aurait-elle emmené la petite de sa voisine avec elle le soir de Noël ? C'était totalement illogique. Mais si jamais l'enfant était là – et qu'elle avait été éjectée de la voiture – alors elle pouvait se trouver n'importe où. Sur le bas-côté de l'autoroute, le talus était raide et les arbustes épais. Et si à présent les lieux de l'accident étaient éclairés, il faisait toujours nuit noire dans les buissons. Peut-être avait-elle heurté le sol et roulé en bas du talus ? À quelle distance avait-elle pu être projetée ?

Tout en partant à sa recherche, Darren réalisa qu'une partie de lui refusait d'être celui qui la trouverait. Et si elle était morte ? Il ne supporterait pas de faire une telle découverte… Pas après Andrea. Pas après Tony.

Sauf qu'il fut celui qui la vit en premier : une ombre rose dans les broussailles. Il s'approcha prudemment, et lorsqu'il repéra une basket rose au pied de la jambe tordue d'une petite fille, il se précipita et tomba à genoux auprès d'elle. De l'écume blanche moussait au coin de ses lèvres, et elle avait les yeux fermés. Pourtant, il distingua un léger mouvement sous ses paupières. Elle était vivante !

— Par ici ! cria-t-il. Elle est là, je l'ai trouvée !

Tout le monde accourut vers lui à travers les buissons alors qu'il posait une main sur son front.

— Les secours arrivent, murmura-t-il. Tu vas t'en sortir.

Puis il fondit en larmes.

21

Mimi

Vendredi 25 décembre

Était-ce parce que le choc initial s'était dissipé ?... Ou peut-être parce qu'elles se retrouvaient en tête à tête toutes les deux. Quoi qu'il en soit, une digue avait sauté, et Callie était en train de craquer.

Elles étaient dans la salle d'attente de l'hôpital – bien que ni Pete, ni Mimi, ni les filles n'aient eu de blessures graves, toutes les personnes impliquées dans l'accident avaient été conduites au centre hospitalier pour y être examinées. Pete, Tara et les jumelles avaient été hospitalisés : Pete pour une commotion, les jumelles en observation, et Tara pour des écorchures faciales et une suspicion de fracture du poignet.

Un hélicoptère avait atterri au milieu de l'autoroute M1, et Andrea avait été transportée dans un autre établissement. Les secours avaient tenté d'emmener Jill avec Pete pour soigner sa propre blessure à la tête, mais elle avait insisté pour accompagner Andrea. Violet avait été transférée en ambulance dans un hôpital pour enfants.

Mimi et Callie étaient restées au chevet du reste de la famille pendant plusieurs heures, mais à présent on leur avait demandé de prendre un peu de repos. Tara et les jumelles dormaient profondément, et Pete se reposait.

—Allez vous rafraîchir le visage et buvez une tasse de café, suggéra une des infirmières. Reprenez vos esprits quelques minutes. Vous pourrez revenir dès que vous serez prêtes.

Elles se rendirent dans la salle des visiteurs avec la machine à café, et Callie pivota sur ses talons.

—Maman, pourquoi tout ça est-il arrivé ? s'écria-t-elle. Pourquoi fallait-il que ça tombe sur nous ?

Tout en sanglotant et hoquetant, elle tambourinait contre la poitrine de sa mère.

Et puis :

—Pourquoi il m'a fait ça, maman ? Comment a-t-il pu ? Pourquoi ? Pourquoi ?

Mimi pleura dans les cheveux de sa fille et l'enlaça, en répétant sans cesse :

—Je ne sais pas, bébé, je ne sais pas… Ce n'est pas juste, rien de tout ça n'est juste, rien de tout ça.

Elle ne se débattit pas lorsque Callie serra les poings et les plaqua contre elle ; tout ce qu'elle pouvait faire, c'était continuer à l'étreindre. Continuer à lui dire que tout irait bien, qu'elle allait s'en sortir.

Finalement, les sanglots de Callie s'apaisèrent peu à peu, et son corps se relâcha. Mimi la soutint, elles rejoignirent un canapé puis s'assirent côte à côte. Callie s'allongea, les jambes repliées sur sa poitrine, la tête posée sur les genoux de Mimi.

—Pourquoi tu ne l'as pas empêché, maman ? chuchota-t-elle. Pourquoi tu l'as laissé me faire ça ? Il allait me violer ! Si Andrea et Tara n'étaient pas revenues de la piscine à cet instant, je n'aurais pas pu m'échapper.

La mâchoire crispée, Mimi serra les poings.

—Je regrette tellement de ne pas avoir pu être là, dit-elle. Mais écoute-moi : je vais faire tout ce qui est en mon pouvoir pour te protéger. Je ne veux plus jamais te faire défaut.

Mais Callie secoua la tête.

— Non, je m'excuse, maman, hoqueta-t-elle. Ce n'était pas ta faute… Je suis désolée, maman, je ne devrais pas t'en vouloir pour ça.

Mimi ne croyait pas une seule seconde les paroles de sa fille. Et elle ne se pardonnerait jamais ce qui était arrivé.

Jill

Jill décrocha le téléphone dès la première sonnerie. On ne l'avait pas encore autorisée à voir Andrea, et elle attendait désespérément le verdict des médecins. Darren l'avait rejointe en voiture à l'hôpital, mais il avait fini par rentrer chez lui pour se reposer. Jill refusait de quitter les lieux tant qu'elle n'aurait pas de nouvelles d'Andrea. Elle arpentait les couloirs de l'hôpital, dans l'espoir de croiser un docteur, une infirmière, n'importe quoi.

La réalité de la mort de l'un de ses fils ne lui était pas encore tombée dessus, et elle se forçait à ne pas penser à Tony, mais plutôt à se concentrer sur tous les autres membres de la famille.

— Mimi ? murmura-t-elle en prenant la communication. Est-ce que ça va ?

— Oui. Tout le monde va bien ici. Aucune blessure grave.

— Dieu soit loué… J'avais peur que tu ne m'appelles pour m'annoncer une mauvaise nouvelle.

Il y eut une pause, et quand Mimi reprit la parole, sa voix avait changé.

— En fait, Jill, dit-elle froidement, il y a quelque chose qui ne va pas.

— De quoi s'agit-il ?

— Comment étais-tu au courant ?

— Hein ?…

— Je parle de ce que Tony a fait. Comment l'as-tu su ?

Il y avait un banc à quelques mètres de là, Jill s'y dirigea puis s'assit lourdement. Elle avait envie de pleurer, mais ce ne serait pas juste pour Mimi, pas en ce moment. Sa belle-fille l'avait appelée pour connaître la vérité, et Jill allait faire de son mieux pour la lui révéler.

— Je n'étais au courant de rien, commença Jill. Mais j'ai reçu ce mail que je ne voulais pas ouvrir. Et puis il y avait tous ces soucis avec Callie. On quittait la station-service, et j'ai aperçu son regard dans la voiture de Tony, alors j'ai juste… j'ai juste compris.

— Quel mail ?

— C'est compliqué.

— Alors ne complique pas plus les choses pour moi, Jill.

— Le message venait d'une ancienne petite amie de Tony. Elle m'a contactée à l'improviste. Elle disait ne pas vouloir garder ça pour elle. Elle disait que je devais cesser de m'aveugler au sujet de Tony.

— Envoie-le-moi, je veux le lire.

— Bien sûr.

— Depuis quand ? demanda alors Mimi. Depuis combien de temps avais-tu des soupçons ?

Jill ne sut que répondre. Elle avait l'impression qu'une partie d'elle-même avait toujours su. Mais, en même temps, comment aurait-elle pu imaginer ? Parce qu'elle n'aurait jamais mis ses propres petites-filles en danger si elle avait nourri le moindre doute. Donc sûrement… sûrement, elle n'en savait rien. Elle ne pouvait pas savoir.

La voix de Mimi brisa le silence.

— Jill, pour l'amour du ciel, depuis quand ?

— J'ai reçu ce mail il y a quatre semaines. Mais je ne l'ai ouvert qu'au moment où nous quittions la station-service, quand j'ai vu le visage de Callie, admit-elle d'une voix étranglée. Mimi, s'il te plaît. Est-ce que Callie va bien ?

De nouveau un silence, puis un sanglot.

— Non, hoqueta Mimi. Non, elle ne va pas bien. Il a posé ses mains sur elle, Jill. Il a essayé de… il a essayé de violer ma fille ! Sa propre nièce ! Ta petite-fille ! Donc non, elle ne va pas bien.

À cet instant, la ligne fut coupée.

Jill resta assise, scrutant le sol, tentant de se ressaisir. Tentant de donner un sens à tout cela. Puis un médecin s'approcha d'elle.

— Madame Lewis ? demanda-t-il.

Jill se leva et s'essuya les joues.

— Oui, c'est moi. S'il vous plaît, comment va-t-elle ?

22

Mimi

Vendredi 1er janvier

Allongée dans son lit, Mimi regardait fixement le ventilateur au plafond, contemplant les pales qui tournaient. Essayant de les suivre une par une, les perdant, rattrapant la suivante… Elle se lèverait bientôt, mais ces derniers temps, elle constatait qu'elle débutait la plupart de ses journées ainsi : elle prenait un moment pour s'ancrer dans la réalité avant de sortir du lit.

Hier soir, ce fut le premier réveillon depuis près de vingt ans où elle n'avait pas pris un verre pour trinquer à la nouvelle année. Même durant ses grossesses, elle s'était toujours accordé au moins une gorgée de champagne. Mais bien sûr, hier soir, personne n'avait fait la fête. Peut-être que s'ils s'en étaient tous sortis vivants, ils auraient été d'humeur festive. Ils auraient célébré la vie. Leur solidité. Leur survie. Enfin, bien sûr, si Tony ne s'était pas avéré être un monstre.

Mais, au lieu de cela, demain ils l'enterreraient.

Pete connaissait la vérité désormais. Pas le fait qu'elle avait délibérément abandonné son frère à son sort dans sa voiture ; ce secret-là, seule Callie et elle le partageaient. Non, Pete savait la vérité sur les agissements de Tony.

Au début, Pete avait tenté de nier, de dire qu'il devait y avoir un malentendu. Il était impossible que son propre frère ait pu commettre un geste aussi horrible. Mais Mimi l'avait rapidement fait taire.

— Il n'y a aucun doute, lui avait-elle affirmé. Et aussi difficile que ce soit, tu vas devoir l'accepter. Parce que Callie a besoin de nous, et qu'il est hors de question que nous lui offrions autre chose que notre soutien total. À savoir notre foi irrévocable et notre confiance en elle.

Bien sûr, elle lui avait aussi montré le mail d'Edie. Jill le lui avait transmis comme promis.

« Jill,

J'ai essayé de te prévenir une fois il y a longtemps. Mais je me sentais mal à l'aise à l'idée de te dire ça de but en blanc, alors j'ai essayé d'être subtile. C'était une erreur. J'ai bien vu à ce moment-là que tu ne me croyais pas, et je savais que tu n'allais pas donner suite. Depuis notre dernière rencontre, je me suis mariée et j'ai eu deux enfants. Puis ma fille aînée a grandi. Chaque fois que je la regarde, je me surprends à penser à quel point il serait terrible qu'elle croise un jour quelqu'un comme ton fils. J'ai compris que je ne pourrais jamais me regarder en face si je ne me battais pas pour ce qui est juste.

La raison pour laquelle je me suis séparée de Tony est que je l'ai surpris en train de regarder des vidéos à caractère pédopornographique sur son ordinateur. Aujourd'hui encore, je regrette de ne pas l'avoir dénoncé à la police. Mais tu dois te rappeler que j'étais plus jeune que lui, je n'avais que vingt ans à l'époque. Tony pouvait être très manipulateur quand il le voulait. J'ai été assez idiote pour croire à ses mensonges : il disait que ce n'était pas dans ses habitudes. Il prétendait être tombé sur ce site par accident, que ce n'était pas sa faute. Au fond de moi, je savais que c'était faux. Mais j'ai été lâche et, au lieu d'agir, je me suis séparée de lui.

En cherchant tes coordonnées, j'ai découvert sur les réseaux sociaux que tu avais des petits-enfants. Alors, s'il te plaît, pour leur bien, il faut que tu affrontes la réalité. Ton fils n'est pas celui que tu crois. Arrête de le protéger et agis en conséquence. Sinon, c'est moi qui le ferai.

Edie Simmons »

Depuis la lecture de ce mail, Pete ne parlait plus à sa mère. Mimi pouvait le comprendre, elle ne parlait pas non plus à Jill. Même si Jill n'avait pas tout à fait saisi ce qu'Edie avait tenté de lui dire il y a des années, elle aurait pu creuser le sujet. Elle aurait pu demander à Edie de s'expliquer. Elle aurait pu se confier à Frank, à Pete, à quelqu'un. Elle aurait pu garder un œil plus attentif sur Tony. Mais, depuis le jour où Mimi avait rencontré Pete, ce dernier avait toujours plaisanté sur le fait que Tony était son fils préféré. Et, selon Mimi, c'était la raison pour laquelle Jill avait été aveugle aux secrets de Tony.

Darren avait été tout aussi choqué que Pete en apprenant la vérité sur leur frère. Mimi n'était pas certaine qu'il ait pleinement mesuré ce que cela signifiait pour la famille de Pete, pour Callie et son avenir, vu ce qu'elle avait enduré. Il n'avait pas d'enfants. Alors autant il était horrifié des agissements de Tony, autant il gardait une certaine indulgence pour la position dans laquelle sa mère s'était retrouvée.

L'enquête sur l'accident s'était révélée éprouvante. Interrogatoire après interrogatoire pour déterminer qui avait heurté qui et quand…

« Avez-vous entendu une détonation avant de percevoir le premier impact ? Qu'avez-vous vu devant vous ? Dans vos rétroviseurs ? »

Finalement, il fut conclu que la décapotable d'Andrea était au centre du drame, en se basant sur les souvenirs de chacun de la chronologie des événements. Mais personne ne savait ce qui lui avait fait perdre le contrôle de sa voiture et percuter le flanc de la Volvo de Jill.

Le problème était que personne ne pouvait lui poser la question. Elle était toujours dans le coma.

Jill

Jill s'assit près du lit d'Andrea, lui tenant la main, espérant que les doigts de la jeune femme se resserreraient autour des siens. Mais les médecins avaient été francs quant à son pronostic. Ils lui avaient expliqué qu'elle avait subi un traumatisme crânien ainsi qu'un enfoncement thoracique avec pneumothorax tensionnel. En gros, un poumon enfoncé. Apparemment, Darren lui avait sauvé la vie en poursuivant son massage jusqu'à l'arrivée des secours. Il avait maintenu son activité cardiaque le temps que les ambulanciers puissent décompresser son thorax pour libérer l'air et permettre à son cœur de se relancer. Mais il y avait eu des complications pendant l'opération, et Andrea avait été placée dans un coma artificiel pour laisser à son organisme une chance de se rétablir.

Une seule personne à la fois était autorisée dans l'unité de soins intensifs, et Jill devait faire en sorte que ses visites soient brèves. Chaque fois qu'elle arrivait, elle avait le souffle coupé à la vue du visage meurtri de sa belle-fille, de ses joues émaciées et du carré de peau décolorée où ils avaient rasé ses cheveux en haut de sa tempe.

— J'ai appris aujourd'hui que Violet va s'en sortir, annonça Jill. Elle avait avalé des opioïdes… sûrement juste avant la collision. Elle a dit aux docteurs qu'elle croyait que c'étaient les bonbons de sa mère. C'est effrayant. Mais elle se remet bien. Les médicaments ont été évacués de son organisme, et elle ne garde de l'accident que quelques côtes fracturées et de vilaines contusions. Les enfants peuvent être très résistants, Dieu merci. Apparemment, Heather est partie en cure de désintoxication, et Violet a été confiée à ses grands-parents. Donc ce sont de bonnes nouvelles… Elle est en sécurité et en bonne santé.

Jill contempla le visage d'Andrea, espérant un signe qu'elle pouvait l'entendre, qu'elle allait revenir à elle. Mais non, rien.

— Me pardonneras-tu ? poursuivit Jill. Quand tu te réveilleras et que tu apprendras les horreurs que Tony a faites ? Quand tu sauras qu'une partie de moi a toujours soupçonné que quelque chose n'allait pas ? Me pardonneras-tu de ne pas avoir parlé plus tôt ? Pete et Mimi ne me le pardonnent pas, et je ne leur en veux pas. Mais toi, y arriveras-tu ?

Elle entendit des pas derrière elle et se retourna pour découvrir une infirmière qui entrait.

— C'est pas facile d'avoir ces conversations à sens unique, hein ? dit l'infirmière en se dirigeant vers l'autre côté du lit d'Andrea et en faisant le relevé de ses constantes vitales. Mais c'est bien que vous lui parliez. On ne sait jamais ce qu'elle pourrait entendre et assimiler.

Jill hocha la tête et s'efforça d'adresser un sourire amical à la soignante. Elle avait envie de lui répondre qu'elle avait l'habitude des conversations à sens unique. Elle en avait entretenu tout au long de cette année via ses lettres à Frank, sans aucune chance de réponse. Mais elle ne dit rien. Et attendit tranquillement que l'infirmière ait terminé ses vérifications et s'en aille.

Une fois qu'elles furent à nouveau seules, Jill serra la main d'Andrea d'un coup sec.

— Réveille-toi, chuchota-t-elle. Tant pis si cela signifie que tu doives affronter une part de tragédie. Que tu doives apprendre que tu as perdu ton mari. Ou les horreurs que Tony a faites. Je veux que tu te réveilles.

Il y eut d'autres bruits de pas, et cette fois-ci, quand Jill se retourna, elle vit Darren debout dans l'embrasure de la porte, qui la regardait.

— Maman, désolé de te déranger.

— Tu ne me déranges jamais, assura Jill. Ça fait plaisir de te voir. (*Et c'est un soulagement que quelqu'un m'adresse encore la parole dans cette famille.*) Je vais filer si tu veux entrer. On n'est pas censés rester ici tous les deux en même temps.

— Y a du nouveau ? demanda Darren en pointant son menton vers Andrea.

Jill secoua la tête.

Darren

Darren remercia Sage d'un signe de tête alors qu'elle déposait la bière devant lui, avant de s'installer sur le tabouret à ses côtés.

— Je te remercie vraiment d'être venue avec moi, dit-il. C'était intense.

— Je n'ai presque rien fait d'utile.

Sage l'avait accompagné à l'hôpital, mais avait dû attendre devant l'unité de soins intensifs pendant que Darren rendait visite à Andrea.

— Oui, mais te savoir là... c'était chouette.

Ils avaient filé directement vers un pub après avoir quitté l'hôpital.

— Comment c'était dans cette chambre ? demanda Sage.

— C'est surréaliste. Elle est branchée à toutes ces machines. Elle a l'air... en sale état.

— Je suis vraiment navrée.

— Et pendant ce temps, il y a ma mère, persuadée qu'elle va se réveiller d'une minute à l'autre... Maman a aussi cette grosse cicatrice maintenant. Depuis son front jusqu'ici, expliqua Darren, en promenant son doigt le long de son visage jusqu'à son oreille. C'est parce qu'elle n'a pas voulu les laisser la recoudre correctement le soir de l'accident. Elle les a envoyés balader, leur ordonnant de lui mettre un pansement et de lui ficher la paix.

— Une dure à cuire, on dirait.

— Oui, je pense qu'on peut dire ça.

— Tu sais ce qui est marrant ? reprit Sage. Je trouvais que les choses avec toi étaient déjà assez compliquées quand j'ai découvert que tu étais amoureux de ton ex et que tu prévoyais de lui faire un don de sperme. Et puis j'ai appris que j'avais chroniqué ton bouquin et je me suis dit genre : putain ! Mais maintenant… mec, ton drame familial, c'est carrément dingue.

Darren se mit à rire.

— Ouaip, c'est tout nous, ça…

— Désolée, ajouta Sage. J'aime bien faire de l'humour pour affronter les pires situations, mais tu peux me dire de la fermer si tu veux.

— Pas question.

Darren avait appelé Sage à 4 heures du matin le jour de Noël. Elle avait répondu d'une voix groggy :

— Darren, je sais que tu adores ce chien, mais crois-moi, il va bien.

— Ce n'est pas pour ça que je te téléphone.

Il lui avait alors raconté tout l'accident. Comment il avait réanimé sa belle-sœur. Le décès de son frère. Comment il avait découvert Violet. Il avait parlé et parlé tandis que Sage écoutait en silence, sans l'interrompre.

Finalement, il lui avait dit ce qu'il avait vraiment besoin de lui dire.

— Sage, tu me plais… Tu me plais vraiment, putain. Et je m'en fous si tu détestes ma façon d'écrire. Depuis que je t'ai rencontrée, je n'ai pas réussi à te sortir de ma tête, et je crois que…

Sage lui avait coupé la parole, l'empêchant de se laisser emporter par les émotions de l'accident.

— C'est bon, Daz, je pige le topo. J'ai beaucoup pensé à toi aussi. On en reparlera au dîner.

Aujourd'hui, alors qu'ils étaient assis à la grande table du bar avec leurs bières devant eux, Sage lui tendit la main.

— Chaque famille a ses soucis, non ?

— Je suppose que oui. Mais à ce point ? Enfin, tu ne connais même pas toute l'histoire. Mon frère, Tony, on a découvert qu'il…

qu'il a fait quelque chose. Un truc horrible. Je n'arrive pas… Excuse-moi, je crois que je ne vais pas réussir à le dire.

— Tu n'es pas obligé.

— Et maintenant je ne sais même pas qui va venir à son enterrement demain. C'est le sentiment le plus bizarre du monde. Je veux dire, qui va parler ? Qu'est-ce qu'ils vont dire ? Est-ce que c'est normal si j'ai quand même envie d'y assister ?

Les doigts de Sage se refermèrent autour de sa main.

— Écoute, c'est clair que je ne sais pas ce que Tony a fait, et je ne vais pas te pousser à me le dévoiler, mais je vois que tu es très secoué. En tout cas, pour ce qui est d'aller à son enterrement, bien sûr qu'il n'y a rien de mal à ce que tu aies envie d'y être. Il s'agit de ce que toi, tu ressens, pas de ce que tu penses que les autres attendent de toi. C'était ton frère – si tu veux lui dire au revoir, tu n'as pas à culpabiliser à ce sujet, quoi qu'il ait fait.

Darren hocha la tête.

— J'imagine que tu as raison. Je te raconterai… un jour ou l'autre. Je pense que j'ai besoin de tout te raconter, pour être franc. Mais j'en suis juste incapable pour l'instant.

— Il n'y a aucune urgence.

Ils levèrent tous deux leurs verres et dégustèrent tranquillement leurs boissons pendant quelques minutes.

— Bon, reprit finalement Darren, parlons d'autre chose. De n'importe quoi d'autre. Dis-moi, comment tu as fait pour être aussi calée en matière de ballet alors que tu ne faisais que jouer la comédie ?

Sage lui adressa un sourire un peu triste.

— Je me demandais si tu allais me poser la question, marmonna-t-elle, hésitante. C'est le métier que je voulais faire quand j'étais jeune. Que je pensais faire, en fait. J'ai commencé la danse quand j'étais petite, et j'ai continué ado. J'étais vraiment à fond. Mais j'ai fait une mauvaise chute à l'âge de seize ans. Je me suis blessée à la cheville. Et bang, c'était terminé, la fin du rêve…

— Vraiment ? La blessure était si grave que ça ?

— Vraiment. Ça a fini par guérir, mais j'ai raté des étapes cruciales dans mes concours, et ma cheville ne s'est jamais complètement remise. Donc j'étais finie.

— C'est affreux, je suis désolé.

— Pas grave. Je veux dire, oui, ça craint. Et c'est pour ça que c'était amusant de faire semblant l'autre soir avec ton ex, d'imaginer pour un peu si j'avais pu poursuivre mes rêves. Mais ça va. J'aime mon boulot. En parlant de rêves, si on parlait des tiens ?

Darren fit la grimace.

— Les miens ? Euh… je crois que mes rêves aussi se sont envolés maintenant.

— Explique-moi… Tu es en panne d'inspiration ? Pourquoi tu n'as pas encore écrit ton prochain bouquin ?

— Eh bien…, hésita-t-il.

— Et si tu me dis que tu n'arrives plus à écrire à cause de mon article, je peux t'assurer que c'est des conneries.

Il se frotta le menton.

— OK, je sais que je ne devrais pas laisser tout ça m'affecter, mais…

— Je suis sérieuse, ajouta-t-elle. Brandir ma critique, c'est comme brandir un bouclier pour détourner l'attention. Parce que la vérité, c'est que tu es brillant.

Darren se tordit les lèvres d'amusement.

— C'est bon, tu n'es pas obligée de me dire ça. On sait tous ce que tu penses de ma prose.

— Non. Vous savez ce que j'ai pensé de ton premier livre.

— Oui, exactement. Tu l'as détesté. Tu te souviens ? Prétentieux ? Amateur ? Cliché ?

— D'accord, donc ce sont les mots qui t'ont sauté aux yeux, et tu en es resté là… Mais as-tu au moins lu le reste de mon article ?

— Bien sûr que oui. Tout était négatif.

— Ce n'est pas vrai ! Tu ne l'as pas lu correctement. Je l'ai relu moi-même après avoir réalisé qui tu étais. Et je suis d'accord – mon papier était critique, pour la majeure partie. Mais pas entièrement. Voici les mots qui auraient dû te sauter aux yeux : *potentiel*, *joyeux*, *tranchant*.

— Qu'est-ce que tu racontes ? Tu n'as pas utilisé de tels mots.

— Eh si ! Relis-le toi-même si tu ne me crois pas. Alors, dis-moi pourquoi tu ne t'es concentré que sur certains termes ? Et pourquoi tu te sers de ça comme excuse pour justifier ta panne d'inspiration ?

— Peu importe. Je n'ai pas honoré trois dates de remise du manuscrit et maintenant j'ai laissé filer ma chance.

— On s'en fout de tes dates de remise. Oublie ça. Oublie ton agent. On parle d'écriture. Qu'est-ce qui t'a fait écrire le premier bouquin ? Tu n'avais pas de délai pour celui-là, si ? Aucun contrat d'édition.

Darren haussa les épaules.

— Je l'ai écrit parce que j'en avais envie.

— OK, alors de quoi est-ce que tu as envie maintenant ?

— J'ai toujours envie d'écrire.

— Et sur quels sujets as-tu envie d'écrire ?

Il promena un doigt le long de la condensation qui couvrait le rebord de son verre de bière.

— Tu vois, c'est ça le problème. Je devrais…

Sage l'interrompit une nouvelle fois.

— Non, ne me dis pas ce que tu devrais faire. Dis-moi ce que tu as envie de faire. C'était ça, ma question – qu'est-ce que tu as envie d'écrire ?

Darren sourit.

— Ça, c'est une bonne question.

— OK, alors pourquoi tu souris ?

— Parce que je crois que je viens de penser à une réponse.

23

Mimi

Lundi 4 janvier

— Bon, maintenant que les enfants sont en haut, il est temps pour toi de me raconter toute l'histoire. Pourquoi n'es-tu pas à l'enterrement de ton beau-frère aujourd'hui ?

Leesa avait débarqué avec deux grands cafés glacés à emporter, que Mimi et elle avaient fait suivre dehors avant de s'asseoir sur la pelouse du jardin. La chaleur était étouffante, même à l'ombre du grand parasol, mais elles tenaient à s'assurer de pouvoir parler en privé sans que les filles ne les écoutent. Mimi entendait les passereaux s'appeler entre eux dans le buisson derrière la clôture. Ce sifflement familier ainsi que la sensation de l'herbe sous ses pieds contribuèrent à atténuer un peu son appréhension.

Leesa était au courant de l'essentiel de la situation. De l'accident, du fait qu'Andrea était toujours dans le coma. Et des récents problèmes d'alcool de Mimi. Mais ce qu'elle ignorait, c'était le chapitre Tony, ce qu'il avait fait. Mimi lui avait téléphoné en lui proposant de venir lui tenir compagnie aujourd'hui, pendant que Pete assistait aux obsèques.

— Tu me pardonneras si j'y vais ? lui avait-il demandé la veille.

— Bien sûr. Ce qu'il a fait est atroce, mais tu as le droit de dire adieu à ton frère. La question est plutôt de savoir si toi, tu me pardonneras si je n'y vais pas.

— Je ne m'attendais pas du tout à ta présence… En toute franchise, je ne sais pas si je vais lui dire au revoir ou avoir une sorte de dernière conversation avec lui, tu vois ce que je veux dire ?

— Oui, je comprends.

Callie et Tara étaient aussi restées à la maison. Callie savait évidemment pourquoi ; Tara ne comprenait pas tout à fait, mais elle avait accepté. Mimi n'était pas certaine que Tara ait entendu quand Callie avait commencé à lui parler de Tony dans la voiture ce jour-là. Tara n'avait jamais posé de question à ce sujet. Mais peut-être avait-elle perçu la tension qui régnait entre sa sœur et son oncle pendant le trajet, ou peut-être avait-elle simplement fait confiance à sa mère quand elle lui avait annoncé que seul Pete irait à l'enterrement.

Tara et Chloé traînaient à l'étage dans sa chambre ; Tara était enthousiaste à l'idée que son amie lui signe son plâtre sur le bras. Les jumelles dormaient, et Callie était au téléphone avec Jordan. Callie avait tout raconté à Mimi au sujet de Jordan. En fait, leur relation avait radicalement changé depuis l'accident. Peut-être étaient-elles plus proches qu'elles ne l'avaient jamais été. Callie avait tout raconté à sa mère : Jordan, leur duo, ses amis de l'école, etc. Et, bien sûr, Tony. Elle avait consulté son médecin généraliste, et son premier rendez-vous chez le psychologue était prévu pour lundi. Elle avait confié à Mimi le blocage qu'elle avait subi devant la tentative de Jordan de l'embrasser, et Mimi l'avait encouragée à lui en parler.

— Tu n'as pas à lui dire ce que tu n'es pas prête à raconter, avait-elle suggéré. Mais, s'il est aussi gentil que tu le dis, je pense qu'il comprendra si tu lui expliques simplement que tu as eu peur.

Mimi avait également pu interroger Callie quant à sa performance surprise.

— Qu'est-ce qui t'a poussée à faire ça ? avait-elle demandé. Malgré cette période où tu étais tellement en souffrance ?

— Je l'ai fait à cause de ma souffrance. Je voulais prouver que j'étais capable d'être courageuse, maman.

Ses paroles avaient tordu le cœur de Mimi.

— Mais tu *es* courageuse, Callie ! Tu as décidé de monter dans cette voiture pour pouvoir protéger ta petite sœur. Tu ne comprends pas ? Tu es la personne la plus courageuse que je connaisse. Tu es extraordinaire, et je suis plus fière de toi que tu ne peux l'imaginer.

Leesa effleura la main de Mimi.

— Allez, murmura-t-elle, tu peux me parler.

Mimi et Pete avaient déjà évoqué la question de savoir à qui ils allaient parler de Tony. Pour l'essentiel, c'était à Callie d'en décider. Mais Mimi avait aussi besoin d'une oreille amie au milieu de cette tourmente.

Alors elle prit une profonde inspiration, et raconta toute l'histoire à Leesa.

Quand elle eut terminé, Leesa la serra vigoureusement dans ses bras.

— Eh bien, je comprends tout à présent, chuchota-t-elle. Moi non plus, je n'y serais pas allée aujourd'hui.

— Alors tu penses que j'ai pris la bonne décision ? demanda Mimi en s'écartant d'elle.

— Absolument, confirma Leesa en prenant son café glacé avant de mélanger la crème avec sa paille. Et tu as pris la bonne décision pour Callie aussi.

À ces mots, elle ne put plus retenir ses larmes.

— Mais je ne l'ai pas protégée, bredouilla Mimi. Je n'ai pas été là… Quand elle a eu le plus besoin de moi.

— Oh, ma puce, soupira Leesa en regardant la boisson de Mimi. Ce n'est pas ta faute. Tu n'avais aucun moyen de deviner, aucun moyen d'empêcher ça. Écoute, je sais que tu es dans une phase zéro alcool, mais si j'étais toi, j'aurais besoin d'autre chose que de caféine et de crème fouettée en ce moment… Combien de temps vas-tu tenir le coup ?

— Ha. Très encourageant, chuchota Mimi. Je ne suis pas sûre… Je vais viser un mois de janvier sans alcool, et on verra ensuite. Je ne veux pas en revenir où j'en étais avant. À cacher mes bouteilles dans le frigo et à boire pour m'évader.

— Et à quoi est-ce que tu essayais d'échapper ?

— Aux jumelles.

— Bigre… Ça, c'est une réponse qui vient des tripes.

— Ouais, eh bien, je n'en étais pas consciente à l'époque, expliqua Mimi en s'appuyant sur l'herbe sur ses coudes. Mais je crois que j'en voulais à Pete de m'avoir poussée à agrandir notre famille, alors que je n'étais pas sûre d'en avoir envie. Non, ce n'est pas juste. Je ne lui ai jamais correctement dit « non ». Alors peut-être que ce que je regrette, c'est de ne pas avoir dit ce que je ressentais au moment où j'aurais dû le faire.

— Et comment tu te sens par rapport à tout ça maintenant ?

— Honnêtement, mon lien avec les jumelles ne s'est vraiment noué que lorsque j'ai pris conscience qu'elles avaient pu être blessées dans cet accident… C'était comme si, tout d'un coup, j'avais compris combien je les aimais, combien je les désirais… même si au départ je n'en savais rien. Mon instinct protecteur envers elles s'est enfin déclenché.

Leesa tapota doucement son pied contre celui de Mimi.

— C'est une bonne nouvelle, non ?

— Oui et non… Je veux dire, quelle sorte de mère merdique je dois être si je n'ai réussi à me connecter avec mes bébés qu'au moment où elles se sont retrouvées dans un accident mortel ?

— Arrête de parler de toi comme ça. Tu es une mère formidable, avec des enfants qui sont aimés et choyés.

Mimi secoua la tête.

— Ce n'est pas mon impression.

Darren

— C'est tante Iris ou bien Lorraine là-bas ?

Darren essaya de voir qui Pete lui désignait. Il repéra une femme aux cheveux blancs, voûtée, appuyée sur une canne.

— Iris, répondit-il. En fait, je ne suis pas sûr.

Tous deux se tenaient à l'extérieur de la chapelle, et Darren devinait que Pete avait autant de mal que lui à savoir exactement comment se positionner. La cérémonie était terminée, et il était clair que les gens étaient perplexes quant à la raison pour laquelle il n'y avait pas eu de veillée funèbre. On devait penser que la famille n'était guère affectée, surtout en l'absence de membres proches, et avec l'éloge funèbre qui avait été prononcé par le prêtre. Au moins, aucun parent éloigné mais bien intentionné, comme la tante Iris/Lorraine, n'était encore venu les interroger à ce sujet. Darren espérait que les gens en déduiraient que c'était parce que Andrea était toujours dans le coma.

— Hé, tu ne trouves pas que les gens nous regardent bizarrement ? demanda Darren.

— Oui, je sais. Je crois qu'ils nous prennent pour des salauds de ne pas avoir pris la parole.

— Et de ne pas avoir organisé une veillée. Je comptais dire quelques mots, en fait. Je me suis mis à penser… qu'il était quand même notre frère, non ? Je comptais m'exprimer. Mais ensuite j'ai songé à Callie et je me suis senti mal.

Pete se raidit.

— Désolé, je n'aurais pas dû te parler de ça.

— Ne t'excuse pas. Ce n'est pas comme si je n'y pensais pas déjà en permanence. Je n'arrive toujours pas à réaliser tout ça. Comment a-t-il pu faire une chose pareille ? Je veux dire à n'importe qui, évidemment. Mais là, sur sa nièce… sur ma… sur ma…

Le ton de Pete montait dangereusement dans les aigus, et Darren voulut le réconforter, mais celui-ci s'écarta.

— Je veux dire, *putain*, quoi, tu vois ? Comment a-t-il pu ? Comment a-t-il pu, bordel ?

D'un geste brusque, Pete fit deux pas vers le côté de l'église et frappa le mur de briques. Aussitôt, Darren devina le regret sur son visage. Pete avait dû se faire mal. Et, maintenant, tout le monde les regardait.

Darren l'entraîna sur le côté, à l'écart des gens, puis le serra contre lui. Il se passa alors quelque chose qui ne s'était pas produit depuis qu'ils étaient petits : Pete pleurait dans ses bras, les épaules soulevées de sanglots. Darren resserra son étreinte.

— Je ne pleure pas pour lui, hoqueta Pete. Tu comprends, hein ? Je ne pleure pas pour ce salaud. Je pleure celui qu'il a été, quand on était jeunes… avant tout ça. Et je pleure pour ma fille.

— Je sais, frangin, je comprends, soupira Darren avant de se mettre à sangloter aussi.

Finalement, ils se ressaisirent tous les deux, et Darren renifla.

— Qu'est-ce qui te fait rire ? demanda Pete.

— Désolé, rien. Mais je me disais juste qu'au moins on sait maintenant qu'il n'avait rien d'un génie de l'écriture… Je n'arrive pas à croire qu'il s'est approprié le livre de papa !

— Je sais. C'est complètement absurde. Qui aurait cru que papa avait une telle plume ?

— Personne, répondit Darren en se passant la main derrière la nuque. Je veux dire, il était dans le bâtiment… Je n'ai jamais imaginé qu'il avait un quelconque intérêt pour ce genre de trucs. Pourquoi crois-tu qu'il nous avait caché ses talents ?

Pete haussa les épaules.

— Le trac ? Tu crois que c'est de lui qu'on tient ça ? Le gène de l'écriture, pour ainsi dire ?

— Qui sait ? C'est un sacré bon roman. J'aurais aimé avoir l'opportunité d'en discuter avec lui.

— Et moi donc.

Jill

Cher Frank,

On enterre notre fils aujourd'hui. Un parent n'est pas censé enterrer son enfant, n'est-ce pas ? Mais toi et moi, on sait déjà ce que c'est, pas vrai ?
Parfois, j'aimerais ne pas avoir survécu à cet accident… J'ai l'impression que je ne mérite pas d'être là. Quand je pense à ce qui est arrivé à Callie… ça me déchire le cœur et ça me donne la nausée. J'ai envie de pleurer, de hurler et de cracher ma rage. Je voudrais crier sur Tony, mais je ne peux pas, n'est-ce pas ? S'il était encore là, la première chose que je ferais serait de l'enlacer et de le serrer fort dans mes bras. Parce que, même si je suis furieuse contre lui, je l'aime toujours. J'ai toujours envie qu'il revienne. Il reste notre fils.
Sauf qu'il n'est plus là. Et qui reste-t-il à blâmer ? Moi. Parce que j'étais sa mère et que je n'ai rien vu. J'ai été trop protectrice envers lui pour déceler quelque signe que ce soit. Or, si je m'étais rendu compte du problème, j'aurais pu lui venir en aide. Il n'était pas obligé de devenir un monstre. Il aurait pu être quelqu'un d'autre. Avec un soutien adapté, il aurait pu vivre sa vie sans jamais faire de mal à personne. Je ne me pardonnerai jamais de ne pas avoir épargné à Callie une telle souffrance et un tel traumatisme.
C'est pourquoi j'ai décidé que j'en avais assez des secrets. Je vais donc révéler aux garçons une autre vérité aujourd'hui. Tu aurais

dû me laisser faire cela bien plus tôt. Mais je comprends pourquoi tu considérais qu'il ne fallait pas, et je t'aime quand même énormément.
Je t'embrasse,

Jill

Elle avait vu Pete frapper le mur.

Et avait regardé Darren l'éloigner et le prendre dans ses bras. Elle avait eu envie de les suivre, de les embrasser tous les deux, mais ce moment-là devait rester un moment entre frères. Et, de toute façon, Pete lui en voulait encore.

Il s'était montré cordial envers elle en arrivant, il lui avait même tenu la main à un moment de la cérémonie. Et pourtant, Jill percevait encore cette froideur qui émanait de lui. Pete était un gentil fils, mais il n'était pas près de lui pardonner.

Les gens s'avançaient vers elle, tenant à lui présenter leurs condoléances, à l'embrasser, à lui raconter des anecdotes sympathiques ou amusantes à propos de Tony. Mais elle se contentait de jouer son rôle en les remerciant ou en les embrassant en retour. Son corps demeurait raide, ses paroles sans âme. Elle était brisée non pas parce qu'elle avait perdu Tony cette semaine, mais parce qu'elle comprenait qu'elle l'avait perdu il y a très longtemps.

Finalement, les gens commencèrent à se disperser, et Pete et Darren apparurent au coin de la rue. Elle remarqua du sang sur les poignets de Pete et voulut lui offrir un mouchoir pour envelopper sa main, mais elle n'osait pas le contrarier en lui parlant de sa blessure.

— Tu veux qu'on te dépose quelque part, maman ? Pour prendre un café, quelque chose à grignoter ? proposa Darren.

Jill jeta un coup d'œil du côté de Pete. Il semblait mal à l'aise, et il était clair qu'il n'avait aucune envie d'être en sa compagnie, mais accepterait de se plier aux convenances si elle l'exigeait. Quel bon fils il était…

— Ça ira, assura-t-elle. Je crois que je vais rentrer chez moi. Rester seule avec mes pensées.

Le soulagement sur le visage de Pete fut d'une douloureuse évidence.

— Tu es sûre ? insista Darren.

— Oui. Merci quand même…

Jill était sur le point de s'éloigner, mais s'arrêta. Elle tordit l'ordre de cérémonie qu'elle tenait dans ses mains. C'était le moment.

— Il y a quelque chose que je dois vous dire.

Darren et Pete attendirent.

— Je… Je ne veux plus de secrets dans cette famille. Plus jamais. Donc je tiens à ce que vous sachiez… que vous sachiez que…

De plus en plus troublée, elle lâcha le formulaire à terre. Arriverait-elle vraiment à franchir le pas ? Après avoir gardé ce secret si longtemps, serait-elle capable de le leur dévoiler ?

Darren se pencha pour récupérer le papier et le lui rendre, mais Pete demeura figé, le corps rigide.

— Qu'est-ce qu'il y a, maman ? demanda-t-il.

Il n'y avait pas de retour en arrière possible.

— Je veux que vous sachiez que vous avez eu une grande sœur… Elle s'appelait Robin, et c'était la jumelle de Tony.

Robin. La fille que Frank s'était donné tant de mal à essayer d'oublier.

La fille à laquelle Jill n'avait jamais pu renoncer.

La plus grande erreur de Jill. Son plus grand regret.

Son premier péché.

Car, bien avant que Jill ne soit responsable du décès de son mari, elle avait été responsable d'une autre mort : celle de sa fille.

Tony n'avait jamais su qu'il avait eu une sœur jumelle. C'était d'ailleurs la raison pour laquelle Jill avait eu si peur quand elle avait appris que Mimi attendait des jumelles. Elle savait comment se déroulaient les premières semaines après la naissance. Les nuits blanches et le braillement permanent des nourrissons… La douleur des mamelons crevassés par l'allaitement, et aussi toutes les attentes envers la mère, qui devait porter le poids de leur éducation.

Elle avait été terrifiée à l'idée que Mimi finisse dans le même état de déprime qu'elle à l'époque. Bien sûr, tout était différent maintenant, et les pères participaient davantage. Elle se demandait parfois comment les choses auraient tourné si Frank avait été plus présent auprès de leurs bébés…

Mais elle ne pouvait pas lui en vouloir. C'était elle qui avait mis Robin au lit ce jour-là. C'était elle qui l'avait installée sur le ventre. C'était étrange : Tony avait toujours détesté dormir sur le ventre, mais Robin adorait ça. Elle n'arrivait à trouver le sommeil que dans cette position.

Frank avait essayé de lui expliquer que ce n'était pas sa faute. Après tout, c'était ainsi que l'on couchait les nouveau-nés à l'époque. Le conseil d'installer les bébés sur le dos n'avait émergé que dans les années 1990. Mais on ne le savait pas à l'époque où le drame s'était produit. Ce n'était pas Frank qui s'était endormi si profondément sur le canapé, sans se rendre compte que quelque chose n'allait pas. Ce n'était pas lui qui avait rouvert les yeux plusieurs heures plus tard, en s'étonnant de ne pas avoir déjà été réveillé par les pleurs d'un de ses bébés. D'habitude, Tony dormait d'un sommeil profond plusieurs heures d'affilée, mais Jill pouvait toujours compter sur Robin pour la réveiller avant lui.

Ce n'était pas Frank qui était entré dans la chambre pour trouver Robin… Paisible, tellement paisible. Trop paisible.

Un cri guttural s'était échappé de ses lèvres. Un cri animal de pure souffrance. De pur effroi.

Et son instinct maternel alors ? Pourquoi une alarme ne s'était-elle pas déclenchée ? La faisant se réveiller plus tôt ? À temps pour arriver au chevet de sa petite fille… À temps pour la sauver.

Pour Frank, le moyen le plus simple de supporter ce deuil avait été de ne plus jamais parler de cette enfant. Pour Jill, ce fut atroce. Elle avait eu envie de raconter des anecdotes sur la courte vie de Robin. Envie de parler à ses garçons de sa mignonne petite bouche en forme de bouton de rose. De ses cheveux noirs et épais. Envie de leur expliquer la couleur de ses yeux. D'un bleu étincelant à sa naissance, dont Jill n'avait jamais su s'ils auraient viré au marron comme ceux de ses frères. Elle aurait voulu célébrer le souvenir de sa petite Robin. Avoir des photos d'elle sur le mur. Elle aurait voulu chanter pour elle lors de ses anniversaires, comme toute la famille chantait pour Tony. Elle aurait voulu se souvenir.

Mais, chaque fois qu'elle mentionnait son nom, la douleur profonde sur le visage de Frank lui brisait le cœur. Alors, pour le bien de Frank, elle avait cessé de parler d'elle. Les garçons n'avaient donc jamais su qu'elle était née. Elle avait aussi donné tout l'amour destiné à ses jumeaux à un seul d'entre eux. Toute sa protection. À chaque instant.

Et c'est peut-être pour cela qu'elle n'avait rien vu des déviances de Tony.

24

Darren

Mercredi 6 janvier

Darren avait peur. Peut-être était-ce ridicule de redouter un simple rendez-vous de suivi chez le médecin, après tout ce que lui et sa famille venaient de vivre. Pour l'amour du ciel, son frère était mort… Il avait une sœur dont il n'avait jamais entendu parler jusque-là. Et il se retrouvait là, assis dans la salle d'attente, angoissant à l'idée d'évoquer un fichu grain de beauté.

En toute franchise, il préférait ne pas connaître les résultats. Tant qu'il évitait d'entendre la vérité, il pouvait faire comme si tout allait bien. Mais, en même temps, il savait qu'il devait se ressaisir et affronter la situation. Il avait raconté à Sage que le médecin l'avait appelé avant Noël pour lui proposer une nouvelle consultation. « Darren, avait répondu Sage, il faut que tu saches. » Elle lui avait fait promettre de se rendre à cette consultation. Les choses évoluaient bien entre eux. Lentement, mais bien. Et Doggo avait enfin un vrai nom : Léo, en hommage au signe astrologique de la femme qui l'avait sauvé. Ça lui allait bien. Même si Darren l'appelait encore souvent Doggo.

— Darren Lewis ?

Le docteur Clermont lui adressa un sourire amical en venant le chercher. Darren s'efforça de deviner s'il s'agissait d'un sourire « Je suis sur le point de vous annoncer une terrible nouvelle » ou d'un sourire « Tout est normal », mais impossible de décrypter le visage de la jeune femme.

Il la suivit dans son cabinet puis s'installa dans un fauteuil.

— Vous avez été difficile à cerner, déclara-t-elle en lui lançant un regard un peu sévère par-dessus ses lunettes avant de prendre une feuille de papier qu'elle déposa devant lui. Bon, voici la raison principale pour laquelle j'avais besoin de vous revoir.

Darren se prépara.

— J'ai oublié de vous faire signer ce formulaire.

Il riait encore de lui-même quand il répondit à l'appel de Charlotte en sortant du cabinet médical. En réalité, l'autre raison pour laquelle le médecin avait tenu à le revoir était de l'informer que son taux de cholestérol était un peu élevé, mais qu'il n'y avait pas lieu de s'inquiéter à condition qu'il réduise sa consommation de graisses saturées. En dehors de cela, il était globalement en bonne santé. Son grain de beauté n'avait rien de malin. Il n'arrivait pas à croire qu'il avait stressé pour rien en s'imaginant le pire diagnostic possible.

— Comment tu vas ? s'enquit Charlotte d'une voix prudente et pleine d'empathie.

Elle avait voulu l'accompagner à l'enterrement de Tony, mais il lui avait demandé de ne pas venir. Il ne lui avait pas expliqué pourquoi, mais elle avait respecté sa décision.

— Je… je vais bien, balbutia-t-il.

— Écoute, reprit Charlotte, je sais que c'est la dernière chose que tu auras à l'esprit après tout ce qui s'est passé, mais j'ai des nouvelles.

— Ah oui ?

Pendant un moment, il ne comprit pas, puis cela lui revint. Il avait été tellement pris par sa propre vie qu'il avait complètement oublié son don de sperme. Au son de la voix de Charlotte, il était sur le point de se retrouver aspiré dans l'existence de son ex. Son ton était enjoué. L'insémination de Steph avait dû fonctionner.

— L'insémination n'a rien donné, annonça-t-elle.

Darren s'arrêta net.

— Oh, dit-il. Je suis vraiment désolé.

— Il n'y a pas de raison, reprit Charlotte. On en a parlé, et on a décidé que c'est mieux comme ça. Il s'avère que Steph n'a jamais été à l'aise avec l'idée de te demander de nous faire ce don, mais elle n'avait rien dit parce qu'elle savait que c'était mon désir. Elle a fini par m'avouer le fond de sa pensée, et nous allons chercher un autre donneur. Elle a un ami de sa famille qui est d'accord, et ce sera… moins compliqué. J'espère que ça ne t'ennuie pas ?

Darren ne put réprimer le sourire qui se répandait sur son visage.

— Non, Chacha, murmura-t-il. Ça ne m'ennuie pas du tout.

Jill

En pénétrant dans la chambre d'hôpital, Jill eut la surprise de découvrir un inconnu assis près du lit d'Andrea. Il était grand, bien bâti, et il tenait une main de sa belle-fille dans la sienne.

— Bonjour ? murmura Jill en faisant sursauter l'homme qui lâcha la main d'Andrea.

Mais, quand il se retourna, elle lui trouva un regard doux et un sourire chaleureux.

— Oh, bonjour…, balbutia-t-il en se levant pour lui tendre la main. Je m'appelle Shaun. Je suis désolé, j'espérais pouvoir parler à Andrea, mais je constate qu'elle est toujours…

— En effet. Pas de changement, c'est ce qu'on m'a dit. Je suis Jill, sa belle-mère. Comment connaissez-vous Andrea ? Seule la famille est autorisée à entrer ici.

Il fit la moue.

— Je sais, je sais, je ne devrais pas être là, mais j'ai réussi à me faufiler… Je tenais vraiment à la voir par moi-même. On s'est rencontrés dans son immeuble. Nous avions… des inquiétudes communes à propos de Violet.

— Oh. Je vois. Eh bien… je suis navrée. Je sais qu'Andrea a fait une bêtise en emmenant Violet le soir de Noël, mais vous devez comprendre qu'elle croyait bien faire, affirma Jill en agitant ses mains devant elle.

Mais Shaun lui répondit par un petit sourire.

— Ne vous en faites pas, chuchota-t-il. Je ne suis pas venu pour causer des problèmes. Je sais qu'Andrea a toujours eu à cœur de protéger Violet. Elle n'a jamais supporté que cette petite soit malmenée. Et j'espérais lui annoncer que j'avais convaincu Heather d'abandonner les charges d'enlèvement contre elle. Elle a déclaré à la police s'être trompée sur le fait qu'Andrea avait emmené Violet sans sa permission, qu'elle avait oublié avoir donné son accord pour le voyage sur la côte.

— Vraiment ? Comment avez-vous réussi ?

— C'est une longue histoire, mais Heather était consciente qu'elle n'était pas toute blanche dans cette histoire. Écoutez, quand… si Andrea se réveille, pouvez-vous lui dire que Violet est en sécurité auprès de ses grands-parents et que je sais qu'ils vont épauler Heather durant sa cure de désintoxication ? Donc je pense qu'il est désormais temps pour nous deux de prendre du recul et de laisser la famille s'occuper de cette fillette. Vous voyez ce que je veux dire ?

Jill hocha la tête.

— Je vois, assura-t-elle. Je vois exactement ce que vous voulez dire.

Shaun s'approcha à nouveau d'Andrea, la contempla intensément pendant de longues secondes, puis il se détourna avec un air qui laissa deviner à Jill toute la peine qu'il avait à quitter son chevet.

— Quand elle se réveillera, reprit-il en insistant cette fois sur le mot « quand », dites-lui que j'aimerais lui parler… si elle en a envie.

— Bien sûr, acquiesça Jill. Je ne manquerai pas de l'informer que vous êtes venu.

Shaun sortit de la chambre, et Jill se rapprocha d'Andrea.

— Bien, voilà qui était assurément intéressant, soupira-t-elle en prenant la main de la jeune femme. Je me demande si tu seras encline à me parler de ce Shaun ou pas… Tu sais que tu dois te réveiller, hein ? Il faut absolument que tu te réveilles. Cela fait presque deux semaines et c'est *bien* assez, tu m'entends ? Les médecins disent que tu devrais déjà être réveillée. Ils commencent à s'inquiéter. Mais pas moi. Moi, je suis confiante. Je refuse d'abandonner et je vais rester assise là, à côté de toi, à te parler et te parler jusqu'à ce que tu…

À cet instant, la main d'Andrea serra celle de Jill.

Andrea

Elle avait l'impression que tout se déroulait autour d'elle comme dans des scènes tirées d'un film en stop motion. Elle ouvrit les yeux et aperçut un médecin à la porte de sa chambre. Un battement de cils plus tard, le docteur se tenait tout près d'elle, lui auscultant le visage. Quand elle rouvrit les yeux, le médecin s'éloignait.

Il y avait des voix, des bips, et elle sentait des fils qui la reliaient à eux. Elle avait la gorge douloureusement sèche et eut envie de réclamer de l'eau, mais sans trouver sa voix.

Il y avait Jill, radieuse et en larmes, tout à la fois. Son visage n'était cependant plus le même, il était marqué d'une longue et épaisse cicatrice sur le côté.

Finalement, elle se rendormit et, à son réveil, le monde autour d'elle lui parut plus clair.

Jill se pencha au-dessus d'elle en lui caressant les cheveux.

— Te voilà de retour parmi nous, murmura-t-elle.

Andrea se racla la gorge. Elle hésita, il y avait une question importante qu'elle devait poser, mais elle n'arrivait pas à réfléchir. Elle referma les yeux, et trois images lui apparurent en succession rapide.

Des comprimés dans la paume d'une fillette.

Sa main les envoyant valser.

Le visage confus de Violet.

Une fois les yeux rouverts, elle essaya d'agripper le bras de Jill.

— Violet ? articula-t-elle avec insistance. Elle était avec moi, elle…

Jill ne la laissa pas finir.

— Elle va bien. Parfaitement bien.

Les yeux d'Andrea s'emplirent alors de larmes.

— C'était ma faute, bredouilla-t-elle. Tout ça. J'ai perdu le contrôle du volant, il n'y avait rien que je puisse faire. Oh, bon sang, j'aurais pu tuer quelqu'un…

Impossible de ne pas voir la lueur qui traversa le regard de sa belle-mère.

— Jill ?

— Tu devrais peut-être te reposer un peu plus. Tout le monde est tellement impatient de venir te rendre visite à présent que tu es réveillée. On s'est tous tellement inquiétés.

— Jill ?

— Mimi, Pete et les enfants viendront demain matin. Darren m'a dit que, si tu es d'accord, il passera ce soir…

Les larmes coulaient sur les joues d'Andrea. Elle comprit que la pire nouvelle possible allait s'abattre sur elle. Et elle réalisa à quel point il était étrange que son mari ne soit pas à ses côtés à ce moment précis. Jill égrenait tous ces noms, s'efforçant de faire diversion. Mais, au lieu de cela, c'était comme si elle lui brandissait un panneau lumineux sous les yeux. Parce qu'il n'y avait qu'un seul nom qu'elle n'avait pas encore prononcé.

— S'il te plaît, Jill, implora-t-elle. Il faut que tu me le dises. Où est Tony ?

Le visage de Jill se décomposa.

25

Andrea

Samedi 9 janvier

Andrea gardait les yeux rivés à la cime de l'eucalyptus qu'elle voyait par la fenêtre. Elle n'arrivait toujours pas à comprendre ce que Jill lui avait raconté au sujet de son mari tout à l'heure. Ces deux derniers jours, Andrea avait pleuré la mort de l'homme qu'elle avait aimé.

Or, à présent, ses sentiments se retrouvaient chamboulés. Elle devait mettre son deuil de côté pour faire place au choc, à la colère, à l'angoisse, à la culpabilité.

Au début, Andrea n'avait pas voulu y croire.

— Il doit y avoir une erreur, s'était-elle insurgée. Un malentendu. Je sais qu'il nous a menti à propos de son fichu livre, je commençais à soupçonner qu'il n'était pas celui que je croyais, mais pas ça… C'est impossible !

Alors Jill lui avait tout raconté. Elle lui avait gentiment expliqué que le doute n'était pas permis.

Elles avaient continué à parler de cela pendant plusieurs heures. Andrea posait question après question, essayant d'intégrer l'idée que son mari était un monstre. Finalement, elle avait demandé à rester seule.

Allongée, elle scrutait l'arbre en permanence, réfléchissant à sa relation avec Tony. Est-ce que tout n'avait été que mensonge ? L'avait-il jamais vraiment aimée ? L'amour qu'elle avait éprouvé pour lui était-il réel ? Elle repensa à la façon dont il s'était parfaitement positionné comme l'antithèse des hommes qu'elle avait fréquentés avant lui. Était-ce sincère ? Cela relevait-il d'une manipulation minutieuse ?

Elle posa une main sur sa tempe, frottant ses doigts sur la zone de peau qui avait été rasée.

Le jour où il l'avait demandée en mariage, elle s'était dit que ses paroles lui prouvaient à quel point il tenait à elle :

« Je vais prendre soin de toi. Je vais te traiter comme tu as toujours mérité de l'être. Personne d'autre ne pourra jamais t'aimer autant que moi. »

Mais à présent elle reconsidérait ces paroles sous un nouveau jour.

Personne d'autre ne pourra jamais t'aimer...

Était-ce romantique ? Ou était-ce de la manipulation ?

Elle avait cru qu'il lui faisait une déclaration passionnée. Peut-être l'avertissait-il en réalité qu'elle ne trouverait jamais personne d'autre que lui... Et elle y avait cru.

Ce n'était pas qu'elle avait envie de rester allongée là à disséquer son mariage, mais elle avait besoin de comprendre. Certains signes lui auraient-ils échappé ? Elle était sa femme. Aurait-elle dû se rendre compte de ce dont il était capable ? Elle repensa aux fissures qui avaient déjà commencé à se former au sein de leur couple. Comment il s'était d'abord montré si aventureux au lit, avant de laisser s'étioler ensuite leur vie sexuelle. Était-ce parce que la seule façon dont il pouvait se sentir attiré par elle était de faire semblant ? De recourir à des jeux de rôles ? Et quand elle s'était lassée de ce décorum, aurait-il complètement perdu tout intérêt pour elle ?

À moins que l'explication ne soit encore plus écœurante ? Parce que si elle y réfléchissait, il n'était pas impossible que le moment de son agression sur Callie coïncide avec le début de ces changements dans leur intimité. Comme si quelque chose de monstrueux en lui s'était réveillé et qu'il n'y avait pas eu de retour en arrière possible. L'effroyable question était donc la suivante : s'il n'y avait jamais eu d'accident, si Tony était encore en vie aujourd'hui et si la vérité n'avait pas éclaté au grand jour, aurait-il continué à perpétrer de telles horreurs ?

Elle posa de nouveau ses yeux sur l'arbre. Les branches se balançaient doucement. C'en était trop.

Quand elle entendit des bruits de pas, elle ne se retourna même pas. Elle était habituée aux va-et-vient des infirmières qui entraient et sortaient de sa chambre à longueur de journée et de nuit. Elles appuyaient sur des boutons, griffonnaient des notes, prenaient sa tension ou changeaient la poche de sa perfusion, puis disparaissaient. Puis elle perçut le grincement d'une chaise que l'on tirait vers le lit. Elle quitta l'arbre du regard et vit le médecin qu'elle avait appris à connaître ces derniers jours s'asseoir face à elle. Il avait le visage grave. Elle n'était pas certaine d'être capable d'encaisser encore une mauvaise nouvelle.

Hier, deux officiers de police étaient venus l'interroger. Après l'avoir questionnée au sujet de l'accident, ils lui avaient expliqué qu'elle était accusée de blessures et d'homicide involontaire par imprudence. Il faudrait probablement plusieurs mois avant qu'elle ne soit convoquée devant le tribunal, mais le moment venu, il n'était pas impossible qu'elle soit condamnée à une peine de prison.

Encore une chose qu'elle peinait à comprendre : son mari avait manifestement commis un crime affreux, et pourtant c'était elle qui risquait de se retrouver derrière les barreaux... À ses yeux, il s'agissait là d'un cruel coup du sort.

— Comment vous sentez-vous aujourd'hui, Andrea ? s'enquit le docteur en la dévisageant avant de baisser les yeux sur le formulaire qu'il tenait entre ses mains.

Elle haussa les épaules.

— Ça va, je suppose. Je me sens toujours ralentie, groggy.

— C'est normal. Vous allez sans doute vous sentir comme ça pendant un certain temps. Vous avez signalé à une infirmière que vous aviez du retard dans votre cycle menstruel ?

Andrea hocha la tête.

— Oui, j'aurais dû avoir mes règles… Il y a une semaine environ ? Mais peut-être que pendant que j'étais dans le coma…

Le médecin lui coupa la parole.

— Nous vous avons fait une analyse de sang après que vous nous avez fait remarquer cela. Andrea, j'ai une nouvelle à vous annoncer, mais vous devez comprendre que votre organisme a subi un stress énorme, sans parler de tous les médicaments qui vous ont été administrés au cours des dernières semaines. D'un côté, il est encore tôt et il se peut donc que tout se passe bien… Mais, d'un autre côté, il est important que vous vous prépariez à l'éventualité que les choses n'aillent pas à leur terme.

Andrea le dévisagea, confuse.

— Qu'est-ce qui pourrait aller à son terme ? Qu'est-ce que vous voulez dire ?

— Andrea, vous êtes enceinte.

Épilogue

Mimi

Noël en juillet

Andrea prit la main de Mimi tandis qu'elles marchaient en direction du restaurant, puis la serra doucement contre sa paume.

— Il s'agit de nouveaux départs, déclara-t-elle. De nouvelles traditions.

— C'est vrai, murmura Mimi, mais j'ai toujours ce ressentiment envers elle... Je sais que ce n'est pas juste, je suis consciente que Jill ne savait pas tout, qu'elle ne pouvait pas prévoir ce que Tony allait faire. Je lui ai pardonné... je crois. Mais je ressens encore parfois cette rage quand je la vois.

— Ma parole, s'esclaffa Andrea, alors qu'elles s'arrêtaient devant la porte d'entrée. Tu lui as pardonné, mais tu éprouves de la rage quand tu la vois ? Je crois que tu as encore besoin d'une thérapie.

— Ah ça, soupira Mimi. Crois-moi, j'ai encore un rendez-vous tous les quinze jours depuis l'accident. Et Callie y va toutes les semaines.

— Bon sang... Pauvre petite. Je regrette tellement.

— Ne t'en fais pas, son psychologue est génial. Callie a fait énormément de progrès. Elle a enfin arrêté de se gratter la peau jusqu'au sang. Parfois, je repense à tous les signes et je n'arrive pas à croire que je ne les ai pas vus.

Mimi s'apprêtait à pousser la porte, mais Andrea posa une main sur son épaule.

—Avant que nous entrions, je voudrais te demander... Est-ce que tu éprouves parfois ce genre de rancœur à mon égard ?

—Non, assura Mimi. Tu ne savais pas. Tu ne pouvais pas imaginer.

Andrea se mordit les lèvres. Pendant un moment, elle parut sur le point de dire quelque chose, mais ensuite elle se ravisa. Mimi entraîna sa belle-sœur sur le côté, à l'écart de la porte du restaurant.

—Je te promets, affirma-t-elle. Je ne t'en veux pas.

—Mais pourquoi ? Le jour où il a fait... ce qu'il a fait... tes filles étaient sous ma responsabilité. J'étais responsable d'elles. Pourquoi ne m'en veux-tu pas à moi ?

Mimi n'était pas certaine de savoir pourquoi Andrea insistait tant sur ce point. Peut-être que c'était pour détourner un peu son attention de Jill ? Mais la vérité était que Mimi ne tenait vraiment pas Andrea pour responsable : du moins, plus maintenant. Dans les premiers jours, quand les événements s'étaient bousculés, il y avait eu des moments où Mimi aurait pu retourner sa colère contre n'importe qui. Contre Pete ou Darren pour ne pas avoir deviné ce dont leur frère était capable. Contre elle-même pour avoir autorisé Callie et Tara à aller chez leur oncle ce jour-là. Et, bien sûr, contre Andrea pour avoir été son épouse. Pour ne pas avoir perçu les signaux, ni surveillé sa fille de plus près ce jour-là.

Mais, au fil du temps, elle avait compris qu'il n'y avait qu'un seul responsable. Tony. Et, bien qu'elle puisse encore éprouver un certain ressentiment envers Jill, l'eau avait coulé sous les ponts.

—Je ne t'en veux pas parce que je crois que tu étais aussi une victime au fond. Il a caché sa vraie nature à tout le monde.

D'ailleurs, tu étais là pour Callie ce jour-là, tu te souviens ? C'est toi et Tara qui êtes remontées à l'appartement, l'empêchant d'aller plus loin.

—Je peux te faire une confidence? Je déteste être tombée amoureuse de lui. Je m'en veux d'avoir aimé cet homme.

—C'était ton mari, murmura Mimi. Évidemment que tu l'aimais.

Elle s'humecta les lèvres, hésitant à dire la suite.

—C'est vrai, admit Andrea.

—Je me suis juste demandé s'il te manquait parfois… maintenant ?

Andrea secoua la tête.

—Non, absolument pas. Ce qui me manque, c'est l'homme que je croyais qu'il était quand nous nous sommes rencontrés. À l'époque où je pensais qu'il tenait sincèrement à moi et qu'il voulait mon bonheur. Mais, avec le recul, je crois que la seule raison pour laquelle il m'a épousée, c'est pour pouvoir cocher la case mariage. Prouver à la face du monde qu'il était normal. Ou peut-être que c'était parce qu'il essayait de lutter contre ces pulsions en ayant conscience que c'était malsain, et il a dû se dire qu'en étant marié…

Mimi ne la laissa pas poursuivre.

—Je ne pense pas que nous saurons un jour ce qui se passait dans sa tête, et je ne crois pas que l'on ait envie de le savoir.

Andrea lui adressa un sourire triste.

—C'est vrai, tu as raison. Écoute, je sais que c'est difficile avec Jill. Et je sais que tu ne ressentiras peut-être plus jamais la même affection pour elle. Mais elle est de la famille. Nous formons tous une famille. Et, quand ce nouveau bébé arrivera, je tiens à ce qu'il ait sa grand-mère dans sa vie au même titre que sa tante.

—J'aurais dû me douter que tu me jouerais la carte du bébé…

— Ouais, faut bien en profiter de temps en temps ! Allez, viens… Allons dîner. On se caille ici.

Elle poussa la porte et laissa Mimi entrer en premier.

Andrea

Alors qu'elle emboîtait le pas de Mimi, Andrea posa une main sur son ventre et repensa à ce secret qu'elle gardait. En vérité, elle tenait à ce que Jill fasse partie de la vie de son bébé, mais il y avait un mensonge : Jill n'était pas la grand-mère de ce petit. Elle avait vérifié trois fois les dates, et le doute n'était pas permis. Tony n'était pas le père de cet enfant.

Quand Andrea avait rejoint Shaun dans ce bar, elle ne s'imaginait pas que la situation allait à ce point lui échapper. Mais tout tourbillonnait dans son esprit ce soir-là. Elle venait de découvrir que Tony avait volé le livre de son père après sa mort, et qu'il s'en était servi pour faire fortune et accéder à la notoriété ; elle venait tout juste de prendre conscience qu'elle ne savait plus avec qui elle vivait…

Elle avait vu Shaun attablé dans un recoin et s'était sentie irrésistiblement attirée par lui. Quand il l'avait embrassée sur la joue, elle s'était dit qu'elle était en danger. Elle ne s'était pas trompée.

— Que puis-je vous offrir à boire ? avait-il demandé.

— Vous n'êtes pas obligé de m'inviter, avait-elle rétorqué.

Il avait ignoré sa réponse.

— Vous pourrez payer la prochaine tournée.

Une fois assis tous les deux avec leurs boissons devant eux, il lui avait expliqué quel rôle il jouait dans la vie de Violet.

— Heather est mon ex. Quand je l'ai rencontrée, Violet avait quatre ans, et on est sortis ensemble pendant deux ans. Elle était déjà instable à ce moment-là. Je passais mon temps à lui accorder une seconde chance. Je ne voulais pas la laisser tomber, mais la drogue… ce n'est pas mon truc, et je voyais bien que ce qu'elle consommait affectait sa capacité à s'occuper de Violet. Au final, elle a mis fin à notre relation. Je crois qu'elle a compris que, si plus personne ne lui réclamait des comptes, elle pourrait faire ce qu'elle voulait sans se soucier des conséquences. Le problème, c'est que j'ai été comme un père pour Violet pendant ces deux ans, et je ne voulais pas partir comme ça… J'ai expliqué à Heather que je tenais à continuer de faire partie de la vie de sa fille, alors elle m'a proposé un marché : je pouvais voir Violet si j'acceptais de la conduire à l'école tous les jours. Je suis sûr qu'elle croyait que je refuserais, mais j'ai accepté.

Andrea avait été stupéfaite de sa détermination à rester dans la vie de Violet, sans parler de la façon dont il s'était occupé d'elle et l'avait soutenue.

Et, honnêtement, découvrir un tel instinct paternel chez cet homme l'avait rendu plus attirant encore à ses yeux. Finalement, ils avaient enchaîné les verres et s'étaient mis à parler d'autres choses.

Plus Andrea avait bu, plus elle s'était confiée à Shaun. Il était si décontracté qu'elle trouvait naturel de bavarder avec lui. Il n'avait rien à voir avec les hommes qu'elle avait fréquentés avant Tony, mais il n'avait rien à voir non plus avec Tony.

Et il flirtait avec elle. De temps en temps, il lui avait effleuré le bras ou la main. À chaque contact, c'était comme si un courant électrique la traversait de part en part. Quand elle parlait, il soutenait son regard. Parfois, c'était si intense qu'elle baissait les yeux ou se détournait, les joues brûlantes. Puis elle se ressaisissait et croisait à nouveau son regard, et une fossette se dessinait sur sa joue gauche.

Alors elle avait flirté en retour. Et bu un peu plus.

Finalement, les mots avaient franchi ses lèvres :

— J'ai découvert aujourd'hui que mon mari m'a menti sur un sujet capital.

— C'est affreux, avait dit Shaun, le visage empreint d'une réelle inquiétude.

— Et maintenant, je ne sais pas si je peux encore lui faire confiance. Je veux dire… s'il m'a menti à ce propos, que me cache-t-il d'autre ? Et si je ne le connaissais pas aussi bien que je crois ? Et si mon couple était à la dérive ? Pour de vrai…

Shaun s'était alors penché au-dessus de la table, avait pris son visage dans ses mains et l'avait embrassée.

Ce fut là un des meilleurs baisers qu'on lui avait jamais donnés. Long, langoureux et doux. Un baiser qui l'avait électrisée, chargée de désir.

Quand leurs lèvres s'étaient détachées, Shaun avait bredouillé quelques excuses, lui assurant que ce n'était pas son genre de draguer une femme mariée, et qu'il l'avait embrassée sans réfléchir. Mais elle l'avait fait taire en s'inclinant vers lui et en l'embrassant à son tour. Un autre long et langoureux baiser qui l'avait poussée à se lever de son siège et à le rejoindre de l'autre côté de la table.

Quand il lui avait proposé de monter chez lui pour un dernier verre, elle avait dit « oui » sans hésiter.

Après l'accident, Jill lui avait annoncé que Shaun était venu lui rendre visite à l'hôpital, et qu'il espérait la revoir à son réveil. Mais Andrea avait repoussé ce rendez-vous. Elle appréhendait sa réaction lorsqu'elle lui apprendrait qu'elle était enceinte – sans parler du fait que c'était lui, le père.

En plus, cela compliquerait les choses avec sa famille. Les Lewis n'étaient peut-être pas sa famille par le sang, ni plus même par le mariage, mais cela restait la meilleure famille qu'Andrea avait jamais connue, et elle ne voulait pas les perdre. Lui pardonneraient-ils s'ils découvraient qu'elle leur avait menti ?

Or, hier, Shaun lui avait téléphoné. Il avait beaucoup pensé à elle, lui avait-il dit, et il espérait qu'ils pourraient se revoir.

Alors peut-être que la vérité finirait par se savoir.

Darren

Aux yeux de Darren, fêter Noël en juillet était l'une des idées les plus intelligentes que sa mère avait jamais eues. D'ailleurs, il avait été impressionné de la voir enfin prête à bousculer la tradition. Personne dans la famille n'aurait envie de célébrer le Noël suivant. Trop de mauvais souvenirs ; il leur faudrait probablement beaucoup de temps avant que le traumatisme ne s'estompe. Ainsi, déplacer ces célébrations à l'hiver constituait le moyen idéal pour permettre à la famille de continuer à fêter Noël ensemble. De plus, en décembre, Pete et Mimi emmèneraient leurs enfants en Angleterre pour que les jumelles puissent enfin rencontrer leurs grands-parents maternels.

Darren et Sage n'avaient pas encore évoqué d'éventuels projets pour Noël. Ils prenaient les choses au jour le jour. Elle n'était pas du genre à planifier, mais cela convenait à Darren. C'était un changement de rythme agréable après sa relation avec Charlotte, qui avait toujours eu à cœur d'anticiper l'avenir. Il n'avait pas revu son ex depuis plusieurs mois, mais il avait entendu dire que Steph était enceinte, et il était heureux pour elles.

Pete et les enfants se trouvaient déjà dans le restaurant quand Sage et lui arrivèrent.

— Où est Mimi ? demanda-t-il en tirant les chaises avant de s'asseoir.

— Elle est allée chercher Andrea, elle n'a toujours pas le droit de…

Darren hocha la tête. Andrea avait écopé d'une suspension de permis pour douze mois lorsqu'elle avait finalement été en état de se rendre au tribunal pour répondre aux accusations. Elle avait également été condamnée à une forte amende, mais avait bénéficié d'une certaine clémence en raison du fait qu'elle n'avait consommé ni drogue ni alcool avant de prendre le volant, que son casier judiciaire était vierge, et qu'elle avait perdu le contrôle du véhicule dans sa tentative d'empêcher un mineur d'ingurgiter des médicaments par erreur. En raison de ces circonstances atténuantes, elle avait été condamnée à une peine avec sursis, ce qui signifiait qu'elle avait échappé à l'incarcération. Tout le monde avait été soulagé ; personne dans la famille n'avait souhaité la voir derrière les barreaux pour la mort de Tony.

—Alors, dit Pete, tu me l'as apportée ?

Darren sortit une clé USB de sa poche et la lui tendit.

—N'oublie pas, ce n'est que le premier jet, murmura-t-il.

—Un premier jet, c'est toujours que rien. Bien joué !

—Oui, eh bien, on verra… Je ne sais toujours pas si mes éditeurs vont m'accorder une nouvelle chance. Il se peut qu'ils ne veuillent même pas le lire.

—Ils le liront. Crois-moi, Elizabeth est une experte quand il s'agit de traiter avec les éditeurs. Elle les convaincra. En plus, ils ne rechigneront pas sur l'opportunité de récupérer tout l'argent qu'ils ont perdu avec toi.

—Eh ben… merci, frangin !

—Pas de souci. Je n'arrive toujours pas à croire que tu aies décidé de faire d'un chien ton personnage principal.

—Ne critique pas avant de l'avoir lu, l'interrompit Sage. Ton frérot, là, il a une sacrée plume. Ce livre m'a fait chialer comme jamais je n'avais chialé en lisant un bouquin. Une vraie fontaine. Il tient quelque chose. Fais-moi confiance.

—Je pourrai le lire moi aussi ? quémanda Callie.

—Avec plaisir, répondit Darren. Ça ne me dérangerait pas de savoir si ce roman pourrait viser le marché des jeunes aussi. Promets-moi juste d'être franche avec moi, hein ?

Il lui tendit son petit doigt à travers la table.

L'adolescente parut un peu gênée, mais elle enroula son petit doigt autour du sien puis le serra.

— Promis.

Sage adressa un clin d'œil à Callie.

— Ne t'en fais pas, je parie que tu vas adorer, assura-t-elle. Au fait, comment ça se passe le chant, ma grande ? T'es devenue une youtubeuse célèbre ou quoi ?

Callie pouffa de rire.

— Oh, bon sang, pas du tout ! s'exclama-t-elle en se levant de sa chaise pour faire le tour de la table et s'asseoir à côté de Sage. Mais j'ai encore quelques questions à te poser, si tu veux bien ?

— Bien sûr. Je t'écoute.

Callie avait découvert que Sage avait fréquenté l'une des plus grandes écoles d'arts du spectacle vivant de Sydney quand elle avait son âge, avant de devoir abandonner la danse. Il était clair que Callie possédait un réel talent, mais elle restait modeste à ce sujet et elle s'efforçait d'être réaliste aussi ; elle était consciente de la difficulté de faire carrière dans un tel domaine.

Or, Mimi était déterminée à donner à sa fille tout le soutien du monde, et elle avait suggéré que Callie envisage de s'inscrire pour étudier la musique dans cette même école d'arts après le bac. Callie demandait donc régulièrement conseil à Sage.

Darren sortit son téléphone puis le montra à Tara.

— J'ai de nouvelles vidéos de Léo, lui annonça-t-il.

Tara s'empara de l'appareil à travers la table.

— Et moi, j'ai de nouvelles vidéos de Scorpion, sur le téléphone de papa !

Scorpion était le lapin de compagnie de Tara, qu'elle avait décidé de baptiser en hommage à un signe astrologique également.

— Excellent ! s'esclaffa Darren en prenant le téléphone de Pete. Scorpion est le meilleur. Ah, regarde, voilà ta mère et tante Andrea !

Tara leva les yeux, et Darren ne put s'empêcher de remarquer la façon dont sa nièce s'était visiblement détendue en voyant sa mère s'avancer vers eux. Il ne s'était pas rendu compte qu'elle était nerveuse en attendant Mimi. Darren sentit ses yeux picoter. Alors que Tara semblait être une enfant parfaitement épanouie, elle très angoissée depuis l'accident. À n'en pas douter, les répercussions de ces douloureux événements planeraient longtemps au-dessus de leur famille.

Mimi

— Un peu de vin ? proposa Sage en présentant la bouteille à Mimi.

— Pas pour moi, merci, répondit-elle avec un sourire.

Pour Mimi, le mois de janvier sans alcool s'était prolongé en février. En mars, elle s'était sentie enfin assez à l'aise pour apprécier un verre de vin au dîner, mais elle restait attentive à ne pas retomber dans ses vieilles habitudes et à ne pas se servir de la boisson comme un moyen de fuir son quotidien. Et lorsqu'elle devait conduire, elle s'en tenait à zéro goutte.

Elle jeta un coup d'œil à la vidéo de Scorpion que Tara montrait à Darren, et se réjouit de voir son petit visage rayonner de fierté. Mimi avait eu l'idée d'un lapin de compagnie pour inciter Tara à moins s'occuper des jumelles. Elle tenait à ce qu'elle apprécie Elliot et James en tant que grande sœur, et rien de plus.

Tara lui avait aussi confié qu'elle avait le trac à chaque trajet en voiture. Surtout si elle voyageait sans ses parents. Mimi avait travaillé dur pour lui faire accepter l'idée de monter dans une autre voiture que la leur, afin qu'elle ne se sente pas en panique si le parent d'un camarade d'école avait besoin de l'emmener à une représentation de la fanfare ou à un rendez-vous. Il s'agissait là d'un processus long, mais elles progressaient.

L'attention de Mimi se détourna lorsqu'elle aperçut Jill traverser les tables pour se diriger vers eux. Jill croisa son regard, et Mimi inclina légèrement le visage sur le côté, puis réussit à lui sourire.

Un nouveau départ, pensa-t-elle.

Il était temps de laisser le passé derrière elles.

Jill

Cher Frank,

Je sais que ça fait un moment que je ne t'ai pas écrit. J'imagine qu'après les funérailles je ne savais plus quoi dire. Je ne savais pas si rédiger ces lettres me faisait plus de mal que de bien. Mais, ce soir, je me suis sentie obligée de te parler.
Tu vois, ce soir, un déclic s'est produit. Je pense que notre famille commence enfin à se recomposer. Et j'en aurais pleuré de bonheur. On est tous allés dîner ensemble : on a appelé ça « Noël en juillet ». Et on a parlé de tout. De toi, par exemple. De combien tu nous manques toujours, et de combien ton livre est incroyable. Il est sorti le mois dernier. Il y a eu un léger retard par rapport à la date de publication initiale ; ça a été un peu chaotique quand les éditeurs ont découvert que Tony n'en était pas l'auteur. Mais, au final, ils ont quand même tenu à le publier.
Et on a trouvé d'autres manuscrits, espèce de petit cachottier ! Pourquoi nous as-tu dissimulé tout cela ? Pourquoi n'as-tu confié à aucun d'entre nous qu'écrire était ta vraie passion ? Pourquoi tu ne m'as rien dit ? Je n'arrive toujours pas à croire que tu écrivais en secret. Ne vois-tu pas qu'on aurait pu partager tout ça ensemble ? Ton talent, ta réussite. Quelle joie cela aurait été…
Mais je t'aime quand même, vieux fou !
Quoi qu'il en soit, Pete et Darren travaillent à quatre mains pour transformer le reste de tes notes et de tes récits à moitié rédigés en

de nouveaux livres, qui seront également publiés sous ton nom. Les éditeurs ont été soulagés de ne pas investir dans un auteur qui ne serait pas capable de continuer à leur fournir de la matière.
Suffocation est un best-seller d'ailleurs. Les royalties iront à Andrea. Je sais que ça va être dur pour elle d'être une maman solo, et je ne veux pas qu'elle ait des soucis financiers en plus du reste. Alors j'ai insisté. Darren et Pete se partageront l'argent du prochain roman, bien sûr, puisque c'est eux qui travaillent si dur pour tout mettre en place. Pete et Mimi sortent un nouveau livre bientôt, aussi. Si tu voyais ces illustrations, superbes ! Mimi s'est surpassée. Il y a cet adorable petit singe, la créature la plus insolente que j'aie jamais vue. Je l'adore.
Et nous avons parlé de la grossesse d'Andrea. C'est un petit garçon, d'ailleurs. Je me demande si elle se sentira un jour prête à me dire la vérité. Que Tony n'est pas le père. Elle pense que je ne suis pas au courant, mais elle ignore que Tony m'avait avoué avoir déjà subi une vasectomie. Elle ne sait pas qu'il a fait semblant d'entretenir l'espoir de lui faire des enfants, alors qu'il savait très bien que ça n'arriverait jamais. J'étais à deux doigts de tout lui révéler, mais je me suis dit : A-t-elle vraiment besoin de savoir qu'il y avait un mensonge de plus dans son mariage ?
Alors qui est le père ? Eh bien, j'ai vu la façon dont cet homme la regardait à l'hôpital ce jour-là. Un certain Shaun. Et il était clair qu'il tenait beaucoup à Andrea. Donc j'ai rassemblé les pièces du puzzle. Bien sûr, je peux me tromper, mais j'apprends à me fier à mon intuition désormais. Je n'en veux pas à Andrea d'avoir été infidèle. Sachant tout ce que Tony a fait, je peux difficilement la juger. J'espère vraiment qu'Andrea appellera Shaun un jour. Je pense qu'il pourrait la rendre heureuse.
J'ai juste envie de lui dire que tout ira bien, que personne ne va lui en vouloir. Parce que nous souhaitons tous son bonheur à présent. Mais il faudra que ça vienne d'elle, quand elle sera prête.

Tu veux savoir de quoi d'autre on a parlé ce soir ? On a parlé de Robin. Et c'était merveilleux. C'était le genre de conversation que j'ai toujours rêvé d'avoir. Ils m'ont posé des questions sur elle, comment elle était, la couleur de ses yeux, de ses cheveux… Nous avons imaginé la personne qu'elle aurait pu devenir si elle avait eu la chance de grandir. Nous avons supposé qu'elle serait peut-être sortie avec l'un des amis de ses frères au lycée, ou qu'elle aurait traversé une phase d'ado rebelle. Nous nous sommes demandé si elle aussi serait devenue romancière, peut-être la meilleure de la fratrie, ou si elle aurait choisi une tout autre voie.

Je sais que tu pensais que la seule façon de supporter notre deuil était de l'ignorer. Mais je réalise maintenant que j'ai commis une erreur en te laissant faire. J'aurais dû t'encourager à entretenir son souvenir et à célébrer sa courte existence parmi nous. Je pensais t'épargner la souffrance et t'aider à faire face, mais au lieu de cela, j'ai empiré les choses pour nous deux. Il n'est jamais sain de refouler ses sentiments et il n'est jamais bon de garder des secrets. Je le sais à présent. J'aurais aimé que tu puisses être là pour la conversation de ce soir, parce que c'était vraiment très beau. Ça m'a fait chaud au cœur de savoir qu'on entretenait enfin son souvenir, comme on aurait dû le faire.

Et tu sais quoi encore ? J'ai arrêté d'enchaîner tous ces Je vous salue Marie*… Et je trouve que je dors mieux.*

Je t'embrasse,

Jill

Mimi

— Mimi ! Tu ne peux pas me laisser là. Mimi !

Elle se réveilla et resta allongée, respirant difficilement. Elle rêvait souvent de ce moment dans la voiture de Tony. Pas toutes les nuits, mais peut-être une fois toutes les deux ou trois semaines. Juste assez souvent pour être sûre de ne jamais l'oublier.

Quelle ironie… À présent que les jumelles faisaient régulièrement leurs nuits, c'était elle qui se réveillait à cause de cauchemars et était incapable de se rendormir. Elle ne savait pas si elle pouvait appeler ça de la culpabilité exactement. Parce qu'elle ne se sentait pas coupable. Cet homme méritait de mourir.

Non, ce qu'elle éprouvait, ce n'était pas de la culpabilité. Mais de la peur. La peur qu'un jour la vérité n'éclate au grand jour. Parce qu'elle n'avait pas simplement laissé Tony dans la voiture. Elle avait fait bien, bien pire que cela.

C'était au moment où elle s'accroupissait, prête à s'extirper de l'épave, qu'elle l'avait vu. Le portable de Callie, dans la console centrale. Pour une raison quelconque, elle l'avait attrapé d'un geste machinal. C'était stupide, les biens matériels étaient la dernière de ses préoccupations, mais ce téléphone représentait toute la vie de Callie. En essayant de s'en emparer, elle s'était rendu compte qu'il était bloqué par une partie de la console qui s'était déformée. Elle l'avait dégagé en entendant un petit clic. C'était l'allume-cigare de la voiture. Il avait manifestement été maintenu en place par l'appareil coincé contre lui. Il avait chauffé pendant tout ce temps et, dès qu'elle avait empoigné le téléphone, il était tombé.

Puis elle avait entendu les mots de Callie. « J'ai senti une odeur là-dedans… de l'essence peut-être ? »

Une étrange sensation l'avait envahie. C'était comme si une fine couche de glace avait recouvert son corps de la tête aux pieds. Ses membres étaient passés en mode automatique. Elle avait vu sa main s'approcher de l'allume-cigare puis s'en saisir. Vérifier qu'il était toujours rougeoyant. Brûlant. Elle avait regardé autour d'elle pour trouver la source de l'odeur. Là, en bas… un liquide s'écoulait dans l'habitacle depuis le capot. Elle n'avait pas pris le temps de réfléchir. Elle s'était accroupie et avait placé l'allume-cigare près de la flaque de carburant. Peut-être que la chaleur se serait dissipée au moment où la flaque d'essence aurait grossi jusqu'à lui. Peut-être que, sans étincelle, le carburant ne s'enflammerait même pas. Elle n'était sûre de rien. Mais elle l'avait quand même laissé là.

Elle avait rampé à travers le pare-brise.

Puis elle s'était éloignée de la voiture, sans jamais se retourner.

Remerciements

Je remercie du fond du cœur toutes les personnes qui m'ont accompagnée pendant l'écriture de ce roman et, comme toujours, je m'excuse sincèrement si j'oublie quelqu'un dans les remerciements suivants. Tout d'abord, un immense merci à ma merveilleuse amie Sabeeha Toynton. Sabeeha m'a consacré beaucoup de temps, et m'a fait bénéficier de son expertise d'ambulancière pour répondre à mes questions. Elle m'a même fait l'honneur de lire le premier jet de ce roman. Toute erreur susceptible de subsister m'incombe entièrement. J'ai également la chance d'avoir un groupe d'amis formidable, qui se trouve compter en son sein un pompier, plusieurs infirmières, un professeur de lycée et un officier de police. Ce qui m'est très utile pour la plupart de mes écrits. Merci à Mark Zullo, Kristen Zullo, Kerry Lockwood, Brooke Macdonald, Alex Wilson et Andy Lyttle d'avoir fait preuve d'une telle patience à mon égard lorsque je leur posais des questions insensées du type : « Est-ce que ce truc est inflammable ? » ou « Quel type de blessure me plongerait dans le coma tout en me permettant de survivre ? » Merci à mon médecin de famille, le docteur Vilkins, qui m'a paru un peu déconcerté à la fin d'une consultation, quand je lui ai soudain demandé : « Si j'étais un homme désireux de faire un don de sperme, quelles questions me poseriez-vous ? »
Comme toujours, je suis très reconnaissante envers la solide équipe qui œuvre en coulisses. Merci à mon extraordinaire éditrice et amie Anna Valdinger, ainsi qu'à tous les collaborateurs de HarperCollins Australia, notamment Dianne Blacklock, Jordan Weaver-Keeney et Belinda Yuille ; sans oublier ma non moins extraordinaire éditrice anglaise, Maxine Hitchcock, et tous les autres collaborateurs chez Penguin, Rebecca Hilsdon et Clare Bowron entre autres. Je remercie également mes agentes, l'excellente Sheila Crowley de chez Curtis Brown UK, l'adorable

Stacy Testa de Writers House US et, bien sûr, ma fabuleuse amie qui me suit depuis mes débuts, Pippa Masson de chez Curtis Brown Australia. Sans vous, mes romans n'existeraient pas.

J'exprime également mon immense gratitude à Pamela Allen d'avoir eu la gentillesse de m'autoriser à citer son magnifique livre, *Who Sank the Boat*. Lorsque l'idée d'origine de ce roman m'est venue, je ne fermais pas l'œil de la nuit, réfléchissant à lequel de mes personnages finirait causer le carambolage. Tout en cherchant une solution, je me disais : *Qui a coulé la barque ?*

Comme toujours, merci à Pete et Leesa du *Mini Espresso Bar*, qui m'ont offert des plats délicieux, un café hors du commun, de belles conversations, un endroit où m'asseoir et écrire pendant des heures, sans oublier plusieurs noms de personnages, dont le leur.

Amour et gratitude à ma remarquable maman, ainsi qu'à toutes mes sœurs (Diane Moriarty, Liane Moriarty, Jaclyn Moriarty, Katrina Harrington et Fiona Ostric) : merci d'être tout simplement ma maman et mes sœurs. Mention spéciale à Liane, Jaci et Kati, qui ont toutes lu mes premières versions, répondant à mes questions en me faisant part de leurs inestimables commentaires. Merci également à mes merveilleux beaux-parents, Madeleine et Arthur Menasse, pour leur affection, leurs baby-sittings et leur soutien inconditionnel.

Tout mon amour à ma famille : Steve Menasse, Maddie Menasse et Piper Menasse – j'ai beaucoup de chance de vous avoir ; et merci, Steve, d'avoir (enfin) lu l'un de mes premiers brouillons, même si le processus n'a pas été assez rapide pour que je puisse te demander ton avis avant de soumettre la version suivante. Tant pis, la prochaine fois, ça ira plus vite ?

Enfin, je dédie ce livre à mon défunt père, Bernie Moriarty. Papa, tu avais toujours la plus géniale des réactions quand je t'annonçais une bonne nouvelle. Quand je te disais que j'avais bouclé un roman, que j'avais décroché un nouveau contrat pour un bouquin ou que j'avais vendu les droits au cinéma… Te l'annoncer et voir tes yeux s'illuminer en t'entendant t'esclaffer : « Trop forte, Nic ! », c'était toujours mon moment préféré. J'aurais aimé que tu puisses rester parmi nous, mais je suis soulagée que tu ne souffres plus. Je t'aime, et tu me manques… Ta petite Nic-a-lic.

Achevé d'imprimer en mars 2023
Par CPI Brodard & Taupin à La Flèche
N° d'impression : 3051439
Dépôt légal : avril 2023
Imprimé en France
38122344-1